医圣张仲景

程韬光　著

河南文艺出版社
·郑州·

图书在版编目（CIP）数据

医圣张仲景/程韬光著. --郑州:河南文艺出版社,2022.1

ISBN 978-7-5559-1273-6

Ⅰ.①医… Ⅱ.①程… Ⅲ.①长篇历史小说-中国-当代 Ⅳ.①I247.5

中国版本图书馆 CIP 数据核字（2022）第 014913 号

选题策划 马　达　王淑贵
责任编辑 王淑贵
责任校对 梁　晓
书籍设计 吴　月
书名题字 杨灿明
内文插图 舒少华

出版发行 河南文艺出版社
本社地址 郑州市郑东新区祥盛街 27 号 C 座 5 楼
承印单位 洛阳和众印刷有限公司
经销单位 新华书店
纸张规格 700 毫米×1000 毫米　1/16
印　　张 21.75
字　　数 319 000
版　　次 2022 年 1 月第 1 版
印　　次 2022 年 1 月第 1 次印刷
定　　价 86.00 元

印厂地址　洛阳高新区丰华路 3 号
邮政编码　471000　电话　0379-64606268

东汉末年,朝廷腐败,礼崩乐坏。随着"党锢之祸"加剧,农桑废弛,民不聊生,义军蜂起,战乱不绝。

南阳、荆州大旱,大地龟裂,颗粒无收。天灾人祸导致伤寒瘟疫盛行。年青时被举孝廉的张仲景舍弃功名,艰难地走上了制服伤寒瘟神的坎坷之路。医人医天,著述《伤寒杂病论》,写就"活人书"——

"在黑褐色的忧伤飘落而下时,往事像大理石一样的确凿!"

让我们一起体味和经历乱世仁者的悲悯和大爱……

目　录

序言　医中圣者　人之楷模

2020 年是不平凡的一年。新年伊始,新冠肺炎疫情暴发,武汉封城,全国抗疫。百日奋战,冬去春来,大局虽被控制,但疫情余波未息。而放眼全球,疫情此起彼伏,数月之内,不仅蔓延至世界各个角落,致使数百万人感染,二十余万生命被吞噬,而且至今疫情增长态势不减,对人类生活和生命造成巨大威胁。

我于年前赴美,计划只去半月,过了春节即回,没想到国内疫情暴发,航班取消。滞留美国,关注疫情,同时从伯克利大学东亚图书馆借书以度时光。未及国内疫情稳定,美国疫情已然暴发,于是转机台北,到达上海。等我回到武汉家中,已是三月底了。

回到武汉不久,韬光先生告诉我疫情期间创作了长篇小说《医圣张仲景》,并传来电子文稿,嘱我为之作序,我十分惊讶。一是惊讶于韬光先生的敏锐。《医圣张仲景》是一部以张仲景为主人公的历史小说,作者意在以此书向历史上为民族健康事业做出贡献的医圣致敬。小说中张仲景的一生就是抗击伤寒瘟疫、寻找救治良方的一生,从某种意义上说,《医圣张仲景》也是一部抗疫小说。韬光先生意欲借历史题材对肆虐人间的新冠疫情作些许反思。二是惊讶于韬光先生的才情学识。在此前与韬光先生的交流中未曾听说他有创作这部小说的计划,2019 年他因工作调动频繁来往于郑州和武汉之间,年底还在为申报课题和课程而忙碌。疫情暴发初期,我曾读到他为封城中的武汉创作的抗疫诗歌。在疫情暴发期，他竟然完成了这部三十多万字的长篇历史小说，其立足现实的悲悯情怀，其贯通古今的才情学识，不能不令我惊讶和钦佩。

不过，细细一想，韬光先生有这份意外的收获，也并非偶然。第一，是源自他面对灾疫横行、荼毒生灵时的那份博大的悲悯，尤其是他对国内疫情中心武汉的深厚感情。韬光先生早年求学武汉，在知天命之年重返母校执教，武汉是他的第二故乡，令他魂牵梦绕。疫情暴发初期，河南医疗队出征湖北之际，他曾在郑州写下朗诵诗《我的家在健康路上》，深情希望"那一路的健康，在天地间无边无际地流淌""让黄河长江共同奏响健康的乐章"。对武汉的深情、对人类的悲悯，促使他以别样的方式留下一份对新冠疫情的反思与纪念。第二，是源自他对中华传统文化尤其是中原大地所孕育的先贤圣哲的敬仰与研究。中原大地是中华文明的摇篮，中原文化博大厚重，长期浸润其中的韬光先生对中原大地所孕育的文化典籍、文学大师潜心研究，如数家珍，多有创获。其所创作的《诗仙李白》《诗圣杜甫》《长安居易》《碧霄一鹤刘禹锡》等多部历史小说广有影响。作者着意书写的主人公杜甫、刘禹锡等都是中原俊杰，也是中国诗歌史上的巨擘。这样的文化积淀和创作经历正是韬光先生在疫情期间完成《医圣张仲景》的前提条件。南阳张仲景被后人尊称为"医圣"，自然也是韬光先生景仰的先贤，但韬光先生从素所熟悉的唐代历史转入东汉乱世，主人公由诗人而医学家，医药之专业替代文学之浪漫，其跨越之远，难度之大，也是显而易见的。

《医圣张仲景》是一部以东汉末年动荡时局为背景，以张仲景医治伤寒瘟疫、寻找治病和救世良方为主要情节线索的历史小说。小说从张仲景南阳抗疫开篇，中经荆州抗疫的拓展，最后以长沙抗疫作结。张仲景先后在南阳、荆州、长沙医治伤寒瘟疫的三部曲就构成了小说的主要情节线索。张仲景正是在长期医治伤寒瘟疫的临床实践中不断积累经验，并先后拜师张伯祖、华佗、沈晔等名医，同时参证典籍，"勤求古训，博采众方"，终成一代医学大师。但作者并不满足于描写张仲景医治伤寒瘟疫的过程和一代名医的学术成长经历。小说借瘟疫的流行和张仲景抗疫的足迹，串联起上自朝廷、郡县、皇帝、大臣,下至叛军、山匪、侠士、百姓等各阶层人物,全景式地展示出东汉末年皇帝昏庸、朝政崩塌、群雄逐鹿、战乱频仍、瘟疫横行、民不聊生的乱世图景。而伤寒瘟疫频繁复发,病源即在战乱。张仲景带徒行走于白骨累累的乡间里坊,探查瘟疫的起因,看到接连不断的征战杀戮,死人无数,或抛尸河中,或横卧荒野,尸骨腐烂,河水污染,因而引发瘟疫,形成病源。而战乱频仍,乃因朝廷腐败,奸人当道,狼争狗夺,正义不彰,生灵涂炭,民怨沸腾,豪强并起,人心涣散。天灾人祸,互为表里。而无论战乱还是瘟疫,丧生受害者,都是黎民百姓。张仲景心里始终装着百姓,他既要为百姓医治伤寒瘟疫,使其脱离病魔缠身之苦海,又因他"见病知源",因此一直致力消弭杀戮,唤醒人心,让百姓远离战乱的祸殃。小说因此设计了一个重要的象征性情节:涅龙因除妖受伤,心力不济,不能发雷掣电,因此人间灾疫丛生。龙病即天病,天病乃人心之病。小说开篇,张仲景立志:"愿医天病。"天病已久,须以龙珠医治,而炼珠之材难觅,炼珠之人更是背负着医治天下苍生的使命,张仲景迎难而上,甘为炼珠人而万死不辞。这样,小说中的张仲景一面为医治伤寒瘟疫而忙碌,一面为消弭战乱杀戮而奔走。即使官至长沙太守,也一面筑城理政、保境安民,一面开堂坐诊、抗疫治病。最后在孙坚兵临城下之时,他以不伤害百姓为条件,拱手让出长沙,自己从此归隐山野,著书立说,以传后世。张仲景执着于"医人医天"的理想,多次在梦中与龙君对话,到小说末章,他终于在梦中炼成龙珠,完成使命。但做完最后一梦,他也就走到了生命的终点。

《医圣张仲景》所构筑的故事情节是富有深意而启人思考的。其一,着眼于对瘟疫病源的反思。小说虽然以张仲景医治伤寒瘟疫为情节线索,但作者以写实与象征相结合的手法,对张仲景为实现"医人医天"的理想所作奋斗的描写,强化了对伤寒瘟疫病源的探寻与反思。有史以来,人类所遭遇的历次瘟疫肆虐都不是无缘无故的,目前还在荼毒人类的新冠病毒,虽然病源尚在探究之中,但广义而言,亦是"天病"所致。人类是万物的灵长,但人类也不能为所欲为,人类需要理性面对历史和现实,吸取经验和教训,在不断反思中探索前行。其二,医人易,医天难。张仲景一生抗疫,救人无数,不管沉疴杂症,还是病入膏肓,他都能药到病除,妙手回春,因而有"神医"之美名。最后归隐山林,完成《伤寒杂病论》,留下"活人书",造福于后世。他也曾多次冒着生命危险,独闯军营,劝阻官兵,招抚义军,消除战祸。但他"医人医天"的理想最后只能在梦中实现,他可以治愈无数伤寒瘟疫患者,一次又一次地控制疫情蔓延,但他阻止不了伤寒瘟疫一次又一次地卷土重来。他劝阻了局部的杀戮,但制止不了全国的战乱;他保住了长沙暂时的安宁,但挡不住历史由东汉末年的混乱进入三国时代更大规模的征战。

小说中的张仲景是一位深受儒家文化影响、胸怀救治天下苍生的使命、仁爱为本、智勇双全、博闻多识、医术精湛的医者。医者仁心,张仲景以行动对此作了最好的诠释。小说开篇,青年张仲景被举孝廉,但他志不在朝堂,不愿为仕而愿为医。眼见大旱之年,河流断水,大地龟裂,他不因被举孝廉而喜,却为百姓遭天灾瘟疫而忧。路遇为禾苗浇水的老人突然卧倒在农田,他立马施救,并以牛车载回医馆治疗;逼死家翁的仇人魏延为毒箭所伤,命在旦夕,他出手相救,使本为侠义之士的魏延痛悔过失,走向新生;他于采药归来的途中,抢救突然昏厥的妇人,感动其子,乃拜师学医,成为其得力的助手;赴任长沙的路途,遇见被弃的病婴,他捡回医治,收为义子;他为抢夺官府药材的劫贼治愈伤寒瘟疫,使其归还药材,弃暗投明。在医者张仲景眼里,患者没有尊卑贵贱,也无论亲人仇敌,都是他的病人,救死扶伤,乃医者天职。他甚至为身染伤寒、跟他抢夺仙草的猿猴治病,也曾对阴险狡诈、与他一生为敌但负伤潜逃的苏章文心生怜悯,欲为其疗伤。小说以丰富的细节充分地展示了张仲景作为医者博大的爱心、高尚的操守。

张仲景名扬天下,当然也因为其医术的高超。皇宫里的贵妃向他讨要催乳的秘方,荆州牧刘表请他为爱子治疗阴毒伤寒的顽疾,皇甫嵩将军请他为官军医治伤寒疫症,张曼成的义军也因他的到来而解除病苦。他因此得到"活神仙"的赞誉。

张仲景获得"医圣"的美名,更因为他始终心怀百姓,从南阳到荆州而长沙,中原和荆楚大地到处留有他防疫、控疫、治疫的足迹。他不仅为百姓救治伤寒瘟疫之病苦,而且多次不顾个人安危深入险境,阻止战乱、消除杀戮。

他始终关注民间疾苦,珍惜百姓生命。其仁心、智慧与勇气,都令人肃然起敬。

《医圣张仲景》成功地塑造了胸有理想、心怀百姓、尊重生命、勇于担当、潜研医学、智慧勇敢的医者张仲景的形象,他是医中圣者,人之楷模。与之形成鲜明对照的,是小说中的巫医苏章文。苏章文原本是张仲景的师叔,因当年猥亵淫污患者,被责打致残,逐出师门,从此投靠权贵,招摇撞骗,认宦官为义父,被皇上封为天师。他趋炎附势、认贼作父、背信弃义、阴毒狡诈、装神弄鬼、危害百姓,是医中败类,社会毒瘤。小说设计了以张仲景为代表的社会进步力量和以苏章文为代表的社会邪恶势力的冲突作为贯串小说始终的情节,张仲景生活于民间,苏章文依附于朝廷。他们之间的冲突,是医者与巫者、民间与庙堂、正义与邪恶、赤诚与虚伪、高尚与卑鄙、美好与丑恶的较量。如果说张仲景与苏章文形成了鲜明的对比,那么子诺与南嘉两位既富豪侠之气又具温柔之美的女子,作为张仲景的两任妻子和助手,则是张仲景形象不可缺少的衬托。她们的出场都令人有眼睛为之一亮的感觉,无论子诺为控制瘟疫、以身试病、染疫身亡,还是南嘉主动请缨,追随仲景,抚养幼儿,都是精彩的描写,读来令人动容,只是作者似乎有些吝惜笔墨,未能让她们展现更多的光彩。小说在紧张的防疫抗疫的间隙,不妨再多一点儿女情长。

是为序。

胡德才

2020 年 5 月 3 日于武汉

第一章 张机暗立大医志 伯祖闲话蛟龙珠

初秋的旷野,天高云淡,一览无余。

一辆破旧的牛车缓缓行驶在村路上。

牛车里,身着素袍的张伯祖慈祥地看着张机:"机儿,这次郡里之行,褚使君举你为孝廉,实乃士子之荣耀。"见张机清俊的面容上不见快意,倒有一丝忧郁,张伯祖微微皱眉:"怎么,你有心事?"

"满眼寂寂,素秋难敌!"张机望着远处灰蒙蒙的原野,泛着青霾的树林,蘑菇般散落的村子,叹了口气,似答非答,"初秋了,天下却无秋意……"

"是少了些秋意,毕竟自春天以来,滴雨未落。"张伯祖看一眼空荡荡的原野,又将目光收回张机身上,"不管怎么说,褚使君对你孝顺亲长、廉能正直之行,赞不绝口。"

"伯翁,孝顺亲长乃人之大防,廉能正直乃为官必就。南阳郡士子有这等品行者何止千万? 机儿自忖,若非家翁在朝为官,岂能唯我被举孝廉?"张机露出一丝苦笑,"况机儿所思,不在朝堂,而在乡野,不为仕,愿为医。"

"不为仕,愿为医!"身为良医的张伯祖显然知道张机心思,不由想起南阳名士何颙评张机"君用思精而韵不高,后将为良医",微微摇头,"难道你还介意伯求(何颙字)先生之语?"提高声音道,"依我看来,你善思好学,聪明稳重,哪里缺少做官气质和风采? 既做好官,又为良医岂不更好?"

"伯翁对我教诲良多,唯此言不敢苟同。"张机望着张伯祖,"为官者要勤于执政,执法为民;为医者要医者仁心,有医无类。二者之间虽有相通之处,却又诸多分别。既为好官又为良医,显然有悖于常理。毕竟,人生精力有限,勤于政务,疲于官道,又如何埋首典籍,勤求古训,博采众长,苦研医方?"

"机儿长大了,越来越有主见!"张伯祖嘉许地点了点头,"你自幼笃实好学,博览群书,尤喜精究方术。你读史书上关于秦越人诊病虢太子和望色齐侯之事,每每为秦越人'治未病'而激动不已,赞叹不绝。"不由感慨,"我尽心传你医术,何尝不想让你比肩秦越人? 只不过,你尊翁在朝为官,你又刚刚举为孝廉,青春年少正可大有作为,我岂能以一己之私去阻你前程?"

"前程? 大医者,上以疗君亲之疾,下以救贫贱之厄,中以保生长全,以养其身。其前程在于医天医人,更在于能否拯救当下之人。"张机看向道路前方,"这次去郡里一路所见,河流断流,大地龟裂,令人心焦。"收回目光,摇首轻叹,"我担心……"

"是啊,人畜饮水难以为继,地里庄稼颗粒无收。"听张机一说,性情淡薄的张伯祖虽不再为张机被举孝廉而喜悦,但还是不愿张机说出心中的担忧:"大灾之年,瘟疫必起。"这些年,南阳、荆州、冀州等地此起彼伏的瘟疫,已经夺去了太多生命,即使张家族人死于瘟疫者也十之六七。所以,想起"瘟疫"二字就害怕。

"伯翁,你看——"张伯祖顺着张机略带惊诧的目光看去,不远处,一白须老者颤抖着身子,正拿着破瓢为禾苗浇水,"刺——",落地的水注溅起一丝白烟。

"吁——",牛车缓缓停下。张机跳下牛车,欲向老者问话,却见老者晃了晃身子,无力倒地。

"老丈,你怎么了?"张机轻喊着,急忙奔到老者身边,正要将他揽起,被张伯祖厉声喝住:"机儿,别动!"

张伯祖从牛车上下来,将一块干净的药帕递给张机:"掩遮口鼻,为他把脉。"

张机仔细为老者把脉后,表情顿时凝重:"缓脉高热,肝脾肿大,面有中毒之色。恐怕……是伤寒! 难道伤寒瘟疫卷土重来?"

"真是怕什么来什么。"张伯祖面色沉郁，"这老者可否有救？"

"从脉象上看，伤寒初发，还有救。"张机直起身，让车夫拿来一领蓑衣将老者裹起，安置在牛车上，向涅阳镇赶去……

涅阳曾是光武帝爱女的采邑，位于岐棘山东南的涅水北岸。史载，涅阳公主美丽端庄，才情如虹，曾悠游于涅水之畔，袅娜而舞，婉转而歌，作《涅水之阳》。地因人胜，人因地名，涅阳虽为南阳郡辖县，也曾经繁华。纵横十三条大街里，阡陌着七十二巷，杂陈着五行八作的营生，生活着三教九流的百姓。尤其是涅水渡口，热闹非凡，逶迤着各色帆船及小舟，载着粮食瓜蔬、山中土产，随时顺水而下汉江，转往襄阳、江陵、夏口等地。只是这些年被接连不断的瘟疫冲淡了繁华。在秋日的黄昏里，涅阳镇隐约浮动着几丝美人迟暮的怅惘。

穿过几条略显萧条的街道，牛车停在离渡口望楼不远的"济世坊"医馆门前。医馆虽说位于青石巷尽头，略显偏僻，但由于馆主张伯祖医术高明，医德高尚，再加上医馆所在的位置方便药材采购和就诊，遂有了规模。济世坊沿街门面阔约十数丈，一溜褐瓦覆顶、青石为基的白屋透着洁净。院中，占地百丈的院落被一棵葳蕤的梧桐树分为前后两院：前院为坐诊之所，摆满药具，数十个高大的药柜依墙而立；后面小院有十几间以黄泥白茅搭设的素洁医坊，用来安置病重患者。院后一方药圃、一片竹林，郁郁葱葱，笼烟纳翠，一直蔓延至涅水的金龙潭边。

牛车甫一停下，几个年轻郎中便围过来，一边安置老者，一边向张伯祖、张机问安。郎中们本想就张机被举孝廉之事讨个彩头，见张机表情如故，不见一丝喜色，只好按下话题。张伯祖也不歇息，开始为等候多时的病人诊病，张机打横坐在一侧，悬笔记着药方，再交给身后的郎中去配药。待候诊的病人一一去后，已是掌灯时分。

简单用过粥食，张机随张伯祖缓缓穿过院后竹林，来到涅水河边的揽月小亭里，稍事歇息。看着月下悠悠涅水和对岸的苍茫兼葭，张伯祖总算放松些心情，问起张机："那老者病症如何？"

"从脉象来看，是太阴伤寒之症。"张机皱起愁眉，"看其形容，高热、中毒,又有焦渴之症。如何施药,须与伯翁商议。"

"机儿所言极是。老者病象复杂,要辨证论治。"张伯祖想了想,"医馆病者也多是伤寒,因体质不同,病象各异,但无外乎太阴伤寒与太阳伤寒之间。咱俩商量着,你来开药方。"

"我开药方?"年轻的张机望着张伯祖信赖的目光,心中一股暖流涌过,不由滋生几分自信,也就挺胸认下,"伯翁,我意以桂枝汤来调和。用桂枝为君药,解肌发表,散外感风寒,再用芍药为臣,益阴敛营。桂、芍相合,一治卫强,一治营弱,合则调和营卫。加之,以生姜发汗,以红枣温补,以炙甘草为佐药,益气和中,合桂枝以解肌,合芍药以益阴,调和诸药。你以为如何?"

"本方只有五味药,"张伯祖认真琢磨后,眼睛一亮,"但配伍严谨,散中有补。"不由点头夸赞,"好! 此桂枝汤滋阴和阳,调和营卫,乃解肌发汗之总方也!"

"伯翁过奖。"张机淡笑,就着月光,提笔写下药方:桂枝三两,芍药三两,生姜三两,大枣十二枚,甘草二两。按此配伍,漫水煎制汤药。

"七日为一疗程,"张伯祖补充,"辅以隔离之法。"

"甚是!"张机点头,"以病症归类,辨证诊治。"

夜深,皓月当空。漫溢的月华织成柔软的纱网,将虫鸣、菊香、河流以及所有的景物轻轻笼罩,一草一木都似乎隐藏着秘密,色彩朦胧,如梦如幻。张伯祖和张机讨论药方,尤其是得此良方后,反倒睡意渐无。望着远处泛着细细月华的金龙潭上,清雾袅绕,光影婆娑,张伯祖不由想起一桩久远的、隐秘的玄事:"三十年前,涅水曾发生过一件梦一般的玄事。自那以后,就有了伤寒疫病接连折磨人间。"见张机期待下文,张伯祖淡笑着,"你就当作梦话来听……"

那年酷夏,天被乌云笼罩多日,闪电若鞭,响雷滚滚,却久震无雨,令人胆悸而疑惑。张伯祖的师父窦滨乃显亲侯窦固与涅阳公主之后人,家世显赫。年轻时也曾仗剑壮游天下,诗赋武艺会友,走遍大江南北,广增学识。及冠被举孝廉后,见河山飘摇,世事混浊,非清明之象,加之先辈突遭宦官构陷,家道中落,只得弃绝功名之念,醉心岐黄,作隐居谋生之计。他天资灵秀,诗经骚赋史论,出口可咏,各家学派经典,得其奥旨,尤于岐黄之术,多有创建发微。只是他性子散淡冰冷,好玄学冥想,少与人言。

时见天有异象,涅阳人心滚沸,惶惶不安,纷纷向窦医师询问缘由。但不管何人来问,他总是一句话:"人会病,天亦会病,等着看吧",将涅水父老的心又高高吊在云雾里。临近中元节,窦医师不再出诊,只埋头擦拭着祖传的青铜匕,不时试着游丝般的刀锋。此匕长约尺余,暗嵌龙纹,被他当作药匕系在腰间,看似平常,却从不离身。流火的中元夜,他收拾起药匕,带着年青的张伯祖来到涅水渡口的望楼上,就见一阵猛似一阵的热风卷着粗大的沙尘,若似巨蟒从岐棘山中冲天而起,跌宕而来,最后虹吸般地盘绕在金龙潭上。当夜,暴雨如注,涅水混沌暴涨,金龙潭水宛若鼎沸,雷雨交加中又似乎杂着怪物怒吼,猛烈而持久,声震百里。黎明时分,虽说云散雨住,涅水复清,但一夜暴风骤雨还是吓坏了涅阳人,皆闭门不出。

东方初曦,空气中还带着一丝丝雨腥,窦医师便拽起梦中的张伯祖:"徒儿,快随我去收拾妖物。"

"到底是何方妖物作怪?"满怀疑问的张伯祖随师父划着小舟,荡入涅水深处的风铃沙洲。沙洲上芦苇茂盛,雾气缭绕。未及靠岸,惊见一条数丈长、碗口粗的巨蟒横卧在苇丛中,一动不动。蟒首有冠,状若红色蘑菇;腹壁黄白,透着四爪。正身皮色若铁,鳞甲如铠,身上多处雷击焦痕,白骨森然,乌血溅地,显然已死多时。

"果然是忽律作怪!"师父驻舟停篙,带着张伯祖小心地登上沙洲,拨开苇荡,绕着这条忽律仔细查看,"忽律又名地隐,乃蛟龙之邪脉,多居于山中溪潭石穴下,声如牛鸣。倘见岸边、溪谷或行舟之人,即以口中毒雾缠绕,人常遭其患。"加重语气,"待其修行千年,便能兴风作浪,夺水入海,化蛟成龙。"

"涅水自古并无此物。莫非在岐棘山中修炼成妖,来此做害?"张伯祖疑惑更甚,"只是不知被何种神力所伤,竟然暴毙。"

"涅水金龙!"师父看着远处泛着墨绿细波的金龙潭,"忽律要夺涅水入海,便与涅龙遭遇。昨夜二者绞杀,雷霆万钧,惊天动地,显然是涅龙祭出了龙珠。"师父直了直身,扫一眼四处倒伏的芦苇,"虽说涅龙以龙珠殛死忽律,然失去龙珠,恐怕也会受伤不轻。"

二人来到忽律近前。师父拔出药匕,小心摘下忽律颔下的拳大骊珠,以锦帕细细包裹,放入腰间药袋;然后将药匕交给张伯祖,让他将忽律剥皮抽筋。"忽律鳞皮可做护身软甲,坚韧无比,能抵箭锋;龙骨烘焙入药,强筋健骨,提升体力;龙胆醋制丸剂,祛风除湿,镇心安神。"师父指导着张伯祖解剖忽律,"骊珠更是驱疫灵丹。"二人忙活数个时辰,才将忽律深深掩埋。

"后来呢?"张机听得故事有趣,不由发问,"真有涅龙?龙珠乃龙君之精魄,若失去龙珠,必心力受损,岂不大病?"

"天地玄妙,无奇不有。'龙,鳞虫之长,能幽能明,能细能巨,能短能长,春分而登天,秋分而潜渊。'"张伯祖望着悠悠涅水,语气淡然,"龙君为天地正道,护佑涅水及两岸众生。这些年天象怪异,朝政如崩,不闻天雷,更无甘霖普降,想来是涅龙除妖受伤,心力不足,不能发雷掣电。雷者,诛邪除恶,乃天地之正声也。雷电不发而致云雨不谐,人间灾疫丛生。"

"如此说来,人可病,龙亦可病,龙病乃天病也!"张机霍然开悟,"机儿不才,愿医天病。"

"好志向!你既怀天地仁心,就更需潜研医术。"张伯祖手抚张机肩膀,仰望星空,"天病久矣,须以龙珠医治。然龙珠乃坎火离水混成、阴阳交合之奇宝,内蕴天地正气。故而,炼珠之材难觅,炼珠之人更是背负天下苍生使命,可遇而不可求。"

"天下事无非人事!"张机目光坚毅,"我愿不辞万苦,甘为炼龙珠者!"

"好志向!"张伯祖露出一丝欣慰,"对你讲起这桩似梦非梦之玄事,就是希望你能承担起救护万民之责。然炼制龙珠,断非易事,必九死一生。"

"我有仁爱心,更有不死心。故无惧!"张机默了默,"不过,机儿愚钝,尚未知如何炼制龙珠,更不知何处取材。"

"炼丹者首以人体为丹炉,依阴阳之变、五行生克、天人合一、天人相应之变,熟知医理、武学之大道,炼精化气、炼气化神、炼神还虚,纳外气、养内气、和阴阳、通经络,是谓练内丹;再以龟鼎为炉,采天地药草、朱砂云母、饵以五金三黄、空青戎盐,修和炼制,融合成丹,是谓外丹。"张伯祖释疑,"我以为,以内丹涵养外丹,方能大成。"

"内丹炼心,外丹大用。"张机似有所悟,"吾道悠悠,万死不辞!"

月已偏西,有雁夜飞。远处苍茫的蒹葭荡起薄雾,涅水泛着细鳞似的微波,溅溅东去……

第二章　瘟神游走涅阳地　恶人出没衙门里

令张伯祖、张机担忧的事情还是发生了。

霜降之后,天地萧索。一阵又一阵冷风刮打着涅阳城的街巷,将街巷里原本尚有几丝活色的树木花草逐渐摧折,枯枝败叶随风漫卷。冷风里不时夹杂着悲伤的呜咽,传递着伤寒瘟疫已经复发的消息。人们虽听张伯祖、张机说过伤寒瘟疫会传染,但至于如何传染,没有人说得清楚,这就更加令人恐慌。街巷里偶尔走过的行人相互之间一个照面,便疑神疑鬼,相互以为"瘟神",在惊恐、痛恨和无奈中,啐口跺脚而去。至于被瘟疫寒风吹倒的病人,更是无人敢去查验收尸。空气中弥漫着死亡的味道。涅阳城里的人们开始放下赖以活命的生意,甚至变卖薄产,纷纷出城逃疫。

依旧人来人往的只有青石巷尽头的济世坊。步行的、骑马的、跨驴的、坐轿的还有乘牛车的、驾舟的人纷至沓来,医馆不得不将院后药圃和菊园都开辟成病坊,隔离安置那些病入膏肓的人。张伯祖和张机各带几个郎中为病人诊治。虽然他们披星戴月,竭尽全力,却仍然无法遏制愈来愈烈的疫情。

"南阳郡恐怕难逃此劫。"忙过数天后,张伯祖于深夜找到巡视病坊的张机,商讨下一步如何行事,"伤寒来势凶猛,需要大批药材和人力。一个小小医馆难以抵御瘟神。如此奈何?"张伯祖面带焦虑,望着苍穹,刚好一颗流星从天空划过,"天上一颗星对应着地下一个人,又有人走了!"他不由感伤,

"这几年瘟疫不绝,上天收人。远近不说,就说咱张家,百口亲人已经死于这几场瘟疫之中!唉,只恨我医术不精,又恨良药难觅!"

"伯翁,别太难过。你对伤寒之辨脉、审证、论治、立方已经有了规整,只是药材不齐,又缺少病人康复时所需食物。"张机轻叹,"救治病人,需要药材和粮食!"

"是啊,药方没有错!"张伯祖点头,"太阳伤寒要用麻黄汤导引,发汗解表,宣肺平喘。麻黄汤需要麻黄、桂枝、杏仁、甘草配伍,以紫荪仙株、龙胆草为药引,再加苏子、半夏以化痰止咳平喘,酌加石虎、黄芩以清泻郁热。最后,还要以薏米、大枣温补。"摊着双手无奈至极,"可是,没有紫荪仙株、龙胆草。这两种药被称为仙草,是朝廷贡物!"忍不住以拳捶地,"这是大疫,朝廷应该赈济!"

"伯翁所言极是!"张机不由想起涅阳令邀其诊病之事,"前日,我入衙为张明庭内子把脉之后,确诊其亦染伤寒,是寒邪引起外感热病,却遭张明庭辩驳:'内子之病乃岐棘山蝗神作怪所致。'"张机摇头,"涅阳令有此妄念,又怎能指望朝廷赈济?"

"其心可诛!将疫病归于邪神,自己便无过。"张伯祖愤然接话,"南阳郡褚太守亦是可恨,竟说郡内虽有些许小民患疾,但可防可控,无碍大局,还上奏朝廷,让陛下无须多忧。"

"上下相瞒,黎民遭殃。"张机有些愤慨,"无天下子民,何来天子?又何须朝廷、官吏?"默了默,"我离开府衙时,亦劝说张明庭派出公人,去掩埋疫死百姓……"

"他怎么说?"张伯祖面带焦灼之色,"说不定,那就是病源之一呀!"

"张明庭见我施药后,其内子病情和缓,就答应了。"张机表情复杂,"我出衙门时,张明庭又言,染疫者多因不敬岐棘山蝗神所致。他已邀来法师,带着香火法器、六畜祭物,前去蝗神庙设醮祈禳。"

"竟有此事?真是咄咄怪事!"张伯祖惊讶不已,"置百姓生死于不顾,德行何在?"

"《素问》有言,'拘于鬼神者,不可与言至德'";张机惘怅若失,"秦越人亦云，‘信巫不信医者，六不治也’。"

"张明庭请你为其内子医病，却让巫医为百姓驱疫，倒有些糊弄鬼神之嫌。"张伯祖哂笑，"只是不知那巫者是何人？"

"苏章文！"张机显然对此人有印象，"听闻是宫中内医。"

"谁？苏章文？"张伯祖听到这个名字，不啻一声惊雷，"他怎么还没死？怎么又回到了这里？"

"伯翁与他相识？听说此人会法术，颇通鬼神之道，又与当朝黄门内贵交情不浅。"张机略感惊讶，"前日我离开衙门时，远见其背影。此人着玄色曲裾，踏五方彩履，戴鹬羽冠，腰悬宝剑。只是背部微驼，步幅微颠，似有顽疾。"

"岂止认识？此子性劣，不啻瘟疫！你将来可要躲他远些。"张伯祖望着面带疑虑的张机，耐心解释，"按说，他也算是我师弟。幼时，因疝病被家人弃置路边，恰为师父所救，并收为假子，传其医术。然其偏好玄巫之学，酷爱鬼神之道，屡被师父训诫。后来，苏章文因猥亵淫污诊病之女，致使女子羞愤投了涅水。女子家人告于官府。县令收了钱财，只责打其五十棍，免去牢狱之灾。师父羞怒，不愿为他医治棍伤，苏章文就此落下残疾。他无颜立身于涅阳，怀着仇恨不辞而别，开始漫游两都，奔走于中贵黄门之间，汲汲于富贵之中。"张伯祖说着，不由面生怒容，"师父说，人各有志，不必强求。与苏章文断绝师徒关系之后，数年不见其踪迹，两相安生。直到二十五年前，师父病重，他忽然带着十几个宫中羽林军前来济世坊，声称要为朝廷取回宝物。"

"是何宝物？莫非蛟珠？"张机一个激灵，"若无蛟珠，何以将来扑灭大疫？"

"师父带我摘得蛟珠一事，苏章文并不知情。况且，即使他知道，也不会视蛟珠为宝物。"

"为何？"

"苏章文心在富贵，不在百姓。百姓于瘟疫中之死活又与他何干？"张伯祖苦笑，"也只有把百姓生死放在心上之人，才以蛟珠为至宝。"

"那让师祖交出之宝物又是什么?"

"屠龙匕!"张伯祖释疑,"就是悬于我师父腰间之青铜匕。此匕首来历非凡,传说为境外仙人以陨铁锻造。昔年,光武帝曾怀揣此匕行刺王莽。汉室再立,光武帝将此匕赐予涅阳公主,让其护佑天下,靖安山河。涅阳公主后来嫁与显亲侯窦固,是以窦家代代相传而至师父之手。"加重语气,"若非此匕,也难摘得蛟珠。"

"狼子野心,昭然若揭! 屠龙蔽天,祸乱天下!"张机瞪大眼睛,"苏章文如愿以偿了?"

"师父非凡人,早知会有这么一天,遂自戕身死,断了消息。"张伯祖已是泪落,"苏章文带人翻箱倒柜,掘地三尺,于梧桐树下,得一暗嵌龙影之剑,以为屠龙匕,遂欢喜而去。"接过张机递来的绵帕,拭了眼泪,"虽说那把宝剑不过是障眼法,然非如此,屠龙匕和医馆岂能保存?"

"如此说来,师祖以性命保全了这件宝物。"张机唏嘘不已,"但愿此匕能够护佑天下苍生。"

"你也不问屠龙匕下落?"张伯祖有些惊诧,"那可是将来医治天病之药引——青龙引!"

"我不问宝物下落,亦不问贼人若何,"张机淡笑,"前者只有天命所系之人可遇,岂能在我? 后者更是'祸福无门,唯人自招'。我虽有医天病之志,也须先从医人、炼心入手。"

"善恶之报,如影随形。"张伯祖点头,略有宽慰,"那就从这次瘟疫开始炼心! 早晚有一天,你会得到青龙引,配置好医天良方。"又轻叹一声,"至于苏章文,他曾发誓'再不踏进济世坊一步'。所以,咱们与他也就各走各路!"

"正气存内,邪不可干!"张机引用《素问》中所言,表明心志,"制服伤寒瘟疫,还须医者正念!"

"说得好!"张伯祖顺着话题,"不过,这次伤寒来势凶猛,数日之间,已随涅水水流和初冬飒风扩散。若无朝廷赈济,府衙公人用力,恐怕正旦前后,南阳郡就会疫情暴发,百姓更无活路。"夜半,冷风渐起,残留枝头的枯叶萧然纷落,又勾起张伯祖别样思绪,"而太守和明庭只顾官位,互相隐瞒此次疫情,使朝廷以为是疥癣之疾,如何是好?"

"我给家翁写信,让他上奏朝廷,赈灾!"张机下了决心,"朝廷是百姓靠山,天子是代天牧民,活人即活社稷!"

"这是自古至理!"张伯祖看着张机,忽然内心一动,面露关切,"机儿,你去京师找你尊翁。你刚被南阳郡举为孝廉,趁着年轻,也好早立功名,造福乡里百姓。"

"我不去京师!"张机坚定地回答,"当下瘟疫肆虐,我留下来给你打下手,多救百姓性命要紧!"

"你要去,一定要去!"张伯祖有些着急,"即便不求功名,也是保命啊!"

"伯翁,你真认为我是惜命之人? 我自幼随你学习医术,又熟习儒家典籍,岂能苟生?"张机起身,脸色凝重,"南阳郡父老推我孝廉,何谓孝廉? 为人立身以孝为本,任官从政以廉为方。百姓皆为我之父母,我岂能于此非常之时弃父母而不顾?"

"看来,是我有差别心了!"张伯祖不由自嘲苦笑,"那好,我在家为百姓治病,你带着药铲药囊,赶着马车,明天就去岐棘山中多采些草药回来。"以手击额,恍然想起,"对了,在岐棘山黑石峰下,有几株紫萦仙株和银萼龙胆草,极其珍贵,是不可多得之药引。据说,被列为朝廷贡物,恐怕得之不易。"站起身,"不管如何,咱叔侄合力,我就不相信制服不了伤寒瘟神!"

"一定能战胜这个瘟神!"张机暗中握了握拳头,转瞬间又皱起眉头,"这次疫情太重,来势猛烈,若无朝廷赈灾,单靠我们还是势单力薄,救不了多少人。"

"南阳虽说是我朝中兴之地,但天子寡恩,吝啬至极,朝廷未必赈灾!"张伯祖仰望苍穹,潸然泪下,"苍天,你真弃子民于不顾了吗?"

"不会! 上苍慈悲,天无遗物!"张机望着满天星斗,若似自语,"我这就去给家翁写信,恳请朝廷赈灾!"

第三章　灵帝昏庸乱乾坤　宦官弄权欺良臣

　　风尘仆仆的侍御史张松寒刚从蜀地回到洛阳，就接到张机的来信。对于这个留在故里、跟随名医张伯祖学习医术的儿子，他总是心怀歉疚。张机幼时丧母，自己忙于政事，几乎未能给予他多少温暖和关怀。就性情而言，张机虽表面沉静，骨子里却执拗得很。当年，朝廷推恩，原本可以就读国子监，他却执意跟随来京的张伯祖回乡学医。还说，男儿生于天地之间，达则为良相，退则为名医。当下，朝政混乱，瘟疫横行，实际上，为官为医皆不易。

　　胡须花白的张松寒读完家信，手不由得颤抖。这些年，故乡的族人们在瘟疫中纷纷死去，着实令人痛心。"不能，再不能死人了！"张松寒长叹一声，对着门外招呼，"来人！"

　　老仆应声进来，屈身施礼："主人，有何吩咐？"

　　"快些备马，"张松寒起身，略整衣袍，"本御史这就进宫，觐见陛下！"

　　"主人刚刚返京，还请保重贵体！"老仆虽心有不忍，见主人意决，也不好再行劝阻，"外面风大，冷气袭人，不坐轿吗？"

　　"来不及！"张松寒面带焦灼之色，把信揣在怀里，"南都暴发伤寒瘟疫，来势凶猛。急需朝廷赈济。"张松寒说着，急匆匆向外走去……

　　穿过几条依然繁华的大街和车马喧嚣的洛阳道，张松寒在巍峨的北宫门前下马，由中黄门相引，低头趋步，来到高大雄伟的德阳殿前。见到当值的年老内侍封胥，屈身施礼："拜托封常侍，侍御史张松寒有紧急要务，叩见

　　"微臣不为讨赏!"张松寒匍匐于地,"微臣有紧急事务要奏! 今南阳郡伤寒瘟疫又起,来势凶猛,百姓死者众多。南阳,南都也,乃我汉室隆兴之地,不可不救。微臣恳请朝廷赈济!"而后,双手微颤,呈上奏折。

陛下！"

"张御史刚从蜀地回来,也不稍事歇息,这就前来复命?"十中常侍之一的封胥与张松寒略有交情,以为张松寒只是回朝述职,"张御史,你就等着吧! 我这就去禀报陛下。"封胥蹑步向宫殿侧门而去,张松寒就在丈高的玉阶下匍匐候旨。

富丽堂皇、雕梁画栋的大殿内,窗幔掩遮。虽是白日,鹿角枝上仍点着数十支巨大的羊脂蜡烛,照得殿内通明。

面色苍白的灵帝斜依龙榻,轻抚着何贵人艳丽的脸庞,正与中常侍首领张让、副首赵忠和西园军帅塞硕以及何贵人之兄——大将军何进等几个心腹说笑:"朕昨日与贵人游西园,感而有诗,名曰《招商歌》,众卿愿闻否?"

"陛下才情通天,必是好歌!"面相富态、貌似忠厚的张让笑着拊掌,"老臣洗耳恭听!"

见众人领首附和,灵帝也就不卖关子,让侍中杨琦捧着一张黄绫宣颂:"凉风起兮日照渠,青荷书偃叶夜舒,唯日不足乐有余。清丝流管歌玉凫,千年万岁嘉难逾。"灵帝通过强征"修宫钱",在西园营建千间华丽屋舍,又修渠引水,采薜覆阶。园中遍植"望舒荷",此荷为南国进献,昼见日光卷缩不开,夜见月华舒如伞盖。灵帝沉迷书法歌赋、春宫美色,便日日流连西园,只愿时光不老,好让他永享奢华。

"奈何这时光如白驹过隙!"灵帝听完此歌,轻叹,"若是日月不转,江河永驻,方才尽兴!"

"陛下万寿,永享万福!"赵忠探身拱手,"陛下无须忧心,老臣已派仙奴前去岐棘山采取仙药,不日便回。"

"仙药不是长在海上蓬莱山吗?"屠夫出身的大将军何进有些疑惑不解,"何来岐棘山?"

"海上有仙药,陆上亦有仙药。"老练持重的赵忠故作玄深,"待仙奴采药归来,大将军便可知晓。"

"说起仙药,朕便想起先帝。"灵帝似乎对所谓的仙药尚有存疑,"先帝曾食仙药,为何不永享嘉年?"

"此乃先帝遗福于陛下也。"稍通文墨的蹇硕上前开释，"先帝所食仙药来自蓬莱，因水土不服而失药性。然先帝以身试药之大德，陛下断不可忘也！"

"说起先帝，朕何如先帝？"桓帝在位时，荒淫无度，启"党锢之祸"，致使大汉江山日薄西下。桓帝后期宠幸邓皇后，使打入冷宫的窦皇后心怀幽怨戾气。桓帝驾崩，因无子嗣，外戚窦武扶持灵帝上位。灵帝感恩窦皇后，自然对桓帝无甚好感，故而戏谑，"先帝后宫充盈，已享齐天之福！"笑看诸人，"朕何如桓帝？"

见诸人顿时无语，灵帝看着侍中杨琦："卿可言！"

"陛下之于桓帝，"杨琦略一思索，跪地回奏，"亦犹虞舜比德唐尧。"

"尧舜皆是圣君，二者相比……"灵帝品味片刻，笑意全无，"你是说，朕与先帝相仿！"不由得起身怒斥，"卿强项，真杨震子孙，死后必复致大鸟矣。"杨震乃大汉名臣，曾位居太尉，为人疾恶如仇，刚直不阿。后遭诬陷，蒙冤而死。归葬时，有高达丈余的大鸟栖在杨震墓前，双目垂泪，任人抚摸，直至葬礼完毕，方才远飞。朝廷以为大鸟哭灵乃杨震忠直所致，遂下诏以中牢之礼祭祀杨震，并立一尊石鸟于其墓前。灵帝想到此事，有些懊恼，"你不是想向'强项'董宣学吗？好，成全你！"扫一眼张让，"将杨侍中外放为官，可有空缺？"

"陛下推行三互法，官员任职回避，不得在本乡任职，致使官场宁可缺、不可滥，故而，尚有空缺。"张让与杨琦家族有旧，暗存照拂之心，"汝南郡居豫州之中，既能北进汴洛，又可南下荆楚，历来是兵家必争之地。前太守病殒，可委任杨侍中为太守。按官价须两百金。念及杨侍中出自陛下之鸿都门学，可酌情减免。"

桓帝在位时，荒淫无度，加之天灾不绝，外族入侵，已有田野空、朝廷空、仓库空的"三空之厄"。待少时贫寒的灵帝即位，为聚敛财富，在其生母董太后和宦官教唆之下，便"开西邸卖官"。官位标价以年俸计算，太守之职为年俸二千石，官位标价便是二千万钱，折合两百黄金。甚至官吏调迁、晋升亦须支付官位标价，方可赴任。杨琦身为侍中，自然知道价码，连忙向张让长揖叩首:"多谢张君侯!"

"有徇私之嫌!"灵帝摇头,故作姿态,"杨侍中虽为朕之门生,亦应遵循官价,免得使贱民以为太守之位不甚值钱!"

"谢陛下!"杨琦叩首出血,双目含泪,"朝廷可扣去微臣十年俸禄如何?"

"太守一年俸禄两千石,折合两百金。十年俸禄共计两千金。"张让笑着,"陛下又得两千金,可喜可贺!"

见诸人亦随声道贺,灵帝只好作罢,"便宜你了!"杨琦叩首谢恩而去。

看着杨琦的背影消失在宫门外,灵帝心情已经好转,又见封谞蹑步进来对张让耳语,便挺了挺身子,"有什么乐子让朕也听听!"

"不是什么乐子,是侍御史张松寒从蜀地回来,说是有急务,叩见陛下。"封谞连忙跪地,"现正在殿外候旨。"

"哟嗬,朕昨日还与贵人说他,他就回来了!"灵帝来了兴致,"也不知这个榆木疙瘩可否开窍?为贵人带回来多少上等蜀锦?"笑对何贵人,"以蜀锦剪作绢束假花,装点西园绿树草荫,必又是一番别样景致。"看中常侍赵忠,"你先去问问。"

"陛下,这次张松寒是奉董太后口谕,前去安抚益州太守刘焉、刘璋父子。蜀地路途难行,办差也算辛苦。"赵忠伸着脖子,瞟一眼跪在大殿外的张松寒,"他已经跪了半晌了。"

"是吗?"灵帝转了一下眼珠,"朕……只是不想见他!"

张松寒身为侍御史,性情耿直,为官清廉。对灵帝上谏,言辞激烈,屡逆龙鳞,让荒淫无度、视财如命的灵帝不悦。若非董太后庇护和朝中清流拥戴,关键是以大将军何进为首的外戚认为,张松寒作为清流的代表人物,多少能牵制些十常侍的气焰和势力,张松寒就是有十颗脑袋,也不够灵帝一顿砍杀。

"陛下,张御史可是甚得太后信赖!况南阳是南都,大汉隆兴之地,当朝勋贵大多出自那里!"张让躬身上前,笑了笑,"再说了,说不定他带回了上好蜀锦。"

"朕与你赌一赌:他若带回一匹蜀锦,朕赏你百钱。"灵帝嬉笑,"你可敢赌?"

"老臣与陛下赌,十赌九输。"张让哭丧着脸,故作倒霉状,"不过,陛下既有赌意,老臣岂能不应? 这就赌上万钱。"

"好! 爱妃见证!"一说赌,灵帝来了兴致,挺身瞟一眼殿外,"传旨!"

"陛下有旨!"身材高大、体格魁梧的赵忠走向殿门,扯着嗓子,"陛下有旨,侍御史张松寒觐见!"

殿外,张松寒踉跄而起,稳了稳身子,严整衣冠,进殿,叩拜:"微臣张松寒拜见陛下,陛下万岁,万万岁!"

"平身吧!"灵帝扫一眼张松寒,"你这次远去蜀地办差,可见到益州太守?"

"益州太守刘焉及世子刘璋上表,愿陛下康泰,福寿无疆!"张松寒献上奏表,"并献上上等蜀锦百匹,已纳入宫中内库。"

"这就好,这就好!"灵帝扭头笑看张让,"看来,卿有先见之明,刚好万钱。"

听到灵帝笑声,张松寒仍不敢抬首:"微臣还有本奏!"

"讨赏是吧?"灵帝言语轻率,"你说!"

"微臣不为讨赏!"张松寒匍匐于地,"微臣有紧急事务要奏! 今南阳郡伤寒瘟疫又起,来势凶猛,百姓死者众多。南阳,南都也,乃我汉室隆兴之地,不可不救。微臣恳请朝廷赈济!"而后,双手微颤,呈上奏折。

内侍上前接过奏折,为灵帝念过,轻轻呈在龙案上,蹑手蹑脚地退下。

大殿里顿时静寂。

灵帝扫一眼奏折,表情沉凝片刻,忽然从龙案后起身,一把将龙案上的奏折连同几卷奏章推到案下,哗啦啦地散落大殿一地。

张让低眉暗扫灵帝一眼,弯腰弓背,上前缓缓收拾起奏章,又一一摆在龙案上。

"要钱是吗?"汉灵帝虎着脸,看着张让,"你是我父,(又看赵忠)你是我母。你们说,这到处伸手向朕要钱,朕该怎么做?"

张让微屈身子:"还是要赈灾……"

"赈灾?"灵帝扫一眼空荡荡的大殿屋顶,"赈灾就是向朕要钱!"手搌龙案,"张松寒! 你说,这次要多少钱?"

"微臣已经精打细算,需一千万钱!"张松寒暗自咬牙,"另需薏米一千石,草药一百车。"自怀里掏出一册账簿,"详细开支皆记在这里。"

"多少钱?"灵帝吓了一跳,看着张让,"南阳郡可有灾情奏折?"

"一千万钱! 若将粮食和草药折合为钱,共需二千万钱。"张让接过张松寒高举于顶的账簿,皮笑肉不笑,"南阳郡褚贡太守虽没上奏折,但灾情是有。数日前,赵常侍已安排义子苏章文前去南阳岐棘山,于蝗神庙设醮祈禳了。"

"主要是为陛下取仙药!"赵忠连忙补充,"岐棘山中盛产蝗精,可提炼仙丹,服之延寿。"

"先说赈灾之事!"灵帝显然不愿让清流外官知其暗服丹药,故而不理赵忠,只盯着张松寒,"你真敢狮子大开口。朕刚刚赌赢张君侯万钱,就这样不见了!"灵帝不在意南阳郡是否有疫,也不在乎谁去除灾,他关心的是钱! "你知道吗? 为了能为社稷多挣点儿钱,朕昨日还去宫市掷壶挣钱。你……不体恤朕吗?"

"微臣不敢!"张松寒以额抢地,"然活民乃当务之急!"

"你给他说,"灵帝有些气急,看着赵忠,"朕昨日怎么来着?"

"昨日,陛下微服简从,到宫市博彩。"赵忠轻咳一声,看一眼何进,"与何大将军做投壶之戏,赢得十万钱!"

灵帝少时长于河北与杂胡交接之地,颇受胡风影响,热衷于胡人歌舞,甚喜热闹榷场。中常侍们便于后宫仿造街市、设立榷场,让宫女宦官或扮作各种商人,叫卖从各地搜刮而来的珍奇异宝,或扮成耍猴卖唱的艺人,展现绝技。灵帝则时常身着胡服,在集市上饮酒作乐,赌钱打斗。昨日,又与大将军何进混迹于此,做投壶之戏,何进焉能不输?

"不错!"灵帝咧嘴一笑,转瞬皱眉,"可这点儿钱朕还没暖热,就又要被拿走了!"不由得因心疼而发怒,"赈灾,赈灾,朕要给贵人建一座养心殿,谁赈朕之心灾?"

"陛下，你消消气。"何贵人为灵帝揉着胸口，若哄小儿一般，"养心殿之事从长计议可好？"露出一丝妩媚，"陛下不是答应陪妾去西园温室赏花吗？"

"何贵人贤淑仁德，"张让也上前劝慰，"此事还是从长计议。"

"赈灾？"灵帝呼出胸口闷气，"荆州闹瘟疫灾荒，刘表从内库拿走一千万钱。谁知道他把钱花在哪儿了？"狠狠地看一眼张松寒，"你身为侍御史，不去帮朕查查这些钱花在何处，反倒也替灾民说话。现如今河北、山西、山东、江浙等地都要赈灾，内库就是搬空，能够吗？"灵帝起身随何贵人离去，边走边说，"哼，你身为侍御史，不去查查那些官员如何收钱花钱，却一个劲儿帮着贱民要钱……不怕朕治你罪吗？"

张让紧趋两步，扶着灵帝离去，目光暗暗示意赵忠。赵忠会意，待灵帝出了大殿，上前扶起张松寒："张御史，你先回去，此事从长计议。"

"人命关天，"张松寒泪落，"大疫当前，等不得！"

"张御史，不要莽撞！"一直冷眼旁观的大将军何进这才说话，"赈灾乃朝廷大事！灾情如何，尚需南阳郡上折奏报。"

"太守、县令有意隐瞒，唯恐陛下怪罪。"张松寒痛心，"请朝廷尽快派出钦差，以察灾情。"

"放心，我已安排苏医师前去了。"赵忠露出一副诚恳的样子，"容我和张君侯向陛下再求求。"

"赵常侍英明！"张松寒拱手，"南阳郡百万子民就仰仗你和张君侯了！"

第四章　内贵使诈排异己　忽律巧簧搬是非

一年后,张机才知道,由于那封为南阳郡百姓请命的信,让家翁走上了不归路。可是,历史没有假设,张松寒就这样沦入了荒淫无耻的灵帝与腐朽堕落的中贵们共同编织的罗网里……

窗帷低垂、低调奢华的灵昆苑内,鸿羽帐前搁置着几张杂宝漆案,案上摆满老酒果蔬、鸡鸭鱼肉。青烟袅袅,檀香弥漫,透着奢靡之气。张让居中而踞,赵忠与三个白发宦官侧踞,其余几个宦官于外围踞着,身后还有十数个当值的小宦官袖手侧立。烛火跳动,映着他们阴阳不定、忽明忽暗的脸。

张让满饮一杯美酒,扫一眼赵忠:"听说赵常侍竟然说动了陛下,让张松寒带着一百车钱粮药材去南阳郡赈灾?"

"不愧是我等中常侍首领!"赵忠露出一丝谄媚,"张君侯还真是消息灵通! 不,是明察秋毫!"

"什么明察秋毫? 是你刻意不隐瞒罢了。"张让挥了挥手,大度地笑着,"我朝中兴以来,朝政便由中贵、外戚和清流把持,互为掣肘,平衡权势。今我内贵于朝中稍事上风,皆因我等十常侍齐心进退。若非如此,焉有富贵?"探身向前,面带疑惑,"今赵常侍忽然为张松寒说事,着实令本君侯不解。去岁,张松寒抓住中常侍兴建东西宫市时,截留一些钱帛之事儿,不断上书陛下,还在朝堂上大放厥词。"剜一眼赵忠,"哎,咱俩差点儿被那些刀笔吏写死,被口水淹死。"

"是啊,想起这事儿就窝火。"赵忠露出一丝怒意,"我与他势不两立!"

"可是,这次他要赈灾,你怎么就替他出头了?"张让探着身子,"你不是对他一直怀着必杀之而后快之心吗?"

"此心如初,坚如磐石!"赵忠阴笑,"这次他要赈灾,我就给他降灾!同时,咱们还要借此让陛下落下好名声。"

"好名声?"侧踞赵忠对面的中常侍封谞讪讪一笑,"爱民如子?英明睿智?仁义道德?雄猛精进?"

"行了,陛下与这些词都不搭边,"张让忍不住嗤笑,"陛下只爱自己,眼中只有美人和钱帛!"敛起笑容,"咱们能得富贵,就是因为能为陛下敛财和荐美。"看着赵忠,"我还是有些不信,你怎能花了朝廷钱帛又不让陛下震怒?又如何能让陛下落下好名声?"

"还有如何降灾于张松寒?"封谞眯着眼睛,"这可是一箭双雕之计。"

"算错了,是一箭三雕!"张让白了一眼封谞,向赵忠趋了趋,"究竟这箭如何发?"

"啪——啪——啪——"赵忠对着侧门拊掌三下,门应声而开,一个鹰鼻蛇眼、身着灰色道服的瘦高道士蹑步入内,躬身对着赵忠小心施礼,"义父安康!"转身对着张让施以大礼,再环揖诸人,"微末苏章文,拜见各位中常侍!"

"抬起头来!"张让略带轻蔑地看着苏章文,"你就是苏医师,苏仙奴?听说知晓天地阴阳、五行八卦、铸鼎炼丹、鬼神之道?你义父可是没少在我面前说你好话。"

"义父就是我再生父母。"苏章文仰着有几颗麻点的长脸,"张君侯无疑就是微末靠山!"又转着一双白多黑少的三角眼,"在座诸位常侍就是八方神仙。"

"假子与义父年龄相仿,"坐在封谞旁侧的掖廷令毕岚曾因铸造铜人铜钟和天禄虾蟆之事,与赵忠不合,借机嘲讽,"你义父恐怕下辈子也生不了你!"

"还放不下那点破事儿?"赵忠看一眼有些狼狈的苏章文,撑了一句,"你铸铜钟铜人时掺了多少沙子,陛下不知,我知!"

"都省省吧,"年龄最长的中常侍徐奉出面调和,"一条绳上之蚂蚱,还互相咬。"

"打住! 那些破事以后再说。"张让起身,不怒自威,"今日只说如何让张松寒去南阳赈灾之事儿!"见徐奉、封胥、毕岚和赵忠顿时换了皮笑肉不笑的表情,张让踱步苏章文面前,"一张巧嘴,八哥一般!"露出一丝讥笑,"可你一进来,就让诸位常侍互不安生,看来,你不是什么好人!"目中寒意一闪,"不过,你既然能去岐棘山采仙药,说不定有些本领。"转身归位,坐在鸿羽帐前,"本君侯爱才,若能为我所用,就好。"

"微末愿效犬马之劳!"苏章文连忙低下头,"即使肝脑涂地!"

"不知苏仙奴这次来,可带回仙药?"毕岚揶揄着,"你义父可是在陛下面前夸下海口!"

"微末不敢称仙奴!"苏章文屈身应对,"岐棘山仙草再过数月便可采撷。"暗看赵忠,期待解围,"眼下渐入寒冬,仙草受冷缩阴,尚欠春阳中和。"

"有些道理!"皮笑肉不笑的张让接话,"若我义子张奉回朝,便可知苏医师所言之真伪。"张奉任职太医令,医术杂糅各家之短长,颇得董太后之依赖。张让当然知道,赵忠之所以招纳苏章文为义子,也是为了能在内宫布下一枚棋子,以便左右陛下及何贵人的身体状况。所以,不失时机地敲打,"医师贵在无邪,贵在忠诚。"

"我就是看上苏医师这份忠诚!"赵忠终于为苏章文说话,"待来年春天,苏医师若取不回仙草,必遭上天责罚。"

"甚好!"张让有些满意,"还是重归正题,接着说道让张松寒去南阳郡赈灾之事儿。"

"至于刚才张君侯问我如何一箭三雕,"赵忠目光鼓励苏章文,"正好由苏医师代为解答。"

"原来是苏医师之妙计!"看热闹的封胥眦了苏章文一眼,"那还不赶紧给张君侯说道说道?"

"苏医师,起来吧,也坐。"张让轻轻一挥手,将长袖铺展在条案上,"说来听听。"

赵忠见苏章文颤颤落座,有些不安地看侧立的宦官们一眼,便明白苏章文心思:"留下几个当值小奴,其他人都先下去吧!"

"微末就斗胆替义父说出如何赈灾。"苏章文见站立的那群宦官退下后,收回目光,"朝廷应依张松寒之意,赈灾。然后,拨付钱粮,由张松寒带百十个老军押送南阳郡,再由微末带着数百羽林军,乔装成山匪,率先埋伏在赈灾车队必经之路,半途抢回。然后,嫁祸张松寒勾结山匪,图谋作乱,如此便可一箭三雕。"

"好计谋!只是过于歹毒!"张让听完,也是心中一震,"如此,朝廷又如数收回钱粮,张松寒又坐实谋逆之罪!"

封谞也倒吸一口冷气:"苏医师果然是人才!"

"苏医师果然堪称旱地忽律!"张让打趣,"此计,毒妙!"

苏章文连忙拱手:"多谢张君侯正名!"

"忽律这名字好吗?"张让笑了,"也是,比猫蛋儿狗蛋儿强!"

"只是调动上千羽林军需大将军何进下谕。"赵忠显然中意此计,"还请张君侯代为周旋。"

"何进屠夫出身,只因其妹何贵人颜色好,而骤得富贵,为人不齿。故而,本君侯不愿去欠他人情。"张让推托,起身,"走啦,今天这事儿就算我没听明白。不过,我也不会拦阻赵常侍行事,毕竟你我一体,休戚与共。"

"这事儿我们也没听清,也不懂,只好告退。"徐奉见毕岚、封谞也随张让起身离去,拱手告退,"只是,此事儿不宜做太绝,天在看呢!天也在算呢!"

"老滑头!"见四人离去,赵忠不由冷笑,"待我立功,他们便蜂拥而上分这一杯羹;若有闪失,陛下追究,又与他们无碍!"恶狠狠地盯着苏章文,"所以,此计必须得逞!"

"若不能调动太多羽林军,那就赦了魏延,让他带着属下儿郎为我所用。"苏章文献策,"魏延带着数百山匪,盘踞在飞龙寨。此地地处险要,恰是自洛阳至南阳必经之隘口。若魏延与张松寒联手,不但计谋不成,反倒资匪养匪,后患无穷。"

"我知道魏延！此子武艺高强，曾两次行刺张君侯，险些得手。因他与隐匿洛阳的惯匪连枝同气，张君侯担心其再次行刺，是以未轻易处死魏思。"赵忠略思片刻，"不过，你不必多虑！张松寒乃我朝清流士子之首，岂会与山匪勾结，以辱颜面？"

"义父有所不知，自洛阳至南阳道路通畅，唯有鹰嘴涧一处适宜设伏，此地位于许地与宛地交界之处，离山匪巢穴不过数里，断然瞒不过山匪探子。"苏章文显然了解路途，干笑着解释，"这次张松寒可是奉旨赈灾，咱们是劫匪，总不能在光天化日之下行事？"

"怪不得你想起匪首魏延！"赵忠恍然大悟，"招抚魏延，让他带山匪去抢劫赈灾钱粮。待押送军士与山匪相互厮杀、两败俱伤时，我再以三百羽林军随后掩杀，一个不留，收拾残局。"哈哈大笑，"关键是收拾钱粮，完璧归赵，不，归于陛下。"

"如此，既可除去张松寒，又可夺回钱粮，再得陛下厚赐！"苏章文虽略有得意，然毕竟还有一丝心虚，"不过，只有义父手中三百羽林军，没有魏延山匪为外援，事情难办！"

"招抚魏延？好！"赵忠端起酒盏，赐酒苏章文，"只要不动陛下之钱帛和美人，其余之事皆可由我便宜行事。"

"如此，还须义父施恩！"苏章文显然知悉底细，"魏延之父魏思乃燕山边将，因擅自出关迎击乌孙骑兵而兵败入狱。义父掌管诏狱，若赦其父之罪，魏延必以死相报。"

"招抚魏延及其山匪容易！魏延至孝，唯恐其父在诏狱受苦，倒也不时暗中托人向我馈赠金银山珍，我也就顺水推舟，照拂魏思一二。以至于魏延认为，陷害其父者，唯张常侍也！"赵忠坦然一笑，"这些年，张松寒和董奉一直在为魏思鸣冤叫屈。若非我等从中掣肘，陛下早就颁下恩旨了。"

"义父高明！"苏章文为赵忠佐酒，"魏延骁勇，又性情善变，恐须义父手书，方能使他相信朝廷之诚。"

"这个好办！"赵忠饮下杯酒，阴笑，"我就以魏思口气，写下手谕。"装作感同身受的样子，"天下父母无不望子成龙。魏思要是知道儿子做了山匪，一定伤心失望,他必规劝儿子迷途知返,报效朝廷。"

"情理之中,也是天意!"苏章文想起一件事来,"我这次去岐棘山除妖,途中,恰遇一位壮士正被野猪追逐,生死之际,被我救起,竟是魏延族兄——魏庄,他愿随我说服魏延,为朝廷效力。"

"壮士? 被野猪追逐? 真会说笑!"赵忠笑着,"不过,降服人心比除妖驱疫更难。你果然长本事了!"

"奉义父钧意,我前去岐棘山祈禳。途经黄垭山时,一头发情野猪正亮着獠牙,追逐魏庄。"苏章文描述着,"发情野猪不可小觑! 它会气功,为了尽快下山觅食,便运气周身,使体形呈圆桶状,滚下山去,山陡石硬亦不能伤其筋骨。魏庄箭射野猪,却不知野猪皮毛沾满松脂,坚如铠甲。"

"那你又如何救他?"在颇通刀枪之术的赵忠眼中,苏章文的武艺充其量是三脚猫的功夫,"莫非以巫术咒语?"

"正是!"苏章文挺了挺鸡胸,"我默念咒语后,仗清风剑怒喝一声'叱——',那野猪便掉头而去。魏庄见我如此手段,纳头便拜,以我为师!"

"哈哈哈——,好!"赵忠来了精神,"再给我说说,你这次去岐棘山又是如何祈禳驱疫?"

"南阳伤寒瘟疫复发,皆因贱民不敬岐棘山蝗神所致。"苏章文故意默了默,"离开京师后,我先去了南阳郡宛城,登独山玉台,念祈天祷辞后,望天象而知蝗神所在之地。便带两小童,奉紫英香草之礼,由八卦罗盘指引,前去拜望蝗神。"

"有趣! 蝗虫也有头领?"赵忠诧异,"会是个什么样子呢?"

"蝗虫乃天虫,用以惩罚不敬鬼神之民。是故造字之人在'皇'字边加个'虫'字,就成了蝗。"苏章文与赵忠对酌一杯后,口若悬河,"沿途所见,本应是遍野稻菽之原野,却因干旱而土地返碱,若似残雪覆盖。树草皆枯,只有荆棘横生。偶尔路过村庄,多是残垣断壁,不见人烟。"

"别扯那么远,就说蝗虫之事儿。"赵忠眯着眼,"'皇''虫'加一块儿是蝗,难道真是天虫?"

"义父高见!"望着赵忠期待下文的眼神,苏章文唾花四溅,"我乘着马车,快到岐棘山蝗神观时,就见西北天空飘来一片暗黄色厚云,云端中,无数翅膀扇动,发出甲胄摩擦之声。天空昏黄,日色无光,腥风血雨,宛若末日降临。转瞬之间,那云朵若烟火般炸开,万千金星若箭矢般落地。我看着枯树荒草瞬间被蝗虫荡涤干净,不由心生悲壮。"

"你是怕蝗虫吃了你?"赵忠打趣道,"这些小虫可以随手捏死,抱成一团,竟能摧枯拉朽,不可思议。"

"蝗虫不吃人,只吃庄稼,然后,让人饿死。"苏章文笑了笑,"对付蝗虫,要软硬兼施!"扫一眼两个当值的小宦官,"我先拔出清风剑,汤水浇雪般地扫清眼前蝗虫,而后,令二小童高擎芝玉香草,向着蝗神观招摇。"见赵忠听得仔细,苏章文饮酒润嗓,"片刻后,蝗虫又结云而去,天空复现光明。我携二小童,带着芝玉香草来到蝗神观,观内香烟缭绕、草腥横生,人头虫身之蝗神挂剑而立。蝗神身高三尺,着黄金铠甲,通天冠冠顶插着两根长羽。其面色焦黄,双目赤红,无鼻,横扎数根钢须,倒也威风。蝗神受了礼敬,也就坐下身子,与我相谈。"

赵忠虽说似信非信,还是向前挺了挺身子:"说些什么?"

"蝗神说,奉上天旨意前来降灾。若我等明白人,当知天灾必与人祸勾连。"苏章文压低声音,"义父,你该心知肚明:兵荒马乱、改朝换代之乱世要来了!"

"乱世,乱世好呀,乱世出英雄!"赵忠若有所思地阴笑,"你对付蝗虫之法,也是治世良方啊!软硬兼施,王霸并举。"

"我听闻,冀州蝗虫如潮涌动,正在酝酿灾难风暴。"苏章文看着赵忠,"义父,你是如何看?"

"好了,你我就不打哑谜,干脆打开天窗说亮话。"赵忠笑了笑,也不再拿捏,"你所言,乃太平道。道义里宣称:天下人皆生活在鬼神监视之下,并依据所做好事、坏事多寡,由鬼神增减寿命。又说什么,苍天已死,黄天当立。"

"岁在甲子,天下大吉!"苏章文接话,"义父,我们也该考虑长远些。"

"是啊,连宫中都有不少官宦信了太平道,与妖人勾结,图谋叛逆。"赵忠轻叹,"老夫属下也有几个太平道信徒,被人告发后,差点儿连累我。若非张君侯与我皆得陛下宠信，老夫可就躲不过何进构陷，身陷囚笼了。"

"义父要是有个三长两短，可如何是好?"苏章文故作悲憾，"义父，此时可要洞悉朝局，不敢出错。"

"这些日子，朝政不靖。尤其是大将军何进、骠骑校尉袁绍联手西凉董卓，欲将我等置于死地。"赵忠压低声音，道出实情，"陛下身子虚弱，然迄今不立太子，致使朝中暗流涌动。何贵人所生之子刘辩为长，得何进和朝臣拥戴，一旦陛下殡天，刘辩登基，便是我等死期。故而，我与张君侯要力拥王贵人所生之子刘协与刘辩争太子位。刘协虽幼，却聪慧异常，甚得陛下欢心，我等也有胜算。"顿了顿，"纵看我朝历代内官与外戚争斗，最终无不是内贵获胜!"

"义父一番肺腑之言，让我有拨云见日之感!"苏章文起身施礼后，再为赵忠佐酒，"我总算明白了，义父为何一定要在朝堂上为张松寒说话，促成南阳郡赈灾，巧施一箭三雕之计!"

赵忠点头:"内贵与外戚相争之时，朝廷清流代表张松寒、王允、董奉便是民意，不可轻视。"

"如此，促成赈灾得民意，再暗中夺回钱粮得陛下欢心，而后又得羽林军和山匪为我在乱世所用，"苏章文媚笑，"义父之计，实在高妙!"

"老夫这就代表朝廷，手谕魏延，待其立功，不但赦其家族之罪，还要给予封赏。"赵忠一副志在必得的样子，"如此行事，即使乱世，也不愁富贵!"

"魏延骁勇多变，待其功成，也必杀之!"苏章文忽然冷静下来，"计谋在于缜密，死人不会说话!"

"有理!"赵忠略思片刻，放声大笑，惊飞室外枝头上夜栖的乌雀。

第五章　张机喜得青龙胆　子诺暗许终身愿

冬日的岐棘山，乱石林立，杂木凋零，山风凌厉，一派肃杀。

张机带着药铲、药囊，赶着马车，已经独自进山三日，采集了不少草药。他本欲将药草装上马车，返回涅阳，又想起张伯祖的交代：在岐棘山的黑石峰下，有用作药引的紫萦仙株和银萼龙胆草。便趁着好天气，不顾疲惫，赶着马车，来到黑石峰下。

仰头望去，峭壁如削，直插天空。张机不由倒吸冷气：“仙草所生之地，果然人迹难及。”摇了摇头，正要离去，忽然眼前一亮，就见离地十余丈的峭壁缝隙中，几丛叶片肥厚、爽茎直立的紫萦仙株在山风中招摇。离紫萦仙株不远，两丛褐色的银萼龙胆草支棱着翅状细条，顶着一层细密的润叶。“果然是仙草！”张机惊喜，卸下背上的药囊，紧了紧腰带，将药匕衔在口中，开始若壁虎似的徒手攀岩。脚下的碎石不时落下，叮叮咚咚地滚向山崖。

张机好不容易采下那几捧紫萦仙株，正要转身，忽然从旁侧银萼龙胆草的高处，探出一颗拳大的三角蛇头，一条粗如小儿手臂的青蛇盘着身子，冲着张机“咝咝——”地吐着火信。显然，这两丛银萼龙胆草是青蛇藏身之地。虽说张机在山中采药时常遭遇猛禽野兽、蛇蝎虫豸，也曾赤手与它们搏斗过，但此刻仍陡然心惊，冷汗潜然。正思量如何出手，却又听到山崖下有人娇叱：“何人大胆？敢盗仙草？快些住手！否则，吃我一箭！”

前有蛇吐信，后有弓上箭，张机只能贴着峭壁，一动不动。崖下之人也分明看见那条青蛇，"嗖——"的一箭，正中蛇首。青蛇剧烈挣扎，蛇尾卷着龙胆草的棘叶，在张机臂膀上扫出一片血痕。他以手紧抠峭壁，闭目硬挺。片刻后，青蛇无力地从银萼龙胆草上滑落，悠悠跌向涧底。

张机终于睁开眼睛，长吁一口气，揩去额头冷汗，回转身来，向涧底低头望去。就见一位骑马的窈窕女子，年不及二旬，身着浅色襦衣，外罩毛皮短臂，青带束腰；鹅蛋脸形，黛眉杏眼，甚是俊美；垂云髻斜插一朵黄色野菊，透着俏皮。弓箭在手，短剑悬腰，英姿飒爽。

那女子见张机看着自己，不由脸色微微一红："看什么看？说你呢！仙草岂敢随便采摘？那可是进献宫中之圣药。"

"姑子，南阳大疫，急需这些仙草做药引。"张机目光恳切，将衣服一撩，顺手将几株草药摘下，放入背后药囊，这才又站稳身子，"我乃张机，涅阳人，自幼好医术，愿舍身以救万民。还望姑子体谅！"

扫一眼清隽非凡的张机，尤其是张机那双幽若清潭的目光，女子多少有些释然，收了弓箭："你先下来，再说！"

张机小心地顺着峭壁滑下，见跌落涧底的青蛇竟在死时吐出青玉般的蛇胆，不由得眼眶一热：不仅是为自己无意间得到这颗无比珍贵的青龙胆而感动，更是因为这条青蛇以胆汁滋养了两株银萼龙胆草，有益于杀死它的人！若说医者仁心的话，这条青蛇可谓"圣"！张机含泪跪地，小心收拾起青龙胆，然后挖一深坑，埋葬青蛇，还顺手在小小的坟头前，插上一块青石。张机这才起身，略整一下被峭石划破、翻着绵絮的素袍，来到女子面前，拱手施礼："张机多谢姑子施以援手！"

"你胆子真大！"女子看着不慌不忙的张机，显然敌意渐失，"若不是那条青蛇为你挡箭，你恐怕已挂在峭壁上了。"

"多谢救命之恩！"张机感激，解释，"生死攸关，张机迫不得已采了仙药！"表情略有惋惜，"只是若待来年仙草花开，才是最佳采摘之时。"

"为何不等？"女子收起弓箭，环臂相望，"紫萦仙株岂是一般百姓所用之物？"

"疫情不等，不得已而为之！今南阳郡疫情刚起，正是控疫黄金时机。

若得紫萦仙株和银萼龙胆草为引,必能立竿见影。"再次拱手,正气凛凛,"在张机眼中,生命没有贵贱。况此处又无朝廷封印,为何采摘不得?"

"虽无封印,但也有主。"女子看张机一眼,"前些日子,朝廷苏医师来岐棘山设醮,见此处仙草,便授意亭长严加看护,待春暖花开之时,要将这两种仙草请起,送入宫中。"

"仙草乃天地所生,自然化成,理应为天下万民所用。"张机分辩,"今南阳郡再起伤寒大疫,而仙草恰是救命药引,岂能以一己之私,置万民生死而不顾?"

"你这么说,我还真有些为难。"女子有些口软,但也没有放张机离开,"此地乃我祖翁领地,故而,仙草归我祖翁所有。数日前,他已答应让亭长献给朝廷。如今却被你采摘,我祖翁必遭祸事。"想了想,"你还是见我祖翁之后,看他如何处置。"

"也好!"张机无奈苦笑,弯腰背起药囊,牵过马车,跟在女子身后,朝不远的山坳走去。

途中,女子问起张机:"你既然是涅阳张姓人氏,可否识得活神仙?"

"正是我伯翁,也是我师父。"张机也不隐瞒,"伯翁在涅阳为百姓医病,因缺少药材,方托我进山采药。不想,竟得仙草和青龙胆。"

"你能否带走仙草和青龙胆,我可做不了主,见了我祖翁再说。"女子又默了默,表情松动,"这么说,你可是刚被举为孝廉?"

"你怎么知道?"张机疑惑,"可我对你一无所知。"

"我一个乡下姑子,不认识又如何?"女子虽然这么说,还是露出一丝笑意,"要说,小时候有人还住过我家,和我一起去后山打过猪草。"

"你莫不是黄公寨之子诺?"张机脑海里顿时浮现出多年前随张伯祖进山采药的情景,"我想起了! 在后山打猪草时,还和你一起追过野兔。"

"想起来了?"子诺扭头看一眼早已长大成人、身材修长、俊眉朗目的张机,有些嗔怨,"若非看在活神仙之面,我才不救你呢!"

张机止步,郑重施礼:"多谢子诺救命之恩!"

"算了,我救你也不是为了让你报恩。"子诺一副无所谓的样子,"只因你盗了仙草,留着你让我祖翁发落。"

"一人做事一人当!"张机倒也坦然,"我只是不明白,黄公早已辞官归隐,又如何为那个朝廷医师效力?"

"谁说我祖翁为狗屁医师效力了?"子诺有些生气,"我祖翁看护那几株仙草,也是为了救人。"

"为了救人?"张机微微一怔,"去救治那驼背医师之疾? 药也不对症啊!"

"你还有心打趣!"看张机呆呆的样子,子诺不由笑了,"你认识那个驼背医师?"

"他叫苏章文,听我伯翁说起过。我在涅阳衙门见过他背影。"张机认真,"此人若真有疾,我愿为他医治,切不可糟蹋了那几株仙草。"

"真是个好郎中! 仁心泽厚!"子诺似夸非夸,"见我祖翁,你与他说。"

说话间,二人转过山坳,在茂密的竹林后面,散落着几户人家。子诺下马,带张机来到一处阔朗洁净的院落前,一个五旬左右的老仆过来招呼:"子诺,还带了客人回来?"打量张机,"好一个英俊儿郎!"笑看子诺,"这位儿郎是……?"

"晚辈涅阳人,张机,"张机连忙施礼,"多有叨扰。"

"无须见外,"老仆上前,牵过子诺的拳花马,又帮张机驻下马车,"能来此处,多是故旧,或是有缘之人。"

"赵五伯,我祖翁又去打猎了?"子诺听赵五伯有弦外之音,便岔开话,"叫他回来,有急事呢!"赵五伯是黄公多年前的亲兵,擅于箭术,武艺超群。黄公获罪归隐时,他执意誓死追随,甘为仆人;对子诺视若女儿,亲授子诺箭术。

"黄公年高,还去打猎?"张机关切,"山中崎岖,野兽横行,宜当小心。"

"他天天在山上打猎,老想着山上野兽就是世上贪官酷吏!"子诺接话,"老想着野兔就是小偷!"

"我才不是小偷!"张机想到自己曾和子诺一起逮过野兔,今天又采了银萼龙胆草和紫苏仙株,就觉得她话里有话,"等会儿,我给祖翁解释。"

"是我祖翁！"子诺抢白张机一句，"看我祖翁回来咋收拾你！"

"黄公也该回来了。"赵五伯笑看两个年轻男女斗嘴，一边牵马向马厩走去，一边对子诺、张机招呼，"屋内已煮好了热茶。"

子诺这才想起自己少了点儿待客之道，有些不好意思地看张机一眼，这一看，忽然心疼眼前这位满脸灰尘、身上素袍也被峭壁石片划破的俊郎。实际上，当她知道这个俊郎就是张机时，已经在心底不再把他当作坏人，甚至产生了亲近之感，虽然他冒犯了祖翁看护的领地。"不管怎么说，我还是要有待客之道。张机，进屋喝杯热水。"

张机也不客气，刚刚坐定，就听见院门外传来洪亮的声音："今日射杀了一只肥大野鸡，宛若修习县那个明庭，快哉！"

张机起身抬头，一个身体硬朗、面色康健的长眉老者手提猎物，大笑入院。赵五伯上前接过，打趣："头小身大，还真像那个囊官！"又顺手解下老者腰间箭囊，对着屋内招呼，"子诺，还不赶紧为你祖翁布茶？"

子诺应声而出，挽着黄公胳膊，笑着进入屋内。老者一见张机，有些好奇："这位俊郎又是哪位？"

张机连忙施礼："晚辈张机，乃涅阳张伯祖小徒，奉师之命，为消除南阳郡伤寒疫情，入山采药，多有叨扰！"

"活神仙是你师父？"黄公显然与张伯祖颇有交情，面含笑意，"活神仙一向可好？"

"祖翁，别只顾问候活神仙了，"子诺未及张机回答，抢过话头，"他徒弟盗了仙草，恐怕这次要狠狠叨扰你了！"

"怎么回事？"黄公目光在二人身上逡巡，又落在张机身上。张机倒不惊慌，从容解释，"张机为得药引，刚才攀上黑石峰峭壁，采了那几丛银萼龙胆草和紫萦仙株。"

"胆子不小！"黄公坐下，脸色略有阴沉，"尤其是两丛银萼龙胆草由一条灵蛇以胆汁滋养，舍身守护，你又如何得手？"

"多亏子诺施以援手，一箭射死青蛇。"张机感激地看子诺一眼，"得此仙草和青胆，可为药引，提升桂枝汤、青龙汤之药性，治疗伤寒，控制疫情，救下百姓。"

"一箭射死青蛇?"黄公看着子诺,面带不悦,"张机不知情,难道你也不知道吗?"见钟爱的孙女瞬时眼泪弥了眼眶,又不由叹息一声,"唉,莫非天意?"

"张机鲁莽,愿受黄公处罚!"张机撩起衣袂,跪地叩首,"只是,仙草乃天地所生,自然养成,非一人所独有,当用于天下百姓。"

"起来说话。"黄公舒缓情绪,"既然是活神仙要用仙草救治百姓,我还真是有些为难。"以手扶起张机,"起来,我慢慢给你说……"

月余前,苏章文带着芝兰香草和一群杂役来到岐棘山设醮祈禳,便问起此地亭长魏庄,山中可有奇珍仙草、异石宝玉。魏庄因堂叔被朝廷羁押之事有求于苏章文,便说起黄公属地有一黑石峰,峭壁中生着几丛珠玉般的异草,有青蛇守护。苏章文记下此事,离开岐棘山时,特意来到黑石峰下观看,识得那几丛银萼龙胆草和紫萦仙株的妙用,正要派人采摘,被黄公所阻。苏章文恼怒,就欲强取。黄公也不多话,开弓搭箭,一箭射落天上双鹰。苏章文为黄公惊天箭术所震慑,又自亭长口中得知黄公乃归隐的前朝刺史,当年英勇无匹,在百万军中取上将之首,若探囊取物一般。其有二子,长子黄忠乃现今秦州郎将,义子张曼成任职洛阳西城校尉。苏章文便不敢造次,只好留下话来,说仙草乃朝廷贡物,不得擅取。

苏章文走后,魏庄带着大礼登门,入门便哭拜于黄公脚下,求黄公救人。魏庄有一远房堂弟魏延,早年曾随黄公习武,与黄公有师徒之分。只是魏延后来当了山匪,令黄公羞怒不已,直接与魏延断了师徒之情,并扬言要亲手宰了这个不肖之徒。没想到的是,魏庄求黄公所救之人竟是魏延之父——燕中将军魏思。魏思数年前兵败乌孙,被朝廷责罚,一直羁押在洛阳廷尉诏狱。受家翁牵连,要发配魏延戍边,魏延不堪羞辱,杀伤前来押送的官差,不得已当了山匪。魏庄言说,若得当朝主管廷尉诏狱的中常侍赵忠开恩,魏思便可有望昭雪。如此,魏延也可脱离罪籍,不再为匪。黄公与魏思有旧,深知魏思忠勇,必是受了冤屈,更不愿自己徒儿年纪轻轻就走向一条不归路。见黄公心动,魏庄道出实情:苏章文与张伯祖同出一门,虽只是朝廷医师,但乃赵忠义子，若得仙草，便可救出魏思。情势所迫，黄公不得不应。

"不承想，如今这仙草落在你手里！"黄公面含无奈之色，"按说，活神仙要用仙草救治百姓性命，我该给他送去。"

听黄公说了来龙去脉，张机坦然许多："黄公有所不知，苏章文欺师灭祖，作恶多端，虽与我伯翁同出一门，却有不共戴天之仇。"

"我也听说此子行事粗鄙，常有颠倒黑白之举，故而，其在黑石峰下所为，为我所阻。"黄公思索片刻，"如此说来，苏章文强取不成，这才让魏庄前来，施出苦肉计。"

"那还用说？"子诺趁祖翁与张机说话的当儿，已和赵五伯一起做了一桌好菜，一边摆着酒盏竹箸，一边替张机说话，"依我看，干脆让张机把仙草带给活神仙，救治患病百姓。至于魏将军能否走出廷尉诏狱，绝不是一捧仙草就可奏效。"

"此言有理！"黄公忽然醒悟，"我甚知魏将军为人，若知老夫以仙草行贿赵忠而出廷尉诏狱，不死也被气死。"招呼张机，"快来入席，代活神仙与我对酌几杯，顺便尝尝子诺厨艺。"

张机也是有些饿了，就着美味佳肴，与黄公和子诺对酌："来此半日，觉得熟悉，原来多年前曾随伯翁来过这里，还与子诺一起去过后山捉兔。"

"是了！当年看着你和子诺一起开心玩耍，我与活神仙也是高兴。"几杯酒后，黄公看张机愈加顺眼，"记得有一年春，你和活神仙采药桐山，夜宿敝舍，却遇一小贼藏于屋梁之上。老夫发现后，正要取出弓箭，却被活神仙拦阻。他把你叫到跟前，借机教诲：'夫不可不自勉！不善之人未必本恶，习以性成，遂至于此。梁上君子是矣！'小贼听后，惭愧下地。你去扶起小贼，探小贼发热，为小贼煮了姜汤。又知小贼家遭饥荒，竟求老夫取绢一匹相赠。"微微感叹，"那年你尚不及十岁，已是仁心宽广。"

"事已久远，已不存怀。"张机淡笑，"只记得那少年啼哭不止，被你喝住：'大丈夫岂可做女儿状？'"

"是啊，男子理应刚强！至于女子……"黄公再看子诺不经意间总是暗中为张机夹菜，心里明了，"女子可以流泪！记得你离开时，子诺总是哭着舍不得你走。"

"谁舍不得他走了?"子诺脸一红,"今天,我还差点儿……"本要说"差点儿把他给射死"的话,话到嘴边改为"捉他见官"。

"见官?祖翁当年也是官,堂堂刺史。不过,若非活神仙出手相救,我这条老命早就没了。"黄公想起自己身负箭伤,又受宦官构陷,愤而退隐岐棘山时,张伯祖闻讯前来为自己刮骨疗伤的旧事,感慨万端,"虽说后来被削职为民,然为民也有民之乐。"

"我听伯翁说过,黄公蒙冤,被削职为民。"张机想起家翁曾在给伯翁信中,提及黄公。十年前,黄公任职雍州刺史,在遭遇蝗灾时,未待朝廷旨意,擅自开仓救济百姓,以"瞒上"之罪,削职为民。还听说,至今雍州百姓和朝廷里的正直官员还不时为黄公鸣冤!

"为百姓受难,"黄公摇手,"即使获罪,也不怨不冤!"

"我为百姓生死计,采了仙草,即使获罪,也不冤不怨!"张机听黄公所言,不由豪气顿生,"张机愿为百姓医、天下医,无怨无悔!"

"好一个天下医!"黄公举杯,"当浮一大白!"

张机受到热捧,连饮数杯,不觉之中已是酒醉……

待其醒来,已是黄昏时分。夕阳洒落庭院,洒在院中树梢一件熟悉的衣袍上。张机翻身而起,惊动了坐在院中的子诺。她收起已用针线缝补过的衣袍,略带羞涩地走进屋内,"祖翁应桐山淮源观马元义道长之邀,前去清谈。"

见自己破了的衣袍已被子诺缝补如新,张机不由心中一暖,未待言谢,子诺已经快步走出屋子,于院中等候。

张机收拾停当,走入院中,子诺只觉眼前一亮:这还是那位风尘仆仆、衣袍尽裂的男子吗?分明是修眉朗目、英气逼人的俊郎! 直到张机笑着与她告辞,才回过神来。

"张机,天色已晚,莫若明早赶路。"

"病人等不得! 伯翁也着急用药。"张机说着,开始收拾药囊,"况且,今夜皓月当空,正好赶路。"

　　"星光不问赶路人!"子诺脑海里瞬间闪过这句话,"也好,祖翁让我护送你一程。"

　　"送我?"张机有些惊讶,"放心,我自幼也随伯翁学些拳脚功夫,再加上有一杆熟铁药杵在手,野兽近不得我身。"

　　"山中可是有山匪,比野兽厉害百倍!"子诺一身劲装,外罩皮襦,收拾起宝弓羽箭,牵过矫健的拳花马,翻身上马,"走吧,我带你抄一条近道出山!"

　　"那就有劳了!"张机从赵五伯手中接过已经驾好的马车,扬鞭催马,跟随子诺出山。

　　一个时辰后,二人渐渐走入毛茸茸的月夜。途中,偶尔说起少时趣事,便不由回忆,不约而同地笑着;说起混乱时局、突起疫情,又止不住愤慨、悲悯和感伤。后来,子诺说起从军的家翁、早逝的母亲、寂寞而又美丽的山中生活,张机就陪她默默流泪;张机说起一个个需要诊治的病人,还说自己向家翁写了让朝廷赈灾的信,子诺就发出温柔叹息……两个年轻的月下人,忽然觉得心在不知不觉中相互靠近,恨不得月下的山道无限延伸,一起永远地走下去。

　　黎明时分,他们感觉很快就走出了岐棘山,豁然开朗的原野上笼罩着蓝色薄雾,不远处,一道溪流像惺忪的眼睛。树鸟被清脆的马蹄声惊醒,倏然展翅,鸣叫着,飞向远处的苍茫。是该分手的时候了,二人心中忽然都有些不舍,可又有什么办法呢?

　　"只好送到这里了!"还是子诺先勒住马,"从前面官道走三个时辰,也就到涅阳了。"

　　"你呢?"张机有些不放心,"一个女子折返入山,万一遇到野兽和坏人可如何是好?"

　　"这么说,你就是好人了?"子诺做了个鬼脸,"我自幼随祖翁和赵五伯习武,又长年上山打猎,还怕野兽? 还怕坏人?"

　　"山匪呢?"张机提醒,"切不可大意!"

　　"此地山匪皆尊魏延为首。若见魏延,我就替祖翁射他一箭,他不敢还手,放心!"子诺显然有些底气,"见山匪,我就说魏延是我师叔,哪个敢触霉

　　子诺说起从军的家翁、早逝的母亲、寂寞而又美丽的山中生活,张机就陪她默默流泪;张机说起一个个需要诊治的病人,还说自己向家翁写了让朝廷赈灾的信,子诺就发出温柔叹息……两个年轻的月下人,忽然觉得心在不知不觉中相互靠近,恨不得月下的山道无限延伸,一起永远地走下去。

头？再说了，那些山匪喜欢睡懒觉，在他们还在做梦时，我打马快行两个时辰，也就到家了！"

张机虽舒了一口气，心里却隐隐仍有不安：想到自己收获太多，却给黄公和子诺留下一丝隐患，"苏章文既然盯上了银萼龙胆草和紫萦仙株，他若不得，定然要找麻烦。"想到这里，"我还是有些不放心。若是苏章文和魏庄找麻烦，如何是好？"

"有祖翁在，他们岂敢造次？"子诺笑了笑，"去吧，伯翁和病人都在等你呢！"

"也好，救人要紧！"张机咬了咬牙，低头从脖颈处取下一块晶莹温润的玉坠，双手捧与子诺，"这块独山玉坠是我母亲生前赐我，以为护身之符，今转赠于你，愿保你平安。"

"都会平安。"子诺接过玉坠，笑着流泪，"一定还会见面！"

"待大疫过后，我必随伯翁再来看望你们！"张机说完，扬鞭催马，迎着东方的晨曦渐渐远去……

直到马车逐渐变成一个黑点消失在远方，子诺紧握着那块温润的玉坠，止不住的泪水像断线的珠子般滑落。

第六章　大医出师收小徒　高师赠书说龙珠

　　太阳升起,照着张机前面的道路,也让他的青春充满暖意,冬天的原野也因之酝酿着生机。虽然一夜未眠,他却不觉累乏,脑海里不断闪过子诺或喜或忧的样子。

　　就在张机遐思时,白马一声长嘶,缓缓驻下马车。张机收拢思绪,见前面农人们正围着一位倒在少年怀里的妇人,窃窃私语,摇头叹息。

　　张机整衣下车,紧走几步,来到农人面前,向一老者拱手道:"老丈,我乃张机,司职于涅阳城济世坊,敢问发生了何事?"

　　"你是郎中?"老者抹了一把眼泪,"张氏和孩子正在地里干活,忽然就头晕目眩,栽倒地上,昏迷不醒。"

　　"莫急,让我先为她把脉。"张机拨开众人,蹲下身子仔细看了看妇人的眼睑和面色,又为妇人把脉,让少年将母亲头部抬高,轻扯妇人双臂摆动,轻捶其背数次。片刻,妇人轻咳一声,缓缓睁开眼睛。张机取下腰间葫芦,为妇人喂了两口汤药。

　　"我是在做梦?"妇人有气无力,"刚才分明看见了彼岸花,白光一片,闪烁不定。"

　　"彼岸还远着呢!"张机安慰妇人和少年,"病能治好!"

　　"我叫李丰,多谢恩人!"眉清目秀的少年含泪,"我母亲身患何病? 病情如何?"

"先将她放在马车上。"张机一边帮着少年安置妇人，一边说着病情，"你母亲乃心疾所致。皆因伤心过度，以致六脉俱弦，了无胃气，气喘而不能食，故而昏厥。"看着众人，"不知哪位乡邻可带有热粥？"

一村姑从竹篮里捧出瓦罐："这里还有一点儿野菜粥。"

张机为妇人灌了几口热粥，让少年服侍母亲枕着马车上的药囊歇息，向诸人拱手告辞："张氏暂无危险，我这就带她去济世坊诊治。"

马车再次上路。

一个时辰后，张机带着李丰和他病中的母亲回到济世坊。安顿好病人，顾不上歇息，便来到被改为病坊的后花园与张伯祖相见。

病坊里，帘布高悬，病人分别隔离。张伯祖正为一青年号脉，见张机进来，目光露出一丝关切。张机会意，围上医帕，与张伯祖一起诊治病人。

"多亏你回来了！"张伯祖号脉后，面色凝重，"此子名叫邓芝，字伯苗，出自名门望族，乃我南阳郡年轻才俊，现任郡中廷掾，与襄阳士子多有交游，眼界开阔，颇有谋略。"缓缓起身，"眼下邪毒已入肺腑，普通桂枝汤无法救他性命。若有不测，岂不让人心痛？"

"伯翁莫急，我这次进山，带回了救命仙草。你随我来。"张机带张伯祖来到院中，梧桐树下，两口汤鼎冒着腾腾热气，正在熬制防治伤寒瘟疫的汤药。"可用紫萦仙株为药引，提振桂枝汤药效。"

"什么？紫萦仙株？"张伯祖惊喜不已，"这下好了，邓伯苗有救了！"

"岐棘山之行，收获太多。"张机一边搅拌汤鼎，一边说着，"多亏黄公前辈相助，让我带回了紫萦仙株和银萼龙胆草，又意外得了青龙胆。"

"青龙胆？"张伯祖更是惊诧，"青龙胆乃可遇而不可求之天物啊！"

张机将如何得青龙胆简单叙过，张伯祖不由睁大眼睛，仔细看了看张机，若似自言自语："难道他真是为天医病之人？"

"为天医病？"张机面带疑惑，"如何为天医病？"

"这个……"张伯祖望天片刻，平复情绪，"为天医病尚早，当下只为救天下人。"笑了笑，转了话题，"这次多亏你冒死采来紫萦仙株为药引，普通药材根本就不能制服瘟神！"

"莫说冒死去采药！我若能替这些病人受苦，哪怕是死，也是心甘。"张机拱手转身，"我这就去将银萼龙胆草和紫萦仙株分别放入制药鼎中，以提振青龙汤与桂枝汤之药性，辨证论治太阳与太阴伤寒之症。"

"医者父母心！"张伯祖慈爱地看着张机背影，眼眶润湿，"机儿，你有此心，必成良医，并能医天！"

煎好药后，张机为邓芝喂药。儒雅的邓芝望着张机，苦笑："我熟读圣人之书，善骑射，尚不得救身。岐黄之术乃大用也！"

"圣人之书医众生之心，岐黄之术医众生之身，骑射谐和众生身心，三者相兼，可安天下。"张机默了默，"伯苗安心治病，不日便可痊愈。"

"此言善哉！"邓芝点头致意，"待我康健，必与兄对酌把话。"

张机又为两个病症相似的病人把脉、服药后，与张伯祖小心求证："伯翁，这二人虽说也是伤寒瘟疫，但脉象各有不同，想来是体质不同所致。体质不同，所用药量、药方配伍也要有所区别，辨证论治才是。"见张伯祖目光中含着一丝探询，张机详言，"二人俱身热头痛，肝脾肥大，虽症状相同，但前者无汗，可谓表证外实；后者汗出，可谓里热内实。前者积垢中留，犹山闲之水，正待下行；后者湿火上冲，犹地气之郁，正待四散。故前者处以发汗之方，后者处以泻下之药。外表证，用发汗法可解；里热证，非泻下难于为治。如此辨证论治，方合天地之道！"

"此言甚是！这就是辨证论治！"张伯祖点头赞许，"把这些话记下来，将来就是'活人书'！"

张机刚起身，就见李丰前来拜谢："恩人，我母亲已经醒来，她惦记着家事，急切想要回去。"

"你母之病已无大碍。"张机扶起李丰，为他拭去泪水，"我随你去看她，再为她开药，带回去煎服。"

见张机前来，妇人欲起身，被张机劝住。"你所患昏病乃伤心过度而致气痛厌食。"张机淡笑着与妇人交谈，"也不知你因何事伤心如此？"

"因那庸医草菅人命！"妇人倾诉，"我夫君年初得病。乡邻说岐棘山来一天师，有医治鬼神之能。为救夫君，我做主变卖三亩良田，将钱交给天师徒弟，用于为我夫君设醮祈禳，施以符药。不料夫君接连服下神符香灰，病情不轻反重，于初秋撒手人寰。前日，那天师带着众徒途经我村，我便寻那天师理论，反被他以'不敬鬼神'之辞，将我驱赶。"说到这里，不由泪如雨下，"一想到天师误人，使我失去丈夫和土地，便心如刀绞，茶饭不思！"

"那天师骗人钱财，贻误病情，与杀人无异，着实可恨！"张机想到妇人所说的天师一定是苏章文无疑，不由愤激，"还有一些庸医不为病人认真诊脉，按寸不及尺，握手不及足，便开方抓药，只知赚昧心钱。甚至有些郎中，虽师承名医，却因循守旧，不思进取，不潜研医方医术，以解百姓病痛，而是竞相追逐权势荣耀，忘记本分。"

"说得好！"妇人睁大眼睛，不敢相信，"这话能从一个郎中口中说出，真让我长出一口闷气！"

"你放心，那些庸医误人也误己，早晚必遭天谴。"张机笑了笑，"你难道就不想看到那天师之结局？再说，若你过于悲伤，一旦不测，两个儿子尚未成年，如何是好？"

"阿母，你不能死！"李丰忍不住哭泣，"为儿长大，愿成良医，医治颠倒，送那天师去见鬼！"

"孺子可教！"张机赞许地看李丰一眼，安慰妇人，"你有此子，何愁将来？"

"先生此言，去我心病！"妇人有了精神，"我儿曾读诗书，颇明事理。若有名师指点，必成良医。"

"从今以后，你可要情志舒畅，喜乐从事，自然胃口渐复，而后，昏病可愈。"张机以话语解开妇人心结，这才写下药方，"你再喝下解郁扶正汤，此汤以香附、神曲、郁金、陈皮等熬制而成，一日早晚两次，七日为期，便可病愈。"

张伯祖一直在门外悄悄听张机为妇人诊病，见张机写下药方，这才走了进来，止不住赞叹："真乃好徒儿！已深得望、闻、问、切之术，且能药到病除！"

"仰仗伯翁多年教诲！"张机起身，"机儿无非是孜孜以求活人之术！"

"祖翁，请受李丰三拜！"李丰跪地，施以大礼，"我也要学活人之术。"

张伯祖笑问："为何？"

"因为叔叔救了我母子性命！"李丰言辞诚恳，"况且，我想要成为良医，让百姓安康，送瘟神远去！"

"机儿，我看这孩子有志气，也灵醒，你就收下他做个徒弟，"张伯祖授意张机，"将来，你还要收下更多弟子，将医术代代相传。"

"伯翁所言极是。"张机点头，"只有人活下来了，社稷才能活下来！"

李丰见母亲对自己示意，转身对着张机叩首："师父在上，请受小徒李丰三拜！"

张伯祖捻须大笑。妇人也面含安慰之色。张机只好受了李丰三拜后，搀起李丰："明日，我安排马车送你和母亲回去，待你安顿好家事，就来济世坊学徒。"

辞别李丰母子，已是夜幕降临。张伯祖有些兴致："机儿，今日是你随我十年学徒期满。我让庖厨烧了几样小菜，筛了一壶糟酒，就当是为你洗尘解乏。"张机有些疲惫，见张伯祖有话，便随张伯祖来到前院厨厅，与张伯祖慢酌，细细地将岐棘山之行告于伯翁。最后，张机轻叹："我虽得了仙草和青龙胆，却担心苏章文、魏庄去找黄公麻烦。"

"苏章文眼下正假以朝廷之名，忙于设醮祈禳，趁机搜刮百姓钱财，暂不会因几株草药刻意去找黄公麻烦。"张伯祖淡定，"况黄公有二子，皆有万夫不当之勇。亲子黄忠任秦州郎将，义子张曼成任洛阳西城校尉。尤其是黄忠，箭术高明，被称为箭神。就连张曼成之女子诺，听说也是武艺出众，箭术超群。"

"这我就安心一些。"张机展眉淡笑，"这次多亏子诺，若非她关键时一箭射死青蛇，我恐怕就跌崖殒命了。"

"不过，要是苏章文知道你顺便得了青龙胆，那可就要找上门了。要说有麻烦之人，最终还是你！"张伯祖表情依然，"你知道吗？纳虚、五附子、雄黄、水银、蓝金一起置于云鼎丹炉炼化，可成玉珠，有强身健体之功效；玉珠与青龙胆炼化，可成青玉珠，有起死复生之功效；若再与天下至宝——蛟珠、赤金珠、灵皋珠一起炼化，再以屠龙匕为药引，顺天时，可成还魂九龙珠，能医治龙病,进而医天。"

"如此说来,炼制玉珠不难,所需材料皆可于药房配制,只是耗费时间与钱财颇多。青龙胆难觅,蛟珠、屠龙匕更是随着师祖谢世而匿迹。"张机尽管有些惆怅,内心深处却升腾起一股"天将降大任于斯人也"的使命感,"青蛇于死时吐出胆珠,有幸为我所得,想必是上天降使命于我。"看着张伯祖鼓励的目光,张机霍然起身,"此生当以身为云鼎,赤诚仁心,救死扶伤,九死不悔!"

"如此方可为大医!"张伯祖颇感安慰,"机儿,你随我学医十年,也该出师了。"从怀中取出一本装订粗糙的《阴阳大论》递给张机,"明日起,你就可以独自行医了! 行医之始,伯翁就将这本珍藏药典送你,也算是礼物。"

"机儿所学不过万一,望伯翁继续教我。"张机跪地,潸然泪下,"医学之路,永无止境。"

"我已将毕生所学倾囊相授了。"张伯祖捧着医书,"你年已及冠,学以成人,也该担负起独立行医之责。今后在行医中,你要仔细体悟'望闻问切'之精髓,辨证论治,方能造福百姓。"

"伯翁,放心!"张机只好恭敬地接过医书,"侄儿发誓:此生怀父母仁心,医天下疾,百姓疾!"

"你能这么想,我就放心了!"张伯祖笑着扶起张机,"《阴阳大论》虽是流传千年之药典,但其中少了辨证论治之法。作为医者,你要积累更多诊治病患之方,尤其是练好'望闻问切'之术。只有专注于医书医术,勤求古训,博采众长,方有大成。"

"侄儿记下了!"张机扶着张伯祖坐下,"我会潜研《阴阳大论》,用于治世大用。"

"对了,听邓伯苗所言,南阳郡已接到朝廷赈灾旨意。"张伯祖想起,"要说,你尊翁奉旨赈灾南阳,也算回家了,回到故乡了。只是不知道走到哪里了?"不由举目星天,轻轻一叹,"他早一天带着赈灾粮草前来,就能够多救回些百姓性命。为医者,救治黎民病患,也是为朝廷效力,为社稷效力。"

第七章　苏贼矫诏戡匪乱　松寒奉旨赈疫患

　　就在张机、张伯祖的殷殷期盼中，侍御史张松寒奉旨，在洛阳西城校尉张曼成带领的两百老卒卫护下，率领朝廷赈灾的车队，满载着钱粮和草药走出洛阳城，行驶在通往南阳郡的官道上。车上满载着钱粮和草药。

　　朝廷赈灾的消息早为身在岐棘山蝗神观的苏章文所知。此刻，身着八卦道氅的苏章文正持桃木剑，掐诀念咒，围着醮台，按着七星斗阵时缓时疾地行走，口中不停祷告。若天地有耳，听到的一定不是为民祈福的祷词，而是"天灵灵，地灵灵，护佑苏子成头功……"

　　身后，数十个毫无表情的年青道士看着苏章文在烟雾缭绕中，山猴一般地跳来跳去。

　　"不——好——了！"一个中年道士自山下慌慌张张地跑来，苏章文依然走完七星阵法，方才睁开眼睛，瞪了一眼尚未站稳的道士："魏庄，你身为大师兄，也是一方亭长，慌张什么？"

　　"大事不好！"身材高大、青面细眼的魏庄屈着身子，愁眉苦脸，"仙草没了！"

　　"紫萦仙株？银萼龙胆草？"苏章文面带怒容，"你不是一直守在黑石峰下吗？"

　　"老虎也有打盹之时呀！"魏庄嘴尖皮厚腹中空地辩解，"况师父又派我前去飞龙寨劝说魏延，实乃分身无术！"

"罢了！"苏章文略一思索，"要是老夫没有猜错，此事一定与张伯祖相干！他要用这几株仙草做药引，驱瘟神！"脸色一沉，"老匹夫胆大包天！宫中贡品他也敢用！"

"那怎么办？"魏庄趋前，"我这就去找黄公，他可是答应过我，以仙草救我叔公。"

苏章文冷冷地看他一眼，转身，将作法的木剑交给贴身道士，又接过道士递来的麈尾，搭在臂弯，向观内缓步走去。魏庄跟着几个道士尾随进观。

苏章文坐下，几个道士低头侧立两旁。苏章文接过道童捧来的茶水呷了一口，扫一眼心虚的魏庄："仙草没了，如何让本师为陛下炼制仙丹？"加重语气，"失了仙草，拿什么去救你叔公？"

"我受命前去飞龙寨招抚堂弟魏延，也就去了两天，谁知道就发生此事！"魏庄叩首，"我这就带人去涅阳城济世坊，把仙草给抢回来！"

"抢回来？谈何容易！你有何凭据？"苏章文白了魏庄一眼，"黄公出尔反尔，将仙草赠予张伯祖，你又能如何？此事我先给你记着账！"摇着麈尾，默了默，"魏延你可见到？"

"见到了，见到了！"魏庄连忙应着，"我带着赵常侍手谕说动了他。堂弟因家中变故，暂时栖身山林也是无奈之举。他一身本领，也想为朝廷效力，只是报效无门！"

"哦，迷途知返！"苏章文表情转晴，"人呢，带来了吗？"

"就在观外！"魏庄松了一口气，"可否让他进来？"

"那还不快请？"苏章文笑着起身，清了清嗓子，"有请魏延壮士！"

身材高大、粗眉大眼的魏延闻声，大踏步入内，正要施礼，被苏章文笑着扶起："久闻你武艺高强，为人仗义，今日一见，果然英武不凡，气度超群。"

"朝廷要为家翁昭雪之事，全仰仗天师了！"魏延拱了拱手，"不过，赵常侍手谕中提及戡乱之事，还望明示。"

"对对对，今日，老夫奉旨前来戡平乱贼，还望你随老夫出山，为朝廷效力，不枉你一身本领！"苏章文让魏延落座，挥了挥麈尾，示意道观其他人退去，只留下两个看茶的心腹道士和魏庄。

"请天师明示!"魏延看一眼苏章文,"若能为家翁昭雪,魏延万死不辞!"

"魏壮士果然快人快语——好!"苏章文干笑两声,压低声音,"今有朝廷乱贼以赈济南阳郡灾民为由,窃取内库千万钱粮药草,企图收买人心,趁机作乱。赵常侍望你带着飞龙寨兄弟投诚官军,与我合兵一处,就在鹰愁涧,将乱贼一网打尽,夺回钱粮药草!"

"要说,南阳郡再次遭受伤寒大疫,百姓危在旦夕,理应救灾。"魏延虽是年轻,然颇有将才,不会因苏章文几句话就轻易答应,"既然是朝廷戡乱,该有陛下旨意。"

"果然是义士,颇通礼数!"苏章文跷指夸赞魏延,对侧立的道士吩咐,"设香案,请陛下旨意!"

两个道士安置好香案,苏章文掏出圣旨供在香案上。见魏延依然手按宝剑端坐着,并未起身下跪,苏章文表情复杂,又很快镇静:"魏将军可起身观瞻。"

魏延只好起身,扫一眼圣旨:"奉天承运,皇帝敕曰:朕唯治世以文,戡乱以武。今闻侍御史勾结内库,盗取钱粮千万,以赈灾之名,搜购民心,趁机作乱。朕特命中常侍赵卿率五百羽林军与太医苏卿招抚岐棘山义士,合同戡乱,钦此!"他不由暗忖:此旨意与赵忠手谕如出一辙,显然是矫诏!遂拱手苏章文,"苏天师,旨意好似与魏某并无关碍。"

"岐棘山三百义士皆你兄弟。"苏章文一副坦然的样子,"你出身名门,令尊曾为燕中将军,因擅自用兵、兵败乌孙被朝廷处置。若你此次随我戡平乱贼,赵常侍必上奏陛下,不但为令尊平反,也接受飞龙寨全体义士为朝廷效力!"

"什么义士?说是义匪倒是贴切!"魏延自嘲,"只是我想问清,苏卿何时招抚了岐棘山义士?"

"义匪嘛,当然该知道何事可为,何事不可为。"苏章文脸皮很厚,"你和那些义匪兄弟也可以不接受招抚,其结果必是陛下震怒,让羽林军出手招抚。"

"好!我这就回寨,等待羽林军招抚!"魏延冷笑着,缓缓转身,"南阳郡守曾率兵招抚飞龙寨多次，每每送上不少性命和粮草。"

"兄弟，你可不要莽撞！"魏庄急忙插话，"咱飞龙寨弟兄都是庄户百姓出身，拼不过羽林军之铁甲硬弓。况且，令尊生死就在赵常侍一念之间。"

"你枉为男儿，永远是软骨头！"魏延鄙夷地看魏庄一眼，"凭我手中錾金琉璃刀，坐下乌骓马，莫说五百羽林军，千军又如何挡我？家翁蒙冤数载，我险些被充军边塞。若被轻易招抚，一旦朝廷反悔，我和兄弟们岂不被瓮中捉鳖？再说了，招抚弟兄们总该有些钱粮支应，也好安顿各自家小。"

"最后这句话该给我说。"苏章文皮笑肉不笑，"招抚你和弟兄们自然要考虑周全。每人千钱如何？"

"今天下大乱，千钱难买一石粮。"魏延存心讨价还价，"此次配合羽林军行事，钱归你，粮草药材归我。"

"看来，你已与赵常侍有了说法，"苏章文心里明白，"说定了！"

"哈哈哈，果然是老狐狸！"魏延大笑，看着苏章文，"一句话就被你招抚了！"

"这是一句话吗？"苏章文也大笑，"你这个义匪山贼！"

"这次我带兄弟们随你行事。"魏延起身拱手，"待我见了家翁之后，再议招抚之事。"

"难道你信不过赵常侍手谕？"苏章文有些不悦，"赵常侍主管廷尉诏狱，一言九鼎。"

"我若非在岐棘山为匪，又与其他绿林好汉一枝同气，家翁恐怕早已非命！"魏延明白，张让、赵忠之所以未能处死家翁，只是害怕自己再去行刺，"不过，得赵常侍手谕，我才与尔等媾和。"

"不管如何，你我暂为同道中人，"苏章文大笑，"备宴！"

几个携着兵器的道士从观中夹壁里应声而出，对着苏章文施礼后，去布置酒菜。魏延大笑："天师也是多心！"

"同道中人！"苏章文笑着反问，"你不也是一直按着宝剑？"

片刻后，观中条案上已摆好酒食。魏延与苏章文草草对酌，便要辞行："我来时，留几个弟兄在观外，见我逗留过久，恐要多心。"

"也好!"苏章文也不挽留,"据我得知,乱贼已至许地,五个时辰之后就到岐棘山。赵常侍有令,就在鹰愁涧设伏,绞杀乱贼。"

魏延起身拱手,匆匆出观下山。

此刻,侍御史张松寒率奉旨赈灾的车队已过许地禹州界,隐约可见远处苍茫的岐棘山。

"我已多年未回南阳郡,还真想念涅阳城!"持重清雅、胡须花白的张松寒看着远方,对差了半个马身距离的洛阳西城校尉张曼成感叹,"没想到这次赵常侍竟捐弃前嫌,让我和你一起回乡赈灾。"

"张让、赵忠岂是心胸宽广之人?"身材健硕、修眉朗目、顶盔戴甲、手持长枪的张曼成摇头,"去岁,御史曾因中常侍推行修宫法而擅加田亩赋税之事与张让不合,今岁又弹劾赵忠贪墨西园金玉堂之财物,此二人岂能罢休?"

"我身为侍御史,弹劾不法乃职责所在。"张松寒为张曼成宽心,"张让、赵忠乃陛下最为信赖之人,岂能不为陛下着想,为大汉社稷着想?"

"若二人为社稷着想,就该派出羽林军押送赈灾钱粮!"张曼成面带忧郁,"今天下连年灾祸,山匪蜂起。你我此行所过之地,多有匪患。而朝廷名言赈灾,却只拨付两百老卒押送钱粮物资,岂非故意让匪众来抢? 说不定,他们让张御史奉旨赈灾就是一个圈套。"

"圈套?"张松寒心中一震! 想起离开洛阳时,与自己有些交情的中常侍封胥言语中透着玄妙:让自己昼行夜息,小心行事,要记着岐棘山的蝗虫厉害。心念至此,不由轻叹:"再有几个时辰,就到岐棘山了。听说那里有蝗虫大神,厉害无比。"

"蝗神不可怕,鬼魅才可怕!"张曼成轻磕战马,与张松寒并辔而行,"圈套说不定就在那里。"

"那又如何?"张松寒淡笑,扭头扫一眼运载钱粮的大车,"只要能让百姓活命,就是张君侯、赵常侍真设了圈套,我也钻! 就如同你义父当年一样!"

"当年义父为救百姓,未待朝廷旨意,擅自开仓赈灾。"张曼成感慨,"若非御史和朝中清流为我义父请命,恐怕……"

"至今尚有一些官员还在为他叫屈。"张松寒透着关切,"也不知你义父现在可好?"

"义父被削职为民后,倒也逍遥。就在故乡山村里打猎采药。"张曼成显然挂念义父,"我让子诺代我尽孝。"说到这里,不由想起女儿,含着爱意,"我那女儿自幼失母,养成了男儿个性。不爱女红,偏喜舞枪弄箭。义父对她爱怜有加,精心教她骑射。"

"这就好! 有你义父为师,想来令爱必是武艺出众。等赈灾之后,老夫随你前去看望!"张松寒点头,"尤其是你义父,他不计个人得失之品德,是我辈之楷模!"

张曼成也由衷感佩:"你和我义父一样,也是只为百姓着想、从不计个人得失之我辈楷模!"

"言重了! 我这次回乡赈灾,也存有私心。"张松寒摇首轻叹,"数年不见机儿,想来已是成人。"

"听闻二公子自幼聪慧,苦读圣贤之书,品行端正。"张曼成也知道张机,"又被南阳郡举荐为孝廉,未来可期!"

"机儿聪慧不假,不过,他虽读圣贤书,却多是医书。儿时,他从史书上看到秦越人望诊齐桓公之事,就对秦越人非常钦佩,尤其对秦越人'治未病'之说兴趣浓郁。当今名士何颙曾对他评价:'君用思精而韵不高,后将为良医。'说他是一个深思熟虑却不高调之人,如果学医,必将成为良医。何颙观人,向来准确。故而,张机即使被举了孝廉,他也未必愿意走向仕途。"张松寒感叹中也有欣慰,"他自幼立志,要成为医术高超之大医。"

"当今天下疫情不断,二公子愿为大医,实乃百姓之福!"张曼成建议,"到了郡地,末将便请二公子前来,随张御史一起赈灾。"

"也不知道机儿现在医术如何,"张松寒有些感伤,"这些年,我张家族人死于数次瘟疫者十有六七,不下百口。"

说话间,车队逐渐进入山中,道路崎岖,山势陡峭。冬日料峭的风穿过山谷,风声凌厉,一派肃杀。

游哨回报:"前面就是许地、宛地交界岐棘山,此处鹰愁涧地势凶险,常有山匪出没!"

果然,前面山势突兀,乱石排空,杂树横生,山路难行。

"鹰愁涧?"张松寒吃了一惊,"这里莫非有座蝗神观?"

"正是。蝗神观不大,墙垣破败,也无香火。"游哨拱手回禀,"蝗神观下面就是鹰愁涧。穿过涧底三里山道,就进入南阳郡了。"

临近山涧,山风愈烈。头顶的云层也在不经意间聚集加厚,零星雪花开始飘落,让张松寒不由打个寒战:"听闻此地多有山贼流寇。赈灾事大,朝廷为何只派这些老卒护送赈灾粮草?!"

"虽是老弱兵卒,却一个个身经百战。放心,我等誓与钱粮共存亡。"张曼成仰头看山,再看地形山势,心中虽然亦知朝廷赈灾有诈,然此时只能前行。为提士气,他举着手中长枪,高声应道:"即使真有山贼流寇,无惧也!"

"天公偏偏不作美!"张松寒斟酌着,"若我等安营于鹰愁涧外,只怕一夜风雪过后,涧底道路结冰,难以通行。我等因此而耽误救灾,罪莫大焉!"

"若是接连几天风雪,不知疫情又要夺去多少百姓性命。"老练持重的老军小校建议,"还是想办法早点儿穿过鹰愁涧。"

"天色虽晚,然雪光映照,尚可赶路。"张曼成也担心救灾钱粮为大雪耽误,"再说了,山匪遇此天气,说不定窝在山中睡觉呢!"

"还是小心为好!这些钱粮可是救命之用!"张松寒还是有些踌躇,举首望天,只见雪花窸窣有声,似乎正在加密,只好咬牙,"传令下去,分前中后三军,快速通过鹰愁涧!"

三声清脆的鞭响炸过,张曼成挺起长枪,一马当先,带着数十个雄健军卒在前;张松寒和数十个老卒居中;其余士卒由老军小校引领,负责断后。车队犹如一条蜿蜒的巨蛇,快速向前……

第八章　魏延逞勇搅风雪　良臣尽忠昭日月

风雪骤狂,天地昏暗。

鹰愁涧出口的缓坡上,趴着一座宛若巨型蛤蟆的蝗神观。半人高的残破垣墙围着能容下百十人的三间观堂。堂前院中,搁着一方石香炉,香炉前插着一根碗口粗的杂木旗杆,杆尖上飘着看不清颜色的破旗,在风雪中招魂。苏章文带着好不容易借来的一队郡兵,连同数十个道徒把蝗神观当作戡平"谋逆"乱贼的行营。

"大胆!"苏章文扫一眼准备在院中生火的郡兵,呵斥,"难道要与谋逆乱贼报信不成?"

"上差体谅,这天实在太冷!"郡兵队率满不在乎地拱一下手,"切莫乱贼未平,儿郎们却冻死于此。"

"若此时点起火来,必为乱贼探哨侦知。"苏章文盯着精瘦干练、并无怯意的队率,只好放缓口气,"可温酒取暖!"

待队率带着郡兵入室温酒,苏章文扭身对身后的柳九师弟埋怨:"褚贡这个滑头,竟只给这几十个混蛋郡兵!"

"褚太守是心有存疑!"身子短小精悍、面目古井无波的柳九来自楚地,善弄巫咒之术。虽入伙不久,却因臭味相投,成为苏章文心腹之人,"张松寒是朝中清流,素有美名,岂是谋逆乱贼? 褚贡明白,这不过是中常侍排除异己,欲加之罪罢了!"

"看来,封住鹰愁涧出口还须仰仗魏延及其山匪?"苏章文不置可否,"万一出现变故,岂不前功尽弃?"

"师兄多虑了!"柳九望着山下,"只要以乱石、箭弩封住谷口,自有羽林军入谷围剿!"

二人正说着,就见魏庄和几个心腹道士披雪而来,苏章文连忙起身,快步走出观外。

魏庄喘了口气,禀报:"来了,朝廷赈灾车队已过许地,进入岐棘山中!"

"多少人押送?多少辆马车?"苏章文抑制不住内心激动,声音有些打战,"还有多少时辰进入鹰愁涧?"

"我数了数,也就两百左右军卒,近百辆马车。"魏庄默算片刻,"车队离谷口约有十里,大概一个时辰也就到了。"

"总算来了!"苏章文仰天大笑,"天助我也,天助我也!"被几片雪花呛了嗓子,轻咳几声,喘匀气息,看着谷口已被魏延的人马堵死,苏章文转身对属下吆喝,"抄上家伙,带上火种,随我去围堵鹰愁涧出口。"

骑马提刀的魏延见全身披挂的苏章文来到近前,拱了下手,轻蔑一笑:"无须天师劳烦,有我一人足矣!"

"不敢大意!"苏章文提醒,"乱贼偏将也曾是山匪出身,武艺高强,有'万人敌'之名。"

"放心!"魏延扫一眼苏章文,"魏某刀下不知死了多少所谓豪强之人!"

"不留活口!"苏章文目露凶光,"这是赵常侍之令!"

"赵常侍何在?"魏延想起赵忠,"既然是为朝廷戡乱,又何须遮遮掩掩?"

"赵常侍亲率五百羽林军在后面追赶乱贼,这才将他们赶进鹰愁涧。"实际上,苏章文与赵忠合谋:待赈灾车队进入鹰愁涧后,便由赵忠亲率羽林军放火堵住退路,任由魏延与张松寒、张曼成死战。待双方死拼呈胶着之势时,苏章文率郡兵配合羽林军突然杀出,乱箭齐发,将张松寒、张曼成连同魏延的山匪一并剿灭。

"莫非有诈?"苏章文属下携带的火箭及易燃之物让魏延迟疑,"苏天师,粮草药材不可焚毁!"看着苏章文阴鸷的目光,魏延有一丝不祥之感,但事到如今,只能提醒,"魏某也是南阳郡人,还望用这些粮草、药材救济灾民!"

"这个自然!"苏章文咬了咬牙,"只要你挡住乱贼,不放一人走出谷口。"

魏庄拨马上前,对魏延交代:"兄弟,听说为乱贼押运粮草之人武艺高强,使一根丈八长枪,有万夫不当之勇,你要当心些!"

"你更要当心!"魏延在马上举刀,率山匪进入谷口。

雪花飘飘,若羽光映照涧底山道。张松寒、张曼成带着队伍即将走出涧谷,猛然间就听山顶一阵"咚咚"鼓响,无数火把瞬时点亮,血风箭雨兜头而下,数十个军卒非死即伤,哀号遍地,车队大乱。

"不好! 果然遭遇山贼!"张曼成大惊,转身高呼,"兄弟们,速速卸下马车,骑马整队,迎敌!"兵卒多是历经百战的老兵,纷纷拿起枪刀,快速整队。

"大胆山匪,竟敢劫掠朝廷赈灾钱粮!"张松寒也拔出宝剑督战,"我等先撇下粮草,骑马冲出谷口,再引朝廷大军清剿山匪!"随张曼成向谷口冲去。

迎面一队匪众举着火把,呐喊而来。

苏章文扬着宝剑,在后面擂鼓催促:"儿郎们,给我上! 升官发财、封妻荫子之机到了!"

"杀——"双方兵匪呐喊着,迎头撞击,捉对厮杀! 刀枪并举,雪尘飞扬,血肉横飞,哀声震天。

张曼成挥枪挑死三个山匪,提起战马,迎着已经格杀了两个老兵的魏延,挺枪便刺。"叮当"一声,魏延一刀隔开长枪,与张曼成绞杀在一起。长枪去如闪电,大刀飞似片云,双马盘旋,恰似陀螺不停,来来往往,令人眼花缭乱。忽然,张曼成胯下战马久战乏力,马失前蹄。魏延以逸待劳,举刀便砍。

张曼成勉强以枪举顶,虽卸去魏延的千钧一刀,肩部还是被划下的刀锋砍伤。只好脱鞍下马,就地一滚,踉跄后退。

魏延正要追赶,被张松寒提马挡住。二人正要厮杀,就见十几辆满载药草的马车纷纷起火,马车后面,一群盔甲鲜明的羽林军正在砍杀护着马车的兵卒……

魏延勒马住刀,大吃一惊:"怎么回事?依约粮草药材归我,归我南阳郡百姓!"再看眼前正气凛然的张松寒,隐隐觉得自己进入了一个可怕圈套。"定然有诈!"不由压下长刀,对张松寒喝道,"我不杀你,快逃!"

"也罢!"张松寒自知无法挡住魏延,拨转马头,一把扯过受伤的张曼成置于身后,二人共骑,由几个兵卒卫护和十多辆马车遮挡,暂避山崖之下……

苏章文看着前面厮杀,马车起火,张曼成受伤,对柳九、魏庄及百十个属下恶狠狠地指使:"快,乱贼势尽,切莫让魏延立了大功,快随我冲杀!"

苏章文带人刚进谷口,却与拨马回首的魏延相遇。苏章文气不打一处来:"魏延,你为何临阵脱逃?"

"乱贼已经死伤过半,士卒多为老弱,可以招降!"魏延感到一丝危险正在逼近,"况且,后面尚有数百羽林军正在追杀乱贼。"

"放肆!"苏章文觉察到魏延似乎窥破阴谋,不由大怒,"老夫说过,一个不留。"

"杀降不祥,恕我不能从命!"魏延激辩,"我可不想让儿郎们被羽林军顺便收拾了!"

"气杀我也!"苏章文指着魏延,"你,你这个反复小人!没有你,我照样能戡平乱贼!"

"那好!记着,我和兄弟们为你杀了头阵,需要那些粮草补偿!"魏延挺刀拨开挡在前面的苏章文,"魏延这就告辞!等大战结束,我再找你讨要粮草!"

魏延一声呼哨,带着属下兄弟匆匆离去。苏章文人少,又思忖不是魏延对手,只好大口喘气。魏庄上前:"师父,魏延走了也好!这批钱粮再归朝廷,又是大功一件!再说,那个骁勇敌将已经受伤,乱贼死伤过半,只要……"

"你懂个屁!"苏章文骂魏庄,"快,用弓箭弩机、火堆石块守死谷口!我要看着他们一个个去死!"

天色渐亮,风雪不知何时已住。由于十几辆马车起火,火势猛烈,形成火墙,使羽林军暂时止步。隔着火墙,看见羽林军鲜明的乌衣盔甲,须发散乱的张松寒对着已经负伤的张曼成苦笑:"曼成,你看到了? 对面是右羽林军,由赵忠统辖!"

"正是!"张曼成愤懑不已,"看来,张让、赵忠鼠辈是借你赈灾之机,勾连山匪,设下圈套,排除异己!"

"苍天无眼啊!"手中火把熄灭,张松寒的眼睛里爆射出愤怒的火花,"张松寒忠于社稷,竟落如此下场!"

张曼成拄着长枪,踉跄起身:"张御史,我来护送你冲出谷口,向陛下讨回公道。"

"公道?"张松寒悲憾不已,"这些羽林军显然是中常侍张让、赵忠所使,朝廷已经没有公道了。"

"这难道是陛下旨意?"张曼成郁愤,"陛下下旨,赈灾南阳郡,再派羽林军夺回钱粮,"不由仰天大笑,落泪,"既得美名,又得钱粮,好好好! 陛下呀,天下皆属于你,你还要钱粮干什么? 百姓都死了,你为何人之陛下?"

"天下已无公道!"张松寒含泪,"唯有以死以报民心。"

"不可! 我要为天下讨公道!"张曼成扯下腰间酒囊,狂饮一口,"张御史,此地离桐山不远。我们杀出去,先占山为王,而后再拥明主!"

"如此,便真是乱贼了!"张松寒苦笑摇头,"张家世受朝廷恩泽,数代忠良,岂可辱了先祖名声,遗祸后人?"

"愚忠啊!"张曼成流泪,跪地,"张御史,难道我们就没有生路了吗?"

"老夫死不足惜,只可惜,我再不能拯救灾民于苦海!"张松寒平复情绪,自怀中掏出一卷绢书,"这是董太医得知我离京救疫时所赠,《汤液经法》乃孤本医书,医方多有验证。仔细推究此书,必能得到控制伤寒之法。"递给张曼成,"今托付你,一定交给我儿张机,让他认真参详。我儿若能制服伤寒瘟神,也算了我心愿!"手指谷口,"快走!"

"大丈夫岂能临难独生?"张曼成拱手,"我只是受些皮肉伤,尚能力敌贼寇,"抖动手中长枪,"张御史,我护你上马!"

"曼成,你看不出来吗?"张松寒平静地看了看不远处的火墙,火墙外的羽林军正虎视眈眈,"天明后,那些羽林军一定会将我们赶尽杀绝,以堵天下悠悠之口。老夫让几个亲兵护着你,快些冲出谷口,将医书交给张机。我儿定能从中得出药方,拯救百姓!"

张曼成抬眼鹰嘴涧出口处,惊讶地发现,刚才杀伤自己的大个子山匪已不见踪影,连带其他山匪也无影无踪,只有一个身披青色道氅的瘦高汉子带着一群身着皮甲的道士、郡兵,生着火堆,张弓搭箭,守着谷口。"也是奇怪,刚才与我交手之敌忽然不见,令人疑惑。那匪刀法有些眼熟,只是夜色中看不清面容。"

"高鼻方脸,目光精明。年不过三旬,当山匪实乃可惜!"张松寒与魏延照过正面,记得模样,"那山匪抢劫粮草,又担心被羽林军顺势剿灭,所以就撤了!"扫一眼谷口处火光映照着的敌人,轻蔑一晒,"那群道士、郡兵,无异于土鸡瓦犬,挡不住你!"

"所以,一起走!"张曼成力劝,"末将可以带你冲出去!"

"糊涂!"张松寒以拳擂地,"我身为朝廷赈灾主官,丢失赈灾钱粮,岂能偷生?"见张曼成还在犹豫,不由生气,"你还犹豫什么? 你活着,将来也好在朝廷之上为这些屈死兵士昭雪啊!"

"赠你青鬃马!"张松寒将医书交给张曼成,催他跨上自己的爱马,"你切记,嘱托我儿张机:一定要以医术救民,救社稷。切不可让我儿为我报仇,以坏我张家世代忠良之名!"

张曼成含泪点头。张松寒顺手拍打马臀,战马嘶鸣而去……

苏章文坐在谷口的高处,看见张曼成手持长枪,快马冲来,急忙起身大叫:"截住他,别让他跑了!"

弓箭齐发,箭雨如注。

张曼成以枪拨箭,若风荡梨花。转眼之间,已冲出箭阵,来到谷口。柳九、魏庄带着一群手持长矛刀剑的喽啰呐喊着上前围堵,被张曼成马踏枪扫,纷纷倒地。只能眼睁睁地看着张曼成冲出重围,打马而去。

"斩草不能除根,必藏祸端!"苏章文见状大怒,指着谷中,"快用弩机火箭,射死烧死这些乱贼!"

火箭齐发,点亮雪夜。

挡在张松寒前面的马车顿时烈焰升腾,身边所剩无几的士卒纷纷倒下。不远处的羽林军呐喊着,催马杀来。

"苍天可鉴!"张松寒轻叹一声,缓缓抽出宝剑,对着苍天大叫一声,蹈身大火之中……

第九章　无辜血溅济世坊　伯祖魂凝屠龙匕

　　黎明时分,张机忽然从噩梦中惊醒,梦中分明见家翁浑身血污,将一卷医书交给自己后,转身便走。张机伸手欲牵家翁衣袂,却握不住,家翁如烟似雾,悠悠飘远……

　　"阿翁——"张机大叫一声,翻身坐起,额头冷汗潜然而出。窗外,曙光正映着梧桐树梢,几只早醒的麻雀鸣叫着上下翻飞,在雪霁后的冬日觅食。张机平复一下情绪,穿衣走入院落,料峭的风让他打个寒战,只好折身厨房,简单用些热食,身子渐渐暖和一些,然内心还是有些惆怅,甚至悲伤。

　　昨夜一场大雪,使涅阳城安静了许多,脏乱的街道也因覆盖着白雪而显得干净。寒冷使在外游走以讨生计的人,譬如兜售针线、收购杂品的十方货郎,抽签算命、代拟书信的破落书生,补鼎锔碗、抢刀磨剪的匠作,行走四方、崇神弄鬼的方士,都暂时收场入屋,将冰雪街道让给几个贩卖干柴的山民和一群雪地觅食的麻雀……忽然,张机听到清脆的马蹄声。愈来愈近的马蹄声似乎不是踏在结着薄冰的街道上,而是踏在自己忐忑不安的心坎上。按捺不住焦虑的心情,张机让徒弟李丰打开济世坊的院门,映着白雪的阳光潮水般地涌进院落,激出几个响亮的喷嚏。

　　"师父,这大冷天,一定是有人想你了!"李丰一边打趣,一边向街面探望。"咦——,邓廷掾!"惊见邓芝带着一个浑身血污的将官骑马而来,张机内心闪过一丝不祥,急忙迎上前去:"邓廷掾,为何匆匆而来?"

"快为这位将军疗伤！"邓芝匆匆下马，表情凝重，"找一偏僻处说话。"

张机让李丰安顿好马匹，再去厨房准备沸水及热粥，关上院门，亲自搀扶着张曼成进入院中静室。由邓芝帮忙，剥去张曼成沾满血垢的盔甲，为张曼成受伤的左肩清洗后，敷上金疮药，而后细细包扎。邓芝有话要说，被正在精心施药疗伤的张机以目光止住。显然，张曼成受伤不轻，又累乏不堪，被喂了几口热粥后，头一歪，竟酣然昏睡。

"邓廷掾，你现在可以说了。"张机有不祥的预感，"刚才，我是担心自己心绪不稳，误了为这位将军疗伤。"

"你可知这位将军是何人？"邓芝暗自钦佩张机的敏感和定力，"他就是随张御史押送朝廷赈灾钱粮之将——张曼成校尉。"

"张校尉是皮外伤，未伤及骨头。只是他过于累乏，脱了力气，需要歇息。"张机表情貌似平静，内心已经开始滴血，"发生了何事？家翁如何？"

邓芝接过张机递来的热水，轻呷一口，却呛出眼泪："前日，中常侍赵忠带着右羽林军郎将夜入南阳郡府衙，对褚太守宣旨，令其协助捉拿乱贼。"

"谁是乱贼？"张机仰天发问，"谁是乱贼？"

"赵忠说，张御史以赈灾为名，收拢民心，还要将粮草资助飞龙寨山贼魏延，图谋叛乱。"邓芝艰难应答，"昨夜，在岐棘山鹰愁涧下，张御史和赈灾车队遭到右羽林军和山匪合击……"

"我已经梦到了！"张机身子颤抖，泪水顺着脸颊淌下，"后来呢？"

"张校尉死命突出重围，昏厥在涅阳城外，恰被我救起。"邓芝悲伤一叹，"你别急，待他醒来，就知详情。"

张机垂首，低声啜泣。不知何时，张伯祖带着李丰已站在静室门外，听完邓芝的话，这才进来，抚着张机肩膀，雪白的胡须颤抖："机儿，是我不该让你写信，是我不该相信内贵外戚把持朝政，是我不该相信已经生病的天哪！"

"我没有家翁了——"张机摇头，低号一声"阿翁"，抱着张伯祖号啕大哭。张伯祖摩挲着张机的头顶，含泪低声："忍着，忍着，别哭醒了那些病人。"

"痛杀我也！"歇息片刻的张曼成终于缓过来一口气，睁开眼睛，恍然梦中,"我在哪里?"

"曼成,醒来!"张伯祖走到床边,握着张曼成的手,"你在济世坊,在我这里!"

"活神仙?莫非我在梦中?"张曼成看着张伯祖,欲起身施礼,被张伯祖拦住,"别动,先吃些东西再说话!"

"也好!吃饱肚子,我再去取那些贼子狗命!"张曼成显然饿坏了,一边狼吞虎咽地吃着东西,一边徐徐而愤恨地说着,"张让、赵忠狗贼,让张御史前来南阳郡赈灾,就是一个沽名钓誉、排除异己的圈套。"

张伯祖探身:"什么样的圈套?"

"他们明着让朝廷下旨赈灾,暗中由中常侍赵忠、右羽林军郎将袁林率五百羽林军尾随,又让心腹苏章文、南阳太守褚贡假意招安飞龙寨山贼,将张御史和我以及两百老弱兵卒围堵在鹰愁涧,赶尽杀绝。"张曼成渐渐恢复了一些力气,"张御史临终命我突出重围,赶往涅阳城,完成遗命。我拼尽全力,途中力竭昏厥……"

"邓廷掾刚好巡视乡事,将你救起。"张伯祖轻叹一声,"看来,你命不该绝,可要好好活着。"

"我一人独活又有何益?"张曼成有了点儿精神,撑起身来,指向已经结着厚厚血垢的甲衣,邓芝顺手帮他取过。张曼成从甲衣的夹层里掏出一本粘着血迹的绢书,"张御史有交代,让我将这本古书《汤液经法》交与张机潜研,一定要得出制服伤寒瘟神之方,让更多人活着,以实现张御史救民之遗愿。"

张机呆立。忽然,他大喊一声"阿翁——",昏厥于地。

张伯祖连忙过来揽起张机,掐住人中:"机儿,快醒醒!你要是有个三长两短,如何完成令尊遗愿?"

李丰屈身为张机喂水。张机轻咳一声,醒来,"阿翁,阿翁——,乾坤倒置,我要天理昭昭!"张机跪地,接过《汤液经法》,低号一声,"我阿翁还说些什么?"双目喷火,"我要为阿翁复仇!"

"令尊还说,千万不能让张机心怀仇恨,以坏了医者仁心!"张曼成泣不成声，"更不能为他复仇，以坏了张家数代忠良美名！"

张伯祖落泪，仰天长叹："苍天可鉴，一个忠臣良子的赤胆忠心！"

"愚忠啊！"张曼成握紧拳头，"来日，我就是拼了性命，也要为张御史鸣冤昭雪！"

"切莫只顾伤悲！"邓芝究竟是官府中人，已知事情来龙去脉，异常冷静，"你们听我说，张让、赵忠之流已诬陷张御史与山匪勾结，混账朝廷必将以谋逆之罪，株连张机。"搀扶起悲愤不已的张机，"当下，南阳郡正遭受瘟疫折磨，百姓还指望你救命。故而，你必须尽快逃走，以待来日。"提高声音，"这恐怕也是张御史遗命！"

"我愿死在当下！"张机倔强而又悲伤，"百姓尽死，何来天子百官？"

"邓廷掾所言极是！"年迈的张伯祖历经世间风雨，也知事情急迫，"机儿，你随我来！"

张机见师父有话说，含泪跟随着师父走出静室，来到院中梧桐树下："机儿，情势紧迫，为了完成令尊遗愿，你要马上离开此地。"语重心长，"你是负有天命之人，百姓正着，他们需要你。切莫冲动，坏了心性。"见张机表情有些松动，不由加重语气，"关键是，天病了，需要你医天！"

"可是，天却不愿救我家翁！"张机委屈不堪，"天哪，我该如何去做？"

"天病了，若还朗朗乾坤，岂能有此祸事？"张伯祖安慰着，"医天需要蛟珠和屠龙匕，今日我就交给你！"他解下腰间从不离身的药匕和装着蛟珠的锦囊，递与张机，"这就是屠龙匕。你师祖舍命保全此匕，只为将来医天！"轻叹，"若非与一般药匕相差无几，岂能瞒过苏章文？"

"这就是屠龙匕？"张机接过沉甸甸的尺长药匕，细心观看，除了匕身暗凝着几朵梅花般的青锈云纹和匕刃锋利之外，并无显眼之处。

见张机有些疑惑，张伯祖释疑："王莽新政末年，有欧冶子之后丹玄拜见将要起事的光武帝刘秀。因其天命所归，愿为铸剑。乃寻上古玄铁，辅以赤金，于桐山之巅置下高炉，以淮源青龙鼓风，以雷霆之力锻造，再以西平龙渊之水淬火。历时三年，铸成利器。出炉之时，杀白马乌牛祭天，以期阴阳同光。然日出不显五彩，云开不见霓虹。丹玄遂沐浴净身，自投炉中。祥云顿现,此剑乃成。长剑成五,短剑成一。长剑名曰龙泉、长虹、若寒、镇边、秋水,短剑屠龙。龙泉剑、屠龙匕由光武帝佩带,余者分赐太傅高密侯邓禹、大司马广平侯吴汉、左将军胶东侯贾复、征南大将军舞阳侯耿弇。我朝初立时,为江山永固计,光武帝将屠龙匕赐予贤淑明理的阴皇后,以监督和惩治不肖子孙。阴皇后去世时,又将此匕转赐爱女涅阳公主,涅阳公主嫁与窦固,是以此匕代代相传至你师祖手中。你师祖为不肖徒苏章文所害,临终将此匕赠我。"

张伯祖让张机将手中貌似普通的药匕放入旁侧一缸清水中,"机儿,你再看此匕如何?"张机眼前一亮,顿见水中药匕若流星而行,如蛟龙而游。

"机儿,你带着屠龙匕、蛟珠和已经合成的青玉珠,连同《阴阳大论》和《汤液经法》,快点儿离开,前往桐山藏身,潜研医术,采药炼丹。"张伯祖殷殷相期,"总有一天你会破解医治天下伤寒的药方,救治天下百姓,"提高声音,"我更盼着有一天,你能以身心为丹炉,云台为方鼎,炼化出还魂九龙珠,医治好受伤的涅水金龙,还百姓一个朗朗乾坤!"

"伯翁,如此说来,我就不能为家翁报仇了吗?"张机握紧屠龙匕,"家翁和赈灾兵卒就这样屈死了吗?"

"你放心,被你救下的百姓越多,你就越有力量去铲除奸佞。百姓就是社稷,就是江山!"张伯祖动情,"机儿,当下瘟疫横行,先救百姓要紧。走吧,你不能等死!"泪水满眶,"也只有你能够制服伤寒瘟疫。济世坊还在等着你的药方呢!"

"要不了几个时辰,通缉你的告示就要贴出来了,再不走就来不及了。"邓芝也过来,催促张机,"令尊之仇将来我和你一起去报。你和张将军快走!我也要赶紧回府衙,免得太守褚贡起了疑心。"

张机这才缓缓起身,止住泪水:"伯翁放心,有家翁给我的《汤液经法》,与《阴阳大论》互相参照,我一定能得出药方,制服瘟疫。待我完成家翁遗愿,必为家翁报仇!"扯着张伯祖的手,"伯翁,我们走!"

"机儿,我要留下,这里还有几十个病人!"张伯祖淡笑着落泪,"再说了,我虽也姓张,但不是你们张家族人,官府能奈我何? 你带着李丰走!"

李丰舍不得走,过来拥着张伯祖:"祖翁,一起走吧!"

张伯祖摸了摸李丰的头:"和你师父一起去吧,好好研习医术,将来也好救黎民,报社稷。"

说话间,邓芝、张曼成已经收拾停当,济世坊的伙计也备好马车。在张伯祖一再催促下,张机郑重跪地,叩首:"伯翁,你多保重! 等我消息!"而后,张机、李丰和有伤在身的张曼成乘着马车,跟随着骑马的邓芝,沿阳光下的雪道,打马而去……

直到马车消失在道路尽头,张伯祖方收回目光,进入静室,换上干净素袍,一边为一个病人诊治,一边开始等待,等待一场就要到来的灾难。"来吧,让我以身死为你们打开进入地狱之门!"

密集的马蹄践踏着街面上的雪,在阳光下翻起一层层的污。苏章文来了,带着一群势如恶狼的喽啰,乌云一般地拥进济世坊的院落。

魏庄率先下马,外强中干地叫唤一声:"张医师可在?"

正在院门口煎药的老者也不抬头:"在呢! 你可是要看病?"魏庄见他竟无惧色,不由大怒道:"让他赶紧滚出来!"

"没礼貌!"那老者依然如故,"你们这群人也看着没病,就不要打扰张医师了。他正在为伤寒病人治疗呢!"

"老匹夫!"魏庄一脚踹来,原本想踹倒老者,不料老者就地一滚,他的飞脚却插入沸腾的药罐,"哎哟——"一声,再退出脚来,脚上已满是燎泡。魏庄站立不稳,一跤跌在雪泥里,狼狈不堪。一群郡兵和济世坊的伙计忍不住笑了。

"放肆!"苏章文厉声呵斥,"都给我下马,搜!"十几个羽林军拔出刀枪,纷纷下马,簇拥着苏章文向院内闯来。门口老者正要起身拦阻,被气急的魏庄一刀刺死。魏庄站起身来,拿着滴血的长刀,恶狠狠地指着几个济世坊伙计:"退后,都给我退后! 官府奉旨捉拿张机!"

"张机有什么罪?"一个胆大的伙计质问魏庄,"官府也不能随便杀人!"济世坊其他伙计也低声附和:"就是,没有王法了?"

"张机乃逆贼张松寒之子！"魏庄杀气腾腾，"张松寒以赈灾为名，收拢民心；还将粮草资助了飞龙寨山贼魏延，图谋叛乱。尔等胆敢拦阻，与张机同罪！"伙计们在羽林军的逼迫下，只好退后。

"这是何苦呢？"苏章文摊着双手，装出一副痛心的样子，"你们只顾低头看病，挣个小钱，也不看看涅阳城门前的告示。"扫一眼院中，没见张伯祖和张机，便对着院中诊房静室高声叫道："师兄，让张机随我去府衙，我也就回去交差了，你也可以安心老死！"

"该来的还是来了！"张伯祖轻叹一声，吩咐身边徒弟，"去开门吧！"

魏庄和几个精壮的羽林军簇拥着苏章文来到静室，张伯祖头也不抬，仍在为一个病人实施针灸。见张伯祖仍在为病人治病，魏庄连同羽林军不由放缓脚步。

"看什么看？"苏章文瞪他们一眼，"跑了张机，有你们好看！"

"还不快搜？"魏庄举着长刀，对着羽林军吆喝，"前院、后院还有花园里的病坊，一个地方也不能落下。"

十几个羽林军分散开来，满院寻找张机，甚至拨草翻瓦，就是没有张机的影子。

苏章文倒有些耐心，并不担心会有人走漏风声。他背着手，来到张伯祖前，一边看着张伯祖为病人施针，一边不阴不阳地问道："师兄，你那好徒儿张机何在？"

张伯祖仍不抬头，为病人将最后一针扎好，对徒弟交代："一个时辰后，去针，然后，在钟乳穴贴上膏药！"

张伯祖的淡定激得苏章文满面羞怒。魏庄见状，上前帮腔："你这个江湖郎中，朝廷钦差苏天师问你话呢！"

张伯祖这才缓缓起身，看魏庄一眼，拿过一罐药膏："你的右脚烫伤了，先涂抹些蛇油膏。"魏庄心中一丝羞惭掠过，看着苏章文："这——"

"我师兄是活神仙。"苏章文故作大气，"听他的话，要不，你被烫伤再加冻伤的右脚，只有截了去。"

"谢过活神仙！"魏庄接过蛇油膏，嚅嚅道，"要说，你还是说出张机在哪里,我们也就不打扰了。"

"你杀了我的门人!"张伯祖冷冷地看一眼魏庄,"不过,你现在是个病人,作为大夫,我没有不医治你的道理。出了济世坊,你要为我的门人偿命!"

"有理! 那也在抓住张机之后。"魏庄苦笑,"说吧,张机何在?"

"钦差有嘴,让他问吧!"张伯祖盯着苏章文,"苏太医,苏天师,你还有脸来到这里?"

"我当初是对师兄发过誓,决不再踏进济世坊半步。"苏章文脸色阴沉,"然我为朝廷办差,身不由己。再说了,你盗取岐棘山黑石峰下的银萼龙胆草和紫萦仙株,还顺便取了青龙胆,动了朝廷贡品。"缓了缓口气,"但只要师兄交出张机,这一页就翻过去了。"

"我没你这个师弟!"张伯祖闭上眼睛,"当初,我随师父行医途中,捡了一个将死的苏姓少年。原本师父想将他培养成才,结果,他学了些医术,却坏了良心。经常趁治病之机,敲诈勒索,非礼女子,最后被师父赶出师门!"

"张伯祖!"苏章文强忍怒火,"我再问你一遍,张机何在?"

"赶出师门后,那姓苏的又去学些巫术,蛊惑百姓。"张伯祖睁开眼,扫几个羽林军一眼,"也是奇怪了,这个朝廷上还真有断子绝孙的大官被他迷瞎了眼,收这个衣冠禽兽当义子……"

"老匹夫! 你在为张机逃命拖延时间!"苏章文瞬时明白过来,不由大怒,飞起一脚,将张伯祖踹倒在地,"你这个老不死的,快说,你把张机藏哪儿了?"

"张机有什么罪?"张伯祖嘴角淌血,"他可是南阳郡举荐的孝廉。"

"张松寒谋逆,犯下灭族大罪!"苏章文气急败坏,"张机能跑得了吗?"

"这是什么世道? 一个一心为天下百姓的人有罪?"张伯祖仰天大笑,"哈哈哈,你们就不怕遭天谴吗?"

"天谴?"苏章文也忽然大笑,然后目露凶光,"本钦差倒想起来了,你也姓张!"

不知何时,院子里已经站满了围观的病人和百姓。听到苏章文要抓张伯祖,大家开始起哄:"张医师不是张庄人!你们不能抓他!"

张伯祖起身,向院中百姓拱手:"普天下姓张的都是一家,这狗官心如蛇蝎呀!"

静室内的那个病人忽然挣扎起身,用力向苏章文扑来:"你这个贼子!"苏章文猝不及防,被咬了一口。

"疯子!"苏章文怒极,拔剑刺杀病人,"找死!"

百姓和病人们的怒火顿时被彻底点燃,纷纷拿起院中的木棍、石块等物围拢过来,口中喊着:"跟他们拼了!打死这个狗官!"

眼见犯了众怒,苏章文赶紧退出静室,随着羽林军一步步后退。魏庄瘸着腿,低声相劝:"师父,咱们撤吧,他们人太多!"

苏章文一边退着,一边恶狠狠地看张伯祖一眼:"老匹夫,你煽动百姓造反,也是灭族大罪!"

张伯祖见状,上前抱住苏章文的腿:"你祸国殃民,早晚不得好死!"

苏章文再次踹开张伯祖,冲出院门,急忙上马:"反了,反了!你们等着!"

围观百姓和济世坊的病人们彻底被激怒,瓦片石块、木棍农具纷纷袭来。苏章文不敢回头,带着十几个羽林军仓皇逃走……

此时,张伯祖已是重伤,嘴里淌血不止。徒弟们纷纷围过来,将张伯祖抬起,安置在病床上。张伯祖摇手止住为他施救的徒弟,轻声嘱咐:"我自知大限已到,别再浪费药材了。济世坊一定要开下去,百姓不能没有郎中!可惜,我不能帮着张机制服伤寒瘟神……"大口喘气,"告诉张机,万不能因一人之私而失天下百姓。制服伤寒瘟神就是为我复仇。对他说,我以身死,为那些恶魔打开了通往地狱之门!"

张伯祖死去时,南阳郡再起暴风雪……

第十章　羽林借机贪横墨　文长将功补大过

张伯祖以生命为张机的逃亡争取了数个时辰。此时,行走在风雪中的张机已经来到岐棘山下,穿过黑石峰隘口,便可进入山势险峻、沟壑纵横的八百里桐山之中。至此,张机已经逃出生天。

天色渐暗,风雪暂歇。诸人驻马隘口。

"歧路在前,终会殊途同归。虽有不舍,终有一别。"邓芝在马上欠身拱手,"我这就折返宛城,也好知道朝廷消息。"

"邓廷掾舍身相救,张机没齿不忘!"张机跳下马车,举目四望,辨了方向,"我多次随师父采药来过,熟悉此地。一路东去,过岐棘山黑石峰后,便入八百里桐山中。"再望涅阳城方向,忧心忡忡,"只是,担心师父因我再受牵连。"

"放心,"邓芝面色沉着,"你师父颇负民望,又非你宗亲,谅苏章文不敢造次,以免激起民变。加之,我身为郡中廷掾,负纠察乡事之责,自当小心卫护济世坊!"

"有劳廷掾!济世坊乃病民最后之所,更是涅阳唯一净土,万不能失!"张机伤感不已,"歧路相别,无以为赠,一张素琴,赠予知音。"从马车中取出一张古琴赠予邓芝,"我曾为君把脉,知君性情中直,难免有焦渴之症,可以素琴调和,涵养生津。"

"音律入药,医我心性。"邓芝接过古琴,仰望天空,"期待风清月明,与君操琴!"

"天高地阔,山水不隔,就此别过!"张机登上马车,马车"咿呀"着,渐渐远去……

直到目光被苍茫的山色遮断,邓芝方拨转马头,催马上路。途中也不歇息,赶在宛城城门关闭前,裹着风雪,进入城中。按照太守指令,他必须要于酉时前,回到郡衙点卯。

独山南、白水北之间一片相对开阔之地,耸立着青砖兽脊、乌梁朱门的南阳郡衙。衙门前三尺台阶之上,一左一右蹲伏着两尊石狮。郡衙阔达,依照"左文右武,前衙后寝"的布局,从中轴线起始,依次为照壁、大门、仪门、大堂、二堂、宅门、三堂。在大堂后身,东西两列的仪房里,分别设置着户曹掾、田曹掾、水曹掾、时曹掾、比曹掾、仓曹掾、金曹掾、计曹掾、兵曹掾、尉曹掾、贼曹掾、塞曹掾、贼捕掾、决曹掾、辞曹掾、督邮掾、漕曹掾、文学掾、医曹掾、市掾、廷掾等部门,负责处理郡内诉讼、租赋、祀典、政事、乡事、财务、文书、军务、庶务等;间杂着衙神观、魁星阁、揽收厅、书阁、庖厨、杂项人房,院墙里还有车棚、马厩、茶房和粮仓等。

邓芝匆匆进入郡衙廷掾房,换上一身干净行头,前去郡署二堂点卯。二堂由正堂、东西厢房和耳房组成。正堂的堂门上方悬挂着黑底金字"公明"大字匾额,左侧门柱立着肃静牌,右侧门柱架着升堂鼓。堂内点着几根粗大的羊油烛,两盆暖炉里的炭火正旺。邓芝伸头探视大堂,不见昔日同僚于此议事,只有太守褚贡陪着朝廷上使在喝酒把话。邓芝于门口低声向门禁小军打听,才知朝廷上使是中常侍赵忠。他正要悄然退去,却被匆匆而来的苏章文、魏庄撞个正着。

"这不是邓廷掾吗?"因廷掾监察乡事,亭长魏庄自然与邓芝熟悉,扭身对苏章文介绍,"邓廷掾乃南阳郡名门望族之后,文武全才,颇得褚太守青睐。"

"噢,也是巧了!"苏章文与邓芝有一面之缘,却记得,"今岁秋日,我曾陪褚太守于城南白土岗上祈禳,尚记得邓廷掾文不加点,写下祈天好词。"

邓芝无法躲避,只好施礼:"微末见过苏天师!"

听见门外声音,太守褚贡已经在堂内招呼:"果然南阳地灵,说谁谁到。快请苏天师!"

邓芝转身欲去,被苏章文扯住:"邓廷掾,你主管乡事,何不随我一同见过太守和朝廷上使?"

"请!"邓芝不好推托,跟随着苏章文、魏庄进入堂内。

外面虽风雪紧烈,堂内却温暖如春。赵忠端坐,太守褚贡和右羽林军郎将袁林侧坐,条案上置满酒食,身后各有两个妙龄官伎佐酒。青烟袅袅,丝竹萦绕,显然正值酒酣耳热之时。赵忠装作未曾看见有人进来,更不看苏章文等人屈身施礼,依然举杯笑着:"果然是风雪天,喝酒天。老夫似乎记得已饮酒七盏,果然是一盏喉吻润,二盏破孤烦,三盏搜枯肠,唯有文字五千卷。四盏发轻汗,平生不平事,尽向毛孔散。五盏肌骨清,六盏通神灵。七碗吃不得也,唯觉两腋生风欲成仙!"

"赵常侍可不就是神仙?"褚贡媚笑着,"赵常侍亲自前来,代陛下安抚南阳臣民,驱散风雪伤寒,正如神仙下凡一般!"

"为陛下分忧,是老夫分内之事!"赵忠放下酒盏,"老夫听闻,此地'前有召父,后有杜母',召信臣、杜诗皆是爱民之官,父母官由此而来。"看着褚贡一眼,"不知诸太守是谁父母?"

"下官也听闻,陛下称张君侯为父,赵常侍为母,二常侍皆是社稷重臣,太平景由此而来。"褚贡琢磨着弦外之音,"故而,下官不敢为父母!"

"知道就好!"赵忠敛起笑容,缓缓起身,"该说正事了!"

若似风卷残云,侍酒的下人已是匆匆收拾起酒菜杂物,悄然退下。赵忠这才看一眼跪地叩首的苏章文:"赐座,起来说话!"

"多谢义父!"苏章文起身入座,又探身拱手,一副久旱盼甘霖的表情,"义父,你可来了!"

"事情办妥了?"赵忠声音冰冷,"原本是等你一起喝庆功酒呢!"

"张松寒畏罪自杀,乱贼都已处死!鹰愁涧战场也已打扫干净。"苏章文回答,"这一夜风雪之后,也许,就什么也没发生过。"

"好,好!"心有余悸的褚贡率先松了口气,"什么也没发生过。"

"留下白茫茫大地真干净!"赵忠看着堂外风雪,"可有漏网之贼?"

"不敢对义父隐瞒,"苏章文有点儿结巴,"跑了……三个!"

"还跑了三个?"赵忠微微皱眉,"何以逃生?"

"山匪魏延木已招服,却心存图谋钱粮之心,被我拒绝,怀恨离去。校尉张曼成带伤逃跑,张松寒之子张机不知去处。"苏章文看一眼赵忠,连忙表态,"不过,我已计柳九带着几个精干之徒前去追踪,谅他们也逃不出天罗地网!"

"魏延?当年,他家翁在老夫手下任职,坏了朝廷规矩,该杀。"赵忠有些不悦,"魏延聪明,答应为老夫做事儿,这才逃过一死,隐匿山林,暗中随时为我所用。这下倒好,你把他也给逼反了!"

苏章文连忙离座,叩首:"魏延确实心存图谋钱粮之心!"指着魏庄,"其堂兄可以做证!"

魏庄愣了一下,马上醒悟:"对,微末可以做证!"

"魏延好本事!"赵忠呷一口茶,缓了口气,"这可怎么办?"

苏章文咬牙:"魏延武艺高强,又天生逆鳞,断不可留!"

"杀人倒是我儿能耐!料想他逃不出你的手心!"赵忠冷笑着看一眼苏章文,"算了,老夫不关心这些,只关心赈灾钱粮在哪里,那都是陛下的心血!"

"钱粮无恙!"苏章文信口雌黄,"除了被乱贼焚毁十几车草药粮食之外,其余钱粮全部由羽林军抢了回来!"

"错了!钱也被魏延山匪掠走了五百万!"右羽林军郎将袁林接话,"前夜,羽林军将士死伤近百人,尚无抚恤!"

"什么?魏延竟敢趁机发财?五百万钱!"赵忠心疼得跳了起来,看着褚贡,"你说,你是此地父母官,该怎么办?"

"我亲率郡兵讨贼!"褚贡心里明白,这次朝廷赈灾的钱粮已被赵忠、袁林暗中贪墨了,"夺回朝廷钱粮!"

"好!老夫相信褚太守一定能马到成功!"赵忠满意地点了点头,"只是时间紧迫,这十几车粮草还有五百万钱,还需要太守费心筹集。"紧盯褚贡,

"要补齐了！陛下设西园、宫市挣钱,把钱看成命根子,陛下的钱咱们可不能少一分!"

"何时?"褚贡面有难色,"赵常侍,总得等开春去剿魏延,夺回钱粮。冬日大雪封山,郡兵根本无法进山。"想了想,干脆把话说开,"再说,毕竟是赈灾钱粮,朝廷既然剿灭了乱贼,这些钱粮也应该留在南阳郡,以救伤寒大疫中的百姓啊!"

"刚才酒宴正酣时,是谁告诉我南阳郡疫情也就是芥癣之疾?"赵忠眉头紧皱,压低声音,"莫非褚太守要欺君?"

"下官不敢!"褚贡马上变脸,赔笑,"只是请赵常侍宽限几日!"

"老夫倒有耐心,就怕陛下不肯等!"赵忠起身,"我身不由己,这就要冒雪回宫复命,只好让假子在此督办此事。"见苏章文有些迟疑,便低声安抚,"我留下一百羽林军听你调遣!"这才边走边叹,"唉——,陛下父母更不好当啊!"

"那是,那是,"褚贡点着头,和苏章文等人恭送赵忠。赵忠边走边道:"褚太守,你已经耍了一次滑头,这次绝不能留下后患!"加重语气,"升迁进退全在你一念之间!"

"下官明白!"褚贡看着赵忠在右羽林军的卫护下,渐渐远去后,又折回郡衙,商议对策。

再看苏章文一眼,褚贡就气不打一处来:"苏医师,你乃四旬开外之人,与赵常侍年龄相诺,何时竟当了赵常侍的假子?"语气充满嘲讽,"也不给本父母官说一声,我也好道个喜!"

"褚郡守,现在也来得及!别忘了,当今陛下还称张常侍为父,赵常侍为母!"苏章文有十几个羽林军卫护,腰杆也挺了挺,一副狗仗人势的样子,眼皮也不抬,"至于如何道喜,就把你刚才答应赵常侍的钱粮交给我就好!"

"哼!轻巧!"褚贡冷哼一声,"南阳郡乃帝乡,正值伤寒大疫,你还要趁火打劫,良心何在?"

"良心?良心值几个钱?"苏章文不屑,"还是说正事吧!"

"正事?你数日前杀了张伯祖,险些激起民变。"褚贡不由大怒,"若非涅阳张明庭处置得当,你就该千刀万剐了!"

苏章文也不甘示弱:"这么说,这短缺钱粮就无着了? 看你如何向赵常侍交代!"

"如何交代是本郡守之事儿!"褚贡在刀架脖子时,终于发出怒吼,"你,马上滚蛋!"

"敢让本钦差滚蛋?"苏章文羞怒起身,"好啊好啊! 我这就回洛阳告你!"

"本郡守还怕你不成? 你擅杀名士、荼毒百姓、贪墨钱财、迷惑圣听,该当何罪?"褚贡冷笑,"你赶紧去京领罪吧!"

"走着瞧!"苏章文冷哼一声,带着魏庄和十几个羽林军,愤然离去。

衙署顿时静寂。

邓芝一直不说话,似乎在看一台戏。此时,悄身过来,拨旺褚贡面前的炭火,并为褚贡端过一杯热茶。褚贡接过,看着邓芝苦笑:"这戏好看吗?"

"好看!"邓芝年纪轻轻,倒是淡定,"魏延不仅是个山匪,更是枚好棋子!"

"阉贼也把老夫当作了棋子!"褚贡一直器重出身名门、智勇双全的邓芝,也不隐瞒,"先是朝廷下旨赈灾,派出素有清名的侍御史张松寒为钦差,而后又言张松寒勾结山匪,要将用于赈灾的钱粮资匪,图谋叛乱,让本官带郡兵配合右羽林军合击乱贼和山匪,一网打尽。"轻叹一声,"也是本官糊涂,明知是阉贼借机铲除异己,却不得不为虎作伥。唉,我还以为能借羽林军之手既剿了山匪,又得了钱粮,谁知上了赵忠阉贼的套!"气恼不已,"在逼死张松寒后,赵忠与右羽林军郎将沆瀣一气,趁机贪墨五百万钱,还要让正在遭受伤寒大疫的南阳郡百姓来出!"

"多谢太守让我去济世坊报信!"邓芝试探着褚贡的底线,"只是张伯祖不愿离去,被苏章文所害。"

"张伯祖、张机不能死,南阳郡疫情还要靠他们来防控。百姓死多了,没人耕田种地、植桑养蚕,没人从事五行八作、跑马走船,郡里拿什么向朝廷进贡?"褚贡能想到这些,说明还有一点儿人性,"若非张伯祖之死,我还在迷梦之中。身为南阳郡守,上不敢实言,下不能救民,惭愧呀!"不由仰天一叹,继而痛下决心,"所以,绝不能放过苏章文。更不能让他带着钱帛、粮食、草药离开。"

"钱粮既然是朝廷用于赈济南阳郡疫灾之用,岂有收回之理?"邓芝点头,"况且这次伤寒瘟疫来势凶猛,南阳百姓急需这些粮草救命!"

"言之有理!"褚贡也明白,"不过,要是明目张胆地阻拦苏章文和羽林军运送钱粮,将来朝廷追责自然难免!"

"若如此,郡守就要把魏延这枚棋子用足。"邓芝压低声音,为褚贡细细筹划……

苏章文离开南阳郡衙,骑马直驱蝗神观。赈灾钱粮虽在大火中损毁了十几车,又被赵忠默许,任由右羽林军贪墨五百万钱,但还有部分钱粮、药草被暂时安置在这里,由赵忠留下的一百羽林军和苏章文的十几个道徒看护。为防意外,那队郡兵已被苏章文遣返回郡。苏章文知道,这次已是彻底得罪了南阳太守褚贡,要尽快离开这是非之地,毕竟,钱粮堆放的地方就是是非之地,更是危险之地。

苏章文赶到蝗神观后,督促道徒整理马车,和看护钱粮的羽林军一起启程,向洛阳进发。天气开始放晴,道路上虽然冰雪未化,马车行驶缓慢,但路上行人稀少,倒显得安全。

刚过鹰愁涧,眼尖耳聪的魏庄忽然看见前面有雪尘荡起,隐约有马匹嘶鸣之声:"师父,莫非张松寒阴魂不散,前来索命?"苏章文卸下头盔细听片刻,心头顿时一紧:"活见鬼了!"朝着羽林军大叫:"勇士们,留下粮食草药,尔等只将钱袋放置在马背上,速于前面高冈上结阵御敌。"

登上高冈,寒风呼啸。苏章文看见大批山贼呐喊而来,领头的果然是魏延。只是,起运钱粮之事如此诡秘,魏延又怎么得知?"一定是南阳郡守褚贡设下绊子。若真如此,那可就大不妙了!"尽管心念如此,苏章文还抱着一丝幻想,对魏庄吩咐,"你去看看,莫非魏延又反悔了,想随我等一起去洛阳?"

　　魏庄手搭凉棚看去,见魏延浑身披挂、满脸怒容,不觉失望摇头:"师父,我看不像!"

　　苏章文嘴尖皮厚腹中空地吆喝:"难道他真敢谋反?"

　　"他有何不敢?"魏庄苦笑,"他又何曾真正归顺过?"

　　魏延一见苏章文,纵马舞刀上前:"将钱粮留下,放尔等一条生路!"

　　"果然,果然反叛了!这个贼子!"苏章文大怒,扭头扫一眼羽林军,"谁能捉拿魏延,赏千金,赐郎将!"

　　几个羽林军各持军械,策马而来。魏延大喝一声,舞刀如轮,刀光似电,数个回合,已将这几人斩于马下。见魏延如此神勇,那些马背上放置钱袋的羽林军干脆拨马便走。苏章文心急如焚,回首魏庄:"好徒儿,看来,也只有你去堵住魏延了!"见魏庄有些踌躇,"放心,我会为你向朝廷请封,赏三千金,加羽林军校尉。"

　　魏庄咬了咬牙,只好提马上前:"兄弟,你真反了?你真不考虑令尊的死活了?"

　　魏延面无表情:"少废话!不留下粮草,人头留下!"到底是远房堂兄,魏延还是忍住一刀将他劈死的念头,"我不杀你,让那狗太医见我!"

　　苏章文听得真切,再看羽林军蠢蠢欲退,心里虽暗叫"不好",表面上还是接过魏延的话头:"装满粮草的马车就在后面峡谷里,无人守护。"苏章文见魏延狐疑,连忙解释,"放心,谷中没有埋伏,你尽可去取。"

　　魏延将信将疑,扭头去向混在山匪中的邓芝求证,却不料苏章文趁机躲在魏庄身后,对着魏延施以冷箭。"文长,小心!"听到邓芝提醒,魏延以刀拨箭,稍微迟缓,拨偏的羽箭正中右臂。

　　"好一个狗贼!"魏延大怒,抢刀催马过来,苏章文以手中宝剑猛击魏庄战马,魏庄猝不及防,替苏章文挡下一刀,坠落马下。魏延气急,再次奋力举刀向苏章文袭来。

　　苏章文拨马便逃。羽林军也纷纷扔下钱袋,四散逃命。

　　魏延欲追,忽然眼前一黑,暗叫:"不好——毒箭!"勒住战马,喘口长气。邓芝过来,拔出药箭,涂上金疮药,并以干巾为魏延束扎箭伤:"真义士也!

　　几个羽林军各持军械,策马而来。魏延大喝一声,舞刀如轮,刀光似电,数个回合,已将这几人斩于马下。见魏延如此神勇,那些马背上放置钱袋的羽林军干脆拨马便走。

南阳郡遭受伤寒大疫之苦的百姓,有救了!"

魏延咧嘴一笑:"若非邓廷掾前来报信,又暗带郡兵相助,恐怕苏章文和羽林军已带着钱粮回洛阳领赏去了!"

"不过,这次朝廷丢失的钱粮就记在你的名下了!"邓芝拱手施礼,"魏延之名该惊动朝堂了!"

"有何惧哉?!"魏延忍着伤痛,依然豪气不减,"魏延之名早晚会名动天下,垂于青史!"

"豪气干云!"邓芝由衷感叹,"你放心,我必将这来之不易的赈灾粮草尽快发给灾民!"

"魏某不信朝廷,不信郡守,信你!"魏延点头,拱手,"就此别过!"

"也好!此地所遗钱袋,就由你与儿郎们安置过冬所用。"邓芝集合混入山匪队伍中的郡兵出列,带着郡兵朝谷中行进,扭头见魏延和几十个山匪未动,"文长,那箭毒猛烈,还是尽快找郎中疗毒!"

"不碍事!"魏延驻马高冈,见苏章文走远,又见邓芝带着郡兵,赶着装满粮草的马车出谷,这才把刀一举,"儿郎们,收拾战场,拿起钱袋,回寨!"

魏延带着山匪,打马呼啸而去。

第十一章　张机更名张仲景　子诺倾心桃源梦

太阳升起,照着山中小道上艰难行进的马车。赶车的张机看到前面那座黝黑的石峰,心中产生出莫名的温暖和激动。他曾在黑石峰下冒死摘得仙草,又得青龙胆,更使自己无法忘怀的是子诺,那个站在峭壁下的姑子,那个明眸皓齿、俊美如兰的女子啊,无恙否?

一条清凉的溪水潺潺,在雪岸映衬下,萦着淡淡紫岚。一位窈窕女子身着合体的软獭夹袍,轻纱敷面,手持弓箭,若似捕猎,更似戏水。听到远处马车的吱呀声,女子若小鹿般警觉,撩开遮面,远远望去,目光紧盯驾车人,是他? 真的是他?

一声马嘶,如撕裂帛。溪边女子牵过身后的拳花马,迎着马车挥手:"莫非张机哥哥?"

"果然是子诺!"伤势逐渐好转的张曼成听到远处声音,嘴角浮出一丝笑意,口中却含嗔怒,"这丫头,还是一惊一乍的!"

"是我!"张机看着骑马的子诺若似一团云朵飘来,不由面露关切之色,"慢些,路面有冰!"

黑石峰下,张机跳下马车,与马上的子诺含泪相望:"子诺,你看马车上之人是谁?"子诺扭头一看,大吃一惊,"阿翁,你怎么来了? 你怎么了?"

"还知道有阿翁?"张曼成就要起身,不小心扯疼伤口,不由吸一口凉气,"好歹还能见到你!"

"阿翁,你受伤了?"子诺跳下马,俯身马车,看着父亲,眼含泪水,"疼吗?伤重吗? 让我看看!"

"死过了,又活过来了!"张曼成死里逃生,与女儿相见,好似梦中,"多亏了张机,让我还能活着见你!"

亲人相见的喜悦却因过多悲伤而静默,如同山风一阵阵掠过黑石峰上的积雪。"此处风寒,不可让将军受凉。"张机为张曼成压了压皮褥,"子诺,回家!"

"子诺,回家!"张曼成梦呓般地重复一句,眼眶有些红了,"我要好好睡一觉,好好和你祖翁说话,好好喝一次黄酒……"

几个时辰后,夕阳如潮汐般漫过黄公寨里的简单屋舍,屋舍里火塘温暖。须发皆白的黄公拨弄着炭火,火光映着他沧桑的脸,映着脸上的两道泪光。

张曼成、张机、李丰诸人围坐火塘边,三人显然刚歇息过,精神好了许多,只是表情凝重,气氛压抑而悲伤。未见子诺,张机也不便多问,就听张曼成对黄公述说着因赈灾而致灾的过程,平静而愤懑。当说到张松寒仰首问天、奋然蹈火时,他不由得哽咽不止。

"这群祸国殃民之狗贼!"黄公轻擂桌案,"老夫要以死为张御史昭雪!"

张机泪流满面:"我要弃医从武,为父母兄弟报仇。"

"此仇由我等来报!"张曼成忍住悲愤,安慰张机,"至于你,肩负令尊遗愿,不可莽撞!"

"张机,老夫闻听噩耗,夜不成寐。至于报仇之事,就交给老夫和犬子。早晚要为御史和你们张家找回公道。"黄公重重地点头,"当今大疫夺命,你若能遵从令尊遗命,早日潜研出伤寒药方,就能救下数千、数万甚至天下百姓性命!"

"你身负天下重任,不可轻言为一家、一人而复仇!"不知何时,院中一位身着褐袍的道士接话,"天下百姓要为你复仇,即使冤情似海,也能被洗刷去!"

"哎呀,马观主到了!"黄公起身,"老夫让子诺前去淮源观请你,是有要事相商。"一边说着，一边出屋相迎，"快些进屋，入座！"

张机这才看清来人，是一位年约五旬、中等身材、面相儒雅、目光睿智的道士。他见张机看着自己，微微一笑，"贫道马元义，得黄公厚恩，苟活于乱世。听闻张御史和张将军遭此横祸，痛惜于心。"

说话间，子诺也悄然进屋，紧挨着张机坐下，暗中羞涩而坚定地握着张机的手。一股暖流涌过，张机悲愤之心竟渐渐平静，竟有一丝好好活下去的执念。

"《太平经》有言，众星亿亿，不若一日之明也；柱天群行之言，不若国一贤良也！"马元义接着刚才的话，继续为张机和张曼成开解，"你与曼成将军一文一武，皆良才也！当今乱世，苍天已病，正需仁者医天，武者安邦。故而，要隐忍待时，以期日月朗朗。"

"马观主所言极是！"黄公愈发忧心，"老夫不忍张机、曼成为朝廷通缉，命悬于旦夕之间，故请马观主相商。"

"我也是为此而来。"马元义面带关切，"南阳郡邓廷掾飞鸽传书，朝廷已张告示，缉拿张机与曼成。依我之见，二人可先去淮源观躲避，观中水帘洞有一处僻静杂院，可以暂时安身。"

"也只好叨扰马观主了！"黄公拱手马元义，"待老夫稍事安顿，便入洛阳告御状。老夫相信，朝中自有清流能为张御史和曼成洗冤。"

"黄公不必过于执着。静待时日，便可见天翻地覆。"马元义淡笑，压低声音，"黄公该是听闻小儿街头传诵谶语：'苍天已死，黄天当立，岁在甲子，天下大吉。'到那时，鬼魅尽去，冤情自销。"大笑起身，"到那时，曼成当为神天使，张机更是由凡入圣。"扫一眼诸人，"眼下不过是黎明前之暗夜！"

"决不能在暗夜里死去。"黄公闻听此言，对张机更是关切，"张机，为以后行医方便，老夫意为你更名仲景——仲乃二也，对应你在张家排行；景乃影也，也有敬仰向上之意。此后，你便是张机之影，敬仰圣贤，悬壶济世，行走江湖。"

"多谢黄公赐名！"张机叩首施礼，"张机从此就叫张仲景！仲景谨遵家翁遗命，学医行医，造福百姓。只是……"

"你呀，心里还是想着报仇！"黄公扶起张仲景，"老夫问你：你武艺不精，又不位高权重，如何斗得了权势炙天的中常侍张让、赵忠之流？又如何斗得过被羽林军卫护的苏章文，甚至是武艺高强的魏延？"轻叹一声，"令尊让你放下复仇之念，是为了你周全。为你更名，是为了让你忘了自己是谁，至人无我，忘我而大我在！"

"至人无我，忘我而大我在！"张仲景止住哽咽，"这么说，家仇就无法报了吗？"

"拥有民心，就能报仇；朝廷清明，就能报仇！"黄公语重心长，"仲景，民心才是天。你若能救百姓，就能得民心；陛下要得天下民心，就得铲除身边的鬼魅。"

"民心变，则天变。天下是天下人之天下。"马元义也不隐瞒，"当今，张让、赵忠等十常侍把持朝政，公然在西园卖官鬻爵，不给百姓活路，天沸人怨。百姓们对抗这些鬼魅，也是惩恶扬善之举。"

"我闻听，当下冀州太平道信徒公然拒缴赋税，驱逐官吏，大有对抗朝廷之势。又闻，太平道以《太平经》为圭臬，以善道教化天下。大医道长带着同道在河北疫区为百姓诊病，甚得民心。"张曼成曾为洛阳西城校尉，略知天下事，"想来，在那里作威作福的贪官酷吏，日子不会好过。"

"天下是天下人之天下。"张仲景认同此言，"天子也是代天牧民。"

"若此，这天下恐怕要大乱了！"黄公轻叹，"只是最后苦的都是百姓。"

"仲景就是解救百姓苦难之人。"马元义断言，"天灾人祸不过是天病人病，仲景当潜研医术，担当使命，医人医天。"

"感谢黄公、马观主指点，晚辈茅塞顿开，拨云见日。"张仲景向二人郑重施礼，"仲景再无他念，以后当一心潜研医书医术，为百姓医病，再与书中所记药方相互印证，得出治病良方，制服伤寒瘟神！"

"此乃张御史遗愿，也是老夫心愿。"黄公长吁一口气，"仲景，你行医途中，要习武健身，江湖风波险恶，也好保护自己。"

"我随祖翁习武多年，甘愿保护仲景，以便他安心行医。"子诺鼓足勇气，"愿祖翁、阿翁玉成！"

黄公看着满面羞红的子诺,又看着张曼成:"曼成,此事由你做主!"

张曼成早已暗下决心,要随黄公一起去洛阳洗冤,正愁自己钟爱的女儿不知如何安置,这下好了:"也好! 子诺身负武艺,跟仲景在一起,也好有个照应。毕竟,世道乱啊!"

第十二章　大医热肠救老猿　仁心感天追圣贤

　　淮源观坐落于山峻谷险、奇峰迭出、洞多石奇、树茂林密的桐山深处，北望嵩岳紫霭，东迎界岭红云，南采楚地之灵气，西集伊洛之雄风。仰观山岳苍茫，俯瞰流水杳渺。巍峨的玉皇之巅，倚山雄立的道场宏大，中矗神坛，坛高数丈，紫烟缭绕，道幡翻转。淮源观后面的千尺崖上，有一隐秘的石砌小院，相传是汉相张良年轻时读书隐居处，院内花木扶疏，幽雅静谧。得淮源观观主马元义相助，张仲景为避灾祸，携子诺和徒弟李丰隐居于此。张仲景此时还是亡命天涯之人，自然无法明媒正娶子诺。子诺乃侠义之女，仰慕张仲景人品医术，甘愿终生追随，九死不悔。所以，在进入桐山之后，便以天地做证，与张仲景结为夫妻。

　　日子流水般过去，已是来年春日。张仲景循着往例，带着子诺和李丰来到南山采药，惊喜地发现在人迹罕至、青苔不生的峭壁上，一株卷如拳状、叶片葱翠的九死还魂草，正迎风摇曳着紫星般的花瓣。子诺也是惊讶："仲景哥，那也是一株仙草吗？竟活得如此坚韧。"

　　"九死还魂草！"张仲景为子诺、李丰讲着，"此草往往生长在山缝石涧中，每逢干旱，枝叶收缩，卷如拳状，由绿转黄，如同死去；但见得一星点儿雨露，便还魂般苏醒过来，若似重生，青绿如初，故又名长生不死草。此草研磨外用，有止血收敛、疗治刀枪箭伤之奇效。烧草成灰，内服可治出血之症。只是，采摘不易，稍有不慎，便要粉身碎骨。"

"师父,我来!"背着药篓的少年李丰已经长高,结实如牛犊,看着峭壁上的九死还魂草,跃跃欲试,被张仲景笑着拦住,"还是我来,免得伤了仙草根茎。"

"也好,说不定还能再得宝物!"子诺想起与张仲景曾在黑石峰下的相遇,不由脸色酡红,"我帮你看着路径。"她原本细心,看到峭壁上隐隐有凹槽,应是前人采药留下的痕迹,便对艰难而小心攀爬的张仲景提醒着,"仲景哥,你头顶上方有一凸石,你脚右上方有一处凹槽。"张仲景应声以脚打探,终于踩到一个结实的落脚点,这才腾出一只手来,小心而用力地铲掉这株九死还魂草。花草从峭壁上悠悠飘落……

忽然,一个毛茸茸人影从一侧峭壁的虬松上,横飞而至,迅疾接住这株硕大花草,轻轻落在另一侧的石壁下。是一只高大老猿!老猿抱着花草与子诺和李丰对峙着。

张仲景从石壁上爬下来,李丰手握药铲,小声相询:"师父,我去夺过来吧?"

张仲景仔细看着缩鼻高额、青躯白首的老猿,听着老猿哀哀长啼,苦笑道:"这株仙草本来属于它。"

子诺惊讶:"老猿怎么也会需要九死还魂草?"

"这猿已患上血热病。"张仲景看老猿的眼睛赤红,解释道,"老猿也懂仙草对医治此病有功效。"

"可是,张将军还需九死还魂草来医治刀伤。"李丰疑惑道,"人乃万物之灵,命比其他生灵主贵!况且,我们要救之人还是师母的家翁。"

每次李丰叫子诺为师母时,子诺都因深爱张仲景而心生甜蜜。"家翁刀伤如何了?"子诺看一眼越来越懂事的李丰,再看张仲景,"若得此仙草多好!"

"伤口虽已完全愈合,仍须活血化瘀。"张仲景想起身在淮源观的张曼成,不由得苦笑,"按道理,家翁要安心养伤,早该好了。可是,他心怀仇怨,时常以舞枪弄箭来排遣心中郁结,致使血脉不能畅达。"有些为难,"虽说家翁若得此药滋养,内外伤皆可愈,可咱们也不能与老猿抢夺此物。"

"医者仁心。"子诺体谅道,"你常说万物有灵,众生平等。"

"老猿,血热病因伤寒而起,发热出血,肝脾肿大。你需用九死还魂草医治身病,"张仲景看着老猿,像老友般地说着,"可是,你知如何煎服方能更显疗效吗?"颇通人性的老猿略一迟疑,仍抱着那株九死还魂草一拐一瘸地折身洞穴前,跟跄着倒地。张仲景急忙走上前去,蹲下身子,为老猿把脉。老猿睁大眼睛,从惶恐中,逐渐露出期待神情。

"果然是伤寒引起体内出血。"张仲景从老猿怀抱的九死还魂草上折下一叶,又从药篓中取出几味草药,交给李丰,"丰儿,你去山下溪水边,生火熬制药汤。"

子诺依着石壁歇息,看着老猿瞬时安静的样子,不由笑了:"这猿真是聪明,引诱你来给它治病。"

"老猿虽知九死还魂草可治病,"张仲景轻叹道,"却不知兽性难医。"看子诺疑惑,"原本它可以取,却变成了抢;原本只需一叶,它却抱着整株仙草。"

子诺略有感慨:"像人!"

片刻后,李丰端着煮好的汤药过来,张仲景一边耐心地为老猿服药,一边轻声安抚:"老猿,柴胡汤有清热解毒之功效,你喝下此药,病就好了。"老猿似乎听懂,喝过汤药不久,竟安静睡去。

"猿病已无大碍。"张仲景轻扯子诺起身,"咱们回去!"

李丰要从老猿怀里拿走九死还魂草,被张仲景拦住:"丰儿,取下数叶足矣。留下这株草,免得老猿醒来不安。"

张仲景三人走出山洞,坐着马车赶往淮源观为张曼成换药。刚及观门,就见赵五伯正在清溪边上洗马。子诺高兴地跳下马车:"赵五伯,可是我祖翁来了?"

"正是! 你随那小子进了桐山,可把你祖翁想坏了。"赵五伯见子诺,高兴得胡须乱颤,"这不,刚过风雪年关,就来了。"

张仲景和李丰也过来与赵五伯见礼,他更想知道苏章文是否带人去过黄公寨。毕竟,到处都有朝廷缉拿张曼成和张机的告示。

子诺也是担心："官府没有派人去黄公寨？"

"来了，又走了！"赵五伯语气平淡，"邓廷掾带着一队郡兵搜了搜院子，和你祖翁喝了场大酒。"

"邓廷掾可有话说？"张仲景关切，"涅阳济世坊无恙否？"

"他俩喝酒时，我也在。说起活神仙以死拖住苏章文和羽林军缉拿你的事儿，我也老泪横流。"赵五伯感慨，"活神仙之死差点儿激起涅阳城民变，百姓们围着县衙数日，直到官府为活神仙风光下葬，这才平息。"又想了想，"对了，活神仙有话给你，他说：'万不能因一人之私而失天下百姓。制服伤寒瘟神就是为我复仇！'又说，他以身死，为那些恶魔打开通往地狱之门。故而，无须悲伤！"

"师父——，你以身死，已经为那些恶魔打开通往地狱之门！"虽然早知道张伯祖抱定必死之心，但真知道他的死讯，张仲景还是难抑悲伤，流泪呢喃，"伯翁，机儿必承你遗志，潜研医书医术，医人医天，为恶魔和瘟神打开通往地狱之门！"

"见过祖翁，再说如何？"子诺知道丈夫心事，手捻锦帕为张仲景揩了泪，告别赵五伯，挽着张仲景，一起走进观内。

观内，石狮水兽，旗杆华表，门坊轩昂，殿堂巍峨。前殿供奉着东渎大淮之神，圣像庄严，后殿供奉着南华老仙，悲天悯人。马元义与黄公诸人坐于后殿，正论着太平道。

"南华老仙传授三卷天书《太平要术》时，嘱托张天师：你得仙书，须向天下宣传教义，拯救世人。天师应诺，就创立太平道，导人向善，游历四方，治病救人。"马元义传道，"《太平经》云，天下人皆生活在鬼神监视之下，并据所做善恶多少来判断寿命长短。是谓祸福无门，唯人自召！"

黄公点头道："所以，人要多做好事，少做坏事。"

张曼成存疑："天下人可否包括达官贵人？"

"还有皇亲国戚，甚至天子！"马元义解释，"翻看史书，作恶多端的奸佞巨宦即便当时得以幸免，也要在后世落下骂名。哪怕是天子，譬如夏桀商纣无道，一样被刻在耻辱柱上。"

马元义抬首看见张仲景、子诺走来,连忙起身,笑对黄公道:"你的金童玉女来了!"

"啊,来得正好!"黄公招手子诺坐在身边,"知道你们去南山采药去了,我便随令尊来听马观主讲道。"

"仲景采来九死还魂草,对医治刀箭伤有奇效。"子诺看着家翁,"要不了三五天,你的刀伤就彻底好了。"

张仲景怀有心结,悲戚不语,先为张曼成检查伤势,再为他包扎好伤口后,方才含泪发问:"张伯祖一生救助百姓却为宵小所害,在《太平要术》上,可有说法?"他不由得痛心地号着,"朗朗乾坤,可见证他死于一个欺师灭祖的宵小之手?"

"张伯祖就是暗夜之星月!他以身死而打开恶魔入地狱之门,死得其所,何其壮哉!"马元义知张伯祖临终遗言,也是感慨,"依《太平经》善恶论,张伯祖永生不死,是谓得道成仙。涅阳城百姓为张伯祖立祠,永享香火,即是明证。"

"暗夜之星月!"张仲景心中瞬时澄明,"证明暗夜之星月,早晚会点亮银河!"

"到那时,才是朗朗乾坤。"马元义赞许,"冀州张天师、汉中张师君正以神水驱鬼,扫除黑暗。"

在众人沉思时,李丰慌着进来通禀:"光天化日之下,一群山匪闯观,眼看把守观门的道兄们就要挡不住了。"

"什么?吃了豹子胆了!"张曼成霍然起身,"拿我梨花枪来!"

"切莫扯了伤口!"子诺关切地看着父亲,"女儿随祖翁和赵五伯学箭多年,正好让你开开眼。"

子诺拿起弓箭,来到离观门约百步的三尺台阶上,看着观门外一群山匪正与几个守观门的道士理论,倒不像是闯观。尤其是被山匪簇拥着的黑大汉子,在马上摇摇晃晃,颇似酒醉。

"先吃我一箭再说!"子诺正要张弓射箭,被身后的张仲景扯住,"且慢!那马上之人显然受伤不轻,性命危在旦夕。"

"看我手段！"子诺将箭头抬高一寸，正射穿骑马汉子的顶上发冠，山匪与把守观门的道人们顿时无声。骑马汉子却仰起头，有气无力地喝彩："好箭法！"

"回！"子诺对张仲景淡然一笑，"看他们还敢嚣张！"

片刻后，一个粗门大嗓的声音从观门外传来："马观主，我乃飞龙寨副主王敦，烦请开门！"

"看来，你二人未能挡住山匪。"马元义淡笑着起身，"我去看看，到底何事。"

"我等不敢冒犯观主！"王敦在观外继续喊着，"我家魏大王受了重伤，还望马观主救命！"

"魏大王，"马元义点亮观内烛火，扫一眼摇曳在烛火中的诸人脸色，"就是魏延。"对张曼成淡然一笑，"将军，你仇人来了！"

张曼成"哗啦"一声拔出宝剑："我非宰了这个山匪不可！"

黄公看张曼成一眼："把剑收起来！"再看一眼张仲景："你仇人来了！"

张仲景咬了咬牙："我先治好他病，再取他性命！"

张曼成点头："好！"

片刻，观门打开。王敦扶着受伤的魏延踉跄进来，魏延已经昏厥过去。

"请马观主救命！"王敦匍匐跪地，叩首不止，"魏寨主为夺回那些朝廷赈灾粮草，被钦差苏章文用毒箭射伤！"

"什么？夺回赈灾粮草？"张曼成有些吃惊，"魏延不是那些贼子的鹰犬吗？"

"怎么是你？"王敦看清楚了，言语不由有些结巴，"哎呀，张……将军，你怎么也在这里？"

"命大！"张曼成冷笑，瞪着王敦，"魏延趁我马失前蹄之机，杀伤了我。这不，他自己送命来了！"

"将军，我家寨主也是被那个狗屁钦差给蒙蔽了！苏章文说，有朝廷乱贼以赈灾之名，收拢民心，企图叛逆。还说，要招安我们，为朝廷效力。我家寨主不明真相，就……"王敦流泪道，"但后来，得知真相，我家寨主幡然醒悟。"

黄公盯着王敦:"这么说,魏延去向苏章文讨要粮草时,被伤了?"

"苏章文言而无信,又想杀魏寨主灭口。"王敦愤慨,"魏寨主为了救南阳郡灾民,就在苏章文返京途中,帮着邓廷掾截回了粮草。却不料那贼子让魏庄作盾,他躲在魏庄身后对魏寨主突施冷箭,正中右臂。魏寨主大怒,将挡刀的魏庄砍落马下,苏章文却借机拨马便逃,羽林军也丢下车辆,跟着逃命去了。"

黄公眉头微微舒展:"魏延尚存良知,不该死!"

王敦这才松了口气:"我陪着魏寨主去找涅阳张医帅,不想张医师已经归天。随后,飞龙寨又请数个医生诊治无果,只好辗转到此,还望马观主救命!"

"怎么这么重的箭毒? 也亏得魏延年轻体壮,挨到今天。"马元义上前,认真查看魏延伤势,又摇头叹息,"这箭毒已深入体内,进了心脉,性命难保了!"

黄公、张曼成、子诺不由自主地看着张仲景。张仲景上前,看魏延一眼,又为魏延把脉,片刻他又起身道:"苏章文深知'医师掌医之政令,聚毒药以供医事'之理。从脉象上看,他从箭毒木、钩吻、马钱子中,提炼出毒汁,混以五步蛇毒,涂抹在箭镞上,毒性猛烈。"

王敦不安,带着哭腔道:"难道魏寨主没有救了吗?"

"那几个为魏寨主医治的郎中治标而不治本,拖延了时日。"马元义退了一步,坐下摇手叹息,"如今毒入心脉,贫道医术不高,实在无能为力!"

王敦叩首涕泪:"还望马观主救救魏寨主! 微末愿做犬马相报!"

马元义无奈:"本道实在是心有余而力不足啊!"

王敦叩首流血:"魏寨主身负家仇,又负一身好武艺,死不甘心,死不瞑目啊!"

到底曾经是自己徒儿,黄公有些不忍,低声提醒王敦:"你去求他。"目视张仲景,"他就是当下神医!"

王敦匍匐着,来到张仲景面前,连连叩首:"请神医救我家寨主!"

张仲景突然转身，望天泪落。片刻后，擦去眼泪，写下药方，交与王敦：
"患者身中混合毒物，需辨证论治。先用艾草清洗伤口，内服姜丸以驱蛇毒；
再以地浆熬制甘草，以驱草木之毒；而后，以五谷煮粥为养，以时令果汁为
助，静养旬日。"

"仲景眼中只有病人而无仇人。"黄公激动起身，"真乃天下第一仁者，可
谓圣贤，必成万古医名！"

"《墨子·尚同上》云：天下之百姓，皆以水火毒药相亏害。"马元义感慨
道，"而我天下百姓就不能和合与共，去铲除那些朝廷鬼魅吗？"

张仲景向黄公等人拱手："恕仲景不便在此过多逗留。我还需采撷药
草，炼制药丸，为百姓治病。"

黄公诸人起身，拱手相送："仲景，你多多保重！"

子诺挽着张仲景，向诸人还礼："祖翁，家翁，道长，你们放心！"

王敦看着张仲景转身离去的背影，跪地长揖："我代魏寨主叩谢神医救
命之恩！"

第十三章　魏延祛毒获新生　黄公决死中冤情

淮源观一处僻静寮舍里,稍有气色的魏延翻了下身子,睁开了眼,仍觉在梦中。他看了看周围,没有熟悉的虎皮褥子、取暖的火炉、挂灯的石壁,窗外也无吊桥、石墙、寨门、岗楼、聚义的大厅,也闻不到糟酒和野物混合的刺鼻气味,连身边兄弟也了无踪影。"这是哪里?"他一个激灵,汗出如浆,不由叫道,"有人否?"

"寨主!"王敦听到声音,端着汤药进来,眼含泪水,"三天了,你总算醒了!"

"噢,我想起来了,几天前,我带着几个弟兄来找马元义看伤。"魏延晃了晃脑袋,活动一下受伤的臂膀,"咦,竟然好了? 这个老道确有几分治病本事!"想要起来,却无力气,被王敦扶起。

"寨主,你先把药喝了,我给你慢慢说!"

"弄些吃的,我饿得头晕眼花。"魏延喝完药,觉得饥饿,"再弄点儿黄酒。"

"早为你准备好了酒菜,已经有些凉了。"正准备去翻热,已见魏延拿过酒食,狼吞虎咽起来。王敦露出一丝大难不死的怯意,"总算活下来了!"魏延看着王敦眼神,"怎么了? 这么战战兢兢的! 难道说马元义救了我命,又狮子大张口?"吃了酒食,稍事歇息,一些力气开始慢慢回到身上,"他不就是想要些刀枪弓箭吗? 给他! 他想跟着冀州张天师起事造反,咱不拦他!"

"不是他！"王敦解释，"是你的仇人救了你命！"

"我的仇人？难道说先救我再杀我？他准备让我像个壮士去死？"魏延吃惊，默了默，"也是，我魏延纵横江湖，不能像个病狗一样死去！"

"应该不是这样！"王敦想起张仲景为魏延疗伤前的悲愤样子，有些心慌，"你的仇人是一个圣人！"

"圣人？"魏延面带疑惑，踉跄起身，"带我去拜见仇人！"

黄公、马元义、张曼成和几个道士散坐在后殿，正说着闲话，忽见门口光线一暗，魏延甩着膀子，带着王敦进来，纳头便拜："多谢救命之恩！"头也不抬，"哪怕此时下刀剁去魏某首级，也要谢恩！"

"为何？"马元义好奇，"此话怎讲？"

"没有让我像病狗一样死去。"魏延回应，"给了魏某尊严！"

"好一个糊涂莽汉。"黄公气得胡须颤抖，"给我起来！"

"师父——"如此熟悉的声音，不是师父又能是谁？魏延一下子嗓子有些哽咽，"师父，徒儿心有冤屈，无奈为匪，你体谅则个。"

"老夫没有你这个徒弟。"黄公仍然难以释怀，"你这个莽撞汉子，你可知是谁救了你性命？"

魏延这才抬起头来，看见张曼成，吃了一惊："怎么是……将军？莫非将军治好我伤，再与我交手？"

"你这个山匪！我恨不得让你像病狗一样死去！"张曼成满面怒容，"鹰愁涧厮杀，若非我战马久战乏力，早将你一枪刺死。"

"这么说，不是将军救我！"魏延反倒一笑，"这么说，你就是我未曾谋面的义兄！怪不得见你枪法眼熟，故而当时未下狠手。"

"待你痊愈，我再与你厮杀！"张曼成怒火中烧，"戳你百矛，以解我恨！"

"也好，我这就等你杀我！"魏延倔强，"反正这条命已经归你了！"魏延这么说，张曼成反倒不好下手，他怒而起身，一脚踹倒魏延，拂袖而去。魏延不恼，对着张曼成背影拱手："我项上这颗人头，你随时可取！"

听魏延这么说，黄公的气消了不少："起来吧，救你命的人姓张，名仲景，当今神医。不过,他与你有血海深仇,不愿见你!"

"张仲景?"魏延疑惑,"与我有血海深仇?"

"你还记得随苏章文在鹰愁涧袭击朝廷赈灾车队之事儿吗?当朝侍御史张松寒就是张神医之父,被你们逼死了!张家又被宵小诬陷罪名,满门抄斩。"黄公伤悲,"只有张神医躲过灾祸,反而救了你这个仇人!"

魏延颓然坐地,以手轻擂脑袋:"唉——,我怎么如此糊涂?我该如何谢罪?"

"随老夫一起去洛阳,在朝堂上为张御史和曼成昭雪。"黄公早已置生死于度外,"我已老矣,死不足惜!但仲景年轻,又怀无上医术,不能永远生活在冤屈中,生活在暗夜里。他需要光明磊落地行医天下!"

一听黄公此意,魏延自怀中掏出一封信,双手奉给黄公:"师父,你看,这是中常侍赵忠手谕,想来可作证据。"

黄公接过,细细看着赵忠手谕:

"文长:今有朝廷乱贼以赈灾之名去南阳郡收罗民心,图谋叛乱。乱贼必经鹰愁涧。你听从钦差苏医师之命,合歼乱贼。事成,赏郎将,秩千石,赦汝父之罪。"

"我知你至孝,"黄公收起赵忠手谕,"老夫也曾想行贿赵忠,救出汝父。"他又摇了摇头,"可是,后来我知道错了,以令尊耿直气傲之性,必以为羞!"

"正是!家翁得知赵忠下手谕给我,也不问何事,便在诏狱吞舌自尽了!"魏延终于流下了久违的泪水,用拳轻擂桌面,"都怪我一时不察,犯了大罪。师父,赵忠因陷害张御史而被朝廷外官弹劾,就嫁祸于我,要赶尽杀绝。"他想了想,"故而,我愿随师父入洛阳,在朝廷之上呈出赵忠手谕,看他可有话说?"

"听王敦言,你后来又反劫了赈灾粮草,以救灾民,可见你尚有良心。"黄公点头,"也好,待你伤愈,随老夫入京。"

"师父——"魏延放声大哭,"徒儿也是满腹委屈!因父罪而牵连,不得不为山匪。为救父而使父死,枉你授我一身武艺!"

"苍天已死,黄天当立!"马元义扶起魏延,"你一身武艺,必有宏图大展之时！"

"也罢！待我伤愈，我护送师父入京，必为恩人讨回公道。"魏延施礼，转身退去。

"仲景已经除去一个仇人了。"看着魏延背影，黄公感慨不已，"只是峣峣者易折。其性过刚，易遭横议。"

"今天下风云变幻，正需跃马驰骋之人，而非清流名士！"马元义余味深长，"这是一员猛将。一旦风云突变，他便能虎啸山林。"

"老夫看不到那一天。"黄公执拗而又感伤，"大汉世代厚恩于黄家，老夫愿为汉室江山殉葬。"

"也未必！若朝廷复现朗朗乾坤，又何须改朝换代？"马元义淡笑，"今朝中，朝政由内臣和外戚把持。内臣以中常侍张让、赵忠为首，外戚以大将军何进、何苗为首，皇家宗亲和司徒王允对朝廷冷眼旁观，暗中联络清流，窥探权柄。中常侍有十人，对内也是钩心斗角，相互拆台。譬如，封胥、徐奉暗拜冀州张天师为师，就连十常侍之首张让也与张天师有交往，以期富贵长久；对外，中常侍十人联手遏制外戚，已成水火之势。"

"我何尝不知？"黄公潸然言道，"虽说，今朝廷巨宦凌驾于朝臣之上，肆意干政，卖官鬻爵，骄纵贪暴，官者要么依附巨宦，要么避祸千里，然总得有清流名士以身为石，坚持家国执念，弘扬浩然士风，哪怕粉身碎骨！"

"皎皎者易污！"马元义猛然想起黄公曾遭非议之旧事，"我听闻，张让权倾朝野，其父归葬颍川之时，天下名士恶其名，无人前去吊唁，唯公前去，为何？"

"老夫虽恶张让，然不可波及其父。"黄公泠然言道，"士者，当有澄澈之怀，不含杂念！"

"天地正气，夫复何言？"马元义看着仪表高迈的黄公，钦佩不已。片刻之后，又轻叹，"不过，你这次决心抬棺入京，可是在貌似平静的朝廷江湖投下一颗石子，说不定要引起一场血雨腥风。"

"朝廷是该清洗了，"黄公仰天轻叹，"哪怕是血雨腥风。"

"我也随你入京，也好知道朝廷动静。"马元义拿好主意，"淮源观和《太平经》就留给曼成,也好将来为百姓们找条活路。"

张仲景虽有预感,但当他知道时,黄公已由马元义、魏延卫护,带着马元义的门徒唐周和老家奴赵五伯抬棺上路。他要在朝堂上为张松寒、张曼成讨个说法,洗去冤屈,为张仲景还一个自由身,让张仲景光明磊落地行走天下。黄公深知,一个张仲景就能救下成千上万个挣扎在伤寒瘟疫生死线上的百姓……

第十四章　灵帝乱政废纲常　老臣抬棺殉朝堂

　　洛阳北宫殿的养心阁里,汉灵帝拥着何贵人斜倚龙榻上,张让、何进侧坐,一起欣赏着封胥、徐奉等几个中常侍在阁中摆排着的几盆硕大的牡丹,花开正艳。

　　"赵常侍怎么还没回来?"灵帝伸着脖子向外面看了看,"难道要朕等他到花谢时?"

　　"陛下可真是金口玉言啊!"张让屈身笑着,"门外像匹黑马一样跑来的,不就是赵常侍嘛!"

　　话音刚落,赵忠就快步进了阁中。"累死老臣了,"他夸张地喘着气,"钱太多了,数钱也能累死人。"

　　"千万钱岂是小数?"灵帝眯眼笑着,"这么说,南阳赈灾之事儿都办妥了?"

　　"托陛下洪福!"赵忠趋步向前,跪地施礼,"启奏陛下,事情也算办妥。"

　　"好!"汉灵帝用手指挑着何贵人下巴,"朕要给贵人建造怡情宫,可以破土了。"

　　"陛下,在你身边足可怡情!"艳丽非凡的何贵人媚笑,"陛下起大殿,是为兴国运!"

　　"爱妃妙言!"汉灵帝笑着,"这钱要用在刀刃上——爱妃就是刀刃,挨着朕心之刀刃。"

"咳,兴大殿,使刀刃。"大将军何进觉得灵帝言语不祥,连忙岔开话题,"适才赵常侍所言,事情也算办妥,'也算'怎么说?"

"对,"汉灵帝转脸瞅着赵忠,"两件事都办妥了?"

"也算办妥。张松寒畏罪自杀,"赵忠有些吞吐,"苏章文将陛下用于赈灾钱粮也拿回来了……不少。"

"什么?钱也拿回来了……不少。少多少?"灵帝对钱敏感,从不含糊,顿时有些心痛,"两件事,杀人你倒利索,拿钱你就吞吐。"顿时觉得赵忠可恶,"那些钱粮为朕所有,少一分都不行。"

"陛下放心,"赵忠捣蒜叩首,"千万钱一定会一分不少!"

汉灵帝又有些开心:"这就对了,起来,起来说话。"看着赵忠冷汗津津,"还有什么事?"

"让我替赵常侍说吧,"张让上前解围,"原雍州刺史黄公自南阳郡抬棺而来洛阳,联络了几个朝中老臣弹劾赵常侍,说是要为张松寒鸣冤!"

"抬棺而来?他不累吗?"灵帝反倒笑了,丝毫不提弹劾赵忠的事儿,"这个老家伙,多年前旧账朕还没给他算呢!再说了,张松寒都满门抄斩了,还冤什么?"扫诸人一眼,"你们说。"

"张松寒毕竟是士人代表,有人为他鸣冤也是自然。"中常侍封胥上前进言,"可将那山匪魏延抓获,审出张松寒与他勾连之事,如此,铁证如山,看黄公还有什么话说。"

"附议!"中常侍徐奉接话,"如此,既堵住朝臣腹诽,也堵住天下悠悠之口。"

"这个山匪胆子也太大了!"灵帝看着赵忠,"抓住魏延,也让朕看看这个山匪是何模样。"

"请陛下放心,我亲率右羽林军去捉拿魏延。"赵忠又想起黄公,知道黄公与何进都是籍出宛地,有些瓜葛,"那黄公呢?"

"朕不能让他如愿以偿!"赵忠心中石头刚要落地,就听灵帝继续说着,"带棺材来,想死?朕偏不杀他,让他看看仁者风范!"

何贵人笑着:"陛下英明!"

"爱妃聪慧,你意下如何?"灵帝回看何贵人。何贵人再笑:"陛下,贱妾怎能干政呢?"

"你是贵人!"灵帝故作开明,"朕让你说,不算干政。"

何贵人这才说出心中的隐忧:"陛下示黄公以仁爱,那就封他儿子做官,堵上他口,让他回去。至于张松寒嘛,为他平个反,反正他也活不过来——也好让朝廷那些外臣安心。"

灵帝看着张让:"贵人所言如何?"

"贵人母仪天下,仁慈至极。"张让因黄公曾吊唁其父之旧事,多少念些香火之情,"黄公若因此而死,有损陛下仁德!"

"贵人仁慈,必载后福!"见张让表态,赵忠连忙对着何贵人叩首,"不过,朝廷有法度,张松寒虽说与山匪交战而死,但毕竟未能保全赈灾钱粮。"

"所言极是!贵人母仪天下,仁慈至极。"几个中常侍纷纷跪地叩首,"赵常侍所言也有道理!"

封胥与张松寒多少有些交情,连忙趋奏:"至于张松寒,毕竟丢了朝廷赈灾钱粮,他也畏罪自杀了,家人也被处斩多人,不再追缉他逃脱家人,也算陛下开恩。"

"准了!"汉灵帝点头,"那就下旨吧!"灵帝似乎担心冷落何进,便笑看何进,"至于黄公之事,就依贵人之言。"他顿了顿,"大将军,黄公之子给个什么官呢?反正秩不能超过六百石。"

"陛下圣明!"何进想了想,趋奏道,"今荆州牧刘表处尚有郎将空缺,年秩五百石,由荆州列支。"

"不用朝廷开支?"见何进颔首,灵帝笑了,"好,准了!"

"陛下复得钱粮,又得爱民美名,"赵忠见状,也趁机为苏章文邀赏,"陛下,苏章文为此事立下功劳,又该如何奖赏?"

"苏章文?你的假子?那个太医院医师?"灵帝想起来了,"朕好像听你说是有用之才,他有什么本事?立了什么功劳?"

"他有幻化之术!"赵忠为苏章文争功,也是为自己贴金,"况且,陛下用于赈灾钱粮亦是他舍命追回!"

"一分不少？"见赵忠点头，汉灵帝高兴，"朕要召见他，当面封赏。"又翻了翻眼，"对了，明日朝会，让那个黄公也来！"这样一个心智不全的皇帝轻易地就把黄公和赵忠同时放在尴尬境地。

翌日，当黄公谨慎入殿、叩首施礼后，灵帝率先发话："朕听说你抬棺入朝，找死！"顿了顿，"不过，朕偏不让你死！"见黄公须眉皆白，正气凛然，隐隐还有些仙风道骨，与朝中唯唯诺诺的达官显贵不同，忽然有点儿小开心，"你归隐多年，还心系朝事，念你有些忠心，朕要为你儿子封官。不过，先让朕知道，你儿子有何本事！"

"昔日雍州刺史，今日山林野人。"黄公再次叩首，"老臣此次进京，不为小儿求官，只为侍御史张松寒之死鸣冤！"

汉灵帝不爱听这话："好了，张松寒弄丢了朝廷赈灾钱粮，已经畏罪自杀，家人也抄斩了，朕就是为他平反，他还能活过来？"

"为他平反，可得人心。"黄公应道，"他会活在天下百姓心中！"

"人心？什么是人心？"汉灵帝瞪大眼睛，有些疑惑，"活在百姓心中？"

"人心乃众人之愿。圣人感人心而天下太平。"见灵帝皱眉，黄公只好归于正题，"今天下灾祸不断，百姓苦难，张松寒是为陛下分忧而死。"他不禁有些动情，"至于资匪，绝无此事。"

汉灵帝也不再纠结"人心"，探身道："你怎么知道？"

黄公自怀中掏出一张绢书举过头顶："这里有魏延证词！"暗扫侍立于灵帝旁侧的赵忠一眼，赵忠却依然表情淡定，嘴角甚至还有些笑意。

"山贼证据不足为凭！"赵忠接过自己曾写给魏延的手谕，轻轻放在龙案上，低声道，"至于手谕，也是为了招抚山匪，为陛下所用。"

"不费钱粮，而得将士，"灵帝点指笑着，"朕总算明白，你当初为何劝朕一定要赈灾了。"

与张松寒、黄公素有旧交的太史令董奉看不过眼，上前奏道："老臣斗胆启奏陛下，还是请赵常侍带右羽林军抓住魏延，弄个水落石出，也好还赵常侍以清白！"

"有理！"灵帝看着赵忠，"这事儿让你那假子去办，他也该为你分忧。"

见灵帝视朝廷如儿戏，黄公不由心痛而又心寒，但不管如何，还是要为张仲景讨一条方便行医之路——天下可以没有皇帝，没有黄公，但不能没有张仲景。想到这里，黄公再次上奏："张松寒在朝为官，廉洁奉公，朝中自有公论。还望陛下为他昭雪，以安人心！"

"张松寒已经畏罪死了，为他平反也活不过来。"汉灵帝想起何贵人的话，"至于他仍然在逃的家人，朕也就不再追究了。"

能为张仲景脱去罪籍，已是万幸，但黄公仍心有不甘："那就这样算了？"

"还想怎么样？"汉灵帝有些不耐烦，"现在，朕要知道你儿子有何本领！"见黄公有些犹豫，"想抗旨？"

何进向黄公暗递眼色，黄公含泪，无奈摇头："我儿不才，好箭术！"

"昔年，你为我朝'神射'之人，"灵帝看着黄公，"汝子可得你亲授？"见黄公点头，又问，"可随你一起来了？"黄公想了想，咬牙点头。"让他进来见朕，朕要亲自查验，看他箭术如何。"

令张让、赵忠吃惊的是，得旨进殿的竟是山匪魏延！

张让大骇，叫了一声："好大胆！"见魏延闻声寻来，却本能地向后退了几步，暗自忖道："黄公报必死之心，朝堂上只能暂避其锋！"赵忠本欲让御前侍卫上前捉拿魏延，又见黄公死死看着自己，且陛下离黄公距离太近，不敢贸然出手，只好隐忍，寻思着暗中行事。

灵帝对此一无所知，见魏延年青挺拔，体格雄壮，面目刚毅，隐隐有大将之风，竟有些喜欢，马上让殿中卫士递来弓箭。

魏延弓箭在手，张让、赵忠更是不敢妄动。魏延瞪张让、赵忠一眼，冷笑转身，看着殿外远处的柳树，张弓搭箭，随手射出。

"嚓——"一段纤细的柳枝应声落地。大将军何进和朝中文武不由喝彩："高妙！高妙！好箭法！"张让、赵忠也暗自叹服，更是惶恐不安。

箭速太快，汉灵帝只听到喝彩声，未能看得分明，干脆命殿前卫士："摆百步箭垛，再来三箭！"张让、赵忠不由倒吸一口凉气。

"请陛下开恩，赐我硬弓。"魏延上前施礼，"百步箭垛太近，可三百步！"

"三百步？"灵帝顿时兴奋起来，"快，赏他铜胎宝弓。"

张让、赵忠思量，若魏延射不中，正好以欺君之罪杀之，便向灵帝低语道："若他射不中若何？"

"射不中，杀！"灵帝可不愿有人败兴，"射中，赏！"

何进托出宝弓，交与魏延。魏延转身，张弓如满月，箭去似流星，接连三箭，皆中靶心。众人欢呼，灵帝的巴掌拍得通红，看着黄公赞叹："你儿子果然是神射手。朕要封赏于他！"又看魏延，"对了，朕倒忘了问你名字了。"

魏延淡笑，爽朗应答："黄公义子，魏延，字文长！"

"这个名字有些耳熟，"灵帝猛然醒悟，"就是那个山匪？"笑看赵忠哭笑不得的脸，"果然，为朕招抚一员神射手！"

"老臣祝贺陛下得神射手！"张让连忙解围，"大将军推荐黄公义子魏延为荆州郎将，附议！"

"我等附议！"赵忠连同几个中常侍异口同声，心中想着赶紧将魏延这尊"瘟神"送出殿外。

灵帝点头："准奏！着即上任！"

魏延带着灵帝赏赐的宝弓，施礼退在黄公身后。

"陛下，此事不妥！"太史令董奉上前力阻，"岂能让一个山匪为将？"看着赵忠，"山匪魏延在此，也正好为赵常侍勾结山匪、谋害大臣之事，洗个清白！"

"我已经清白了。"赵忠一副坦然的样子，"我就是为陛下借此招抚一员神射手。"

"魏延虽是神射手，仍按律当斩！"董奉气急，"否则，如何使张御史及其属下两百老卒瞑目？纲纪何在？天理何在？"又盯着黄公，"黄公，你说如何处置？"

"老朽此来，不为魏延求官！"黄公本意是让魏延冒死上殿，揭露赵忠阴谋，为张松寒洗冤，结果灵帝不再追问此事，还为魏延封官，令人哭笑不得。见灵帝如此儿戏，黄公感伤无奈："老朽此来，是为侍御史张松寒洗冤哪！"

"你让朕糊涂了！"灵帝翻了翻眼珠，"朕只关心钱粮。钱粮无损就好。魏延是你义子，受赵常侍指示，劫了赈灾钱粮，"盯着黄公，"依朕看来，张松寒之死,不冤!"

"为何?"董奉、黄公不由同问,"天理何在?"

"朕就是天理!"灵帝皱眉,"难道为了一个死去的张松寒,让朕再杀了赵常侍、黄公还有朕新得的神射手?"目光空洞地看着屋顶,"朕不忍!故而,张松寒之死,不冤!好好葬了就行了!"见黄公还要再辩,还沉浸在魏延神射兴头上的灵帝挥了挥手,"退下吧!"

黄公虽心有不甘,至此也只好由内侍引领,和魏延一起向殿外走去……

"这个倔老头!"灵帝收回目光,看着赵忠,"黄公之子封官了,该你的假子了!"

内侍传旨:"苏章文觐见!"

苏章文提着衣袂,跨过门槛,进入大殿,趋了几步,叩首施礼:"陛下万岁,万万岁!"

"起来吧!苏章文,你把赈灾钱粮一分不少地带回来了,功劳不小。朕要赏赐你!"灵帝想了想,"不过,朕刚才见了魏延本领,好箭术!你本领如何,也让诸位文武大臣见识下,朕再量才使用!"

"陛下英明!"苏章文起身,取出一方丝绢,口中念着咒语,向上一抛,顿时,丝绢化作两只小鸟,在宫中飞……

汉灵帝兴奋拊掌:"好!苏卿,你再来一个!"

苏章文又掏出一段柳枝,迎着殿外轻轻一摇,柳枝幻化成一西域妙龄少女,跳起性感泼辣的西域舞蹈……

汉灵帝看得两眼冒火:"好好好,以后,苏爱卿就陪朕玩耍解闷!"

赵忠对灵帝拱手:"苏医师有大才,恳请陛下封赏。"

"朕只顾高兴,差点儿忘了。"汉灵帝笑看张让、赵忠,"那就封为天师,哈哈,一字之差,可谓天上地下。"

苏章文跪谢。

忽然,太史令董奉怒气冲冲地出列:"陛下,这是一个妖人,以魔幻之术迷惑陛下,蛊惑朝廷,该杀!"

"你敢妄言?"灵帝指着董奉,"你难道没看见他将柳枝化成了美人吗?"

"陛下,所现错觉,因心而起,迷心轮回。那是妖人以蛊毒勾起了你心中恶念!你心中若无美人,柳枝依然是柳枝!"董奉硬着脖颈分辩,"至于丝绢花鸟,就是障眼法而已!"

灵帝羞怒:"朕心中有恶念?"

"董奉,你是不是疯了?"赵忠瞪着眼睛,"陛下分明看见丝绢变飞鸟、柳枝变美人。"

"你才疯了!他不过是以毒物勾起陛下内心欲望,迷惑陛下双眼而已。"董奉毕竟是三代老臣,也不示弱,"朝廷重用这等妖人,必遭天谴!"

"天谴?"从掌管天象的太史令口中说出此话,让灵帝震怒不已,"把这个疯子拖出去!"

大将军何进连忙劝阻:"陛下,董太史是太后宗亲,擅杀有违孝道!"

"朕不杀他!"灵帝看百官惊怵的样子,却又笑了,"谁说要杀他了? 拖出去,扔到城外,反省三日。"

年迈的董奉被两个侍卫像拎小鸡一样架着出殿,却依然边走边喊:"陛下,你不分贤愚,妄用奸人,逼得天下百姓全无活路,社稷危矣!"

"死鸭子嘴硬!"灵帝也不在乎,"朕的社稷,关你何事?"

赵忠看着董奉背影,目露凶光,对张让低声道:"董奉、黄公这两个老家伙留不得。"

"放心,黄公、董奉出城必死!"张让低声应着,"他们今天就没打算活着,他们更看重清名。只是,黄公不该死!"

"也是,这两个老疯子!"赵忠点头,"清名算什么?"

"那个山贼魏延更不能让他逃出生天!"张让暗自切齿,"你惹下的麻烦,你亲自解决。"

"这是自然!"赵忠赔笑,"放心,跑不了他!"

大殿顿时静寂。片刻后,灵帝忽然大笑:"今日朝会,真是一出大戏! 好好好!"

张让长吁一口气,看着苏章文:"苏天师,你现在贵为天师,就随赵常侍带着右羽林军,前去桐山铲平那些太平道妖人。"

"太平道妖人？"苏章文一个激灵，"淮源观的马元义？"

"正是。其门徒唐周已经向何大将军告发了他。"张让点头，"洛阳乱贼由何大将军亲自弹压，跑不了谁。"

"本将军已对贼首马元义施以车裂之刑。然桐山乃其巢穴，系孽尚存，故要清剿。"何进扫苏章文一眼，"至于姑息太平道妖人之徒，也绝不纵容，杀无赦！"

苏章文打了个寒战。

殿外，一声霹雳，暴雨如注。

果然，黄公、董奉的结局已被张让猜中。当黄公冒雨由魏延卫护着刚走出洛阳，太史令董奉便骑马追来。黄公与董奉就于巩洛门外的驿亭，豪饮浊酒，话着朝事，时而仰天大笑，时而捶胸顿足。两个大汉老臣似乎真疯了，到最后已是披头散发，长歌当哭。

待董奉离去，已是黄昏。雨住。黄公总算略微清醒过来，向魏延和赵五伯交代后事："文长，老夫死后，由赵五伯带我回南阳郡，葬于涅阳北山，与张松寒、张伯祖墓地毗邻。"见黄公去意已定，魏延跪地大哭："师父，可有话交代徒儿？"

"身为荆州郎将，要正气立身，爱惜兵士，体恤百姓。"扶起魏延，黄公嘱咐，"你要保护好仲景，仲景不能死！唯有仲景方可医人医天！"望着远处皇宫，黄公竟有一丝解脱的从容，"老夫与董太史受先帝之恩，只好追随先帝而去，虽有憾，又奈何？"见魏延点头，黄公收回目光，"你赶紧走吧，右羽林军正在追杀你！"

魏延无奈，在泥地里狠命叩首后，起身上马，打马而去。望一眼魏延背影，黄公敛衣进入马车上的棺材里，吞剑而死。

"主人，我们回家了！"赵五伯面无表情，赶着马车，行进在泥泞的远道上……

第十五章　仲景高义释旧敌　曼成激愤揭竿旗

月夜,寒星寥落,四野苍茫。

魏延单骑在前,一队黑衣盔甲的羽林军举着火把,若似吐信的火蛇,骑马尾追。

魏延扭身射箭,后面追军中有人中箭落马。魏延接连三箭,又有三人落马。追兵有些迟疑,渐渐压住马速。

魏延再摸箭囊,已然无箭,虽是心中着慌,却转身大喝:"魏某有百步穿杨之术! 不怕死者,尽管来追!"

"魏延,休要猖狂!"羽林军郎将袁林见魏延放慢马速,在后面高叫,"看本将军神射!"话音未落,便射出一支流星般的镝箭。

"嗖——",魏延闻声压低身子,在马上轻舒左臂,将镝箭翻手抓住,却装作受伤,"好箭术! 疼死我也!"

"魏延,何不下马受缚?"袁林得意大笑,"你可知我六郡良家子皆以射猎为先。"

"你是羽林孤儿?"魏延装作有气无力,"昔武帝选取战死将士子孙入伍,号曰'羽林孤儿',少时即择名师教授箭术,皆擅射。成人便入羽林骑,享终身俸禄。"一边说着,一边暗窥袁林,见其懈心勒马,魏延悄悄拉开宝弓,搭上镝箭,忽然扭身劲射。

听到镝箭声响,袁林已躲避不及,凭着多年沙场厮杀本能,顺势滚落马下,虽是狼狈不堪,也总算躲过箭锋。

羽林军无声地望着袁林,以目光询问:怎么办?

"天黑,路滑,不便追击!"袁林面无表情,起身上马,拨转马头,"谅他也逃不出赵常侍、苏天师之手!"追兵暗松一口气,纷纷拨转马头而去。

见追兵已去,魏延也长吁一口气,"好险!"饮了口腰间浊酒,纵马消隐在月色深处……

数个时辰后,太阳高高升起,魏延已来到荆州与南阳郡交界的杏山脚下、延陵河畔。一夜奔逃,人困马乏。他在一处酒肆前颓然下马,却迎头撞见在此采药歇息的张仲景。张仲景曾在淮源观为他疗伤,对这个致父亲身死的山匪刻骨铭心,而魏延当时昏迷,并不识得张仲景。魏延见张仲景衣着朴素,只道是酒肆伙计,便扬着马鞭,大大咧咧地吩咐道:"店家,好酒好菜尽管上来,再以精细草料喂饱坐骑!"

张仲景盯着魏延:"你可是魏延?"

魏延一个激灵,在这偏僻之地,谁认得自己? 不由敌意陡升,收起马鞭,一手拄着錾金刀,一手按着青锋剑,口中模棱两可,先说是,后说不是。

"大丈夫行不更名坐不改姓。"子诺正端着茶水走出酒肆,显然听到了魏延回答,便不耐烦地嘀咕,"不过是一个贪生怕死之辈!"

魏延这才仔细打量眼前二人,见张仲景清隽儒雅,腰悬尺长药匕;子诺俊美冷艳,背负玲珑宝弓,显然是行走江湖之人,心中有了计较:"我正是义阳魏延,字文长,绝非贪生怕死之辈!"单手略一施礼,"不知二位是何人? 如何识得魏延?"

"化成灰我也识你!"张仲景目光冷峻,"官府通告,是你劫掠赈灾钱粮,张御史亦死于你手!"

魏延脑海中顿时浮现出张松寒的样子,眼前之人倒与张松寒有几分相像,莫非张松寒之子寻仇? 虽说一身武艺的魏延不怕寻仇,但毕竟自己并未杀死张松寒,故而摇头:"魏某虽受狗钦差苏章文蒙蔽,但绝没有杀死张松寒一说。你是……?"

张仲景冰冷地看着魏延:"我是张御史之子,张机,张仲景。"

"张仲景?"魏延手中长刀"当啷"落地,虽有惊诧,却不怀疑,"你可是为我疗毒续命之人? 你怎么在此?"

"咚——"的一声,子诺将茶碗重重地搁在旁侧木案上,顺手拔出短剑对着魏延,面带怒容:"还能是谁? 他原本就不该救你命!"

魏延也不避子诺手中短剑,反而单膝跪地,拱手张仲景:"恩公在此,先受魏某一拜!"

张仲景面含感伤,转过身道:"我在杏山采药,岂料与你不期而遇。"他默了默,轻擂木案:"你走,我不想见你!"

"都怪我一时糊涂,犯了大罪!"魏延想起黄公临终嘱托,想起这些日子的兵荒马乱,不由低头长叹,"恩公,你容我为你细细道来,然后,将性命纳献,生死由你如何?"又看子诺一眼,"若魏延所猜不谬,你乃是在淮源观前射掉我顶戴之女。若我再猜,你非凤儿又是谁?"

"你这个背师之徒!"子诺虽是气急,又不由想起小时候,魏延随黄公学艺时,对自己的百般宠爱,"不准叫我小名!"

"子诺,我只是惹了师父生气,却从无背师之意!"想起过去,魏延不由满腔苦闷和心酸,"当初,我父蒙难,朝廷要将我充军,不得已落草为匪,惹师父生气。然我不为匪,去充军塞外,又哪来活路?"

"反正你该死!"子诺听着也有些心有戚戚,"允你道来,也许你就死得甘心!"

刚好李丰赶着装满药草的马车回来,魏延掏出一袋钱掷了过去,让李丰尽管上酒食,又对张仲景拱手苦笑:"恩公,等我细细说完,生死由你,但总得让我成个饱死鬼吧? 我被羽林军追杀了一路,已是饥肠辘辘,精疲力竭。"

"起来!"张仲景面无表情,"如此说来,你也是逃命之人?"

"从此,我就无须逃命。"魏延坐下,饮口茶水,喘了口气,"恩公也无须再逃,当磊磊落落,行医天下。你现在也已是清白之身!"

张仲景吃惊:"清白之身?"

"恩公坐下,一起吃些酒食。"说话间,酒肆伙计连同店主一起张罗,准备好了热腾腾的酒食,张仲景和子诺只好坐下,听魏延说着。

"恩公有所不知,前些日子,我与淮源观马观主一起随黄公抬棺入洛阳……"

魏延一边用着酒食,一边将随黄公入洛阳见灵帝以及如何离开洛阳全部道出,只听得张仲景和子诺心惊肉跳,感慨不已。说到与黄公分别之时,魏延哽咽不已——想来黄公命不久矣!

张仲景也明白,黄公带棺入洛阳,已经准备为这个腐朽的王朝殉葬。不过,在悲伤中,他隐隐感到黄公有一丝解脱的意味。子诺听到这里,也是为祖翁揪心,嘴上祷告:"祖翁无恙!"而心里清楚地感觉到,那个对自己无比慈爱的祖翁恐怕已经不在人世了。更令人担心的是,一旦祖翁不在,家翁一定会带着聚集在桐山的数千太平道信徒,起事造反。

还未待子诺说话,酒肆店主赔着小心,哆嗦着说:"实在对不住,我刚听说南阳郡有太平道信徒起事了,与官军到处厮杀,世道乱了。客官别顾着说话,等你们吃喝已毕,赶紧逃命。我也略作收拾,还要逃命去。"

李丰也点头做证:"我在山下收购药草时,到处都是逃难百姓。"

如此惊天动地的大事,在魏延、张仲景看来,一切都发生得那么自然。魏延举杯致意张仲景:"官逼民反,自古常理。但不管如何,恩公从此之后,就可以堂堂正正行医,为天下百姓医病。"魏延深知被朝廷通缉的难处,那种见不得光和人的生活,非常人可以忍受。故而,他为张仲景感到一丝庆幸:"恩公已还清白,不知有何打算?"

"我和子诺马上回去,也许还能见上祖翁一面。"张仲景看着远处,"至于以后,我将一直在涅阳济世坊为病人诊病,也会静心调和药方,尽快制服伤寒瘟疫。"收回目光,看着魏延,"不知文长眼下有何打算?"

"我这就去投荆州牧刘表帐下效力。他身为皇族近支,素有贤名,又与阉贼张让、赵忠不合。"魏延再向张仲景举杯,"我也会记着师父教诲,重新做人。恩公救命之恩,魏延没齿不忘。何时需要魏某效劳,万死不辞。"

"治病救人,乃我天职。"张仲景接过魏延敬酒,一饮而尽,拱手魏延,"还望文长任职荆州后,多存善念,少些杀伤,体恤百姓及兵士。就此别过!"

辞别魏延,张仲景、子诺骑马,李丰驾着马车,急急赶往涅阳。途中印证了张仲景的判断：黄公已死！随黄公一起入京的马元义也因门徒唐周告密，被朝廷施以车裂之刑。何进率羽林军借此在洛阳大肆扑杀太平道信徒，连朝中与太平道有牵连的中常侍封谞、徐奉也被处死。见事败露，身在冀州的"大贤良师"张角被迫率众发难。依据《太平经》"有天治、有地治、有人治，三气极，然后歧行万物治也"之理，张角自称"天公将军"，其弟张宝为"地公将军"、张梁为"人公将军"。奉"中黄太一"为尊神，以"苍天已死，黄天当立"为口号，义军皆头裹黄巾，象征黄天，被称为"黄巾军"。依据"木—火—土—金—水"五行相生之说，以"火可生土，中土居中"之意，隐含主运土德的太平道即将取代主运火德的汉王朝，建立"黄天太平"。张角传道，"持九节杖，为符祝"，以法术咒语为人医病，颇得民心。百姓苦朝廷久矣，纷纷加入黄巾军。黄巾军势如破竹，烧毁官府、四处劫略，致使河北州郡失守、吏士逃亡，天下震动……

消息传来，张曼成以太平道"神天使"之名，擂响桐山淮源观的夔牛鼓，太平道第二十四方的六千信众闻听鼓声，带着各色刀枪弓箭甚至是木棍锄头，夜聚桐山太平道的祈禳大场，火把通明，群情激昂。张曼成手捧马元义留下的印信、宝剑，在几个头戴黄巾的壮士簇拥下，走向高处的观台。他先是跪地祷告："义父，当今陛下贤愚不分，朝廷腐败无能，宦官外戚争斗不止，边疆战事不断。天大旱而颗粒不收，贼无度而瘟疫横行，此乃苍天已病。接天公将军之令箭，要为百姓换日月。曼成领命，为百姓医天！"他倾酒于地，而后起身，拔出宝剑，慷慨激昂，"神天使马元义将军于洛阳为门徒唐周出卖，横遭车裂。黑暗朝廷又派出黑衣厉鬼——羽林军直指天公将军、地公将军和人公将军，意欲将我太平道信众屠尽。生而为人，岂能不与厉鬼相搏？"昂首苍穹，高呼："苍天已死，黄天当立，岁在甲子，天下大吉。"

"苍天已死，黄天当立，岁在甲子，天下大吉。"众人附声，山呼海啸。张曼成扎好黄巾，向天祷告后，燃神符为灰，化入高台酒瓮之中。信众们一个个兴奋异常，依次自酒瓮中取神符圣水喝下，各自扎好黄巾，高举着武器和火把，像一条巨大游龙，扑向桐山下的义阳城。义阳令猝不及防，只好带着数百郡兵出城迎击，被一马当先的张曼成举枪刺于马下。义军齐声高呼：

"苍天已死，黄天当立，岁在甲子，天下大吉。"抬着粗木，撞破城门。张曼成催马举枪，"冲呀——"率领义军如潮水般涌向城内。城内火光四起，义阳守城军士虽奋力抵抗，无奈势单力薄，只好纷纷投降或仓皇逃去……

　　黄巾军攻克义阳、杀死义阳令的消息传来，南阳郡太守褚贡以六百里加急文书上奏朝廷。灵帝大惊，连忙派赵忠、苏章文带领三千官军前来镇压，联手褚贡的两千郡兵，与黄巾军在昆阳、堵阳一带展开厮杀，互有胜负。

第十六章　仲景授徒传仁义　子诺试药死社稷

张仲景和子诺急急赶路,回到涅阳城济世坊后,得知黄公已死,就葬于涅阳北山坳中,与家翁和张伯祖的坟墓毗邻。此时,张仲景终于脱去罪籍,可以在三堆坟前放声大哭,尽情释放着心中的悲伤和愤懑。

纸烟缭绕,香火燃烧。赵五伯重复着黄公临终前的遗言,张仲景跪地发誓:"我一定完成你们的遗愿,制服瘟神!"又忍不住一拳擂地,泪落如雨,"只是,你们不让我报仇……"

"祖翁——"子诺更是伤心,哭晕在地,倒让张仲景有些不安,毕竟子诺有孕在身,他只好轻轻地揽着妻子:"子诺,你听我说,祖翁不得不死啊!先帝有恩于祖翁,而祖翁又无法左右荒唐透顶的当今陛下,更不能驱除陛下身边的内贵外戚,眼见着天下大乱又无能为力,只好为大汉殉葬,以得到一丝解脱。"

"祖翁就这样死了,生生被那些朝中奸佞逼死。"子诺哭着,"我要为祖翁报仇,杀了那些奸佞贼子!"张仲景又是一顿安抚:"祖翁说过,拥有民心,就能报仇;圣上清明,就能报仇。若能救百姓,就能得民心。圣上要得天下民心,就得铲除身边鬼魅。"最后,张仲景表情坚毅,"报仇不是去杀人,而在去得民心。当今天下到处战乱,这瘟疫随时就会复发!"

赵五伯也劝着:"仲景所言极是,你可要好好活着。"

"如此乱世,我真想随祖翁而去!"子诺放声大哭,"家翁起事造反,我该怎么办?"

"你要代家翁为祖翁守孝!"张仲景低声劝慰,"况且,我和孩子不能没有你! 等我找出可以控制伤寒瘟疫良方,咱们就远离尘世,到山林著书立说,遗爱后人!"

"天下百姓不能没有你!"子诺一想到肚里的孩子,也就慢慢住泪,"我随你为家翁、伯翁和祖翁守孝! 可是,你又如何行走乡里,为百姓诊疾?"

见张仲景表情有些为难,已经成人的李丰建议:"师父,你守孝之时,可以再招些徒弟,我带着他们代你行医乡间,收集病症,你就在济世坊为病人施诊司药,如何?"

"开馆收徒?"张仲景略思片刻,望着远处,"眼下,也只能如此!"

祭奠已毕,张仲景回到济世坊。数年来,济世坊虽说在邓芝暗中关照下,貌似一切如常,但只有张仲景知道,济世坊在张伯祖离世后,已经没有了过去的药性,就如同一个人失去了魂魄。也许,是在家翁、师父和祖翁在天之灵的护佑下,自己总算回来了,张仲景发誓要用热血肝胆,重新为济世坊铸魂。张仲景和子诺带着济世坊的郎中、伙计们重新整理药屉、医坊、杂屋、后院和花园,焕然一新的济世坊也因张仲景的归来而恢复了昔日风貌。

张仲景回到济世坊并有意收徒的消息成为涅阳城的街谈巷议,连涅阳城的主簿也让儿子前来拜师。张仲景认真甄选,收下四位新弟子赵卓、刘思、方飞和子君。趁一个风和日丽的日子,由涅阳城主簿主持,在济世坊的梧桐树下,举行拜师仪式。

四个新弟子在大师兄李丰带领下,由方主簿和赵五伯见证,行拜师礼。诸人叩拜:"生我者父母,教我者师父。我等愿随师父慎重如始,刻苦学成。"张仲景加勉赠语予徒弟:"善始者实繁,善终者盖寡。自古胸有大志者多,成其大业者少。今拜我门下,当有恒心仁心,救死扶伤,造福乡里。"

张仲景丁忧期间,由于朝廷腐败、宦官外戚争斗不止,国势日趋疲弱,又因全国大旱,颗粒无收而赋税不减,各地走投无路的太平道信徒纷纷揭竿而起,如火蔓延。他们头扎黄巾,高喊"苍天已死,黄天当立,岁在甲子,天下大吉",横扫河北、山东、山西、河南等地,天下已是宛若鼎沸,势如山崩。

涅阳城却像一座被暴风雨遗忘的孤岛，又像台风的中心，令人意外地平静。只有张仲景、子诺和赵五伯隐隐感到这背后的隐情，那是因为神天使张曼成的存在，使战火止于涅阳城外。逃难百姓纷纷来到涅阳城，带来各种各样的消息。令张仲景感兴趣的，一是义军年前于昆阳嵖岈山击退中常侍赵忠、天师苏章文所率领的官军；二是义军神天使张曼成斩首南阳郡太守褚贡后，江夏都尉秦颉临危受命，引兵北上，继任南阳郡太守。秦颉用兵有度，体恤百姓，使围城的黄巾军不战而退，神天使引义军折转于南阳与荆州交界之地……

张曼成义军声名远扬，却将子诺置于难堪的境地。张曼成以神天使之名斩杀南阳郡守，让子诺愈发不安。随着儿子张温的出生，她觉得自己生活在冰火之间，不由得暗中落泪。其本心也认同家翁的做法——官逼民反。然而，当她面对恪守道统、誓做大汉良医臣子的张仲景时，又担心一旦被官家知道她的身份，势必会连累张仲景和济世坊，甚至连累温儿！虽然，因南阳郡廷掾邓芝照拂，涅阳无人知晓子诺身份，然而，这种担心在她心中若乌云一般挥之不去。她不止一次想到以死解脱，可又如何舍得深爱自己和自己深爱的人？她能做的只有默默地替张仲景整理药方，随张仲景一起努力救治每一个病人，并从中获得心灵的救赎。知妻莫如夫。子诺心中的苦难、焦虑和期盼也为张仲景所感受。

为了帮助张仲景辨析新的药方，子诺总以"神农尝百草之滋味，水泉之甘苦，察其寒、温、平、热之性，辨其君、臣、佐、使之义"之说，主动试药，以查药性。然而，试药总有不适，张仲景所做的就只有更加精准地配制药方，甚至调理药味，以免伤了子诺。在此期间，张仲景仔细查验寒、热、温、凉四种药性，辨清温热与寒凉性质，遵循"寒者热之，热者寒之"的用药规律，尽可能开出温补中和之药，譬如白芍、生地、何首乌、枸杞、党参、刺五加等，以成益气健脾、养血利肝、温补肾阳、扶元益阴之方。子诺每每试药，总是笑看张仲景："若此用药，乃养生延寿耳！"

"我想让你好好活着！"张仲景诚恳地应答，"我想让世人都好好活着，即使死去，也应遵循自然，若春华秋实，无疾而终！"这是一个医者的梦想，简单而又朴素,如同他与温儿的言语:"月应皎洁,星应璀璨,水应清澈,雪应洁白。社乃土神,应使百姓安居,稷乃谷神,应使百姓果腹,而后,社稷温暖,河清海晏;孩童应天真健康,少年应朝气蓬勃,青壮应慷慨豁达,老年应安适坦然,而后,人尽其才,任人唯贤……天地应该如此,世间本应如此。"而无情的现实总是一次又一次地击碎他的梦想。

丁忧期满,张仲景和子诺便带着徒弟背着药屉行走于荆榛遍地、白骨累累的乡间里坊,探查又一次来势凶猛的伤寒瘟疫成因,为苟活于乱世的人们带去希望。

一天,他们来到宛城白河边上的村庄为伤寒病人诊病。张仲景一边为树荫下的病人把脉,一边看着脏污的河、奔跑的狗、嗡嗡乱飞的苍蝇,若有所思地扭头看着正为病人服药的子诺:"我一直在寻找病源,说不定就在那里。"

"医者必要穷其理,溯其源,不能含糊其辞。"子诺这些年一直随张仲景采药诊病,耳濡目染,早已成了郎中,"我去仔细看看。"子诺提着瓦罐和李丰一起向不远处的河流走去……

"水,水。"树荫下老者微弱地叫着,"医师,我想喝口水。"

张仲景刚要吩咐徒弟为老者喂水,被转身回来的子诺止住,"这水不能喝!"她将刚刚提回的一罐河水放在张仲景面前,"这水看似清亮,却苦涩无比,含有腐臭之味!"

张仲景吃惊:"你饮了河水?"

"我不品饮,又怎知此水不能喝?"子诺苦笑,"你看,还有百姓在河里取水,洗衣做饭呢。"

"刚才我诊治几个病人,皆是瘟疫,可见此疫情复发。我问老者,方知此河源流就在义阳山中。"张仲景皱眉,"义阳城官军与义军发生过数次大战,双方死伤累累。战死之人无暇掩埋就被扔进河里,污染河水,形成病源。"他霍然起身,对着不远处正在取水的百姓高喊:"河水染了疫毒,使用不得!"见李丰带着几个徒弟过去劝阻百姓,张仲景这才又关切地看着子诺:"你呀,怎么就不小心喝了河水?"

"河水那么清亮,我不去试试,怎知这河水不能饮?"子诺平静地笑着,"只要你能得药方,控制疫情,除去伤寒,不就自然无虞?"

"适才老者所言,连同你品水佐证,我确定这河水便是疫病相传之源!"张仲景起身,忧心忡忡,"这次疫情不是一般伤寒!比起往年,戾疫变异,疫势猛烈。如今病人越来越多,一些村子已寥无人烟……"

李丰背着药箱走来,见张仲景面色沉重,便问:"师父,你已经找到病因了?"

"我已经找到病因了!"张仲景交代李丰,"找到病因了!你快去宛城找邓廷掾,让郡府发布告示,提醒百姓不能再饮河水,要掘井水而饮。再纠集公人,将疫死者深葬。"扶着子诺上马车,"我们赶紧回去,为染疫百姓配制药方!"

回到涅阳济世坊后不久,子诺便病卧在床。三岁的儿子张温因为不能靠近母亲而哭啼不止,张仲景只好狠心地将儿子交给赵五伯,带他暂时生活在涅水边的望亭里。

再次为子诺把脉后,张仲景依然眉头不展:"果然这次瘟疫与前几次不同!"站起身来,对门外的李丰吩咐,"丰儿,新桂枝汤可熬好?"

"熬好了!"李丰应声端药进来,张仲景帮子诺服药。子诺服药毕,轻咳苦笑:"你这是第四次换药方了!可找到彻底控制这次瘟疫之良方?"

张仲景吃惊:"你能品出这是第四次药味?"

"你这次在桂枝汤原方上,又加一味芍药,以来温脾和中,缓急止痛。"子诺笑了笑,"夫君,可否为我析解新方?"

"我正要印证!"张仲景起身踱步,"桂枝辛温,辛能散邪,温从阳而扶卫,故为君药。芍药酸寒,酸能敛汗,寒走阴而益营。桂枝君芍药,是于发散中寓敛汗之意;芍药臣桂枝,是于固表中有微汗之道焉。生姜之辛,佐桂枝以解肌表;大枣之甘,佐芍药以和营里。甘草甘平,有安内攘外之能,用以调和中气,即以调和表里,且以调和诸药矣。以桂、芍之相须,姜、枣之相得,借甘草之调和阳表阴里,气卫血营,并行而不悖,是刚柔相济以为和也。"

"果然是良方!"子诺由衷赞叹,又低声相询,"夫君以桂枝君药,又是如何立意将臣药加减化裁？"

"连同此方，已有四方。"望着子诺期待倾听的眼神，张仲景小心求证，"四方皆为桂枝汤类方，其证之病机以营卫不和或气血阴阳失调为共性，故用桂枝汤和营卫、调阴阳。前二方主治证以外感风寒表虚为基本病机，桂枝加葛根汤，主治外感风寒，太阳经气不舒，津液不能敷布，经脉失去濡养之恶风汗出、项背强而不舒，故用桂枝汤加葛根以解肌发表，升津舒经；桂枝加厚朴杏子汤，主治风寒表虚证兼见肺失肃降之喘逆，故加厚朴、杏仁降气平喘。后二方因药量之变化，已由治表之剂变为治里之方，其中，桂枝加桂汤，主治太阳病发汗太过，耗损心阳，心阳不能下蛰于肾，肾中寒水之气上犯凌心所致奔豚病，故加桂枝二两以加强温通心阳、平冲降逆之用；桂枝加芍药汤，主治太阳病误下伤中、邪陷太阴、土虚木乘之腹痛，故用桂枝汤通阳温脾，倍芍药以柔肝缓急止痛。"

"桂枝汤配伍严谨，散中有补，"子诺露出一丝满足甚至得意，"桂枝汤实乃仲景群方之魁，乃滋阴和阳，调和营卫，解肌发汗之总方也。"

"我总感觉快找到彻底遏制伤寒瘟疫之方了！"张仲景暗自握了握拳头，"我平生唯有一敌：伤寒瘟神！"

"正是此理！"子诺因激动而面色泛红，"不过，治病救人、送走瘟神得有真凭实据，不能靠感觉。"

"所言极是！这次大疫虽也属伤寒之症，但又与前数次瘟疫皆有不同。如何对症下药，颇费思量。即使桂枝芍药汤也只是眼下最后化裁，亦尚待验证。"张仲景不由轻叹，"要是伯翁还活着，和他一起参详就好了。早一日验证药方，便可早一日祛除瘟疫。"

"伯翁不在了，天下还有名医。"子诺想起曾在桐山见过的神医，"多年前，我曾和祖翁见过华佗，他医术很高，会用麻服散为病人开刀，祛除病灶。还有荆州名医沈畦，也是药到病除之大医。"

"伯翁曾言起过华神医，其临证施治，诊断精确，方法简捷，疗效神速。昔黄疸病起，华神医以春月之茵陈蒿嫩叶施治，温汤热敷，药到病除。"张仲景握着子诺的手，"只是，华神医治病不循常规。有一郡守得胸痛之症，华佗前去诊治。把脉之后，知其胸有淤血所致。华神医则索要巨额药资之后，不予施治，转身远遁。郡守大怒呕血，反倒病体痊愈。"

"我与祖翁于桐山得遇神医，曾见其演练五禽之戏。"子诺淡笑，"五禽乃虎、鹿、熊、猿、鸟，戏仿虎扑前肢、鹿转头颈、熊伏站起、猿脚纵跳、鸟翅飞翔。神医言，'此戏轻松便捷，可日日习练，兼利蹄足，以当导引。久之，血脉流通，病不得生，譬如户枢，终不朽也。'只是，我为女子，不便演练，故不知其功效。"

"若有机缘，我定当拜华神医为师。其麻服散之方，可为天下针药所不能及者，祛除苦痛。"张仲景安慰子诺，"我若能与华佗、沈眭二位大医就诸多药方一起参详，世上岂有不治之症？就眼下伤寒而言，一定能够找到医治各种伤寒瘟疫之良方。"心中不由陡生热念，"相信我，一定能制服这个瘟神！"

"我知道。"子诺含泪，微微颔首，"夫君，你应该去找他们，早一点儿参详药方，早一点儿得出良方，就能救活更多人。"

"我要先救你！"张仲景重重地点头，"等你病好了，咱们就去。"

"恐怕这次我好不了了！"子诺轻轻摇头，"你应该懂我。当我们丁忧期满，我就想着该怎么办？我阿翁身为义军神天使，我早晚会连累你和温儿！你怀着医人医天之志，不能永远生活在涅阳小城里。你和温儿应该堂堂正正地行走在庙堂之上，行走在宛洛大地、荆襄之间，行走天下，不能因我连累，而困于此！仲景哥，答应我，如果这次我好不了，你也别过于悲伤，毕竟天下百姓更需要你，大汉社稷需要你，我不能让你和温儿生活在难堪中。"说着就流泪了，"只是一想到温儿还那么小，我就心如刀绞。温儿还好吗？"

"子诺，你千万莫这样想！阿翁也是被逼无奈，不得不为！朝中亦有贤臣知其苦衷，早晚会奏请朝廷，予以招抚。"张仲景止不住悲憾，"再说温儿，他虽说随五伯去了望亭，由五伯照顾，你可以放心，但他年幼，怎能没有你？温儿想你！"张仲景已是泣不成声，"都怪我医术不精，不能药到病除！"

"你是天下大医，见惯生死，不可如此伤悲！"子诺举手为张仲景揩泪，又带泪笑着，"来，你就在我身上试药！"

"可你不该舍身为我去试药啊！"张仲景哽咽不止，"万一呢？我和温儿可怎么办？我和温儿怎么能没有你？"

"我是为天下百姓试药！你身为良医，不能拿其他病人试药啊！"子诺忍不住啜泣，"仲景哥，再说，你不是已经找到病因了吗？"

"找到了！就是水源和食物。是人们吃了有疫毒食物，喝了有疫毒之水，瘟疫就慢慢散开了。还有，腐蝇带着疫毒传播，病人又传给身边人。现在急务所在，就是千万不能让人们饮疫毒之水，吃腐蝇叮咬之食，深埋疫体，远离野狗……"张仲景住泪，又想了想，"要是能够像荆州医坊那样，将瘟疫病人隔离起来，分别诊治就更好了。"

"那得需要多少药品和钱粮！"子诺轻叹，"没有朝廷赈济、富户捐赠，老百姓可就苦了！"

"现在天下大乱，朝廷朝不保夕，富户自顾不暇，怎能顾及草芥百姓？"张仲景忧心不堪，"义军、官军杀来杀去，死者还不都是百姓子弟？"

"你去找南阳太守，我去找阿翁，让他们罢兵！"子诺轻咳，咳出血来，"这瘟疫一旦传开，人就死绝了，他们还争什么天下？"

"对，只有罢兵，才能真正切断瘟疫来源。"张仲景含泪点头，"我明天就去拜见太守。"

"不怕他杀了你吗？你可是义军神天使之婿。"子诺苦笑，声音越来越弱，"我怕是不能陪你去了！我这会儿心里发烫，力气快没了……快，拿笔来，我给阿翁写信，让他罢兵。"

"子诺，你心里很烫是吗？"张仲景连忙扶着子诺，顿时恍然大悟，"对了，我找到控制这次瘟疫的药方了！子诺，这个药方依然用桂枝为君药，解肌发表，散外感风寒，再用芍药为臣，益阴敛营。桂芍相合，一治卫强，一治营弱，合则调和营卫。关键是，我要在桂枝汤中加入大黄，以毒攻毒。"张仲景有些兴奋，"我总算找到控制这次伤寒瘟疫的药方了！"

子诺笑了笑，艰难地以手指蘸着嘴角的血，在麻纸上写下"罢——兵"二字，便在张仲景怀里垂下头去。

"我这就为你服药！一定会好起来。"张仲景急切地呼唤着，"不是说好'执子之手与子偕老'吗？子诺——，你一定要撑住！一定要撑住！"可子诺再也听不到他的声音了。

　　"我和温儿以后可怎么办？"张仲景紧紧抱着子诺逐渐冰凉的身子，如怀着一条永无尽头的忧伤河流……

第十七章　邓芝略论宛城殇　仲景炮制娇耳汤

　　得知子诺舍身探究病源而死的消息,深知子诺对于张仲景如何重要的邓芝便风尘仆仆地赶来,却未能在济世坊见到张仲景。这些日子,张仲景就在后山祖茔,白天为子诺守墓,夜晚就去涅水边的望亭,与不远处的金龙潭相望,内心如同幽幽的金龙潭水,表面平静,下面涌动着不尽的波涛。就在昨夜,恍惚金龙潭的龙君从潭水中缓缓升起,与张仲景在月下遥遥相望,还发出一声叹息。在那如雷般的叹息声中,张仲景感知到龙君病了,肺腑中的雷霆若似怄气一般抵在胸口,使龙君不停地轻咳。张仲景伸出手想为龙君把脉,一阵风起,荡起河间清雾,隔断了龙君伸来的臂……一直到黎明,雾气却越来越浓,张仲景听到龙君无奈而去的声息和涅水微波的轻叹。

　　回到济世坊稍事歇息,张仲景再次来到北山祖茔,来到子诺墓前。暮秋的北山已被秋虫纯银一般的声音濡染,散发着凉意。他以额轻轻抵着子诺的墓碑,轻声地对子诺说着龙君生病的事儿。他想起多年前,伯翁张伯祖对他讲起那桩似梦非梦的旧事,也许,涅水龙君真的是与岐棘山忽律搏斗时受了内伤,伤在肺腑,而使雷霆不泻,云雨不谐,天下伤寒,瘟疫不断。也正因为昨夜与龙君的恍惚相望,张仲景的悲伤似乎淡了些,他相信有天庭存在,相信人死后,灵魂有所安放,甚至相信子诺会透过云层,用阳光一般温暖的目光看着自己和温儿生活,用月光一样缱绻的情怀在梦中与自己和温儿相拥。当中午的阳光照着头顶时,张仲景分明看见一朵蓝色花在子诺墓前轻轻开放,好似一抹会意的微笑,使他的心情竟然有些空明。拎着一罐去岁自己精心酿制的小米黄酒,张仲景依着顺序,分别倾在黄公、伯翁、家翁、子诺的墓前。最后,他又坐在张伯祖墓前,给他低声说着龙君的事儿。他想,也该准备鼎炉了,也该炼丹了,让自己炼成的内丹去医人,自己炼成的外丹去医天。他刚对伯翁说完自己的想法,就见一缕风起,那缕细细的风在平野游动片刻,渐渐形成偌大的旋风,呼啦啦地卷起几片树叶和几只树上的小鸟,向涅水岸边的芦苇荡倏忽而去……

张仲景在午后下了北山,回到济世坊,简单用过酒食,就见赵五伯带着温儿进来。温儿的长相与子诺相似。他眨巴着大眼睛,看着父亲:"你为何独自去和阿母说话,不带我?"

"你阿母去了远方,甚至比远方更远,我怕你走累。"张仲景抱过儿子,"再说,你还要跟着祖翁学识字呢。"

"我午睡时见到阿母了,她就躺在云朵上,荡着秋千。"张温笑着,"她给我说,她一直在看着我,看我识字、学武。"

"还说什么?"儿子的话似乎在印证天的存在,也许,孩童的眼睛和心灵才与天最近,"天上还有什么?"

"每当我睡去时,阿母就回来和我玩耍。"张温一边以小手抚弄着父亲的胡须,一边继续说着,"阿母身边有一条小金龙,那条龙生病了,被五彩丝线缠住了手脚,它无法行云布雨,无法发出雷声,阿母想让你去救它。"

"我去救它。"张仲景接话时,泪水不知不觉地滑落,"等我医好了天下人,就去救金龙。"

"我带温儿在望亭那几日,曾以芦苇扎起一条小龙送他玩耍。"见张仲景落泪,赵五伯略有歉意,"温儿就想听龙故事,我就随口说,子诺会驭着小金龙,回到北山。唉,害得温儿天天做梦。"赵五伯也是落泪,"仲景,这几天温儿做梦,总在梦中笑醒。也许,子诺真在天上陪着他呢。"

张仲景拱手:"我和子诺该感谢五伯,给温儿好梦!"

"何言'谢'字?只不过是子诺声息长存使然。"赵五伯抹了一把泪水,"连我做梦也见到了子诺,她让我催你去找官府,找曼成,都罢兵。"

"是啊，两军交锋，战死者皆是大汉子民，其中更多的是百姓子弟！"张仲景心里顿时清明，"现在伤寒瘟疫又起，来势猛烈。听说大批官兵和义军都感染了，照此下去，瘟疫会比打仗夺去更多性命。"

正说着话，李丰引着邓芝进来，邓芝见张仲景纳头便拜："请仲景救救南阳一郡百姓。"

"起来说话。我知道邓廷掾会来，不想来得如此之快！"看着赵五伯带着温儿出去，张仲景收回目光，"官逼民反，到处战火，战死者都是百姓，都是大汉子民。"

"早该来，只是宛城战事此起彼伏，无暇他顾。"邓芝有意不提子诺之死，虽说子诺是张仲景爱妻，但毕竟是神天使之女，故而，顺着张仲景的话头，"正是此话。人都死了，何来大汉社稷？正所谓皮之不存，毛将焉附。"邓芝身为官府中人，难得不偏不倚，"神天使义军在昆阳、宛城接连大败赵忠、苏章文所率朝廷官兵后，乘势斩杀了南阳郡褚太守。左中郎将皇甫嵩急令江夏都尉秦颉引兵北上，继任南阳郡太守。"

说话间，李丰已安置好酒食，就着月色点亮烛火，张仲景举杯致意邓芝："义军不过是一群走投无路之民，又如何大败官军，尤其是铁器兵甲之羽林军？"

"朝廷派赵忠与苏章文率五百羽林军、三千官兵前来桐山平叛，途中却妄杀无辜百姓冒功，逼得义阳、昆山、堵阳一带百姓纷纷加入义军。义军声势越来越大，逼得官军步步退缩，只能固守宛城。"邓芝忍不住愤懑，"固守宛城之时，赵忠和苏章文又逼迫南阳郡太守带着少许郡兵出战义军。褚太守不知战事，武艺平平，被张曼成所杀。苏章文顺势放纵羽林军，搜刮尽城内百姓钱粮，以讨好赵忠。以致城内百姓只好剥树皮、掘地鼠，甚至易子而食。人间地狱也不过如此！"邓芝抹泪，"城中百姓终于忍无可忍，就暗中打开城门，与义军里应外合，大败官军。赵忠、苏章文只好带着残兵败将，仓皇逃往洛阳。"

"现在战况如何？"听闻张曼成义军大败官军、斩杀太守的消息，张仲景虽有些解气，却也无法欢喜，毕竟打仗就要死人，死的又都是大汉的平民子弟,医者仁心,何来欢喜?"这仗不能再打了!"

"三年来,朝廷以大将军何进、左中郎将皇甫嵩左右局势,尤其是皇甫将军为人仁爱谨慎,尽忠职守,有谋略,有胆识。他上谏要求解除党禁,拿出皇宫钱财及西园良马赠给军士,提升士气,又在壬子日大赦党人,发还徙徒,要求各公卿捐出马、弩,重用深明战略之人,各地豪强也闻风而动。义军因各自为战,已入困局。河北、山东义军惨败,太平道天公将军、地公将军、人公将军相继病死或战死,眼下也只有神天使张曼成义军还在四处征战。"邓芝纵论天下大势,微微有些激动,"要不了多久,天下可复太平。"

"百姓歌曰:天下大乱分市为墟,母不保子兮妻失夫,赖得皇甫兮复安居。"张仲景听着,想起前些日子在涅阳街头听到的民谣,"若真如百姓所歌,皇甫将军当是社稷柱石。"

"我这次前来,也是奉皇甫将军之命。"邓芝饮下杯中酒,轻叹,"秦颉继任南阳郡太守后,原本一场大战在即,却忽然发现,围城义军不战而退了。"看着张仲景疑惑的目光,邓芝耐心解释,"并非秦太守用兵有度,体恤百姓,而是官军和义军中,伤寒瘟疫流行,死者相藉,各自无力再战。今神天使引义军折转于南阳与荆州交界之地喘息,官军在白河一带歇兵,暂无战事。见秦颉迟迟不出兵,曾败于张曼成的赵忠便诬陷秦颉临阵怯敌,有通敌之嫌。"

"若如此,宛城岂不再起战事?"张仲景不由忧心,"瘟疫正在流行,战事必令瘟疫更烈。"

"仲景放心,宛城暂无战事。"看着张仲景面带疑惑,邓芝耐心解释,"是因为皇甫将军告发赵忠。"

"告发赵忠?"张仲景愈加疑惑,"赵忠身为陛下近臣,颇受陛下恩宠,难道亦存不臣之心?"

"正是!"邓芝面带讥讽,娓娓道来,"去岁,皇甫嵩率大军讨平'天公将军'张角回朝,途经邺地时,发现中常侍赵忠私宅阔达,远逾朝廷规制,还豢养死士,暗存弓弩,便上奏陛下治罪。"

"陛下追罪赵忠否?"张仲景对灵帝还抱着一丝希望,"若此恶贯满盈之徒,可施以车裂之刑。"

"皇帝倒是派皇甫嵩没收了赵忠私宅,但并没有治罪赵忠。"邓芝露出一丝苦笑,"中常侍张让趁机向皇甫嵩索要千万钱,被皇甫将军拒绝后,恼羞成怒,又联手赵忠,反而劾奏皇甫嵩连战无功,耗费钱粮。陛下竟听信谗言,改封皇甫将军为都乡侯,收回左车骑将军印绶,削夺封户六千。陛下又闻听,南阳郡太守秦颉怯战,便派皇甫将军前来督战。数日前,皇甫将军来到南阳郡,得知官兵染于瘟疫者十之六七,病死者远比战死者众,便令暂休战事,全力抗疫。他听闻你是前侍御史之子,又曾举孝廉,医术高深,救人无数,便委派我前来相邀。请你看在那些郡兵和百姓皆是乡亲父老之情上,务必出手相救。"

"在我眼中,没有官兵义军、高官百姓之分。只有生命,只有大汉子民。"张仲景面无表情,古井无波,"若我去,当允我两个条件。"

"皇甫将军放言,只要能够控住伤寒疫情,救下将士和百姓性命,他愿意舍命。莫说两个条件,十个也无妨。"邓芝有些激动,"仲景尽管说来。"

"罢兵!"张仲景吐出两个字,眼前恍然出现子诺的模样,眼眶不由润湿,又吐出两个字,"赈灾!"

"是该罢兵了! 双方大战,动辄死者上千,无以安葬;暴尸荒野,又引得瘟疫横行。"邓芝感慨不已,"赈灾更是应该。百姓被羽林军搜刮一空,即使不病死,恐怕也要饿死。"

"我只怕这瘟疫蔓延起来,连老天都没有办法!"张仲景焦虑而又感伤,"故而,必须罢兵,赈灾!"

"和皇甫将军所见略同!"邓芝见张仲景答应,满心欢喜,"仲景有所不知,朝廷见皇甫将军来到南阳郡后,仍未动兵,又委派天师前来,明为施法驱疫,实为督战。不料,天师弄巧成拙,骗局被当场戳穿。皇甫将军大怒,重责他一百军棍,打得皮开肉绽,差点儿当场死去。"

"那天师如何弄巧成拙?"张仲景不由得对皇甫嵩又多些好感,"其骗局又如何为皇甫将军戳穿?"

"天师进入宛城后,为夺将士之心,就于皇甫将军行营大帐之中,欲将手中麈尾化作飞鸟。不料皇甫将军身后有哨鹰,竟俯冲天师衣袍左袂,啄死眉鸟。"邓芝忍不住嗤笑，"天师狼狈不堪，却不甘被逐大帐，便夸下海口，让皇甫将军准备艾草烟柴，他于翌日登台拜风，以神风符水祛除将士疫病，再乘风势，开城破敌。"邓芝以酒润喉，提高声音，"翌日，天师登坛祷告，大风顿起。只是，其言东风却化作西风，导致毒烟倒灌军营，熏死数十个疫病将士。"

"那个为官军做法天师可是苏章文？"张仲景言语平淡，似乎不认识此人，"神风符水乃摄心之戏。瘟疫乃实症在身，须以药石导之。"张仲景不问苏章文下落，只为将士感伤，"贻误疫情只会让将士们病死者比战死者多。人都病死了，仗也不用打了，社稷也就不存在了！"

"医病救人，是为大道。邓芝一路走来，看到太多兵士和百姓挣扎在伤寒瘟疫中，"邓芝不由泪落，"即使不为朝廷，也请仲景出手，截住伤寒瘟疫蔓延途径，救救那些在瘟疫中等死之人。"

"罢兵！赈灾！"张仲景重重地点头，"我去救人！"

当邓芝陪同张仲景来到宛城面见皇甫嵩时，皇甫嵩却突发腹部绞痛，昏厥于榻，诸人慌然无策。张仲景随侍卫来至榻前，仔细把脉后，安慰诸人："无妨，食物相克而已。"遂问侍者，"将军可是食豚肉，饮鲜乳？"侍者惊讶："神医如何得知？"

"二者同食，而生绦虫，以致腹痛。"张仲景淡然，"可以姜汁酒灌服导引，即愈。"待侍者端来姜汁酒为皇甫嵩服下之后，皇甫嵩一阵呕吐，悠悠醒来："痛死我也！"

"将军身有慢性风疾，万不可大啖豚肉与鲜乳，忌口为要。"张仲景又为皇甫嵩开出八宝回春汤，"将军常年征战，辛苦非常，以致气血两亏，尚需汤药进补。"皇甫嵩饮下姜汁酒后，神情恢复，"有劳神医，自当遵嘱。"又拱手张仲景，"我曾闻张神医以治未病为要，可有良方，预防瘟疫？"

"以赤小豆、白扁豆、绿豆、黑豆各等份煮水为饮。此为预防之方，若兵士出现症状，当辨证诊治。"张仲景见听者在心，颇有爱兵之意，略有感慨，"战后疫病，多为阴毒湿邪。若能点燃艾叶、苍术、贯众熏蒸兵营，亦能预防瘟疫！"不由轻叹，加重语气，"至于治未病之要，莫若罢兵！"

"张曼成所率叛兵已呈颓势！"皇甫嵩心有不甘，"战事在机，机不可失！"

张仲景霍然起身："将军既答应于我，岂能违诺？"

皇甫嵩见张仲景变色，只好安抚："本将军知神医仁爱，故而，应允罢兵，以期朝廷行以招抚之策。"

"将军如此，乃百姓与军士之福！"张仲景施礼，"瘟疫再起，乃战乱所致。战死者来不及掩埋，交战双方甚至以尸为器，横生疠气恶疾，随风随水而泄于天地，又引得天象混沌，降雨若降灾。"

"天灾人祸！"皇甫嵩略思片刻，轻叹，"应是人祸在前，天灾在后。"

"人病，天亦会病。"张仲景含泪，"两军交战，死者皆是百姓子弟，皆是大汉子民！"他顿了顿又道，"若百姓皆死，何来社稷？"

"罢兵！"皇甫嵩终于下了决心，"传谕乱贼，限期投诚！"

张曼成义军与皇甫嵩所率官军交战，负多胜少，形势不妙，见官军忽然收起攻势，虽心有疑惑，也不过多纠结，便急忙带着义军退往荆州与南阳交界之地——巫溪山中，休养生息。

旬日后，朝廷用于赈灾的药材和粮食也送到南阳郡，挣扎在生死线上的百姓总算看到希望。张仲景受皇甫嵩所托，带着李丰和几个徒弟为控制南阳伤寒疫情开始奔波。

冬日，白河边，一字排开放着十几口煮药的大鼎，大火烧开鼎中掺着柴胡、茵陈等数味中药的汤水，咕咕嘟嘟地冒着热气。张仲景的脸被跳跃着的火光映红。他正用小秤称着药品的重量，然后添到其中一口大鼎之中。忽然看到一个士兵正向鼎里加草药，张仲景连忙起身，几步冲过去，大喊："看着药方，按药草顺序下药，唯有如此，药力才能充分发挥功效！"又急匆匆地走到另一口大鼎前，用长柄木勺将药汤舀起仔细观察后，再慢慢倒回鼎中，直到浊水状的药汤已经变成棕褐色，张仲景方淡笑着，对负责添加柴火的郎中赞许："就是这样，用小火慢煎，让药性充分释放，才能熬成好药。"

月余，染病的兵士和百姓服了桂枝汤药后，大部分已痊愈。刚好冬至来临，天降小雪。张仲景担心伤寒复发，就想起一个将捣碎的药末连同温补食材混合一起之法，以面包裹，煮成药丸，他为之取名"娇耳"，方便病人服

　　"《素问》言：'夫热病者，皆伤寒之类也。'又言：'人之伤于寒也，则为病热。'"张仲景被几个徒弟簇拥着，登上一处高台，看着眼前成百上千、目光饱含期冀的百姓，不由激动，"父老们，这次瘟疫虽说已经驱除，但现在天寒地冻，我担心伤寒复发，就炮制了祛寒娇耳汤。大家都来吃上两只娇耳，喝一碗热汤，既可预防伤寒，又可充饥。"

下。当日，他带着徒弟和民众一起，将包好的面食放在簸箕上，簸箕内，无数个月牙形状的娇耳环形排列，像旋转的花纹。几十簸箕的娇耳下到大鼎里，翻腾着一层层温暖的白浪。

"《素问》言：'夫热病者，皆伤寒之类也。'又言：'人之伤于寒也，则为病热。'"张仲景被几个徒弟簇拥着，登上一处高台，看着眼前成百上千、目光饱含期冀的百姓，不由激动，"父老们，这次瘟疫虽说已经驱除，但现在天寒地冻，我担心伤寒复发，就炮制了祛寒娇耳汤。大家都来吃上两只娇耳，喝一碗热汤，既可预防伤寒，又可充饥。"

"张医师真是活神仙！"饥寒交迫、一直挣扎在生死线上的百姓们感动得涕泪长流，"大恩大德，堪比日月啊！"

张温看着鼎中状若耳朵的娇耳，突发奇想："阿翁，吃了这些娇耳，冬天是不是不冻耳朵？"

"对，吃了娇耳汤，就不冻耳朵了！"张仲景一把抱起儿子，笑看乡亲，"大家记着，吃娇耳更要喝汤，药物都在汤里。"

看着无数张饱经苦难的脸上露出难得的笑容，再看河畔炊烟袅袅，几只鸟鸣叫着掠过河面……张仲景潸然泪下："子诺，我终于扼住了瘟神喉咙！"

第十八章　神医妙方撬时局　君臣荒唐议战事

张仲景以桂枝汤和青龙汤抑制住伤寒瘟疫的消息由皇甫嵩传至朝廷，灵帝大为惊喜，总算能少用一些钱去到处赈灾了，甚至连仗也不想打了，因为平叛也需要花钱。反正，这江山社稷总让他操心，而他喜欢操心的事儿只有钱和美人。当他从高高的金玉龙榻上透窗看见身材魁梧、盔甲鲜明的皇甫嵩在内侍引领下，顺着曲折花园路径，来到灯火通明、气派辉煌的南宫玉堂殿外时，脸上透出了一丝笑意："总算有人能为朕省钱。"

兼作书帐的南宫玉堂刚刚修缮毕，富丽堂皇，溢光流彩。宫门前，四个巨大铜人排列在苍龙、玄武宫前，可容二千斛粮食的四座巨钟悬挂于玉堂及云台殿前。天禄蛤蟆吐水于平门桥东，转水流入宫内，翻车渴乌安放桥西，用来喷洒黄道。殿内无书亦无字画，到处堆放着金玉铜钱，铜钱是新铸的四出文钱，钱上有四道与边轮相连的花纹。太史令董奉生前曾上奏折，言此钱征兆不吉，此钱铸成，定会四方流散。果如其言，后来京师大乱，此钱便流散四海。当时童谣歌曰："城上乌，尾毕逋。城公为吏，子为徒。一徒死，百乘车。车班班，入河间。河间姹女工数钱，以钱为室金为堂，石上慊慊舂黄粱。梁下有悬鼓，我欲击之丞卿怒。"讥讽朝廷为政贪婪，奢侈无度。

灵帝高坐在金玉榻上，何贵人侧坐，张让侧立，下面站着大将军何进、中常侍赵忠等人，君臣们正商议着如何建怡心宫的事儿。皇甫嵩由十常侍之一的吕疆引领入殿后，他先待在一边，静听灵帝金口玉言。灵帝仰看玉堂的雕梁画栋后，又看着张让："玉堂如此富丽华贵，千万金肯定不够！"

张让屈身俯首："回陛下，这七八年下来，西园捐官收入了数千万金，所以，咱家不缺这些钱。"

"朕不在意花费多少钱财，在意你把玉堂修建得如此气派，又甚合贵人典雅气质，朕心甚慰。"灵帝见何贵人浅笑，也就不再计较玉堂的奢靡，"朕要封赏你，为荆州侯如何？"

"老臣谢恩！"张让赶忙摇手，"不过，荆州归荆州牧刘表管辖，老臣插不进去手。况且，那里还不太平！"

"还不太平？"灵帝这才看着刚从南阳督战回来的皇甫嵩，"皇甫将军一路辛苦！听说你让人用普通草药就医好了数千染疫将士，为朕省了不少钱，甚好！"转下眼珠，"刚才张君侯说荆州还不太平，究竟是何原因？"

"末将督战南阳郡，知将士们遭遇伤寒瘟疫，无力与黄巾贼交锋。"皇甫嵩跪地奏报，"得神医张仲景相助，染病将士起死回生。然军粮不足，又尚需赈济南阳饥民，故而，大军未能一鼓作气平定黄巾余孽。"

"说来说去又是粮草，又是钱！"灵帝忽然想起，"你们一直都说没钱，赵常侍在邺城大宅就值亿钱。"

"老臣私宅已经被陛下收回变卖，亿钱已被皇甫将军用来平叛和赈灾了。"赵忠连忙上前解释，斜睨皇甫嵩一眼，"要说，是老臣为陛下存钱，皇甫将军是为陛下花钱。"

"要说是这么个理！"灵帝琢磨一下，看着皇甫嵩，"朕怎么有些糊涂了，你奏折上言，神医张仲景以草药就治好了将士和贱民之疫症，如何还要用亿钱赈灾？"

"陛下，我数万将士与太平道妖众作战，人吃马喂，抚恤赏金，尚需亿钱。"皇甫嵩连忙跪地，一字一顿，"南阳郡黎民染疫者众，若朝廷不予赈济，任凭瘟疫蔓延，则死者遍野。到那时，土地无黎民耕种，桑树和柞蚕无黎民养殖，天下则衣食无着。"

中常侍吕彊也上前进言："陛下，况我朝党锢久积，若士人、灾民皆与黄巾贼合谋，悔之无救。将士死战而无封赏，黎民遭疫而无救济，势必会将士倒戈，黎民通匪，明君所不为也！"因平黄巾军有大功，昔日忠而不用的吕彊暂得灵帝器重。

"也有道理。"灵帝仰头翻了翻眼睛，"爱卿上书请求斥奸佞、任忠良、薄赋敛、厚农桑、开言路之事，朕已经准了。至于赦党人、杀贪官，考核地方官吏是否称职之事，就交大将军去办。"扭头看一眼张让、赵忠，"朕一想起中常侍封胥、徐奉竟敢与太平道妖孽勾结就伤心。若不是大将军当机立断，朕还以为十常侍都是亲人呢！"

由于马元义门徒唐周告密，与黄巾军约为内应的中常侍封胥、徐奉为大将军何进率领的羽林军杀死，多少牵连了十常侍之首张让。张让巧舌如簧，推罪给中常侍副首赵忠；赵忠不甘示弱，又推罪给西园帅塞硕；塞硕岂甘顶缸，又推罪给天师苏章文；苏章文奸猾无比，又推罪给校尉袁绍；袁绍赌气，干脆推罪给已死的太史令董奉。到最后，张让、赵忠及诸人皆无罪，已死的太史令董奉却被扒坟鞭尸。大将军何进由此立下大功，便总督兵事，兼理朝中用人及监察之事。

"陛下有旨，末将万死不辞。"何进听到灵帝说"至于赦党人、杀贪官，考核地方官吏是否称职之事，就交大将军去办"的话，心中顿时一股暖流涌过。想到与自己交厚的皇甫嵩因张让、赵忠诬陷而被削爵，他便借机进言："陛下让末将去处置之事，微末以为，'赦党人、杀贪官'暂缓，考核地方官吏是否称职之事先行。"见灵帝侧耳，何进再奏："立功受赏，败则处罚；吏治澄清，则无贪官。"

"赏金从何而来？"灵帝又想到钱的事儿，"朕也没有余钱。"

"赏金从罚金中来，也可从叛贼手中来。"皇甫嵩进言，"以此也可鼓舞将士士气，早日平定黄巾贼。"

"什么？黄巾贼还没荡平？"汉灵帝腾地跳起身来，"你们不是说，什么天公将军、地公将军、人公将军都死了吗？"

张让看何进一眼："军中事务是由大将军负责，老臣不敢过问。"

汉灵帝生气地看着何进、皇甫嵩："两位大将军，黄巾贼还没有荡平吗？"

"贼首伏诛，余孽尚存。"皇甫嵩倒不惊慌，"今各地瘟疫横行，大军所到之处，无粮草支应，将士、马匹得不到供给，无力再战，致使黄巾贼死灰复燃。”

“一说平贼，就是粮草，就是钱。”灵帝不满，“将士们就没有一些舍生忘死之人？就没有为朕想过，钱从何来？”

“舍生忘死、心中无我者，圣人也。自春秋以降，几不存矣！”皇甫嵩依然不紧不慢回着，“即使将士饿其体肤，然马无粮草，寸步难行。”

灵帝面带怒容：“大将军，朕不是让内官足额拨付平贼钱粮了吗？”

“南宫玉堂耗费五千万金，不仅挪用了赈灾钱粮，还挪用了大军开支。”何进趋前一步，看赵忠一眼，“尤其是赵常侍掌管大军粮草，擅自断绝大军钱粮供给，让各地太守自筹粮草，自招郡兵，各自为战，致使黄巾余孽死灰复燃。”

赵忠听何进慷慨陈词，满头是汗：“老臣不敢动用禁库钱粮，毕竟那都是陛下所有呀！况且各地太守守土有责……”

汉灵帝不耐烦地看着何进：“好了！大将军，你刚才言及之事朕都知道，朕是问你，你何时能够扫灭黄巾贼寇？”

“今各地贼寇已被我大军荡平，仅有小股贼寇还在作乱。”何进施礼，“只要粮草充足，将士用力，不出半年，天下廓清。”

汉灵帝这才缓了口气：“何地贼寇最猖狂？”

皇甫嵩上奏：“荆州一带贼寇，号称神天使张曼成部。”

“荆州？”汉灵帝眼也不眨，“那就让荆州牧刘表尽快绞杀，给他三个月期限。”

“不可再战！”皇甫嵩想起对张仲景的承诺，“荆州已瘟疫渐起，此时用兵，时机未宜。”

“那就坐等贼首张曼成部壮大？”赵忠与皇甫嵩有仇，更与张曼成不共戴天，“再说了，讨伐张曼成又不用朝廷钱粮，刘使君所辖荆州可是兵多将广，钱粮充足。”

“荆州牧刘表素有仁爱之名，却无霹雳手段。其军师蔡瑁引军与贼寇交锋多次，屡屡败北。”何进与刘表交厚，欲扬先抑，“末将以为，剿贼不如招抚。"

"大将军所言极是。"张让附议,"陛下,打仗要花钱无数。"

汉灵帝一听到花钱就肉疼:"如何招抚?"

"将那些自以为是的获罪外官平反,让他们前去为朝廷招降黄巾余孽。"何进思谋,"而后,对张曼成等贼首以高官厚禄诱惑,必能奏效。"

汉灵帝显然心动,看张让、赵忠:"妥否?"

张让、赵忠连忙点头:"老臣附议。"

"以高官厚禄诱惑?"皇甫嵩听到对义军招降后的弦外之音,不得不进言,"陛下,黄巾贼多是食不果腹、走投无路之民,也皆是大汉子民,若招降,可推行屯田之法安置。"皇甫嵩刚从南阳郡安抚百姓归来,最清楚百姓所思,只要升斗小民有一口饭吃,哪怕活得再卑贱,也不愿造反。"末将此次赴南阳郡督战,不料瘟疫横行。营帐里,官兵倒卧,病死者远比战死者众。为让神医张仲景施救,末将答应其提出罢兵、赈灾之约。"见灵帝有意听下去,皇甫嵩干脆说个痛快,"张仲景以桂枝汤和青龙汤药方控制住军营瘟疫后,带着从军粮中节省下来的粮食去赈灾。他一边安排饥民在白河边屯田,一边施救瘟疫中百姓。一些黄巾贼闻讯,竟纷纷来降。"

"还不是天威难犯?"赵忠不阴不阳地插话,"朝廷大军一出,黄巾贼便作鸟兽散。"

"赵常侍难道忘记了昆阳大败?"皇甫嵩不得不揭赵忠伤疤,"三千官军竟被黄巾贼追杀数日,死伤过半,天威何在?"

"非战之过!"赵忠狡辩,"官军军营突遭赵河大水漫灌,粮草皆毁,不得不退。打仗是要花钱无数,我退兵不也是为陛下省钱吗?"

"赵常侍能想到为朕省钱,也算还有些忠心。"灵帝也不追究,"要不然,就该治你败军之罪。"

"陛下,胜败乃兵家常事!"张让赶紧解围,"若能不战而屈人之兵,上上策也!"看着皇甫嵩道,"皇甫将军之言有理,招降、屯田是好办法。"

灵帝点头:"那让谁去招降呢?"

赵忠上奏:"张曼成原为洛阳西城校尉,乃前雍州刺史黄公义子,曾随前侍御史张松寒去南阳郡赈灾,勾结山匪谋逆,后为右羽林军平定。张松寒身死,张曼成脱逃,现以神天使之名,带近万黄巾贼在荆州与南阳交界之地,劫掠存身。"

"赵常侍如此熟知贼首张曼成,可前去招降。"大将军何进揶揄道,"赵常侍与张曼成对垒多年,多少也算有些交情。"

"这……大将军怎能说笑老臣?"赵忠愣是厚脸皮,"老臣正为陛下监工怡心殿,实在无法脱身。"

"黄公义子?"灵帝想起来了,"几年前黄公为张松寒喊冤来朝,朕念其跟随先帝多年,就为张松寒平反,还赏他另一个义子魏延为荆州郎将。"

"对对对!"赵忠附和,"张曼成既然在荆州地界,就让魏延去招降。若成功,俱赏;若不成,连坐。"

未待张让的"陛下英明"说出口,皇甫嵩抢奏:"魏延与张曼成有旧怨。末将举荐一人,张松寒之子、神医张仲景前去招降张曼成部,定能成功。"

何进存疑:"侍御史张松寒获罪时,不是满门抄斩了吗?"

赵忠回话:"其二子张机狡猾逃脱,后改名张仲景,一直在民间行医。"

何进看一眼皇甫嵩:"原来张仲景名张机,就是以桂枝汤控制住伤寒瘟疫之神医?"

"正是。此子心怀苍生社稷,医术高深,颇有圣人之风。"皇甫嵩隐去张仲景是张曼成女婿之隐情,"听闻黄巾大营中也是瘟疫横行,正需张仲景前去防疫抗疫,普施救治。此人若去,必能招降张曼成部,为陛下再得数万子民,以屯田养殖,增加赋税。"

"神医?"汉灵帝翻眼看着赵忠,"比起苏天师如何?朕也是好久不见苏天师了。"

"多谢陛下记挂假子!"赵忠跪地,"张仲景是有些医术,不过,比起苏天师造化之妙,还是不如。"

"巫医岂能与神医并论?"皇甫嵩面有怒色,"张仲景曾举孝廉,品行周正,医术高妙,救活了无数官兵和百姓。"

"苏天师造化之妙可以让陛下快活。"赵忠虽然辩解,却未提苏章文以巫术贻误将士病情被皇甫嵩责打一百军棍、正在养命之事。

"你俩别争了！"皇甫嵩正要将苏章文丑事道出，却被汉灵帝截住，"既然张仲景曾举孝廉，又能为朝廷想出让贱民屯田之法，还是有些本事。那就给他封个官，让他和魏延一起前去招抚张曼成部。"

张让连忙屈身："荆州尚缺医官，老臣之意，那就任他为荆州医丞，如何？"

"再加行军参谋，也好去行招抚之事。"皇甫嵩加了一句，"毕竟，招降是大事。"

"准了。"灵帝有些困乏，扫诸人一眼，"还有何事要奏？"

"陛下，妾不懂国事，听了半天，原来是要省去一大笔军资，让将士歇战。"何贵人这才浅笑着说话，"也是，大将军为剿杀黄巾贼寇，日夜操劳。现在，贼首已灭，余孽再由皇甫将军收服，也该好好歇歇了。"

"爱妃一说，朕倒想起来了，大将军能想出招抚妙计，好！"汉灵帝笑了，"何进听封，朕加封你为洛阳侯。"

何进连忙跪地："谢陛下！"

灵帝再看张让："至于你嘛，仍为十常侍统领，去荆州侯，加封列侯，如何？"

张让叩首流泪："只有粉身碎骨以报陛下大恩！"

灵帝挥了挥手："别动不动就粉身碎骨。你死了，谁替朕护家？"

赵忠见何进、张让俱加封赏，也跪地哽咽："我虽说无用，为陛下分忧之心天地可鉴！"

"朕忘不了你！朕想了想，还是封你为车骑将军、荆州侯稳妥。"灵帝看着赵忠，"你要亲自去荆州督办此事。"

赵忠看张让一眼，叩首："谢陛下厚恩！只是荆州牧刘表素与我不合，只怕……"

灵帝瞪着眼睛："怕啥？朕给你特旨，让刘表听你指使。"见赵忠又看皇甫嵩，灵帝神会，看皇甫嵩，"皇甫将军去并州统军，让并州牧董卓回朝，另有任用。"

"遵旨!"皇甫嵩轻叹一声,先行告退。

张让看了眼皇甫嵩高大的背影,这才又道:"可再让一千羽林军由苏章文、袁林引领,卫护赵常侍前去荆州行事。"

"准了。"灵帝点头,笑看赵忠,"天师苏章文法术高明,羽林军郎将袁林武艺不凡,尔等前去荆州,必能马到成功!"

第十九章　人病关天天亦病　大医立志志于诚

　　待南阳郡疫情稳定,利用节省下来的军粮做种子,张仲景和邓芝带着那些死里逃生的灾民,沿着白河两岸,开荒屯田。一场久违的春雨过后,白河两岸禾苗青青,生机盎然。看着绿油油的希望,百姓们已经在心中将张仲景奉上圣坛,这让张仲景有些不安。邓芝曾私下对张仲景感慨:"民心所归,仲景亦归。"张仲景自然明白这话外之音,若他有一天振臂一呼,难道不又成了一个"张天师"?亦归,是该回去的时候了。

　　在破天荒丰收的秋天里,张仲景带着徒弟和儿子回到涅阳济世坊家中。这里一切都没有改变,改变的只有张仲景的心情。他迫不及待地走向北山祖茔,坐在子诺墓前,轻声述说:"子诺,和你说过的三件事,我已做了一件——让官兵罢战,让郡府赈灾。过些天,我就去荆州山林寻找家翁,劝他罢战,让义军不再去攻打官府,让义军就近开垦荒地。最后,我还要去拜望荆州名医沈晅,参证伤寒药方,从根子上驱除瘟疫。"私语般低诉的秋风拂过墓地草木,若潮汐的夕阳漫过仲景的身影,他不断说着,无声泪流。他不知道在这块土地上,未来还会发生多少次瘟疫,但不管怎样,他想在当下制服天下瘟疫。可是,又有谁能让他去制服天下瘟疫呢?天下如此辽阔,南阳郡不过是天下小小一隅,南阳百姓不过是大汉子民中很少的部分,还有河北、山东、关内、关外、陇右、岭南……然而,不同地方的疫情也不尽相同,要有辨证论治的法子,才能药到病除。

这段时光里，张仲景在济世坊为病人诊病后，就抽空去北山祖茔和子诺说话，和自己说话。而一到晚上，难以入眠的张仲景便又会去涅水边的望亭，和金龙潭上恍惚存在的龙君交谈。

夜色如岚。月下涅水如美人之眸，脉脉漾着月华。张仲景闭着眼睛，似梦非梦，脑海里便浮现出这样的景象：

金龙潭上，龙君冉冉而出，它着一袭金袍，隆鼻扩额，髯须如漆，长眉如带，目光幽远，眉间带着烟水云气，有喉无结，若似一介翩翩士子。只是金袍过于耀眼，在张仲景眼中有僭越规制之嫌。龙君似乎看出张仲景的疑惑，语气平淡："我乃真龙，乃天！天色为金，是太阳之色、月亮之色、温暖之色。"

"可是，龙君，你依然病着，似乎胸间淤青和乌瘴又深了些。"张仲景深深望着龙君，"心中可有一阵又一阵绞痛？"

"正是。自搏杀忽律之后，敖灵歇息月余，精力稍有恢复，便顺流去了白河散心，正遇着你带一群百姓播种插苗。"龙君敖灵轻咳，却似闷雷无声，"不忍你们颗粒无收，只好提气聚云，降下春雨。"

"敖灵君是带伤行雨，着了风寒。"张仲景总算知道涅水龙君的名字，"可否伸出龙臂，让我把脉？"

月下涅水上，顿现一道白光。张仲景探手而出，握着这道白光的最耀眼处，顿觉指尖有雷电奔涌，气浪翻滚："敖灵龙君，脉理上，你内伤不轻。寸脉芤，关脉弦紧，唯尺脉尚和缓平正。肝胆之气大损，心经亦受重创。"张仲景收手，却感到有一股劲力不泻，充盈于身，想来是龙君借此赠予天力，以扛人间邪气。敖灵见张仲景心有灵犀，心怀感念，便收回河面上那道白光："顽疾非常，烦劳神医。"

"伤寒是表，心病是本。"张仲景心眼顿明，"心病之因由，还请龙君道出。"

"月余前，"敖灵猛然想起天上与人间的时间算法不同，所谓"天上一天，地上一年"，就改了口，"三十多年前，岐棘山一条千年忽律不忍山涧水窄，强夺涅水，欲入东海。其性凶残暴烈，以毒雾障天，吞食人畜。敖灵世代皆受涅水两岸百姓香火供奉，岂能袖手旁观？不料，忽律已炼成蛟珠，鳞甲似铠，雷电轰击，竟似搔痒，奈何不得孽畜。敖灵只得祭出千年修炼之龙珠，与它作生死搏斗，引得云雷交加，暴风骤雨，涅水激荡，山峦崩摧。眼见忽律就要夺水入海，敖灵无奈引爆龙珠，方将其击昏于云头，摔落于沙洲苇坡之地。龙珠亦破碎难收，散落涅水。次日，幸亏你师祖携屠龙匕剥去蛟珠，否则，忽律复生，万物不存！敖灵也被其击伤五脏，蛰伏涅水，月余行雨不畅，致使天下大旱不绝。更因龙珠缺失，我不能作法以行雷电之击，致使人间妖人乱世，瘟疫横行。"

"人病，天亦可病。天病表在云雨，根在人心。风不调雨不顺，则人间万物不盛。人心纷乱，正道不畅，即使风调雨顺，也会成为人间地狱。龙司云雨，龙病表在雷电，根在天病。雷者，天地正声，诛邪除恶；雷电不发，导致人间灾疫丛生。龙病不能发雷掣电，即使雷电行空，若无天地正心，龙君也会跌入深渊。"张仲景想起师父张伯祖之论，再听敖灵龙君所言，感慨万端，"龙君乃天地正道，为护佑天下众生，除妖受伤，"张仲景心生敬意，"我愿赴汤蹈火，为龙君炼制龙珠。"

"龙珠乃坎火离水混成阴阳交合之奇宝，内蕴天地正气。"敖灵龙君轻叹一声，河面上陡然风起，"敖灵尽快于涅水集齐龙珠碎片，再于北山之巅为你置好丹鼎，以合龙珠。拥有龙珠，百伤可愈。天上人间，皆复朗朗。"

"我已集得合成还魂九龙珠所需之蛟珠、青玉珠，只差两味天物，灵皋珠和赤金珠。"张仲景思索良久，轻叹，"想来，机缘未到，而不得也！"

"非机缘也！而是扶正人心，驱逐魑魅魍魉。"敖灵龙君低声呻吟，涅水波涛起伏，"正人心可得赤金珠，逐恶尵可得灵皋珠。"

"如此说来，蛟珠、青玉珠等皆自然馈赠，易得；而得赤金珠、灵皋珠则难矣！"张仲景若有所悟，"请龙君放心，仲景当正人心，逐恶尵。"

"仲景切莫忘了炼制龙珠之药引——屠龙匕！"龙君言毕，风起雾散，金龙潭上，波光粼粼……

一尾大鱼在涅水中翻腾，"哗啦——"一声响，水花溅了张仲景满面。张仲景懵然醒来，茫然四顾，涅水悠悠，无语东流。

"此梦甚奇！"张仲景握了握腰间的青铜药匕，顿觉浑身精力神气陡然上升，心底澄明，若日月行空……

接连数日，张仲景脑海里不断萦绕着与敖灵龙君的梦。更令他惊奇的是，身上竟充溢着一股力量，他可以轻松地拉开黄公留下的铜胎宝雕弓，手偶尔碰着腰间的青铜药匕时，短匕还会发出隐隐颤鸣。

秋日的阳光温暖。北山墓地上，树叶金黄，野菊绽放。张仲景望着不远处正与赵五伯一起练拳的儿子张温，自言自语："现在，连天也病了，天病就是人心病了。我答应你阿母，该去荆州劝你外祖翁罢战，不能再死人了。我要去拢起人心，让他们相亲相爱，而不是挑起仇杀。我还要去驱除魑魅魍魉，让它们回到黑暗世界里，而不是在天地之间横行。"

正在胡思乱想之际，好友南阳郡廷掾邓芝带着一个下人爬上山来。张仲景收回目光，起身拱手："邓廷掾，多日不见！"

"这些日子只顾安置灾民屯田，无暇他顾。"邓芝还礼，顺手接过张仲景递来的茶水，一饮而尽，然后让下人放下食屉，又招呼不远处的赵五伯和张温，"你们也过来！"

"给我带好酒食了？"张仲景探手从食屉里拿出两碟菜、一壶酒，晃了晃酒壶，"这茵陈黄酒好，健胃消食、止咳化痰、清热解毒！"

"关键是酒方出自你手，滋味鲜美醇厚！"邓芝喝一口酒，看着张仲景，"仲景，我是为你贺喜来了。咱边喝边说。"

"何喜之有？"张仲景笑了笑，爱怜地抚着张温，"要说，给我儿子带好酒食就是喜！"

"侄子又长高了！"邓芝笑着举杯张仲景，"子诺不在了，着实辛苦你了！"

"子诺一直在！"张仲景指了指心，又指了指天，"我这些年能够忍辱负重，治病救人，也是她在天上看着呢！"

"上天？"邓芝点头，"家翁生前曾说过，这世上，有些人天生就有使命。否则，医术和儒书早就断了。"

"廷掾此来，莫非与我谈天说地？"张仲景淡笑，"人有病，天亦可病。莫道天地无心，人心是也！"

"如此说来，天病就是人心病了？"邓芝发问，又自问，"乱臣贼子若非心中有病,何以不让百姓好好过活?"饮下杯中残酒,表情不由凝重,"仲景有所不知,神天使张曼成所率义军与荆州官军在襄阳汉水岸几次大战后,使伤寒瘟疫又起荆州。"

"这天下何时才能太平?"张仲景轻叹,"南阳郡刚刚控住伤寒瘟疫,万不可疫情复燃。荆州与南阳接壤,尚需尽快截住瘟疫横行之通道。"

"我正是奉朝廷之命,前来邀仲景去荆州控制瘟疫。"邓芝自怀里取出官府文书,交与张仲景,"皇甫将军回朝后,竭力举荐仲景,而今,你已被朝廷任为荆州医丞、行军参谋,秩六百石。"拱手,"可喜可贺!"

"即使不为朝廷,为瘟疫中百姓,我也该去荆州。"张仲景收下文书,表情淡定,"容我略作安排,明日即赴荆州。"

二人正说着话,就听山下传来李丰的声音:"师父,荆州魏将军来访!"

"魏将军?"张仲景起身,手搭凉棚看去,"哪个魏将军?"

"老熟人,荆州郎将魏延,魏文长!"李丰向山上喊,"说是有要紧军务,面见师父。"

张温仰着脸问:"阿翁,这个将军是好人还是坏人?"

张仲景笑了笑:"温儿,这好人与坏人就是一念之差!"

"大道混沌!"邓芝若有所思,"荆州郎将? 他来做什么?"

"邓廷掾不妨和我一起下去见见,"张仲景扯起邓芝,"魏将军可是有故事之人。"

张仲景带着邓芝回到济世坊,已是午后。二人刚刚坐下,一身武将装束的魏延已随李丰进来。

魏延单膝着地,拱手施礼:"数年不见恩公,甚是挂怀!"

张仲景看着英姿勃发的魏延:"数年不见,你已经是军中偏将了!"扶起魏延,"可喜可贺!"

"一将功成万骨枯!"魏延摇头轻叹,"惭愧! 惭愧!"

"能有此心,已是新生。"张仲景心有戚戚,"但愿魏将军能够惩恶扬善!"

魏延略有无奈:"当今乱世,已是好坏不分、善恶难辨了!"

"心境若镜,便可分明。"邓芝拱手魏延,"在下南阳郡廷掾邓芝,字伯苗。"

"久闻邓伯苗生于南阳世家,恪守家学,文武兼备,魏某敬佩!"魏延拱手,"还望伯苗教我。"

"魏将军客气!"邓芝见素来傲慢的魏延如此言语,也是诧异,"依仲景所言,扬善亦须惩恶!"

待魏延坐定,张仲景为魏延端过一杯茶来:"不知将军找我,所为何事?"

"叫我文长,听着亲切。"魏延对外招手,"来人,抬上来。"

两个军士抬着一只檀木大箱进来,放在院中。魏延示意军士打开,檀箱之中顿时射出一道耀眼光芒,原来全是金银珠宝。

张仲景手指檀箱:"这是何故?"

"恩公真是不知?"魏延有些诧异,"恩公曾举孝廉,因制服瘟疫有功,朝廷特赐嘉奖,加荆州医丞、行军参谋。"顿了顿,"我这次是奉荆州刘使君之命,前来接迎恩公入荆州。"

"噢,原来都是一件事。"张仲景看了看邓芝和魏延,淡笑,"南阳和荆州都如此看重于我,倒让仲景有些忐忑不安。"

正和李丰一起布着酒食的赵五伯与魏延早年相熟,听魏延一说,有些吃惊:"朝廷出清官了? 还是当今陛下醒了? 魏将军慢慢道来。"

"朝廷依旧,陛下依旧,"魏延呷了一口酒,"只是荆州伤寒瘟疫又起,来势凶猛,将士和百姓死者甚众。为平战乱,消除瘟疫,左将军皇甫嵩举荐恩公,去荆州救急。"

"文长该是听说过春秋战国时,秦越人话医之事。"张仲景感慨,"去岁我闻荆州接连几次大战,义军和官军死伤无数。加之,今岁大旱,田地荒芜,饿殍遍野,就知瘟疫必起!"感伤不已,"我曾托皇甫将军代奏朝廷,罢兵屯田。若能为陛下接纳,又何至如此?"

"天作孽,犹可违;人作孽,不可活。"赵五伯摇头叹息,"这世道到底怎么了?"

"不管世道如何,咱为医者就是救死扶伤,治病救人。"张仲景面露坚毅之色,"虽说黄巾军和荆州军连年交战,死伤无数,暴尸荒野,引发瘟疫,但为医者,眼中只有生命,没有杀戮,更没有仇敌。南阳病了,我为南阳治病;荆州病了,我为荆州治病;天下病了,我为天下治病。病理皆同,无非辨证论治而已。"

"这么说,师父就要去荆州了?"李丰看着张仲景,"这济世坊刚刚有些起色。再说,涅阳城尚算安宁。"

"要去荆州,不是为官,是为民。"张仲景点头,面色凝重,"况且,我答应子诺,劝义军罢战。"

"虽说你在涅阳潜研医书医术,采药打猎,生活安宁,但天下纷乱如此,总是让人难安!"赵五伯理解张仲景,"这几年,你勤求古训,博采众方,医术大有长进,就连你那几个徒弟也都成了好郎中。"举杯张仲景,"去吧,按照活神仙和你共同验证六经论伤寒之法,你能制服横行荆州之瘟神。"

"怪不得黎民百姓到处称颂恩公!"魏延起身,跪地施礼,"我家主公也对你赞赏有加,让我带上重金,务必请恩公出山,为荆州百万民众驱除瘟疫,还百姓一个太平日子!"

"荆州牧刘使君素有爱民之名。"邓芝显然更了解刘表,"刘使君早年曾为太学生之群首,结交天下清流名士,号荆襄八骏。仲景若至荆州,说不定大有可为。"

"宁可无病可医!我为医者,只求天下无病人,万物共生长。"张仲景淡笑,"倒是伯苗该去荆州!"

一语点醒梦中人!

当下南阳郡局势动荡。江夏校尉秦颉初为太守,好谋寡断,重用故吏,与南阳郡豪族日相龃龉。江夏赵慈系秦颉故人,曾对邓芝言,秦颉自荆州赴任南阳郡途中,见宜城城中有户人家,门朝东并有大道,秦颉停车,言"此屋可做吾冢"。邓芝以为不祥,正有离开南阳郡之念。听张仲景之言,醍醐灌顶,"愿随仲景去荆州,招民屯田!"

听邓芝也这么说,魏延更是高兴,连忙让军士去卸马车上的金银宝物,却被张仲景伸手拦阻:"我非贪财之辈!你和伯苗、李丰拿着这箱金银珠宝,带着军士先去药市采购草药,多备艾蒿、茵陈、桂枝、甘草、芍药和红枣,即刻运往荆州。"

　　当夜,按照张仲景吩咐,魏延先行返回荆州,向刘表复命。

第二十章　初入荆州显身手　智疗心疾收高徒

张仲景带着邓芝、徒弟李丰、儿子张温和老仆赵五伯要直接赶往位于荆州城外的医坊时，着实让习惯于迎来送往的当地荆州事吏吃了一惊："按理说，医丞到任，要先去荆州牧府点卯，而后拜会荆州医令，再由荆州主簿引领，前来赴任。"张仲景内心不认同这些繁文缛节，只回了荆州事吏一句"病来如山倒，救人如救火"，便赶着马车，直驱荆州医坊。

汉水江边，荆州医坊坐落在一片开阔之地。依着堤岸，支着熬煮草药和粥食的十几口大鼎。热气腾腾，药粥翻滚。不远处，多处芦棚里，染上瘟疫的百姓和一些兵士来回走动，也有几十个疫情较重的百姓和兵士躺地呻吟。

张仲景在李丰和两个老郎中陪同下，穿梭在灾民中间，不时为灾民诊脉，不时写着药方……一天下来，张仲景已对荆州医坊的瘟疫状况了然于心，结合当下疫情，对桂枝汤和青龙汤的药方略作调整，交给属下郎中前去配药。同时又吩咐身边一员小校，带人去集市采买一批素锦，洗净晒干，裁为方条，用艾草、雄黄熏蒸后，让医坊里人人佩戴，以隔绝病气，以免相互传染。

一个中年郎中拿过张仲景开出的药方，仔细琢磨，不由得捻须赞叹："张神医这药方实在高明！对症下药，辨证论治。寒者热之，热者寒之，以致中和。寒者热之，结者散之，逸者劳之，微者逆之，甚者从之，不能逆它；上之下之，摩之浴之，薄之劫之，以平为期，以和为重，致其中和。仲景真乃神医也！"

另一年长郎中接过药方一看，也是瞪大眼睛："张神医药方契合儒家《中庸》。《中庸》有云：'中也者，天下之大本也；和也者，天下之达道也。致中和，天地位焉，万物育焉。'圣人云，'治大国如烹小鲜'，亦有温敦、中和之意。了不起，了不起！这些染疫百姓和将士总算有救了！"

张仲景淡淡一笑："那你们还不抓紧配药去？"

年长郎中拱手："张神医，你有所不知，这张药方上有两味药材比较贵重，还须沈医令过目为好！"

"沈医令？"张仲景微微吃惊，"莫非荆州名医沈畦沈医令？"

"正是！"年长郎中点头，"也不巧，沈医令这些日子心口疼痛，在家歇息呢！"

"我正要与他验证，药方让沈医令把关更好！不知沈医令家在何处？"张仲景连忙脱掉外面医服，"此处疫情耽误不得！我这就前去拜望沈医令。"

"我替张医丞走一遭即可。"中年郎中拱手张仲景，"你虽说是医丞，然加行军参谋之职，秩六百石，在沈医令之上。"

"医者只论医术高低，岂能以品级而论？"张仲景不悦，"我去拜望沈医令，给我指路即可。"

年长郎中用手指了指远方："他就住在沈庄，离玉龙镇不远。你骑着马，顺着湍河一直向上走二十里，过玉龙镇后，看见一片竹园，就到了。"拱了拱手，"这里太忙，我等无法陪你前去。"

"无妨。正要一人前去，方显赤诚。"张仲景淡笑，嘱托当值郎中，按照他为病人标注的红、黄、蓝签，分别将病人隔离在芦棚里，又带着护工为红签病人服用桂枝汤、为黄签病人服用青龙汤、为蓝签病人服用薏米汤后，这才骑马前去拜望荆州医令沈畦。

从荆州医坊出发，沿着蜿蜒河道快马不及一个时辰，穿过玉龙古镇，也就看见一片葱郁竹林。穿过竹林，是一处鸡鸣犬吠、尚富生机的村庄。这在当下乱世，无异于沙漠中的绿洲。张仲景下马，走向绵绵村道，抬眼看着村道两边泛着金黄的稻菽，心中洋溢着温暖，这才是梦中的村庄啊！

快到村口时，从菽田里走出一位身着黄衫、腰系青带的窈窕女子，年纪二旬左右，黛眉长眼，脸色微红，似乎永远带着笑意。她扭头看一眼身后牵马的儒雅男子，嘴角挑起一丝惊诧，也不说话，扭头继续向村里走去。

看着女子背着一只编织精巧的药囊，张仲景不由产生出亲切之感，便朝女子背影招手："姑娘，请留步！"

俊美的女子扭头，停步，眼睛在说话："你有何事？"

张仲景连忙止步，拱了拱手："在下涅阳张仲景，从荆州医坊来。请问沈医令家在何处？"

女子打量一眼张仲景，见他三旬左右年纪，一身儒生打扮，清隽不凡，气质干净，便微笑着："你还真问对人了！我就是他女儿南嘉。你找他何事？"

"巧了！"张仲景轻舒一口气，"我刚至荆州医坊，见此地伤寒疫情严重，便不揣浅陋，开出药方，想让沈医令审看验证，批准施药。"

"开出药方？"沈南嘉略带疑惑，"你是医师？"

张仲景点头："我自幼学习医书医术，略有心得。"

"略有心得？"沈南嘉又上下看一眼张仲景，见他不卑不亢的样子，心里有些好感，"可有师父？"

张仲景回答："师父乃涅阳张伯祖，也是我伯翁。"

"涅阳神医？"沈南嘉浅笑，"我听说过，家翁常说他医术高明。他还好吗？"

张仲景不免有些伤感："已经过世数年了。"

"哎，家翁还说好久没见他了。"沈南嘉轻叹一声，"仲景医师，随我来吧！"

张仲景牵着马，跟随沈南嘉走入沈庄，绕过一方池塘，穿过一丛竹林，面前几小块儿药圃围着的一座雅静、朴素院落，显然就是沈旺的家。正要进入院门，张仲景、沈南嘉迎头撞见一位老者。这老者六旬左右，头顶青色帻巾，身着素袍，虽须发花白，却满面红光，一边走着，一边摇头叹息："可气！这个老古董之病真是难治！"

"华伯伯,莫非又与我家翁争辩医理了?"沈南嘉笑着,"你别和他计较,我家翁就是一个认死理!"

"华伯伯? 莫非神医华佗? 听闻他与沈医令交情深厚,常常一起潜研医理。"张仲景暗自吃惊,连忙整衣拱手,"莫非华神医? 晚生张仲景拜见前辈!"

华佗看一眼张仲景,不高兴了:"什么神医? 别给老朽戴高帽了!"

见张仲景脸色微窘,沈南嘉为张仲景解围:"华神医与我家翁经常为争医术医理,闹得不可开交。你不要在意!"

张仲景拱手沈南嘉:"南嘉姑娘,华神医表情不像是与沈医令辩论过,更像是在思虑治病药方。"

"好眼力!"华佗抬头,长眉一抖,目光如炬,"一眼就看出老夫心思,可谓良医!"

"思虑治病药方?"沈南嘉眉头微皱,"莫非我家翁病了?"

华佗重重地点头:"是啊,你家翁得了怪病,怪病啊……"

"怪病? 那你还走?"南嘉吃了一惊,顺手拉着华佗衣袖不松手,"你是神医,看不好家翁之病,你就不能走!"看张仲景一眼,"你也进来吧!"

沈南嘉拉着华佗急匆匆直奔院中,院中不见父亲,便奔书屋。顺着女儿"阿翁——"的声音,沈旰就看见女儿风一样地刮进来,还一手拽着华佗,身后还跟着一位儒雅清隽的男子。

张仲景在后面来不及施礼,便看见满屋堆放的药书典籍,双眼放光,心中赞叹:"能读过如此多古今医书之人,可谓先生!"再看沈旰,身着便服,年约五旬,貌古清奇,正席地蜷坐在一堆药书散简的后面,微皱眉头,以手捂着胸口轻咳,表情无奈:"你这丫头啊! 怎么还是这样疯疯癫癫?"

沈南嘉放手华佗,急忙上前,关切地问:"阿翁,你这是怎么了?"

沈旰对着衣袖斜着的华佗翻了下眼皮:"老疯子,你说。"

"我说就我说! 老朽今日本来要与你辨析一味药方,你却忽然心口搅疼。"华佗大大咧咧地坐在书简上,"从脉象上看,你腹内浊气上升,清气下降,心有忧思。从面相上看,愁眉如川,印证脉象。"盯着沈旰,"不过,老朽实在不知道你为何忧思成疾,病因呢?"

沈晊以手点着华佗:"老疯子,你还是医术不精啊!"因华佗举事有些荒诞不经,药方大胆,沈晊就叫华佗为老疯子。

"你闷嘴葫芦,我会知道你心事?"华佗有些不服气,"又如何治你心病?"小声嘀咕,"我又不是你肚里蛔虫!"

"说你医术不精还不服气,"沈晊来了精神,"那如果病人是个哑巴呢?"

"这……此话有理!"华佗想了想,颓然坐下,"唉,老朽还是医术不精!"

张仲景这才趁机上前,拱手施礼:"晚辈乃南阳张伯祖小徒张仲景,早知道沈医令医术高超,前来拜望讨教。"又冲华佗拱手,"不期又得遇华神医,实乃晚辈天大福分。"

"噢,荆州新医丞,听说是涅阳活神仙之高足,"沈晊看看女儿,又扫张仲景一眼,"既是张伯祖高足,不知你医术如何?"

"晚辈医术尚浅,不过,"张仲景郑重施礼,"已有医治前辈心疾之药方。"

"你有药方?治他心病?"华佗有些吃惊,"若是你真能医好这老古董之心病,"想了想,"我就传你五禽戏。"因沈晊治学谨严,不苟言笑,华佗就称沈晊为老古董。

张仲景粲然一笑,向华佗拱了拱手:"还有前辈所创,麻沸散汤方!"

"贪心!"华佗嘴一撇,"先为老古董看病再说。"

沈晊眼皮也不抬:"仲景,药方在哪儿?"

"我这就写下来。"张仲景顺手接过沈南嘉递来的笔墨,龙飞凤舞,写下药方,交给华佗,"请神医戡详。"

"这也算药方?"华佗看完药方,大笑不已,递给沈南嘉,"念给你阿翁听!"

沈南嘉接过药方,扫了一眼,皱眉念着:"五谷杂粮五斤,蒸煮;青头萝卜三斤,以麻油二两,炒食。以茵陈黄酒为引,三日服毕。"

沈晊一听,看着一直在笑的华佗,也不由笑了:"你这后生打趣老夫!"

张仲景正色:"晚辈愿亲自下厨,为你烹制良药。"

"你以后可千万别说你是张伯祖之徒儿!"华佗讥笑着,正笑着,忽然敛起笑容，一掌拍在书简上，顿悟，"妙方，高妙！此药方比黄连、苦仁、甘草好用！老朽愿为沈医令试药！"

"仲景莫非路途饥渴？"沈晔想起张仲景一路走来，也该饥渴，自己不可因此失去待客礼数，只好招呼南嘉，"你就按仲景所开药方，烹药吧！"

"让晚生来掌握火候！"张仲景拱了拱手，随沈南嘉走向庖厨……

沈晔微笑着看二人背影，目光有些余味深长。

"老古董，这药方还真治你病！你忧心过度，而致愁肠百结，酒食不香。"华佗笑看沈晔，"老朽以为，天下之事，我等忧死亦无济于事，毋如笑看世间事，且尽生前杯。"

"这小子！"沈晔收回目光，微微点头，有些吃惊地看着华佗，"老疯子，我怎么忽然觉得胸口疼痛轻了许多？"

"这小子也是一味药啊！"华佗嬉笑，话中有话，"等你服下药，再看疗效如何？"

说话间，沈南嘉在前，端着两碟热菜；张仲景随后，一手提着酒壶、一手端着热腾腾的杂粮馒头放在桌上。待沈晔、华佗入座后，张仲景拱手："两位前辈，还请趁热服用，效果更佳！"顺手为沈晔斟满烫好的黄酒。

华佗接过沈南嘉为他斟满的酒："老朽愿为沈医令试药！"

沈晔看看三人，哭笑不得，只好与华佗碰盏，饮酒："这药，我喝了！"

张仲景一本正经："这只是药引，还须服用药物。"

沈晔、华佗大笑。

沈晔顿觉轻松："也是，我这心口怎么不痛了？"

"仲景，你已诊断出老古董心疾。"华佗笑看张仲景，"老朽代你说，你以为如何？"

张仲景拱手："前辈高明，知我所思。"

华佗捋须笑着："沈医令医术高明，行医之中，不忘记下药方，充实医书。"环视满屋的医书散简，"尤其是这医书散简，许多都是前代流传下来之孤本，"摇了摇头，"只是，老古董膝下无子，只有一女，担心无人继承其医书医术。加之，荆州瘟疫横行，缺医少药，故而，忧思成疾。"

"老疯子，被你说对了一些。"沈眭叹息，"这数千册古代医书皆是老夫毕生收集而来。只是我年事已高，万一不测，若无后人去潜研，可惜，可惜呀！"

"还有呢，女儿自幼丧母，被你独自养大，眼看到了待嫁年龄，"华佗看张仲景一眼，又对沈眭眨巴着眼，"要想彻底治好老古董之心病，还需要贤侄这味药！"

张仲景有些懵懂："我也是一味药？"

"咋了？"华佗也不理张仲景，见沈南嘉不语，脸色微红，华佗心中有数，"贤侄，南嘉姑娘如何？你若愿意，老先生之医术医书得以传承，女儿也有依靠。"

"华伯乱讲！"南嘉一脸娇羞，捂脸跑出门去。

"这病好了一半！"沈眭笑着举杯华佗，"来，老疯子，干一杯！"

张仲景见沈眭看着自己，连忙施礼："前辈有所不知……"

沈眭打断张仲景的话："莫非你已有婚配？"

张仲景脑海里顿时闪出子诺的模样："晚辈已有婚配，尚有一子。"不由潸然泪下，"可是，她已不在人世了！"

"这又怎么回事儿？"华佗不再嬉笑，"贤侄不妨慢慢道来。"

张仲景跪地："两位前辈有所不知，数年前，家父奉旨赈灾南阳郡，被奸人陷害而满门抄斩。我侥幸逃脱，改了姓名，行医江湖，得以苟生……"

张仲景慢慢说着这些年的坎坷，华佗、沈眭听得唏嘘不已。待张仲景言毕，沈南嘉从外面进来，已哭成了泪人儿。原来她并未远去，一直在门外窗下听着呢。

"原来是故交张御史之子！老夫早就听闻此事。"沈眭唔叹着，起身扶起张仲景，"你为完成令尊、师父、黄公之遗愿，忍受苦痛，救治大疫中百姓和兵士，此无我之心，实乃圣贤也！"

"仲景，当下灾民无家可归、无地可耕。你建议官府屯田，更是造福百姓。"华佗有些激动，起身过来，"来，老朽这就传你麻沸汤之方，再传授你五禽戏，强身健体。"

"子诺姊姊为控制瘟疫而用性命去试药，其死凄美，让人揪心。"沈南嘉抹去眼泪,也不顾女儿羞涩,"仲景哥,你若不嫌弃南嘉愚笨,我愿帮你照顾温儿,也好让姊姊在天上安心。"

"仲景何幸!"张仲景像一个受尽委屈的孩子,更像是一叶浮萍般的小舟,在这片温暖中,终于找到了避风港。待夕阳西下,月亮升起,道尽委屈的张仲景总算平复了情绪,"晚辈虽生世苦难,但此时却顾不上哀伤。毕竟,荆州百姓和兵士正遭受瘟疫折磨。还请沈医令随我赴医坊施药,尽快救治百姓和兵士。"看一眼侍立一侧、依然感伤的沈南嘉,转身向沈旺、华佗郑重施礼,"待仲景制服了伤寒瘟神后,人生大事就由二位前辈做主!"

华佗看着沈旺:"老古董,你我共同收下这个徒弟如何?"

沈旺捋须点头:"好! 老疯子,这次你可要倾囊相授!"

张仲景也不推辞,跪地叩首:"二位恩师在上,请受徒儿三拜!"三叩之后,沈旺发话:"仲景徒儿,请起! 老夫这就随你一起去荆州医坊施药。"

"还有我和南嘉呢!"华佗嚷着,"待你俩研讨药方不合时,也好由老朽裁决。"又看沈南嘉一眼道:"至于南嘉,早晚为咱们准备些酒食也好!"

第二十一章　活命就是民心向　控疫方能家邦长

张仲景等人的到来，也为荆州医坊带来久违的秋日暖阳。汉水悠悠，白云轻柔，几只水鸟鸣叫着飞过江上沙汀，沙汀上芦苇摇着雪一般的荻花……

张仲景带着沈南嘉来到河边熬药大鼎前，只见火苗跃动，水雾弥漫，李丰正往一口大鼎中投入药材熬煮。忙着为病人施药的老郎中看见张仲景，揩着额头的汗珠："张医丞，你真了不起！按你药方，重病区病人喝桂枝汤，三日后病情就缓和了。"

李丰也凑过身来："师父，按照你吩咐，待重病区病人转轻后，就将他们转入轻病区，再喝青龙汤药三日，基本就病愈了。"

"即使病人治愈了，也还要安置在河岸高处芦棚里再观察数日，确保无复发病症，方可离开。"张仲景又对郎中们交代，"千万不可大意。"看着不远处，沈晔、华佗从或躺或卧的病人中间穿过，间或停步为病人诊病，张仲景露出一丝笑意，"那些病情危重的病人再由两位老神医诊治，荆州这场瘟疫也总算能控制住了。"

已经长高的张温见家翁带着一个若似母亲的女子，便拉着赵五伯过来问道："阿翁，她是谁？"

张仲景摸着儿子的头，笑着道："这位是沈医令之女，也是一位良医。"

沈南嘉爱怜地看着张温，蹲下身子："温儿，你家翁忙着为病人看病，有时间我陪温儿读书识字，可好？"

"好,你好像娘亲。"张温笑着,"我长大了也要像阿翁一样,做良医,做大医,为人看病,还为天看病。"

"为天看病?"沈南嘉有些疑惑,"怎么看?"

"阿翁在涅阳时,当他为病人看完病后,晚上就去涅水望亭,"张温想着,"赵祖翁给我说,涅水龙君也病了,晚上需要阿翁为它看病。"

"童言无忌,"憨厚的赵五伯笑着,"南嘉姑娘,姑且听之。"

沈南嘉抬头冲着赵五伯和李丰笑了一下:"这些日子苦了你们! 等这里疫情过去,咱们好好说话。"

说话间,沈眭、华佗前后走来。沈眭遮掩不住对张仲景药方的欣赏:"仲景这小子真是不错! 他这辨证施药、隔离疗法见了成效。要不了多少日子,这场瘟疫就过去了。"

"说是这么说,但自古以来,瘟疫就与人一直相伴相生,就没根除过。"华佗摇头,"这连年灾祸,缺食少药,这次瘟疫过去了,说不定还有下一次。"

"所以,这世间不能没有仲景! 后世也需要像仲景这样的良医!"沈眭正感慨,忽见不远处几个病愈军士围着张仲景,有些吃惊,"发生了何事儿?"

华佗和沈眭走过来,见十几个病愈军士对着张仲景齐刷刷地施礼,领头的校尉正对着张仲景屈身拱手:"张医丞真乃神医! 若非张医丞对症施药,我等难得活命!"

另一个威猛军士跨前一步:"多谢张医丞仁心妙术,让我等能够再回疆场杀敌!"

十几个病愈将士跪谢张仲景:"多谢张医丞救命之恩!"

"大家都起来,"张仲景拉起校尉,看着军士们,"即使你们返回疆场,我还是希望你们少些杀伤,少些疾病! 你们都是百姓子孙、大汉子民,你们所持刀枪只能对着天下坏人、恶人、鬼魅!"

病愈将士齐声回答:"谨遵张医丞之言!"

"这是我之言,也是你们父母妻儿之言,更是天下百姓之言!"张仲景目光幽邃,面带慈悲,"即使那些与你们作战义军,也是百姓子孙、大汉子民,"不由得潸然泪下,"你们不能再战了!人都死了,社稷不存,天下就让给了畜

  一个声音，两个声音，成百上千的声音混在一起，犹如雷声滚过。

  "救死扶伤是医者天职，你们不必如此。"张仲景听着百姓和将士们的话，恍惚间似乎听到了天的声音，"活下去，万物生长！"这个声音若江水般一浪一浪地涌来，让张仲景觉得头晕目眩。他只好踉跄转身，独自跑向汉水江边，蹲地大哭，"苍天啊，天地之心就是百姓之心，就是每一个人都能好好地活下去！"

生、鬼魅了！"

"是，该收兵了。"校尉低声接话，"可是，黄巾妖人不肯罢兵。况且，官府督战，不得不战。"

"待我控制好这里疫情，我就去劝说义军罢兵。"张仲景下了决心，"天下事，总有办法；天下人，总有活路。"

"张医丞无异于圣人！"校尉感叹，环视跪地的兵士们，"从今天起，我们听张医丞之言。"加重语气，"谁让我们活下去，我们就听谁指使。"

"谁让我们活下去，我们就听谁指使。"不远处的病人们也听到了这话，都大声附和着，"我们都听张医丞指使。"

一个声音，两个声音，成百上千的声音混在一起，犹如雷声滚过。

"救死扶伤是医者天职，你们不必如此。"张仲景听着百姓和将士们的话，恍惚间似乎听到了天的声音，"活下去，万物生长！"这个声音若江水般一浪一浪地涌来，让张仲景觉得头晕目眩。他只好踉跄转身，独自跑向汉水江边，蹲地大哭，"苍天啊，天地之心就是百姓之心，就是每一个人都能好好地活下去！"

沈晔感叹："这就是民心！"

华佗点头："活命就是民心！"

"是啊，当下朝政完全把持在那些宦官妖人手里。外戚大将军何进又与他们斗得热闹，早晚要有一场大祸事。"沈晔面带忧戚，"一想到将来，自己医术无人继承；大乱之时，女儿无所依靠，就不由心急如焚。"

"大灾大疫来临，朝廷指望不上，只能自己救自己。"华佗看着远处，"这也是河北、河南、山东等地灾民纷纷加入太平道，憋着劲儿与朝廷过不去之缘由。"华佗从河北一路走来，看到太多人间惨象，"当下，各地豪强纷纷起兵，借平黄巾贼之名，已开始逐鹿天下。天下将更乱，百姓更难活！"

"看来，我这老古董和你这老疯子是看不到河清海晏之时了！"沈晔看着蹲在江边的张仲景背影，语重心长，"所以，咱俩要赶紧把医书、医术传给仲景，也算是给天下百姓留下一个救命圣人！"

"民心不可违，天道不可违。"华佗点头，"活下去，万物生长！"

第二十二章　上使假意赐圣药　魏延佯狂调毒包

　　在张仲景滞留汉水边的荆州医坊为染疫的将士和百姓诊病期间,中常侍赵忠、天师苏章文率一千羽林军来到荆州。荆州牧刘表虽说是皇室宗亲,但对于这两个在灵帝面前炙手可热的人物,丝毫不敢怠慢,连忙打开城门,带着军师蔡瑁、长史蒯越,主簿蒯良,从事张允、刘忘之等一干从吏亲自出迎,将赵忠诸人请入荆州府衙正堂。

　　堂上,丝竹袅袅,酒食飘香。年约五旬、身材高大、姿貌伟壮、面相温厚的刘表微笑着示意赵忠、苏章文及羽林军郎将袁林入座后,这才款款坐下:"赵常侍、苏天师、袁将军,一路鞍马劳顿。本使君代表荆州父老略备薄宴,为你们接风洗尘。"说话间,身材矮壮、容貌粗鄙的蔡瑁,儒雅庄重、面目白净的蒯越,精明强干、仪表不凡的蒯良等也纷纷落座,正欲举杯,被赵忠示意暂缓:"老夫听闻,刘使君爱酒。为享杯中趣,特制三爵:大爵名'伯雅',次曰'仲雅',小爵称'季雅',分别容酒七、六、五升。设宴时,所有宾客都要以饮醉为度。"

　　"对对对,"蔡瑁媚笑着,"筵席上还准备了大铁针,若发现有人醉倒,便用铁针去扎其臀部,以检验是真醉还是佯醉。"

　　"故而,待苏天师做完法事,请了圣药,宣了圣旨,"赵忠收敛笑容,扫诸人一眼,"方可尽兴畅饮。"

　　"赵常侍言之有理!"刘表点头,"听闻张君侯曾亲为苏天师赐名忽律,而忽律就是蛟龙啊！"

"正是忽律！"赵忠有些得意，"有请苏天师做法事！"

苏章文面带骄矜之色，环视诸人，振衣起身，一手握桃木剑，一手掐诀，退入院中。

院中，早设好醮台。苏章文摇晃着身子，用剑尖蘸着符水于空中画符，口中念着无人可懂的咒语，忽然，剑尖挑起画符，画符被无名火点燃，火光于空中跳跃，片刻化为黑蝶，纷纷落入醮案上的白玉酒樽中。至此，苏章文收剑敛衣，一副大梦初醒的样子，颤巍巍地接过徒弟端来的白玉酒樽，对着堂门，弯腰挺樽："恭喜赵常侍、刘使君，圣药已成。"

"有劳天师！"赵忠起身，"快请！"

苏章文双手捧樽，昂首挺胸，款步进入正堂。

刘表及属下显然被苏章文一番云里雾里的做法所迷惑，尤其是蔡瑁已经有些痴呆："苏天师手段如此高妙！"

"此乃雕虫小技耳！"赵忠故作轻慢，"若天师放出真手段，那可是飞刀杀人，梦中摄魂。"

"果然是我朝天师，一派气象！"刘表将信将疑，"还请苏天师上座！"

"多谢刘使君！"苏章文亦不释手中玉樽，款款落座，"圣药还须及时服用为好！"

"这是自然！"赵忠接话，又威严地扫视堂上诸人，加重语气，"苏天师做了法事，请了圣药，该请圣旨了！"

"有劳赵常侍！"刘表对赵忠拱手，"还请宣旨！"

赵忠清了清嗓音："荆州牧刘表接旨。"

刘表郑重起身，款步走到堂中，率蔡瑁、蒯越、蒯良等人跪地："接旨！"

赵忠展开圣旨，朗声宣道："奉天承运，皇帝诏曰：荆州牧表，守土有方，剿贼有功，升任镇南将军，着三月内肃清境内黄巾余孽。朕念荆州黄巾贼寇顽固，又瘟疫凶猛，特加中常侍赵忠为骠骑将军、荆州侯，携天师苏章文、羽林军郎将袁林及一千羽林军，前往荆州督战平贼，驱除瘟疫。钦此。"

刘表双手加顶，接过圣旨："臣刘表领旨，谢恩。"

"恭贺刘使君!"未待刘表起身,赵忠敛起笑意,"这里还有一道陛下口谕。"

"陛下口谕?"蔡瑁有些懵懂,"瑁孤陋寡闻,不知有此一说。"

"不得妄言!"刘表低声喝住蔡瑁,"陛下虽是口谕,亦是被记录在案,是谓君无戏言!"

"刘使君听谕!"赵忠略清嗓音,以之前的口气,"朕闻镇南将军爱子,琮,少小聪慧,伶俐喜人,特赐圣药一杯、兵书一卷、宝剑一口,以固慧根,以期大用。钦此。"

"再谢陛下厚恩。"刘表叩首后,自赵忠手中接过黄绫包裹的宝剑和兵书,再转手交于身后的蒯良保管。

赵忠笑了笑,上前扶起刘表:"刘使君,陛下对你及世子可是隆恩已极啊!"

"感恩陛下! 感恩赵常侍和张君侯对荆州上下护佑!"刘表拱手赵忠,"赵将军,还不快些入席?"

"刘使君,同坐!"赵忠落座,举杯诸人,"老夫现今被封为骠骑将军、荆州侯,还要仰仗刘使君及诸位多多指教!"

一听"荆州侯"这个字眼,诸人面面相觑。蔡瑁有些不忿,上前拱手:"蔡某不才,斗胆问赵常侍一句:荆州侯为何职?"

赵忠笑了笑:"倒忘说了,陛下派本将军来荆州时嘱咐,荆州事务皆由本将军与刘使君商议而行。"俯身看蔡瑁一眼,"并由本将军率羽林军助蔡将军早日平定黄巾余孽!"

蔡瑁冷笑一声:"如此说来,赵常侍是要做荆州之主了?"

"哪里! 本将军不过是替陛下分忧罢了。"赵忠不阴不阳地应答,"若蔡将军三月内平定黄巾贼寇,本将军还是要回京去侍奉陛下;否则,本将军想回到陛下身边,也是难啊!"

蔡瑁略微不服气:"黄巾余孽有万众,匪首张曼成有万夫不当之勇,岂能一鼓可定?"

刘表看一眼表情阴晴不定的赵忠,连忙喝住蔡瑁:"德珪(蔡瑁字),你莫非已经多酒？岂可如此对上使说话？还不退下！"

"莫用大铁针扎我！"蔡瑁翻了一眼，只好拱手，"蔡某酒醉，得罪了！"

看着蔡瑁背影，赵忠也不看刘表："世子刘琮染疫，所以，本将军代表陛下，让苏天师特此设醮驱病。"看苏章文手中酒樽，"那可是圣药，赶快让刘公子服下吧！"

刘表拱手："多谢陛下恩典！多谢赵常侍、苏天师成全！"

苏章文将酒樽交于赵忠身后的两个贴身内侍："必须亲手将圣药为少主刘琮服下，以示陛下恩德！"

"陛下隆恩！"刘表起身施礼，"小儿顽劣，须得我前去照顾，以免冲撞天使，辜负圣意。"

"使君放心，"蒯越看着略有不安的刘表，"由我等暂陪赵常侍、苏天师、袁将军畅饮。"再看着主意不定的赵忠，"料荆州侯也乐意与我等荆州下僚同乐。"

"自然乐意与诸君一醉！"一想到自己初入荆州，也需荆州官吏扈从，赵忠只好大度地拱手刘表，"还请刘使君早去早回！"

苏章文欲起身，被赵忠用目光阻止，附耳低声："苏天师还是坐下畅饮。我徒儿清风、明月也非平庸之辈，由他们护送圣药，你尽可放心。免得刘表起了疑心。"

"清风、明月，"苏章文不由掩口低笑，"比起旱地忽律之名，名字好听得多。"

荆州府衙阔达，自正堂至后院宅邸尚需穿过一片竹林、一处花园、数条廊道。由两侍女挑灯引路，宦官明月捧着白玉酒樽在前，清风按剑护送在后，跟随两侍女向后院宅邸走去。

刘表有二子，长子刘琦已经成人，与刘表相貌甚似，文武皆备，得荆州士族代表蒯越、蒯良等人暗中拥戴，也曾颇得刘表厚爱。但刘表自续弦荆州豪族蔡家之女后，逐渐疏离刘琦。刘表宠信后妻，溺爱幼子刘琮，妻弟蔡瑁及外甥张允同样得幸于刘表。刘琦因蔡氏暗中中伤而渐渐失宠，出镇夏口；刘琮俨然为荆州少主。故而，刘表一听刘琮被赐圣药，无论如何放心不下。

刘表一边跟着两宦官，一边低声与身旁的蔡瑁低语："琼儿轻荣重义，薄利厚德，颇得荆州上下之心。陛下厚赐于他，莫非另有深意？"

"公子新病，赵常侍便来赐药，我看没安什么好心！"蔡瑁直爽，带着怒气，"荆州是主公带着我等弟兄一城一地打下来的，陛下凭什么封赵忠为荆州侯？这不明显欺负人嘛！"

刘表见清风回首，低声呵斥："不可妄语！要隐忍，暂时不可得罪赵忠和苏章文。他们为琼儿赐圣药就是下马威。"

"还真怕他们不成？"蔡瑁硬着脖子，"陛下也是糊涂，竟然命中常侍赵忠口宣谕旨，不下敕书。主公须知，敕书尚且能由内贵篡改，口宣圣谕更让我辈不敢想象，这不等于将乾纲独断之权完全交给了中常侍们？以后，赵忠随口一言便可假称圣谕，那不就更加为所欲为？"

"那也得须知他们来意！"刘表微皱眉头，"当下朝廷内，大将军联手外官与中常侍已是势同水火。咱们看看再说！"

"主公，"魏延从后面急匆匆赶来，"末将有急务禀报！"

"文长，何事如此匆忙？"刘表扭头看着魏延，止步，"可请到张神医？"

"末将赶到涅阳时，南阳郡邓廷掾已将张仲景任职文书送达。"魏延拱手，"张医丞让我先行复命，又推荐南阳郡才俊邓芝为主公效力。"

"张仲景愿意来荆州？"刘表面露惊喜，"人到哪儿呢？"

"张医丞已到荆州。他不喜繁文缛节，直接进了荆州医坊，为染疫将士和百姓诊病去了。"魏延应话，"他说，救人如救火，耽误不得！"

"文长，此时不宜多话。"蔡瑁盯着两内侍背影，焦躁不安，"明日于府衙再禀报不迟。"

"文长辛劳，改日我与你煮酒把话。"刘表也赶着眼下急事，看一眼前面宦官，"陛下赐圣药于我琼儿，不敢怠慢。"

"末将匆匆追来，便为此事！"魏延面露焦灼之色，低声，"圣药必有蹊跷！"

"为何？不相信圣药？"蔡瑁阴笑，"本军师可是听说你与苏忽律有仇，他可是一心想杀你！"

“正是，”魏延不屑一顾，“要不是怕坏主公大事，末将刚才就进了府衙正堂，结果了他！”

“你可不要莽撞！”刘表看着魏延，“苏天师既是天大能耐，在荆州之地，谅他也不敢造次！”

“狗屁天师！狗屁能耐！末将多年前就深知此贼根底，他就是一个巫医、一个小人、一条恶虺！”魏延提起苏章文便有气，“忽律乃邪龙也，岂会治病救人？”

“胡说！”刘表装作生气，“他这次可是专门为刘琮赐圣药而来。”

“使君，听末将一言！”魏延连忙劝阻，“岂能让他贻误少主病情？他只会害人，不会看病，更不会救人。”

“谅他们也翻不起大浪，”刘表心里明白，赵忠不过是借赐药之事，试探刘表，断不敢下毒谋害儿子。然即使如此，他也难受，“但这小浪说不定也会害苦琮儿。”

魏延再次劝阻：“使君，张仲景医术高明，药到病处，无须吃那劳什子圣药。”

“待安顿好上使，你就请仲景来！不，我亲自去请！”刘表瞬间表情又有些萎靡，看着宦官背影，“可现在上使就要为琮儿赐药，我也是六神无主！”

魏延略思片刻：“就由末将拦阻上使，主公和军师趁机换去圣药，如此可保公子无虞。”见刘表踌躇，“放心，也让主公见见末将身手。”

魏延向前猛跨几步，在两宦官即将进入刘琮房间时，一个趔趄，摔倒在地，顺势推倒清风。清风也不示弱，一个鲤鱼打挺，顺势拔出宝剑：“大胆狂徒！”

魏延一个驴打滚，又扯住明月，大叫：“对不住上使，末将忽然头晕目眩，站立不稳！”

清风看一眼魏延，阴声怪气地嘲讽：“你膀大腰圆，怎的如此弱不禁风？”

魏延就地坐起，赔笑：“前几日染上伤寒，身子虚乏。帮末将一把！”一手抓住明月衣袖就要爬起，明月着急，欲摆脱魏延拽拉，不防魏延一个喷嚏袭来，害得明月叫苦不迭：“这可如何是好？”

"狂徒！"清风大怒，对着魏延一剑横扫，魏延装作无力，仰面朝天，再次跌倒，也刚好躲过一剑。未待清风再次举剑，刘表和蔡瑁从后面赶到："快些住手！"

"魏延，伤寒好了吗？"刘表怒斥，"即使痊愈，暂时也不得出入内署。"见两宦官惊魂未定，刘表解释："此人乃荆州内署侍卫头领，几日前染了伤寒，刚刚痊愈，就来值夜，不想误撞两位上使。"

"放肆！"蔡瑁上前，不依不饶，对着魏延就是一脚踹去。魏延顺势又扯着明月躲避，明月为护白玉酒樽，一个趔趄倒地，大叫："不好。"眼见着酒樽飞起，被刘表稳稳接住。

"好险！"明月起身，长吁一口气，"刘使君果然身手不凡。"

"都怪老夫管教不严，惊扰了上使！"刘表顺手又将酒樽交于身后蔡瑁手中，为明月扑打衣袍上的灰尘，感动得两宦官一个劲儿道谢。这当儿，蔡瑁已暗自倒去圣药，换上腰壶里的浊酒。蔡瑁一边呵斥魏延"滚开"，一边又将酒樽交还明月。

清风看着魏延踉跄而去的身影，露出一丝讥笑："这莽汉如此体弱，如何看守内署？又如何去剿灭黄巾贼子？"

"看在刘使君颜面上，暂不与那莽汉计较！"明月催促，"赶紧进屋，服侍少公子服用圣药要紧！"

门口侍女见主人前来，连忙打开屋门，刘表诸人进入刘琮房内。

刘琮年不及弱冠，长得非常俊秀，因在病中，眉眼间少些精神。见父亲带着两个宦官进来，欲起身，被刘表止住："这两位上使是代陛下为琮儿赐圣药而来。"

"谢陛下恩！"刘琮颇知礼节，也不忘向两位宦官致意，"贱躯沉疴，请上使莫要怪罪！"

明月的表情似乎有些不忍，却被刘表大度地拿过白玉酒樽："琮儿，喝下圣药，病就好了。"

"圣药怎么一点儿也不苦？"刘琮喝药后，轻声问道，"不是说良药苦口利于病吗？"

"圣药乃是苏天师从天上迎下之甘露,故而不苦。"刘表安慰儿子,"你好好歇息几日,病就好了。"

明月屈身:"刘使君,小公子已服用圣药,天师圣杯就此取回。"

刘表点头,示意蔡瑁打赏:"有劳两位上使!"

两宦官接过空樽和两袋赏钱,转身离去。望着他们的背影,刘表的眼中充满着浓重寒意……

显然,荆州府衙的酒宴罢后,赵忠、苏章文在等待清风、明月的消息。

已是夜深,赵忠暂居的荆州驿舍里,依然烛火摇曳。赵忠斜倚软塌,捋着假须,正与苏章文、袁林闲话。佐酒侍女、太监、卫士似乎不存在一样,待在阴暗角落,偶尔悄身上前拨烛、添酒。

清风、明月蹑手蹑脚进来,对着赵忠点了点头,又悄然退下。

"这下好了,"赵忠笑着,举杯苏章文和袁林,"今日给刘表一个下马威,看他还敢与何进勾结,与我等中常侍作对?"一饮而尽,颇为得意,"圣旨也可以是口谕。"

"将军,你这招高明!"身材魁梧、黑头苍面、满身戾气的袁林溜须拍马,"若是刘表不听赵常侍指使,就给他那宝贝儿子赐圣药!"

赵忠笑看苏章文:"这不得仰仗苏天师吗?"

"义父,还是不要大意!"苏章文倒也清醒,"刘表曾是太学生之群领,大将军何进之府掾,咱们初至荆州,切莫惹急了他。"

赵忠阴笑:"他那宝贝儿子已经服了圣药,有人质在手,他还敢怎样?"

"义父有所不知,荆州不乏名医,譬如医令沈晖,"苏章文轻皱眉头,顿时又想起一个人,"尤其是新任荆州医丞张仲景,医术高深,既可医人又可医天,怕他从中作梗啊!"轻叹一声,"悔不该当初没有斩草除根!"

"就是那个侥幸逃脱的张松寒之子,张机?"赵忠也瞪大眼睛,"他能破解你的黑龙引药方不成?"

"世上毒药恐怕都难不倒他!"苏章文见赵忠沉思,"不过,咱们可以借刀……"苏章文在脖子上比画了一下,"还须陛下口谕。"

"天师,你还借什么刀? 我有一把锋利鬼头刀。"袁林说着,哗啦一声,拔出腰间鬼头大刀,醉醺醺地瞅着苏章文,"末将明日就带着羽林军去灭了他!"

"莽撞!"赵忠呵斥,"这是在荆州,你虽说有一千羽林军,可刘表有三万大军,"起身,"再说,张仲景现在也是朝廷命官,杀他总要有个罪名。"

"袁将军且不可轻举妄动,误了大事。"苏章文接话,"义父,朝廷不是让张仲景去招抚张曼成吗? 若让他招抚不成,不就可以手起刀落?"见赵忠听得仔细,"不妨先与张曼成交锋一阵。"

"好主意!"赵忠点头,"三日内,老夫就亲率羽林军督战,让荆州军全力围剿张曼成。然后,再让张仲景前去招抚,看张曼成如何相信?"

苏章文拱手,"我带众徒弟去阵前为义父设醮施法!"

第二十三章　妙手仁心救少主　战事稍息行招抚

　　冬日阳光照着河滩上一个个蘑菇般的芦棚。张仲景带着邓芝、李丰和两个郎中穿过芦棚，来到熬制草药的二口大鼎前，细心查看鼎内汤色，隔着蒸腾的水汽，吩咐李丰："丰儿，按照沈医令、华神医和我共同参详药方，适当调配君药，再以薏米红枣粥为病人进补。"

　　"这些日子，数千染疫军士和百姓已好了八成。"李丰点头，"估计开春后，这次伤寒瘟疫算是控制住了。"

　　"也多亏了邓廷掾。"张仲景扭头看着邓芝，"你统计病人之法管用，这才使患上不同病症之人能够快速隔离。要不然，再交叉感染，不知又要死多少人。"

　　"人不可多聚，聚则生变。"邓芝淡笑，"这也是我从治理乡事中所得。"

　　一个军中小校跑来："禀报张医丞，遵你吩咐，分病症轻重不同，我等又将病人们分别放置在不同芦棚。"

　　"这就好！"张仲景点头，又吩咐，"你们也要防护好，记着穿上被艾草、硫黄熏过之服，佩戴面巾。"

　　张仲景及众人进入一座标着红色标签的芦棚，芦棚里几个病倒的兵士无精打采，面如死灰。张仲景依次为每个兵士探鼻息、摸脉搏后，对李丰交代："这几人病情严重，药方在剂量上我再做些调整。你亲自配药、熬制，一定要把他们病情稳住。"轻叹一声，"死一个人对国事小，对家事大。"张仲景写完药方，交给李丰，"切记，越是到瘟疫减退之时，越不能掉以轻心。"

"张医丞可在这里？"听到远处传来魏延声音，张仲景走出芦棚，对着骑马而来的魏延拱了拱手，"魏将军又为何事而来？"

魏延来到近前，连忙滚鞍下马，施礼："恩公在上，刘使君听说你到了荆州，特意召见！"

"魏将军以后叫我张医师即可。"张仲景扶起魏延，"你也就是我曾救过一病人。别恩人长恩公短的，让我不知高低。本来，救死扶伤就是医者天职。"听说刘表召见，张仲景倒不惊奇，毕竟自己也该去见见荆州牧了，"待我巡查完医坊病人后，我就和伯苗一起去面见刘使君。"

魏延有些急切："刘使君马上就到！"

"刘使君亲自前来？"邓芝略有吃惊，抬眼已见江堤上车马喧嚣，尘土飞扬，刘表带领蔡瑁、蒯良等属吏，在一队精骑护卫之下，从远处策马飞奔而来，略带期待地扭头看着张仲景："刘使君来了！"

"来了也好！"张仲景点头，淡淡回应，"他早就应该前来看望这些病人，以扬他体恤将士及爱民之名。"

华丽的马车来到芦棚前停下，身着便服的刘表笑着从马车上走下来："张医丞远道而来，未及歇息就到了荆州医坊，甚是辛劳！"

"病来如山倒，病去如抽丝。将士和百姓病情耽误不起！"张仲景拱手施礼，"还望使君恕张某礼仪不周！"

"哪里！有劳张医丞救我荆州军士和黎民百姓。"刘表笑了笑，打量着气质儒雅大度、相貌清隽不凡的张仲景，"听闻染疫病人大多治愈，吾心甚慰！"

"也多亏沈医令、华神医参详药方，邓廷掾细心隔离轻重患者，还有魏将军和徒儿李丰及时采买药材。"张仲景丝毫不提自己功劳，倒让刘表感受到张仲景品德之高尚，不由暗自嘉许。"使君放心，仲景既来之，不除瘟疫绝不归乡！"

"果然，医者仁心！"刘表发自内心地欣赏张仲景，"张医丞，你是朝廷命官、行军参谋，既来之则安之，切不可轻言归乡。"扫一眼分别标注着红、黄、蓝三色的上百座芦棚，"不知这次疫情状况如何？"

"禀使君,疫情严重！感染瘟疫者多达数万人。"张仲景如实应答,"不过,荆州医坊用隔离之法,加之用药得当,基本控制了疫情。但千万不能反复。"

"这都是张医丞之功！"刘表点头,"眼下疫情虽然得到控制,也不可大意。只因军情紧急,怕再诱发瘟疫。"轻叹,"昨日巫溪山一战,蔡将军再败贼寇,死伤无数,可怜将士尸骨仍弃于荒野。"

"使君,不敢再战了！"张仲景脸上陡然变色,忧心齐天,"荆州疫情皆起于尸骨腐坏,横生病菌所致。双方征战,甚至以尸首为器,传播瘟疫;加之百姓逃亡,饿殍浮水,加速疫病扩散,最终会引发更大瘟疫。到那时,老天都没有办法！"痛心疾首,"人都死绝了,要这荆州何用？ 江山还有何用？"含泪,屈身施礼,"望使君暂缓征伐,尽快让死去将士入土为安,切除病根。"

"微末听闻,朝廷欲以招抚之术,瓦解黄巾贼寇,"邓芝忍不住进言,"贼首所裹挟杂兵多是衣食无着之民,只要使君让他们有地可耕,有口饭吃,便可招抚,成为使君之子民！"

"你就是邓芝,邓伯苗?"刘表看着年青英武、气质超然的邓芝,"果然是南阳世家子弟,有见地！"扭身问蔡瑁,"伯苗所言可是?"

"禀主公,何大将军和皇甫左将军意欲招抚张曼成余孽,"蔡瑁上前,"只是,赵常侍以为,以大军施压妖贼,再有苏天师阵前施法,可逼降张曼成。"

"怎么可能?"听到赵忠、苏章文的名字,张仲景内心一震,颇有冤家路窄之味,"逼降,分明是置将士生命于不顾。"

"大军征战,何来招抚?"刘表不悦,"先不谈战事,你立刻传我命令,严令各县从速掩埋尸体、清理水源……另外,拨付粮草,用于各县赈济百姓。"

"是,"蔡瑁应声退后,顺便扫张仲景一眼,"张医丞,还是随同主公入城吧。"

"如此安排可好?"刘表心里惦记着爱子的病,也催促,"张医丞,你快随我入城,有要事相托！"

"使君果然是爱民之君！"张仲景施礼,"我稍事安顿,这就随使君入城。"

几个时辰后,张仲景随刘表的车马从荆州医坊来到荆州府衙,随即跟随刘表、蔡瑁、魏延等人，直入衙署后院，为反复呕吐、命悬一线的刘琮诊治。

府衙后院已完全成了药房、道场，大小瓦罐里"咕嘟咕嘟"地滚开着药，雾气缭绕；几个道士围坐在当厅设立的醮台旁，敲响钟磬铙钹，嘴里念着咒语。一个短小精悍的杂须道士手拿一杆带根的毛竹，竹尖上挑着一盏彩笼，正绕着醮台前后的两支长明灯，跳着傩舞。张仲景一见便皱起了眉头，只道是刘表病急乱投医，暂不好多言。再往堂上看，堂中竟供奉一尊罩着红袍的蝗神像，像前香炉中，积灰深厚，一把檀香燃烧正旺。

片刻，众道士止住鼓乐和咒语，杂须道士停下舞步，摘下竹尖上的彩笼，探手从彩笼里捻出一张符咒，向刘表邀功似的解释："使君，蝗神有言，少公子乃是其身边侍者，只因爱书成痴，误端了冷茶给蝗神而被贬落凡间。若要将少公子留在凡间，必得敬献一尊与少公子等高金童，代少公子随侍蝗神左右，方可化解命中劫数。"

"何来如此多金银？"刘表微微皱眉，"虽说荆襄九郡尚存一些钱粮，然今岁疫情严重，恐只够赈济百姓之用。"

"折半如何？"杂须道士眨眼间改了主意，"贫道愿随使君一起祈求苏天师，让他于城南高冈上设下三丈醮台，与蝗神真身相见商榷。"

"主公，救少公子要紧！"蔡瑁曾见过苏章文以幻术取药，又听赵忠言其有"飞刀取命，梦里摄魂"之能，心中一直暗存怯意。听杂须道士之言，也不多思，便道："我明日即安排军卒于城南建好醮台。"

"柳九道长怎么转眼间就成了商贾？"魏延显然认识此人，不由讥笑，"莫非受苏天师指使，借此搜刮荆襄之地财物？"

"你——，竟敢如此妄言？"柳九乃是武陵巫医，因通蛊惑之术，数年前被赵忠、苏章文纳入麾下，倚为心腹爪牙。此次随苏章文前来荆州，二人仍是互为表里，狼狈为奸。猛然间被魏延窥破玄机，不由羞怒，"使君之子乃尔等少主，少主若因此再遭蝗神之怒，必凶多吉少！"

"魏延无礼！"蔡瑁面带焦灼之色，色厉内荏，"还不快些向柳道长赔罪？"

"军师，你有所不知，"魏延向蔡瑁拱了拱手，"末将曾在岐棘山为匪，时常来往于蝗神观，与蝗神颇有交情。连那泥塑蝗神之金身也是末将披挂的，哈哈哈——"说到此处，魏延不由大笑，"末将未曾想过，如何得罪了蝗神？难道前去捣碎那座泥巴塑像？"

"魏延，不得说笑！"刘表略一皱眉，"还不退下？"

"神医即来，何怕鬼神？"魏延转身，"主公放心！"

"看来是刘使君又请来了高人，本道只好告辞！"柳九被魏延揭底，连忙打个稽首，"少公子眼下凶多吉少，还望使君早下决断！"

柳九带着几个道士离去，后院顿时清净。

"这可如何是好？"经魏延这么一折腾，好谋而不善断的刘表在心中不由更加依赖张仲景。见张仲景表情平静，仿佛此事与他毫无关碍，刘表忍不住一声长叹："难道真要为了琼儿治病，去动用赈济荆襄百姓之钱粮？"

笃信鬼神的蔡瑁连忙劝着："为救少公子性命，何惜这些金钱？我身为舅公，恨不得舍身替琼儿患病。"

"德珪，我知你心！"刘表一副感动的样子，"容我三思！"

"使君，"张仲景放下手中杯盏，缓缓起身，"且带我前去为少公子诊病。"

刘琼的病榻就在后院厅堂一侧，气氛萧索，哀气森森，窗子紧闭，屋内点着几支烛火。以美艳闻名的蔡夫人竟有几丝白发，大出张仲景所料。屋内气氛压抑，上下人等面有哀色，无人喧哗，安静得令人毛骨悚然。见刘表、蔡瑁带着张仲景进来，蔡夫人带着哭腔埋怨："使君，为何忽然不闻祈禳之声？"

"我为琼儿请来了神医！"刘表此时也把全部希望寄托在张仲景身上，"暂停法事，也好让神医为琼儿静心把脉。"

在蔡夫人将信将疑之际，张仲景不由分说，推开被厚实的幕帷遮掩着的窗子，把蔡夫人吓了一跳，"苏天师专一交代，要闭屋藏气，以养生机。"

"我与他医病之法不同。"张仲景淡定地对蔡夫人略施一礼，"屋内不通风，便无生机。"

"这就是神医张医丞。"刘表止住面带愠色的蔡夫人，"你先听神医所言。"

夕阳如潮涌进，透窗照着刘琼苍白俊秀的脸庞。刘琼使劲儿呼吸一口透窗而入的新鲜空气，慢慢地睁开眼睛："你就是传说中之大医，张仲景、张医丞?"

"神医是为神看病之人。"张仲景坐在床边为刘琮把脉,低声劝慰,"连神都会生病,人生病也就正常不过。"

"这么说,我的病能治愈?"刘琮脸上浮现一丝笑意,"我可不想让我阿翁、娘亲还有娘舅天天为我提心吊胆。"

"这孩子,"蔡夫人听见儿子久违的声音,眼圈已是发红,"我琮儿太懂事了。"

张仲景把脉毕,问侍女:"这些天,少公子是何病情?"

"少公子刚发病时,只喊头痛恶心,茶饭不思。现在已经七天了,夜不能眠,常说胡话。"侍女小声回答,"疴痫也比过去更重了。"

张仲景点头:"从脉象看,少公子疴痫之疾已有时日。"

"八年前,少公子因出疹子而没忌酒肉,结果就落了病根。"刘表有些内疚,"都怪我对他自幼过于娇惯。"

"没有父母不爱幼子。"张仲景起身,"少公子脉搏洪大而浮,满面发赤,烦躁口渴,舌生黑苔,是太阴伤寒之症!"表情沉重,"只是少公子沉疴多年,又触到蛊毒——黑龙引,染上阴毒伤寒,故而来势凶猛。"不由轻叹,"庆幸之事,黑龙引蛊毒已被提前稀释。否则,少公子将佝偻其身,生不如死。"

"琮儿怎么触到了黑龙引?"蔡夫人面有焦急、愤然之色,"难道有人要毒死我儿不成?"瞪着四个侍女,"是谁? 到底是谁?"

"使君饶命,夫人饶命!"侍女们闻言跪地,涕泪俱下,"少公子所用食物皆经我等下人品过。"

"你放过下人,我已知是何因由!"刘表顿时汗如浆出,脑海里闪过"圣药",声音不由颤抖,"张医丞,可有方子救我琮儿?"

蔡夫人见刘表知情,含泪指着刘表:"你也是堂堂之荆州牧,属下数万大军、百万臣民,怎么连自己儿子都保护不了? 若琮儿有了好歹,我也就不活了!"

"姊姊息怒!"蔡夫人正欲发怒,被蔡瑁止住,"张医丞,你无论如何要救救少公子! 少公子可是使君和夫人之命根!"

"少公子病症要分清主次,对症下药,辨证论治。"张仲景表情淡定,"先治阴毒伤寒,再治多年沉疴。"

"我相信张神医能治好我病。"刘琮笑着安慰父母,又握了握张仲景衣袖,"是吗?"

"少主如此良善,上天岂能无情?"张仲景淡笑,"你安心服药静养就好。"

"仰仗张医丞了!"刘表听张仲景此话,如释重负,差点儿泪落,"此子仁德,大难之后必有后福!"

"让少主将来福及百姓,仁及众生!"张仲景写着药方,"我先开个竹叶石虎汤之方,加大石虎剂量。"

蔡瑁接过药方,看了一眼,顿时瞪大眼睛:"这石虎一剂药就开了二两。少公子体寒,不会有妨碍吗?"

"阴毒伤寒是热邪在作难,是从外部传染急病,不马上诊治,就会夺命。而沉疴已经八年,不会突然发作。"张仲景耐心解释,"治病应先治主要病症,下重药;而后,再慢慢调治沉疴。"

"有理! 有理!"刘表感叹,"快按这个药方施药。"

"按此药方,三日见效,七日病愈。"张仲景胸有成竹,"至于沉疴,我再开出脾肾双补丸之方,以大黄为君药,外加黄连、干葛、升麻,按疴痢来治疗。一月可以治愈。"

"以大黄为君药?"刘表表情迟疑,"我粗通医道,大黄乃虎狼之药,用量如此之大,个中道理,可否告知一二?"

"大黄性烈可以杀人,故而医家也叫它将军药。"张仲景回应,"少公子沉疴多年,又被黑龙引蛊毒激成重症。重症须用险药,铤而走险,方有生机。"

"重症用险药!"蔡瑁不由叫着,"若有差错,该如何是好?"

"这世上什么药都有,就是没有后悔药。"张仲景表情如故,"当断则断,错过一线生机,就是生死之隔。"

"说得好,说得好!"刘表听后,若有所思地点了点头,"用药如同用兵,需有胆有识。琮儿得遇仲景,实属万幸。"

张仲景拱手刘表:"使君明知我所持医理与常理定规相悖,仍放手让我为少公子诊治，"感慨一叹，"仲景不能辜负使君这份信任。"

"我信你！"刘表叹了口气，一想到赵忠以陛下口谕赐圣药与爱子，有些感伤，又似自言自语，"但谁又能信我呢？！"

看着蔡瑁拿着药方匆匆而去的背影，再看着张仲景淡定如一的表情，刘表不由稍稍安心，起身对张仲景施礼："若琼儿病愈，就是救我和夫人一命！"

"使君言重了。医者父母心！"张仲景连忙还礼刘表，"只是，使君以后万不可再让庸医为少公子诊病。"

"琼儿之病是天师擅加！"刘表不免有些愤慨，"赵忠以陛下口谕，让那天师赐了圣药。"

"谁敢以咱们命根子拿捏荆州，我就给他颜色看。"蔡夫人显然气急，"从今天起，我寸步不离琼儿。"

"母亲息怒，别伤了身子。"刘琼安抚蔡夫人，"有张神医在，我病会愈。"

"少公子仁孝，自然得天地护佑！"张仲景再次近观刘琼，又为他把了脉，对蔡夫人吩咐，"烦请下人去取生地黄一斤，捣烂取汁，做成一碗冷面给公子服下。"

"什么？"蔡夫人本来对张仲景开出的药方尚存疑惑，此时差点儿跳了起来，连刘表也不敢相信自己的耳朵，"仲景，琼儿沉疴已久，岂能再吃地黄冷面？"

"是啊！"张仲景对着刘琼淡淡一笑，"这正是祛除少公子身上蛊毒之对症良药！"

"祛除黑龙引？"刘表见夫人跺脚摇头，也开始有些存疑，"仲景，琼儿病发以来，请得郎中无数，所用皆名贵药材，尚且不得根治，一碗地黄冷面能有何用？"

"就是一碗地黄冷面即可根除！"张仲景坚持，"使君不必怀疑，照办便是！"

"见了神医之后，为儿忽然有些食欲。"刘琼挣扎着抬起头，"我听张神医所言。"刘表和蔡夫人虽有疑惑，也只好打发侍女去做生地黄冷面，同时又紧握着刘琼的手，战战兢兢，汗如浆出。

不多时，侍女将一小碗地黄冷面端来，先喂刘琮喝了几口汤水，刘琮喉头震颤，腹中一阵响动。刘表大为诧异，忙命侍女又喂了几口冷面。但见刘琮呼吸加速，开始不住地咳嗽，忽然间，刘琮一阵剧咳，咳出一团秽物，叫了声"害死我也"，便又瘫倒在床。刘表和夫人再看刘琮，已是病容渐渐好转。

"真乃神医也！"刘表连连惊呼，"仲景真是妙手仁心，药到病除啊！实乃天降异才！"

蔡夫人在旁也看得两眼发直，好不容易从瘫软中回过神来："莫非我在做梦？仲景缘何有此奇术？还请闻之！"

张仲景却处之淡然，先请刘表和蔡夫人坐了，又给刘琮加开了几服调理气血的药，再与两人解释："祛除黑龙引蛊毒之方在《海上方》中有所记载。据载，昔年有人曾中黑龙引，三年遂亡。亡故前，此人深恨此毒，命家人于他死后剖其尸体，查找病因。后家人剖其尸，果然发现一虫，遂将虫子养在竹筒之中。谁知儿童顽皮，用地黄冷面喂此虫，那虫吃了地黄冷面随即溃烂而死，于是人们得此方法。"张仲景见刘琮平稳睡去，也常舒一口气，"还烦请夫人撤去外厅醮台，无须道士祈禳。让少公子安心静养，定时服药，同时保持房间通风，注意为少主保暖。"张仲景吩咐后，随刘表退出房间。

"仲景，刚才见琮儿险些咳死，心痛不已，我恨不得马上派人去缉拿天师！"刘表眼圈泛红，"只是身为臣子，无奈隐忍！"

"朝廷天师莫非是苏章文？"张仲景安慰刘表，"可惜他用药不精，否则，我也无力回天！"

"正是此人！"刘表表情阴沉，"他随内官赵忠带着一千羽林军来荆州督战。"

"使君，事关荆州百万人生死，你可要仔细思量！"张仲景建言，"当下，让百姓和将士们活命才是至理！"

"与义军罢战，"刘表下了决心，"待我儿病愈，便行招抚之策。"

有刘表这样一句话，张仲景心中多少有些希望。他期待瘟疫被平息后，能够推行屯田，让招抚的义军和百姓早日有饭吃、有衣穿。与刘表作别，张仲景连夜返回荆州病坊。他不想让一个病人的病情在他离开时加重，他要与天争夺每一个生命。

数日后，随着刘琮的病情好转，刘表如同一个从泥水中跋涉上岸的人，总算逐渐恢复了精神，这才想起一直在后面督战的赵忠、苏章文来。不过，在见他们之前，还是要与心腹部将们商议好对策，毕竟是非常之时。

在宽敞的府衙书阁中，刘表召集蔡瑁、蒯越、蒯良、张允、魏延、邓芝、刘忘之等人商议军务。由于魏延竭力保荐，加之邓芝出身豪门望族，文武兼备，遂被任行军参谋，参赞军务。

刘表表情轻松，心情不错："多亏神医张医丞妙手回春。我家琮儿已经痊愈，令我精神一振！"看魏延、邓芝一眼，"这事儿，你俩也有功劳！"

"全赖主公洪福，少公子仁孝。"长史蒯越拱手奉迎，"这才逢凶化吉！"

"琮儿仁孝不假，但还得仰仗张医丞仁心医术。诸人有所不知，张仲景手到病除，可谓神医！"刘表本想对诸人描绘张仲景如何祛除黑龙引蛊毒的经过，又不便说出赵忠、苏章文之阴谋，只好笑着，"再说，张医丞带着徒弟和沈医令一直在荆州医坊施药救人，也使荆州瘟疫得到控制，将士士气大涨。我已向朝廷为他报功了！"

"使君用人英睿！"蔡瑁上前，"可喜可贺！"

"多谢使君信任张医丞，"魏延拱手，"疫情关乎民心！有民心，荆州便固若金汤。"

"说得好！"刘表好清名，从魏延口中说出他爱民的话，尤其让他高兴，"老百姓最好打发，只要能为他们做一点事儿，他们就记着了。"

"故而，屯田之法可行。"邓芝建言，"节省军粮做种子，再配发农具、耕牛，让遭受瘟疫之苦的百姓耕种荒地，来年就可收获五谷。百姓安居乐业，何愁黄巾贼寇作乱？"

"时间等不及呀！"刘表微皱眉头，"前日，赵常侍催促大军再次出战贼寇，并传陛下口谕，让我务必荡清黄巾余孽张曼成部。"看着军师蔡瑁道："也不知你和魏将军下一步该如何进军？可否能够一举建功？"

"主公，虽说将士士气大振，但大批将士疫病新愈，还需休养。"蔡瑁面有难色，"实无一举消灭黄巾余孽之把握！"

刘表看着魏延："魏将军意下如何？"

魏延眉头紧皱："受瘟疫恐吓，我军新败，军中将士惧战。"

刘表面有怒色："惧战？"

蒯越上前解围："魏将军所言之意，不是惧怕叛军，是惧怕瘟疫再起。"

"我也害怕疫病再起。"刘表面带焦虑和无奈，"可是，张曼成带着万余贼寇盘踞在荆州地面不走，朝廷又让赵忠和苏忽律带着羽林军督战，限我三个月铲平匪患。这已经过去两个多月了，你们叫我怎么办？"

"主公莫急！"多智的蒯良安慰刘表，"冬日来临，大雪封山，已是战机不在。即使开战，也要等到来年开春。"

"蒯主簿所言极是！"邓芝淡笑附和，"我闻，何大将军和皇甫将军欲行招抚之策，为何不'不战而屈人之兵'？"

"伯苗有所不知，赵忠行逼降之道，与大将军招抚之策相左。"主簿蒯良分析，"荆州军与黄巾贼大战，一折荆州军力，二损主公在百姓中声望，如此，他便可坐拥荆州。"

"赵忠口衔天命，如何是好？"蔡瑁想起赵忠假陛下口谕，为刘琼赐圣药的事儿，仍不由心怯，"再加上天师苏忽律会施法术，梦中便可杀人，着实令人气恼。"

"赵常侍虽口衔天命，也不能擅杀朝廷命官。"邓芝倒不担心，"至于苏忽律梦中杀人之术，我倒愿一试。"

"若如此，张曼成之人头已被苏忽律砍了多次。"长史蒯越笑了，"主公，你如何看？"

"看来，只要不给赵忠把柄，他也奈何不得荆州。"刘表敛起笑容，"当务之急就是如何尽快招抚张曼成，以免赵忠、苏忽律以逼降之术，让荆州将士白白送死。"

"主公所言极是。张曼成有万夫不当之勇，"蔡瑁是被张曼成打怕了，咬牙切齿，"我这伤就拜他所赐，要不是上次跑得快，小命就给他了。"

魏延上前："末将保举一人，可招抚张曼成。"

"是谁？"刘表充满期待，"若成，必重赏！"

"荆州医丞张仲景。"魏延只透露一点,"仲景与张曼成有旧。"

蔡瑁吓得蹦了起来:"这么说,张仲景不会是张曼成派来之奸细吧?"

"坐下,别胡说!"刘表虽是惊讶,但也淡定,"张医丞若是奸细,琼儿和荆州就没了。"

"主公英明!"魏延释疑,"张仲景是前御史张松寒二子张机。"

"什么?"刘表"噌"地一下站起身来,一仰头喝下一碗酒,又默默坐下。蔡瑁惊得眼珠子几乎掉在酒碗中。刘表这才感伤不已,"我与张松寒当年同为荆襄八骏,松寒耿直,被奸人陷害。我龟缩荆州不能为之报仇,愧对朝廷、愧对兄弟!"不觉溅泪,"后来听说黄公抬棺上朝,才为之昭雪。"

魏延深知缘由:"张曼成也因张御史屈死而造反。"

"我闻张曼成部也是瘟疫横行。"邓芝附言,"可让张医丞去张曼成部诊治疫病,趁机游说张曼成投诚,是为上策。"

蔡瑁又蹦了起来:"这怎么行? 黄巾贼疫病都好了,我可又要吃败仗了。"

"不行也得行了。"刘表感叹,"谁想打仗? 谁想天天死人? 谁想得疫病? 谁都想活着,活着就是人心。况且,我也答应仲景,罢战,招抚。"

"我倒想起来了,何将军昨日传信,陛下让主公招抚张曼成。"蔡瑁一副如梦方醒的样子,"为何赵忠没传这道圣旨? 为何频繁催我出战?"

"这样的大事儿为何不早说?"刘表显然明白蔡瑁的小心思,他想报一箭之仇,又想在军中立威,故意隐瞒不报,"这不明摆着嘛,让我们无法招抚。不招抚张曼成,咱们就无法在朝廷限定日期内平定匪患,荆州就拱手让给荆州侯了!"

"在下初至荆州,尚无寸功。"邓芝拱手,"我愿随张医丞前去招抚。"

魏延也主动请缨:"末将愿意护送张医丞前去。"

"如此甚好!"蒯越略思片刻,献策,"招抚之策可行,不过贵在把握时机! 眼下大雪封山,大军难以围堵施压。此时招抚,张曼成必狮子大张口! 况冬日乃疫情高发之时,让叛军饱受疫病之苦,方可以最小代价,招抚张曼成。"见刘表倾身细听,继续道,"至于赵忠、苏章文和羽林军督战之事,交与我去周旋即可。"

"无须与他们周旋，"蒯越淡笑，"将此招抚之策上奏朝廷，何大将军自会应承。"

"好！这就上书朝廷！"刘表又看着魏延、邓芝，"魏将军，邓参谋，来年开春之后，你二人拉五十车草药、粮食和三百万钱，陪同张医丞去叛军大营控制瘟疫，招抚张曼成。"扫一眼满怀狐疑的蔡瑁，"张医丞一直以救死扶伤为天职，以仁者之心参时事，定会不辱使命！"

"主公，这仗不打了？"蔡瑁有些顾虑，"逾期如何是好？"

"大雪封山，如何进兵？"刘表此时略有底气，"赵忠好歹也是带兵之人，岂能不懂？他若执意进兵，就由他去。至于朝廷之上，由何大将军做主，谅也无妨。"

"这就好！军中也好借此时机进行休整，恢复战力。"蔡瑁轻叮一口气，"待来春，行招抚之时，亦可大军压阵，以成威慑！"

"军师，别再想逼降之策了！若能逼降张曼成，除非汉水西去。"蒯越摇头，"那是一个站着生的贼！"

"不打了，再打，瘟疫就又蔓延了！"刘表叹息，"唉，我也早厌倦了这乱世。现在，我们最大的敌人是瘟疫，控制瘟疫就能让百姓和将士活命！"

"是啊，没有百姓，荆州就是空山、空水、空城。"蒯良附和，"只是招抚张曼成要小心行事，免得授人以柄。"

第二十四章　师徒月夜论医理　仲景天命驱瘟疫

冷风习习。冬日满月照着沈庄,一派安静祥和。

沈家小院里,竹影婆娑,烛光闪烁。沈晔正翻着一沓沓病历,伏案写着医书。

"阿翁,如此迷人月色,你也该搁笔歇息片刻。"南嘉带着张仲景进来,"我已于院中布好酒食。"

"哦——,原来是仲景来了!"沈晔笑着抬头,"此时前来,莫非陪我观赏冬月? 这些日子,着实辛苦仲景了!"

"汉江月色更好。荆州疫情过后,多有赏月之人。"张仲景笑着向沈晔施礼,"至于辛劳,也是为医者素位而行之本分!"

"素位而行! 此言甚是!"沈晔起身,带着张仲景至院中的桂花树下落座赏月,"人要素位而行,本位是做人之本分! 做事不出本位,说话不出本位,所思不出本位,方能当体成真。就像梨子要成在梨树上,而不能成在杏树上。"二人举杯对酌,"行道亦不可出本位,若是离开本位,劳而无功,反而有过。上天依天理命名,人依照本分行事,就合天道。素位而行,不思而得,可以成道。"

"徒儿受教!"张仲景不由再次举杯,"辨证诊治之法就是依天道而行,依据不同病症,分别施药诊治。如同呵护梨树而成梨,栽培杏树而成杏。如此,治一病而成一人,成一人而成一家,治千万人而成千万家,而致社稷兴,天行健!"

"正是此理! 这些天,我整理着荆州疫情期间之药方,为你辨证诊治之法而感佩,"沈晔捋须颔首,"昔伊尹以亚圣之才撰成《汤液》,俾黎庶之疾疢,咸遂蠲除,使万代之生灵,普蒙拯济。而今,仲景以理法方药为钥匙,开启伤寒六经辨证之门户,由博返约,理辨阴阳,法应症候,方从法立,药显方义,比之亚圣伊尹之法,更上层楼!"

"恩师过誉了!"张仲景欠身施礼,"这些年来,徒儿走遍荆襄大地,为成千上万百姓治病,虽有无数心得,却无暇从理论上加以总结,难免心存遗憾。"借着沈晔的言论,他提出自己的主张,"理法方药,正是辨证论治之法,分之为四,合之为一。理乃万物固有属性。所谓理辨阴阳,是判明病性。辨证施治之理,要与患者病性、病情与病位相符。阳症而用阴药,阴症而用阳药;里症多用补泻,外症多用发散。法乃医治之法。所谓法应症候,即'汗吐下和,温清消补,攻和补散,寒热固因',互为补充,相互完善。方乃药方。所谓方从法立,即用药必应症候。如治表寒,选择汗法,是用止汗之桂枝汤还是发汗之麻黄汤;选择下法,是用大承气汤还是小承气汤等。药乃配伍之物。所谓药显方义,即要选配符合方义与理法之药,医不执方,合宜而用。如以干姜、细辛、五味子等配伍之小青龙汤,可与异功散合,可与补中益气汤合。与地黄汤合,则治肾气;与真武汤合,则调胃阳等。"看着沈晔鼓励的眼神,张仲景呷了一口酒,继续说道,"人体疾病之分辨,不外阴阳、表里、虚实、寒热。三焦、六经、脏腑均有虚实寒热和表里阴阳,故称为八纲。八纲错综变化,产生表里俱虚、俱实、俱寒、俱热;表虚里实、里寒、里热;表实里虚、里寒、里热,表实里虚、里实、里热;表热里虚、里实、里寒等十六目。十六目对应人体疾病之十六象。然不论疾病之千变万化,无外乎八纲十六目。恰如《易》言,'一致而百虑,殊途而同归'。"

"高妙之论,当为仲景浮一大白!"仲景之言使沈晔大悦,"仲景从秦越人'望、闻、问、切'四诊之中,研出'阴、阳、表、里、寒、热、虚、实'疾病之八纲,再创'汗、吐、下、和、温、滑、补、消'治疗之八法,配药成方,组方简便,配伍规范,主治准确,必为后世所推崇传承,造福万民!"将酒一掷入喉,"仲景若能将此记录，必是一部煌煌大书，功在社稷，利在千秋。”

“眼下天地动荡，到处灾祸，著书立说尚需时日。”张仲景望月轻叹，“我只想快些铸好云鼎丹炉，将一些汤剂转为丸药或颗粒，以弥补汤剂之不足。譬如五苓散，以泽泻、桂枝、茯苓、猪苓和白术配伍，六味地黄丸以熟地黄、酒萸肉、牡丹皮、山药、茯苓、泽泻配伍，前者有祛湿和胃、行气利水之效，后者有滋阴补肾、保肝固本之功，然其疗效皆在于绵绵悠长，滋理入深。尤其后者，依据辨证施治之法，在配伍之中，适当增减，可调和而成麦味地黄丸、杞菊地黄丸、知柏地黄丸等多样。”

“言之有理！虽说丹丸、颗粒之疗效较之汤剂和缓，然于病情后期恢复及身体固本有益。”沈晔点头，猛然想起，“汉水有一支流，出自岐棘山，因隐士严子陵曾垂钓于此，得名严陵河。其水有灵，沿河两岸多有金黄澄泥，以与湍河交汇处最佳。尤其是春水初潮时所积澄泥，暗含生机，富于变化，可为铸鼎之用。”

“如此说来，也是天意！师父所言之处，正是徒儿故里。”张仲景显然存着心事，“况荆州疫情暂息，我也该归乡。”

“为何这么匆忙？可否已向刘使君请辞？”沈晔放下杯盏，“难道只为回乡铸造云鼎丹炉？”

“唯恐刘使君不予放行，故而，徒儿特意前来向恩师辞行，并请恩师代为请辞！”张仲景微微蹙眉，“徒儿回乡铸造丹炉是其一，更因南阳突发大乱，太守秦颉被同乡赵慈诱骗至江夏杀死，江夏兵欲趁势攻取南阳郡，百姓已经开始四散逃生。”轻叹，“大乱之后，必是大疫。我不忍乡民再次遭受苦难！”

“为何这天下如此难靖？”南嘉一听说张仲景要回乡，略有不舍，“莫非真如仲景哥所言，是天病了？”

“非我所言，是涅水龙君于我梦中所言。”张仲景望着月后云层，“昨夜又梦见龙君。”

“龙君所言？”沈晔疑惑，“何谓龙君？”

“我在涅阳时，每夜总会梦见涅水龙君。”张仲景眼前恍惚又见敖灵，“在梦中，龙君为我说起三十多年前因雷击岐棘山忽律而碎了龙珠，无法发出天地正音,故而,妖人现世,瘟疫横生。"

"有趣!"沈旺捋须望天,"也许,真是龙君病了,致使到处战火,万物遭劫。"

"说是梦中,但当我醒来时,却清晰如现。譬如,龙君言及炼制丹药之方却是灵验。"张仲景也有些疑惑,"师父,也许医好龙君,天下就太平了。"

"如此说来,仲景是一个负有上天使命之人。"沈旺语重心长,"我大汉自古就有这样一群人,肩负着传递文字、药方乃至五行八作技艺之使命,才使百姓更好地活下去。"

不觉间已月至中庭。起风了,树上残叶如蝶落下。张仲景随着沈旺起身,进入书房,心中回味着师父的话语:"仲景是一个负有上天使命之人。"

"我的使命是写一部医书!"沈旺翻着自己正写的医书,"我也是想记下验证过的病例和疗法,让后人参详。你想,一个人精力总是有限,即使精力无穷,也还有生老病死。无论医者如何高明,穷其一生又能为多少人治病?"见张仲景沉思,沈旺提高声音,"所以,我要著书立说,让更多读书人都懂得前人医术,让更多人知道如何抵抗瘟疫,甚至,从辨证论治中去感受治家治国之道理。这样,治未病,更治当下病,还天下百姓以健康,更复朗朗之乾坤。"

"著书立说者必是历经万千之人。否则,仅凭想当然,必是谬误百出,贻误后人。"张仲景思考着,"待我治好瘟疫,我就记下治瘟疫之方;治好咳喘,我就记下治咳喘之方;治好疴痢,我就记下治疴痢之方,如此类推。总之,去写下验证过之药方,才能造福于人。"

"正是此理。"沈旺击节赞许,"我期待仲景此生能有一部大书传世,成为'活人书'!"

"待我集齐所需炼丹灵草,炼制成医天龙珠,我就归隐山林,著书立说。"张仲景有一种执念,他相信梦中的龙君是真病了,他自信只有自己才能治好龙君的病,只是自己在获取每一种灵草的过程中,每每都要经过一场锥心刺骨的磨难,更像是一场人生修行。

"与其说你在著书,毋如说你在为天下培育更多医者。"沈旺鼓励张仲景，"有一天，我会将这屋内所有医书散简连同我平生所记下之药方，全部留给你，供你勘照。"

"多谢师父厚爱！"张仲景感动不已，"等我从南阳郡再次归来，我便陪着你逐一参详古书上药方，为后世留下一部活人书。"

"留一部活人书！"沈晔也有些激动，"那就要更多实证，就要有更多在现场，就要为更多百姓诊病。"

"所以，即使南阳郡大乱，我也要赶回去！"张仲景眼含泪花，"毕竟，那里有我的济世坊，我的北山，我的涅水，我的亲人！"

"虽说你回南阳郡有些风险，但我和南嘉还是支持你回去。"沈晔微微皱眉，轻叹，"只是你当下是荆州医丞、行军参谋，要走，还是要给刘使君打个招呼。"

"这些日子，少公子执意要拜我为师，研习医术，蔡军师和蔡夫人因此不喜，让我踌躇。加之，刘使君与赵忠就招抚与迫降张曼成义军意见不一，使我夹在缝隙之中，实在难堪！也只能等刘使君下了决心后，我方可去为义军诊治伤病。"张仲景托出实情，"与其如此艰难地等待，还不如暂离荆州，以避烦忧。"

"如此说来，仲景是借此暂离荆州，也好！"沈晔理解张仲景眼下难处，点了点头，"为师可代你向刘使君告假，然切不可逾过明年春月。"

见张仲景答应，沈晔和南嘉略微宽心，又想起华佗："你可向华神医辞行了？"

"前些日子，华神医传给我五禽戏和麻服汤配方后，已经走了。"张仲景淡笑，"说不定，他已到南阳郡。我给他说起桐山老猿和涅阳济世坊，他想去看看。"

"这老疯子！走了也不说一声。不过，他要是能去济世坊坐诊，也是造福南阳郡百姓。"沈晔沉思片刻，"华神医所创五禽戏，虽说是模仿虎、鹿、熊、猿、鸟之动作，确实是强身健体之法宝！你一定要时常锻炼，强壮自己，方可在乱世中行走江湖，行医人间。"

南嘉吐了吐舌头："只是人学兽行扭动身体，动作丑死了。"

"胡说！"沈晖笑骂女儿，又看张仲景，"仲景射艺、骑术、剑术、身手虽说不错，毕竟还不够强壮到强大。华神医传五禽戏，也是让你知道，天下生灵皆有所长，人要不断学习，向世上万物学习。只有如此，方可为万物之灵，护佑众生。"又看南嘉，"将来我死了，还指望你仲景哥保护你！"

沈南嘉娇羞："我才不要他保护！我武艺厉害着呢！"

沈晖瞪南嘉一眼："好了，让你仲景哥说正事儿！仲景，华神医对你有何吩咐？"

"他与你所言契合，"张仲景想着华佗的话，"他说，身为医者，医术再高明也治不了多少人。只有传下医书，让更多人学医懂医，才能帮助人们躲过大灾大疫。"

"这是至理呀！也算是老夫和他一起验证之药方。"沈晖点头，"如果把不同病症药方、同一病症不同药方以及治病经验，总结出一本书供后人学习，那才是功在千秋。可我时日无多，著不成大作，只能整理出一些药方。"

"徒儿早年跟随师父学习《内经》《素问》等古典医籍，加之，家翁传我《汤液经法》，师父又传我《阴阳大论》，在恩师这里，又研习《灵枢》《八十一难》《胎胪药录》等医书，结合我对南阳、荆州大疫治病心得，相互参照，徒儿认为：各种疾病之根在于伤寒，在于人体肌肤入侵了邪气、热气、寒气等，才致使生病。但每人体质不同，需辨证论治。"张仲景言及此处，郑重施礼，"我想继承你衣钵，将针对不同病症之药方汇集成书，传给世人和后人。"

沈晖爽朗大笑："老夫衣钵有人继承，我心释然，病痊愈了大半。"看南嘉一眼，"至于另外一半，只有靠缘分了！"

"荆州离南阳不远，待我取回铸鼎澄泥，为南阳防患于未然之后，便回来向恩师讨教！"张仲景跪地施礼，"况且，我也亟待了却一桩心事。"

"还有一桩心事？"沈晖想了想，"莫非招抚神天使张曼成？"

"正是！待来年春日雪融，我就走入巫溪山中，劝说神天使！"张仲景也不隐瞒，"张曼成是子诺之父。子诺生前，我曾答应她劝神天使罢兵，让义军屯田，活下去。"

"此举方显大仁大义！"沈晖理解张仲景，"我和南嘉等着你早点儿回来。"

沈南嘉有些不舍,眼圈发红:"仲景哥,我等你来!"

辞别沈昳和南嘉后,张仲景给荆州牧刘表留下一封书信,让已经成为荆州医师的李丰代行职事,便由赵五伯赶着马车,带着儿子张温返回涅阳。途中所见,却与自己从邸报得到的消息不同。一打听才知,江夏人赵慈素有家资,胸有大志。见朝政江河日下,地方割据剧烈,便于江夏拉帮结派,结交官吏,暗中收留黄巾余孽,购买军资,意图起事。因与南阳郡太守秦颉同乡,略有旧谊,欲兵不血刃拿下南阳。遂巧设计谋,将秦颉邀至江夏,欲说服秦颉共同起事。秦颉不从,赵慈又恐他走漏消息,将他囚禁。秦颉刚烈,乘机逃跑,被叛军杀死。消息败露,赵慈不得不提前起兵,占据江夏西陵、沙羡、蕲春等地。赵慈自称将军,广纳黄巾余孽以及走投无路的百姓、游侠、盗匪,声势逐渐壮大,号兵十万。江夏官吏闻风丧胆,纷纷外逃避难。

朝廷得报,任命名将羊续为南阳郡太守。羊续为官清廉,早有美名。初至南阳,因府丞进献一条活鱼,羊续将鱼挂在厅堂之上,以示拒贿,被世人称为"悬鱼太守"。加之,羊续起用神射手黄忠为郡兵都尉,与前来袭扰的叛军交锋,一鼓而擒渠帅。羊续再施仁者之术,将渠帅以下叛军免罪为民,并发放耕牛、农具、种子,开垦荒田。一系列举措颇得民心,南阳郡已复太平。

"民心就是柱石!"张仲景得知南阳郡的消息,欣慰地搂着儿子,教育张温,"《诗》云:'乐只君子,民之父母。民之所好好之,民之所恶恶之,此之谓民之父母。'南阳郡前有太守召信臣,视民如子,劝民农桑,去末归本,为政勤勉,好为民兴利,使百姓归之,户口增倍,盗贼狱讼衰止,被民尊为'召父'。后有太守杜诗,才能卓绝,为民做主,使全郡百姓粮丰衣足。百姓说'前有召父,后有杜母'。今有羊续,可谓百姓父母官。"

张温仰着稚气未脱的脸:"好官为父母官,医者父母心,为啥?"

"世间父母有哪个不望子成龙、望女成凤?"张仲景深有感触,"若为官者、从医者视治下百姓为儿女,岂能不兢兢业业,小心谨慎,恪尽职守?"

"我长大了,不做官,也不做龙,"张温表情认真,"要像阿翁一样,为天下所有病人治病,也为小狗、小猫、鸟儿们看病,也为庄稼看病,也为山河看病。"

听张温充满稚气的话,赶车的赵五伯也忍不住笑了:"能为人、狗、猫,甚至庄稼看病就行了,还能为山、为河看病?"

"阿翁曾说过,人可有病,天亦可有病。山河自然也可以得病。"张温噘着小嘴辩解,"山不长树、河流干枯就是病了。"

"温儿所言极是!"张仲景欣慰地看着儿子,"阿翁老时,就跟着你去山上种树,去疏浚河道,去给鸟儿们看病。"

"不行! 你老了,就去写医书,华祖翁和沈祖翁都说过,写一本活人书,造福后人。"张温想了想,"然后,你再给天地治病,让天风调雨顺,让地五谷丰登。"

童言无忌,却让张仲景刹那间泪流满面:"好,我就去写活人书,去为天地治病。"

第二十五章　山高水长养浩气　正道沧桑祛心敌

　　途中得知南阳郡战乱暂息，张仲景稍有安心。加之，又接到荆州牧刘表同意其探亲的文书，更是长舒一口闷气，他总算能回到涅阳济世坊歇息数月。白日，他一如既往地为患者治病，抽空登上北山，与死去的亲人闲话；夜晚，依然不时地梦见龙君，听龙君说着如何沿涅水收集龙珠碎片……

　　至次年春暖花开时，依与沈旺之约，再接刘表催书，张仲景算着行期，自涅阳向南，返回荆州。途中，顺便赶着马车来到严陵河与湍河交汇之处的黄土冈下，找寻制作云鼎丹炉的千年澄泥。

　　黄土冈又名太子冈，传闻多年前是一处龙脉所在，为朝廷堪舆师窥破而捣毁。此冈缓坡而广阔，绵延数里，细心查看，方见冈坡的夯土分为数层，最底层竟延至河中，于临水处沉积成结，渍泥坚韧。赵五伯熟知泥土属性，就于河岸取着夯土澄结："这澄结抚若童肌，厉寒不冰。若反复煅烧淬火，则质坚如铁，耐磨若砥。"张仲景也蹲下身子，就于河水中淘洗着澄结："说来也奇，我儿时曾随伯翁在黄泥冈上寻摘药草，却不知有如此上等澄结。若非荆州之行得遇恩师点拨，又如何能得这铸造云鼎丹炉之物？"

　　"机缘未到而已！"赵五伯淡笑回应，"说起机缘，不得不提曾于此处垂钓的严子陵。"

　　"我知严子陵乃江南吴人，少好辞赋，以文才和善辩闻名于世。因父任职南阳而至此，与少时光武帝同游，交契深厚。"张仲景望着严陵河水，想起张伯祖曾经为他讲过的旧事，"后光武帝逐王莽再立大汉，屡邀严子陵出仕，却遭婉拒，其言'昔唐尧著德，巢父洗耳。士故有志，何至相迫乎'，甘于隐于草泽，行医佑民。其'怀仁辅义天下悦'之主张，为光武帝采纳，朝廷兴焉。故而，后人皆以其'志意修则骄富贵，道义重则轻王公'，淡泊名利之高节，山高水长。"

"仲景有所不知，传说是他让太子冈变成黄土冈。"望着张仲景期待的眼神，赵五伯悠悠道出这段传说，"我曾闻黄公所述……"

东汉初创之时，名将邓奉爱护南阳兵士百姓，曾因汉将吴汉纵容兵士劫掠南阳百姓而与之反目。邓奉甚得民心，百姓自发筑起高冈，欲拥邓奉拜坛，另立朝廷。因其乃光武帝外甥，而称此冈为太子冈。严子陵于此垂钓，得知此事，就以河滩澄泥捏造无数泥人泥马，暗中放置于冈下一穴，以水淹渍。而后，拜望邓奉。邓奉亦知严子陵乃当世高士，喜出望外，亲自出迎。严子陵与邓奉登上城楼，祭天望气后，告知邓奉，因太子冈龙脉已毁，不宜与光武帝争锋。邓奉不信，随同严子陵前往太子冈，惊见昭示着改天换地的泥人泥马全部残缺，心中隐隐叹息。严子陵借机劝说，若战事再起，天下动荡，必使将士丧命，民不聊生。邓奉尚存爱民之心，细思天下大势，愿息兵戈。得光武帝"怀仁辅义天下悦"之诺后，率兵归降，甘心退隐。后随严子陵隐居山水之间，以岐黄之术造福百姓……

"严子陵真高士也！"听完赵五伯所述，张仲景也不细究，却由衷赞叹，"及至此地，何不前往严子陵钓台拜祭？"

赵五伯应声，随即将选好的澄泥安放马车里。张仲景登上马车，揽着车厢里刚刚醒来的儿子："温儿，随我去严陵河垂钓可好？"

一个时辰后，马车驻在严子陵钓台下。此时，天高云淡，微风和煦。钓台位于严陵河湾的黑龙潭边，依着河堤凿出一方土窟，安放着一张狭小石台，上搭几根简木，再掩一层破絮般的茅草。张仲景探身进来，对着土窟里的已显模糊的严子陵画像施礼后，转身坐上石台，垂下钓竿……

黑龙潭的水面微澜不惊，像柔亮的绸缎。潭面上游着几只水禽，似剪刀一般，一点点地把这绸缎裁开……往远处看，河湾对面高处有一村庄，依稀有炊烟袅袅升腾,严陵河似乎就是从那座村庄的前面流淌而来,至此形成黑龙潭,再向东流去。河不宽阔,清澈幽亮,仿佛一段湿漉漉的梦境,让张仲景不由再次想起涅水,想起涅水的龙君……

张温也随着赵五伯来到河边,看着有几尾鱼儿悠闲地游在河湾里,便挽起裤脚,走下河湾。看似在浅处的鱼,他伸手却无法抓到,倒是搅动了河湾的平静,荡起了层层延伸开去的波波涟漪。就近处的几盘水萍野荷上,一两簇水珠晶莹地滚动,被逃散的鱼在水中触动了,几颗晶莹的水珠便"吧嗒"一声落入水中……

"想不到这里也有流水人家、碧色连天之景致。"赵五伯见张仲景在看景,就拉着张温一起,过来说话。

"这里是严陵河的泂水湾。"赵五伯轻声对张仲景说着,"据说,涅水金龙曾于此歇息时,洒下几滴甘霖,所以河湾上的那个村子就叫甘霖寨。这里的水好,甘霖寨就户户酿酒,冠名甘霖酒,远近闻名。故而,家家日子都过得去。多年前我曾受黄公差遣,来此买过黄酒。这些年闹起瘟疫灾荒,恐怕再也喝不上甘霖酒了。"

"好酒皆是粮食精酿而成,喝不上酒总比吃不上饭好!好歹甘霖寨守着这方好水,潭中鱼虾足可以度日。"张仲景望一眼对岸的村庄,又盯着黑龙潭水,顺着赵五伯的话说下去,"不过,酿好酒就需好水!黑龙潭之水来自上游岐棘山,山中溪水流经百里,被土壤中砂质和砾土涤荡,加之此地土壤松散,渗透性强,被层层过滤、吸收转化,潭水因此水质甘甜、清甜可口。"

爱酒的赵五伯由衷一叹:"待天下太平之时,我若不死,便于此处酿酒。"

忽然,不远处的河湾传来"救命"的声音,几个于村前河边摸着鱼虾的孩童慌作一团。"不好!有孩子溺水了!"张仲景急忙放下钓竿,沿着河岸飞奔而去。

当张仲景来到时,溺水的孩子已经被村人打捞上岸,一妇人正抢地大哭。张仲景拨开众人,见孩童面部青紫肿胀、双眼充血,呼吸停止,肢体冰冷,不由心痛。"我乃荆州医丞,途经此地。若乡邻信赖,就让我施救此子。"张仲景蹲下身子,先以干布揩净孩童口鼻,而后一腿跪地,一腿屈膝,将孩童

当张仲景转回时,恰有一尾金色的鲤鱼上钩,张温兴奋地正要上前捕捉,却被张仲景笑着拦下,"温儿,这条鲤鱼说不定是金龙派来问候我等,还是放生更好!"

"难道不是涅水金龙对你适才救下溺水孩童之奖赏?"赵五伯虽说有些不舍这条尺长金鲤,还是将其放生,"也罢,让它转告龙君,仲景来过!"

伏在屈膝上，一手扶住孩童头部，一手轻压孩童背部，以来催水。不及一个时辰，孩童心跳渐复，脸色逐渐好转，显然无性命之虞。张仲景又吩咐孩童家人取来保暖衣物将孩童包裹后，坚辞村人酬谢之物，起身告辞。

赵五伯显然已经料到溺水孩童的命运，并不记挂心上，带着张温就于钓台垂钓。当他拿起张仲景留下的钓竿时，不由笑了："你阿翁垂钓，竟无钩线，只散鱼饵。乃戏鱼耳！"说着，自怀中掏出鱼钩，挂上鱼饵，"看我手段！"

当张仲景转回时，恰有一尾金色的鲤鱼上钩，张温兴奋地正要上前捕捉，却被张仲景笑着拦下："温儿，这条鲤鱼说不定是金龙派来问候我等，还是放生更好！"

"难道不是涅水金龙对你适才救下溺水孩童之奖赏？"赵五伯虽说有些不舍这条尺长金鲤，还是将其放生，"也罢，让它转告龙君，仲景来过！"

"五伯，救下那溺水孩童时，我在想，"张仲景揽着张温，"这一路走来，都似乎是涅水金龙在告诉我素位而行之理。也不知涅水金龙现在如何。这些日子又时常梦见，却总是云山雾罩，其踪似乎在汉江出没，激扬风云。也许，是我们该再返荆州，以了心愿之时！"

"是啊，依约该去！"赵五伯点头，"刘使君来信催促，言语中颇有隐情。莫非又是忽律作怪？"

"刘使君去岁容我归乡，皆因刘琮执意学医，令其难堪。刘使君期待刘琮能成为荆州之主，而不是良医！"张仲景轻叹，"至于赵忠、苏章文之流，一直在等巫溪山冰雪解封，亦好再起战事。"

"那些要去攻打外祖翁之人是坏人吗？"张温仰首相询，"他们互相杀伐，不疼吗？"

"他们人性丢失了，就成了病人，成了迷路之人！"张仲景抱起张温，登上马车，"仇恨让他们忘记了疼痛！"

"我知道了！"张温望着雨过天晴的原野，"阿翁就是为病人祛除疼痛之人，为迷路人引路之人！"

"孟子云：'吾善养吾浩然之气！'心存正气，则病邪不入！"张仲景扬鞭催马，"走吧，儿子，我带你去走人间正道，披荆斩棘！"

　　离开严子陵钓台，马车行至杏山口，正要走出南阳地界时，忽然，前面尘土飞扬，马萧萧，车辚辚。一个熟悉的声音传来："前面可是张医丞？"

　　"那不是魏将军吗？"赵五伯闻声探身，轻勒车马，"难道是荆州疫情复发？"

　　"那倒不会。一定是荆州有事。"张仲景脑际闪过江夏兵乱，闪过张曼成，"江夏归荆州统辖，一定是与叛军和神天使有关。"

　　说话间，魏延、邓芝、李丰等带着一队押着钱粮、药材的军士赶到："张医丞，奉刘使君之命，先不用赶往荆州，让我与伯苗陪你前往巫溪山义军大营，招抚黄巾军神天使部。"

　　"刘使君真罢兵了？"张仲景心中忽现一道光亮，不由暗忖，"难道真是子诺在天上安排我去完成她最后的遗愿？"

　　"刘使君这次是真心罢兵！"魏延于马上拱手施礼，"今江夏叛军赵慈屯兵安陆、云梦、应城三地，与荆州军对垒。刘使君担心神天使趁机自巫溪山出兵，与叛军前后呼应。所以，急令我等前去招抚神天使部。"

　　"大将军何进、左将军皇甫嵩早有招抚之意，却被赵忠、蔡瑁等人徇私压下。"邓芝指着后面一溜马车，"这五十车钱粮便是刘使君之诚意！"

　　"苍天开眼！"张仲景望天轻叹，而后吩咐赵五伯，"走！去巫溪山，去见温儿外祖翁！"

　　不顾人困马乏，张仲景一行日夜奔波，数个时辰已至巫溪山下。巫溪山不高，却陡峭；树不广，却茂盛。张曼成得山下箭书，便令打开山门。车马入山，山涧溪水潺潺，乱石横生。间有几块山坡薄地，菜花正开，灿烂若锦。穿过三道山中石寨，来到依峭壁而立的石垒山堂，胡须皆白、满面沧桑的张曼成高坐虎榻之上，愣愣地看着堂外，看着一群干练手下押着威武雄壮的魏延、英武不凡的邓芝、清隽儒雅的张仲景、年青体健的李丰进入堂内，目光最后落在一张充满阳光和稚气的孩子脸上。这是一张多么熟悉的脸庞，面白如玉，眉眼如画。张曼成忍不住胡须颤动——在这兵荒马乱岁月，竟能见到这个世界上和他血缘最亲近的人，还是第一次见面，怎能不让人唏嘘？"我的孙儿……"一声低喃,拉开了又一出人间温暖的序幕。

押送义军知趣地放开张仲景、魏延、邓芝、李丰和赵五伯。

张仲景正要开口说话,没想到张曼成起身,一把抱过张温,转身再坐上虎榻,"把小儿留下,"对张仲景等人下逐客令,"送客!"

未待义军拔刀上前,张仲景已是满目含泪,跪地施礼:"阿翁!儿未能照顾好子诺!"

张曼成头也不回,不搭理张仲景。

张仲景看着白发杂乱、沧桑疲倦、尽显颓废之色的张曼成,心酸得小声抽泣:"为控制南阳大疫,子诺舍身试药,我当时医术不精,未能救下她来。"

张曼成依然背着身子,肩膀微颤。张温伸出手为他轻轻抹泪:"祖翁,你怎么哭了?"

张曼成猛然回首,呵斥张仲景:"军营哭泣,成何体统。"

张仲景依然跪地:"子诺舍身试药,为我辨证药方,救下了万千百姓。"

"也怪我,未能力阻。不过,谁也不忍看着那么多百姓染上伤寒瘟疫,等死。"胡须花白的赵五伯眼圈发红,"现在,涅阳百姓自发地为她立了祠。"

"香火不绝,子诺永生。"张曼成心里清楚,当自己走向造反之路时,子诺就无法苟活。她毕竟是神天使之女,又深爱张仲景,她决不会因为父亲而误了丈夫和儿子的未来,更不愿丈夫和儿子生活在永远的黑暗中。"要说,子诺之死也是因我所迫。"张曼成内疚、愤懑,不由得仰天大吼,"可我又是为谁逼迫?"

是啊,谁逼迫的?一边是追杀自己的朝廷,一边是有恩于己的马元义,还有屈死的张松寒、黄公,张曼成不得不反!要不然,这上万兄弟早就做了官军刀下的鬼魂!

"祖翁,你别生气,"张温小声安慰张曼成,"阿母给我说,祖翁是大英雄!大英雄只对坏人发脾气。"

张温见到张曼成,竟有点儿如见母亲般亲切。他知道,眼前这个老人是阿母的父亲。"我梦见过,阿母从不生气,她总在天上对我笑,还教我唱歌。"

"什么歌?"张曼成轻叹一声,内心竟泛起一丝久违的感伤和温情,低头看着张温,"可是'举秀才,不知书;察孝廉,父别居'?"

"寒素清白浊如泥,高弟良将怯如鸡。"张温笑着,"还有,'直如弦,死道边;曲如钩,反封侯'。"

"若如此,这世道好吗?"张曼成听着张温背着熟悉的歌谣,若似自语,"我起事为天下百姓求公道,错吗?"

"祖翁没错!"张温忽然想起阿翁说过的话,"是朝廷迷路了!"

"朝廷迷路了?"张曼成喃喃,"可路又在哪里?"

"我阿翁说了,他会带我走向正路,"张温用小手揩去张曼成不觉中的泪水,"哪怕披荆斩棘!"

"天地正道,浩气长存!"听了张温稚言,张曼成恍然有些轻松,"香火不绝,子诺永生。"终于一声长吁,看着张仲景,"子诺之死,我不怪你!只是,你不该为荆州医官!"

"阿翁,我乃医者,在儿眼中,没有官军义军、贵贱之分,只有生命!"张仲景言语平静,"救死扶伤乃医者天职!"

"我为我阿翁、为你阿翁报仇至此,你此来可是帮我?"张曼成想了想,"还是朝廷派你前来招降?"

"代表朝廷,前来招抚!"张仲景也不顾堂上军士拔剑之声,"黄巾军皆是百姓,比不得官军粮草药品充足。这满营都是病号,又如何报仇?"张仲景看着张曼成,"连你也染上瘟疫,发热无汗,筋肌僵痛,这仗还怎么打?"张仲景跪着向前,"阿翁,让儿先为你把脉!"

张曼成挣了一下,"好眼力!"只好让张仲景把脉。低头看着跪在眼前为自己诊病的女婿,表情慢慢舒缓,"温儿是个好孩子!"

赵五伯顺势搂过张温:"他说,长大了,学你,做大英雄!"

"胡说!岂能学我为……"张曼成差点儿脱口而出"匪"字,马上改口,"要学他阿翁,造福于人。"

两个老相识之间的轻谈,局面已是缓和,拔出的宝剑悄然归鞘。张仲景诊完脉,劝慰张曼成:"阿翁,您新染疫病,尚不严重。我为你开下方子:在桂枝汤(桂枝、芍药、甘草、生姜、大枣)之外,再加麻黄、葛根。如此,既能解表散寒发汗,又能输布津液、缓解肌肉、疏解牵引。吃三服药便可痊愈。"

"我岂能独活?"张曼成长叹,面带忧戚,"我这病能治好,可军中千名将士已成枯骨,千名将士已染疫病,再除去老弱妇孺,现在能够行军打仗之精卒,不足三千人矣。"

"阿翁放心,"张仲景表情淡定,"千余患病将士,仲景旬日之内可将他们治愈。"

"我知仲景医术高超,"张曼成一个激灵,探身相询,"但军中粮草紧缺,草药更是紧缺,整个荆州连年战争,哪里还有能治愈千名将士之草药?"

魏延这时也放下心来,拱手张曼成:"神天使不用担心,末将和邓参谋已说服刘使君,带来五十车粮食草药,还有三百万钱。"

"荆州牧刘表,他有这么好心?"张曼成疑惑,"旬日前,朝廷还派蔡瑁统领五千荆州军,由羽林军督战,再次前来攻打巫溪山坞壁,被我以诱敌深入之计击败。"顿了顿,"若要真心招抚我部,何须大军一次次进剿?"

"此一时彼一时也!"邓芝上前辩析,"不瞒将军,朝廷本意是招抚将军所部。然中常侍赵忠和天师苏章文欲行迫降之策,以取军功,震慑我主。"

"如此说来,刘表与赵忠、苏章文不是一伙儿?"张曼成不愧是神天使,瞬间窥到战机缝隙,"迫降?亏得他们想得出来!巫溪山坞壁据险修筑,易守难攻。亭隧结合,铜墙铁壁。故而,鹿死谁手还不一定呢!"

"我等宁可战死,决不投降!"堂上站立的黄巾军将士几乎异口同声,"苍天已死,黄天当立!保家卫民,誓杀国贼!"

张曼成以手示意,众将士顿时鸦雀无声,"魏将军,邓将军,还有张医丞,你们听到了吗?"扫诸人一眼,目光落在邓芝身上,"你刚才说刘表与赵忠不合,可有此事?"

"刘表曾为太学生之群首,素有清名。"邓芝也不隐瞒,"去岁,朝廷加封赵忠为骠骑将军、荆州侯,携天师苏章文带一千羽林军至荆州。二人名义上是督战剿贼,暗中却存图谋荆州、取而代之之心。"邓芝看一眼张仲景,"赵忠以陛下口谕,指使苏章文曾赐圣药与刘使君爱子刘琮。多亏仲景出手相救,刘琮才转危为安。"

"刘使君亲口答应我,罢战。"张仲景言语恳切,"因为,当下官军和义军共同之敌是瘟疫！"

"罢战！"张曼成长叹一声，"也对，眼下共同之敌是伤寒瘟疫！"

"若无仲景出手，任由瘟疫横行，将士何堪再战？"邓芝上前细辩，"况今有江夏军赵慈反叛，已夺安陆、应城与云梦，北控三关，与荆州军对峙。若此时将军与他联手，自巫溪山坞壁出兵，荆州则腹背受敌，危矣！故而，刘使君不惜得罪赵忠、苏章文，也要力主招抚，以去后患。"

"江夏赵慈以哄骗之术斩杀故人秦颉，可谓不仁不义。黄巾军'义'字当先，我岂能与他联手？"张曼成见邓芝真诚，也就直说，"虽然赵慈数次派使者前来联络，皆被我推托。"

"刘使君这次是真心招抚！"张仲景听邓芝一说，也觉得在理，刘表担心张曼成与赵慈勾连，局势必不可控。加之，让阿翁罢兵也是子诺的遗愿，故而张仲景也力劝张曼成投诚，"望阿翁三思！"

"待我将士疫情好转，再议如何？"张曼成虽有些心动，但仍存疑虑，历史上斩杀投诚者比比皆是，不得不小心行事，"我命在天！然兄弟们跟随我出生入死，命在我！"

有张曼成此话，巫溪山义军便按张仲景布置，很快辟置出上百座草棚为病坊。张仲景带着李丰、邓芝，又以红、黄、蓝之法，分轻重之症，将上千军士隔离开来，然后辨证论治。

虽说命贱，但谁都想活下去。听说是神医张仲景亲自来为义军诊治疫病，将士们暗自欢呼。张曼成巡营至此，似乎第一次感受到军营上空的阳光很好，春意盎然，天远地阔……

旬日过后，上千感染瘟疫的将士已经从死亡线上被拉了回来，张曼成感到少有的轻松。这些天与赵五伯、张温几乎形影不离，久违的亲情、温情还有桑麻之情，让张曼成的桀骜不驯、满腹愤懑化成涓涓细流，无语溅去。尤其是看到张仲景日夜为将士诊病治疗，又知张仲景自子诺去后一直未娶，更感到张仲景是一个重情重义之人。他不止一次地对自己说，如果真能以死换得张仲景和张温平安，自己绝不皱眉。既如此，投诚刘表又何妨？

是夜，月圆，暮春宜人。张曼成精心安排，带着几个心腹将校设宴招待张仲景、魏延、邓芝等人，自然也少不了他宝贝孙儿张温和老伙计赵五伯。

大帐内，偶有风过，长枝松明火把忽明忽暗，与诸人心境相合。

张曼成携张温与赵五伯中坐。张仲景、魏延、邓芝、李丰和数个义军将校侧坐，下立十几个兵士，不时为诸人佐酒添食。

张曼成已经康复，情绪也好，率先举杯："多亏仲景及时出手，加上魏将军、邓参谋送来钱粮药草，控制疫情，救下将士之命！我代表黄巾军将士，敬你们一盏！"

诸人一饮而尽，张仲景却将酒加额，又倾于地上："子诺在天之灵可见，我面见家翁，劝他罢兵。"起身对张曼成拱手，"阿翁，劝你罢兵是子诺夙愿！前两个心愿我已帮她实现了。"

"前两个是什么？"张曼成胡须微颤，"可否说来？"

"一是劝官府罢兵、赈灾；二是与沈晅前辈参详药理，得出治疗伤寒瘟疫之药方。"张仲景略有感伤，"阿翁，接受招抚吧！岂不闻'善战者，立于不败之地而战，必求之于势'。昔日天公将军、地公将军、人公将军想为天下百姓讨活路，不得不反。而今三位将军阵亡，义军无主，致使豪强并举，天下大乱，百姓之苦更甚！"潸然泪下，"无论官军义军，战死者皆是百姓子弟、大汉子民。再加之，战乱必起瘟疫，死伤更甚。人都死光了，还有什么社稷江山？又何来南阳、荆州？"

"此言有理！"赵五伯也劝着，"人都死光了，还有什么社稷江山？又何来官军、义军，南阳、荆州？"

既然是子诺遗愿，张曼成心中已经下了决心投诚。投诚，不辱名声在其次，关键是能保全张仲景和张温之前程。但投诚也要有条件，这既是为张仲景、张温铺路，更是为了数千兄弟的活路。当然，这些话他不愿说出来，只好起身扶起张仲景，低声道："我已有计较。"

待张仲景重新落座，邓芝再引正题："要说感谢，也要感谢荆州刘使君！"

张曼成故作恼怒："我与他数年厮杀，还要感谢他？"

"将军有所不知，刘使君素有爱民之名，只是性格懦弱，不敢违抗朝廷旨意。再加之，荆州军师蔡瑁与内宫勾结，挟制刘使君，不得不与你交战！"邓芝托出实情，"眼下刘使君愿与将军化干戈为玉帛，给义军兄弟们以生路，望将军三思！"

张曼成扫一眼自己心腹："诸位兄弟，可有高见？"

"唯神天使马首是瞻！"诸人齐声承诺。

赵五伯悄声说句："若刘使君真心愿意给百姓之活路，当然更好！"

"孙儿如何看？"张曼成爱怜地看着张温，"祖翁听你之言。"

"让他们都活下去，你也好好活下去。"张温声音清脆，"这样，我阿母在天上看见了，一定高兴。"

"好孙儿！"张曼成长叹一声，"我曾转战河南、湖北，节节大胜，唯荆州久攻不下，欲罢不能。义军待于巫溪山中，时也命也。"顿了顿，"不知刘使君如何招抚？"

"来时，我已将招抚事项形成条陈，报刘使君恩准。"邓芝见张曼成和义军将校们眼睛顿时瞪大，继续道，"其一，加封神天使为荆州郎将、宜城令，赐百万钱；其余将校由神天使建言，授予都尉、校尉之职，各赐五千至万钱不等；挑选两千精壮兵士随神天使上任宜城，军士各赐千钱。其二，老弱将士给予三百至五百钱遣散返乡，也可就地屯田。其三，余下将士及妇孺由我督导，待荆州府拨付种子、农具、耕牛，就于宜城、沙河、巫溪山等地，开荒屯田。"

"老夫只有一个条件，"张曼成提高声音，"诛贼！"

魏延有些激动："将军同意招抚？"

张曼成斩钉截铁："你回去禀报刘使君，若刘使君真心给百姓和投诚义军活路，那就诛杀我义军仇人——赵忠、苏章文！否则，我将联手赵慈，宁可战死，绝不招抚！"

魏延见大功即将告成，也是雷厉风行，霍然起身："我这就与伯苗先回荆州，禀报刘使君上书朝廷，清君侧！"

张仲景留在巫溪山中，一边为几个重症义军诊疗治病，一边陪伴张曼成等待荆州消息。其间，翁婿谈及后事，张曼成只愿大仇得报后，解甲归田，守望北山。张仲景只愿去寻得赤金珠和灵皋珠，而后于北山炼制龙珠，医好龙君，著就"活人书"。说到快活处，二人大笑；言及伤心事，又泪溅巫溪……

第二十六章　使君意诚纳降将　忽律狗急跳萧墙

　　江夏赵慈突然起兵反叛,给了赵忠和苏章文机会。二人以江夏归荆州管辖之由,催逼刘表荆州军进击江夏,速战速决。刘表担心张曼成趁机与赵慈联手夹攻荆州,因而举棋不定,就于府衙书阁召集文武属吏,商议军务。

　　军师蔡瑁率先发话:"昨日荆州侯赵忠还来催问,荆州军何时再次进兵巫溪山,剿灭张曼成?被我以江夏赵慈已兵至云梦,将攻宜城,不得不守为由,暂缓出兵。"

　　"若张曼成不接受招抚,必先兵发巫溪山。"主簿蒯良进言,"今朝廷催促荆州、南阳、益州等各郡出兵江夏,欲趁叛贼赵慈立足未稳,速战速决,一鼓而定。但若荆州兵出,张曼成势必从我背后用兵。"

　　"巫溪山地势险要,山陡路窄,加之张曼成数年经营,已是固若金汤,"从事张允摇头,"我荆州军数次征讨,虽重创黄巾余孽,但始终无法荡平。"

　　"外患乃小痒,内忧方是大患!"长史蒯越接话,"赵忠以平叛时限逾期为由,正欲弹劾使君,借此取而代之,坐实荆州侯,这才是当务之急。"

　　"内忧外患,荆州已是风雨飘摇。"刘表也有些头疼,"今赵慈叛军北控三关,占据安陆、应城与云梦。应城地处要冲,云梦地势平坦,皆可屯兵。此二地与安陆成掎角之势,进可攻、退可守,若再得张曼成相助,前后夹击,荆州岂能保全?"

　　"也不知张仲景、魏文长、邓伯苗三人办事得力否?"蒯越忧心中又怀着希望，"若能招抚张曼成，困局顿解。"

"是啊，如此既解荆州大军平叛江夏后顾之忧，又得一批能征善战之将士。"蒯良附和，"还堵了赵忠之口，搅了他的春秋大梦。"

正商议着，就听魏延、邓芝在书阁外求见刘表，刘表起身，手指门外："军师，快，快迎二位将军。"

蔡瑁迎着魏延、邓芝进入书阁，忙问："张医丞如何未归？莫非投了张曼成？"

"若如是，我与伯苗岂敢回见使君？"魏延对蔡瑁露出一丝讥笑，"张医丞不辱使命，张曼成愿意招抚！"

"什么？太好了！"刘表以手击案，喜出望外，"快，为文长、伯苗赐酒。"

蔡瑁也是松了口气："我就说嘛，荆州大军将张曼成困在山中，早晚有撑不下去之时。"

"巫溪山坞壁严整，义军开荒种田，粮草充足，并无苦撑之相。"邓芝淡定应答，"张曼成深感使君意诚。加之，张医丞为义军控制住了瘟疫，得了人心。"

"好！我要重赏！"刘表露出笑意，"何时投诚？"

"只待刘使君一诺！"魏延拱手刘表，"神天使张曼成有言，若刘使君真心给百姓和投诚义军活路，那就诛杀义军仇人赵忠、苏章文。否则，将联手赵慈，宁可战死，绝不招抚！"

"什么？杀中常侍赵忠、天师苏章文？张曼成吃了豹子胆吧？"闻听张曼成提出的条件，军师蔡瑁腾地跳起身来，"这不是变本加厉地造反吗？"

"张曼成吃不吃豹子胆，胆子都很大。"蒯良倒是明理，"军师少安毋躁。"拱手刘表，"使君，相对于荆州而言，赵忠、苏章文二人无足轻重。今赵慈屯兵三地，成掎角之势，再加上安陆本就易守难攻，硬仗在前；而赵忠、苏章文急于巧取荆州，怀狼子野心于后，"见刘表有意听下去，"《孙子兵法》有言：为将者，当以做到智、信、仁、勇、严。将谋而胜，信义服众，仁者得心，勇武生势，严明生威。若固荆州，当以仁信招抚张曼成，以勇严力克江夏叛军，以智谋遏制赵忠、苏章文。"

"那赵忠、苏章文就没安好心，"从事张允是刘表外甥，颇受刘表私爱，说话也无遮拦，"我意借此时机，招抚义军，引狼驱虎，将他们赶回朝廷。"

"那无疑是纵虎归山！"长史蒯越因苏章文夺其族人的荆州宅邸而心怀不满，借机建言，"我闻，何大将军已与宫中内官势同水火，可借招抚张曼成之机，一举除去荆州隐患。"

"伯苗可有话说？"邓芝年轻，资历尚浅，往往不能畅所欲言，故而刘表又加了一句，"尽管说来！"

"适才诸位将军所言，皆是高论。"邓芝上前，淡然而谈，"尽快招抚张曼成部，以其老弱兵士就地屯田，安其士心；而后，择其精锐，驻守宜城，以挫赵慈叛军锋芒。至于荆州内患，当以霹雳手段，廓清妖氛。"最后，邓芝又说一句令刘表心动的话，"以赵忠、苏章文二人性命而得精兵万人、百姓数万，又省去钱粮无数。即使呈报朝廷，也必为陛下所允。"

"末将愿领本部兵马前去捉拿赵忠和苏章文，由使君发落。"魏延拱手请令，"时不我待！"

"万一走漏风声，必为恶虎所伤！"蒯越附和，"主公三思！"

"哈哈哈，果然英雄所见略同！"刘表终于开心大笑，"实不相瞒，我已得大将军手谕，不可纵赵忠、苏章文回朝。"见众人皆有此心，这才下令，着张允、邓芝携三千荆州精兵暗中包围赵忠、苏章文及所率羽林军驻地，以见机行事。

得到魏延、邓芝自荆州传来的消息，张曼成起初不敢相信，经张仲景开解，这才打消疑虑。旋即安顿好数千老弱军士和不愿投诚的兵士就地屯田，只率两千精锐军士往荆州城进发……

刘表带领蔡瑁、蒯越、蒯良、魏延、刘忘之等属吏，由五千荆州军卫护，在荆州城外搭建高台，接受张曼成部投诚。

见张仲景亲自为张曼成牵马，走在前面，刘表不由点头："若无仁者，安能伏魔？"

张曼成骑马来到投诚台前下马，对着刘表单膝跪地，双手托着宝刀举过头顶："使君仁义,曼成及部属甘愿招抚,请使君罚罪!"

"起来,快起来!"刘表接过宝刀,笑着扶起张曼成,"神天使迷途知返,又率众将士前来投诚,已是大功一件! 我已上表朝廷,任你为荆州郎将、宜城令!"

"曼成不求封赏,只求刘使君对放下刀枪之太平道众,既往不咎,不行杀戮。"

"尽可放心!"刘表对着投诚军士高声道,"你们放下刀枪就是荆州子民、大汉子民!"

"使君! 使君! 使君!"义军高喊三声,以示臣服。

山呼海啸般的欢呼声让刘表有些激动,他一手拉着张曼成,一手拉着张仲景走向高台。扫一眼张曼成队伍,略有惊异:"张将军,你数万人马怎么只剩下两千人?"

张曼成朗声回应:"刘使君,我这两千人马皆是精锐,看似两千,实则两万。"

刘表笑着:"久闻张将军带兵以一当十,今日一见,果然名不虚传。"

"张将军,不打不相识!"蔡瑁看着张曼成,痛恨之心藏在似笑非笑里,"今后,你我是一家人了,不可再行逆事。"

张曼成拱手蔡瑁:"以前多有得罪,还望蔡军师多多担待。"

蔡瑁潦草地拱了拱手,哼了一声:"知了!"然后引着张曼成与荆州文武官吏见面。

刘表这才想起张仲景:"张医丞,你立下如此功勋,我必上报朝廷,给予厚赐。"

"仲景不求厚赐,只求使君行仁爱、少杀戮!"张仲景表情平静,"让荆州百姓安居乐业,好好活下去。"

"这是自然!"刘表待张曼成与诸人见礼毕,朗声道,"张将军,随我入城,为你和兄弟们接风洗尘。"

张曼成勒马,拱手刘表:"使君,不知赵忠、苏章文人头何在?"

"知道张将军会有此问。"刘表淡笑,"放心,我已派张允、邓芝两位将军率三千精锐军士,将他们围困在内城,等候发落!"

"我相信朝廷,更相信使君!"张曼成盯着刘表,见其不似有诈,这才向后招手,"众兄弟,随我进城!"

荆州府邸,烛火辉煌。刘表设宴,居中而坐,张曼成、张仲景分坐左右两侧,其余投诚将校与蔡瑁、蒯良、蒯越、刘琮、魏延、李丰等分两列对坐。

"天佑大汉,天佑荆州!"刘表兴致极高,举杯致意,"本使君今日设宴,为张将军及诸兄弟接风洗尘。从此以后,我等可共享太平! 来,大家共饮一杯!"

"共享太平?"见诸人饮酒毕,军师蔡瑁起身,"江夏赵慈盘踞三城,又派其先锋大将程颂引五千叛军出兵宜城,兵锋甚锐。何来太平?"

"大汉有良医有贤臣,今日更有智勇无敌之张将军投诚,何愁江夏赵慈叛军来袭?"荆州主簿蒯良淡笑,"程颂虽有万夫不当之勇,不过一莽夫而已!主公当年入荆州时,正值江南宗贼大盛,又有袁术阻兵,仍不为所惧,单马入城。而后招诱有方,威怀兼洽,令境内贼党豪强皆为所用,使荆州万里肃清,群民悦服。而今,主公领荆楚数千里之地,何惧叛军?"

张曼成心里清楚,这是刘表有意试探自己是否真心接受招抚。若带属下兄弟与赵慈叛军角逐宜城,也自然令刘表和荆州属吏放心。张曼成也不推辞,起身拱手刘表:"末将愿带属下前往宜城拒敌。"

"噢,曼成如此,吾心甚慰!"刘表惊讶地赞许,"赵慈叛军正星夜赶往宜城,欲图江陵、襄阳。宜城居汉水之畔,大洪山、荆山之间,乃攻守要地,江陵、襄阳之门户,不容有失。"拱手张曼成,"按说,应让你和兄弟们歇息数月,无奈军情紧急!"

"张某投诚主公,得主公信赖。然寸功未立,何以服众?"张曼成果然义气,拱手道,"请主公放心,末将誓平叛军,定让宜城百姓安居乐业。"

"好!"刘表有些激动,手举中雅酒盏敬于张曼成,"我敬张将军一盏,祝张将军早日凯旋!"

张曼成接过酒盏,一饮而尽。

"我愿随张将军去会会程颂!"魏延听蒯良说程颂有万夫不当之勇,不服气，"看他武艺如何。"

"也好，由魏将军鼎力襄助张将军，叛军必败！"刘表听说魏延早年曾与张曼成有旧怨，由魏延随张曼成去宜城，也算监视。毕竟，张曼成和部下刚刚投诚，也不能完全放心，"魏将军再引精兵五百，可随张将军先行开拔！"

"我愿随张将军前去宜城。"张仲景上前，"打仗必然会有伤亡，我身为荆州医丞，责无旁贷。"

"仲景已是荆州医令了，再加你徒弟李丰为医丞。"见张仲景疑惑，刘表笑着解释，"沈医令上了辞呈，说是年事已高，不堪奔走，要专心整理药方，就推荐你为荆州医令，李丰为医丞。我与诸人商议，也就允了。"

张仲景回到荆州，本应马上去看望沈晔父女，然分身无术，只能以书信问候。前几日收到沈晔回书，知其想法，却不知沈晔已上了辞呈。在这关键之时，张仲景也不过多推辞："仲景会尽全力，以不负沈医令器重、使君抬爱！"

"好！我让府库多备些药草支应。"见张仲景爽快接受任职，刘表满意地点头，又招呼荆州主簿蒯良、从事刘忘之、行军参谋杨翔，"蒯主簿，加你为督军，带领刘从事、杨参谋和三千荆州精兵，多带弓弩、器械、粮草，以为后援。"

张曼成深知蒯良之能，此人乃宜城豪族世家，精通天文，极善相马，颇负谋略。刘表初至荆州时，曾建言刘表，仁义与权谋并用。以怀柔之术为刘表平定荆襄八郡立下汗马功劳。刘表曾评议蒯良有"雍季之论"。让此人为督军，亦有监视自己之意，也足见刘表深谋远虑。

"唯蒯主簿马首是瞻！"张曼成淡笑拱手，"末将这就略整兵马刀枪，和张医令、魏将军先行开拔！"

"如此甚好！我为张将军饯行。"刘表示意蔡瑁去换酒樽，"酒壮英雄胆。我有三个酒器，分别为伯雅、中雅、季雅，各容美酒五六七升，又设大针于杖端，有醉酒寝地者，以劖刺验其醒醉。"

"使君豪迈！"张曼成和投诚将校都是历经百战之人，区区水酒岂在话下？然毕竟初入荆州府衙，仇人赵忠、苏章文尚无讯息，又大战在即，心有余悸，"待我等凯旋，再开怀畅饮如何？"

"使君，大战在即，还是留醉于凯旋！"张仲景拱手刘表，"使君莫若让我多带些美酒前往宜城,也好使受伤将士少些苦痛。"

"岂能不允?"刘表笑着应允,"府库尚存有口味适宜之稻酒、黍酒、秫酒、米酒、椒酒、柏酒、桂酒、菊酒、兰英酒、葡萄酒、甘蔗酒,还有一些口味暴烈之春醴、春酒、冬酿、秋酿、黄酒、白酒、甘酒、香酒,更有宜城醪、苍梧清、中山冬酿等好酒,张医令尽可调用。"

"多谢使君!"张仲景施礼,"但愿军士少些死伤,少些杀戮,早日凯旋。"

"要说谢,更该谢张医令。"刘琮上前,举杯张仲景,"救命之恩,没齿不忘!"

张仲景连忙还礼:"少公子,这是医者本分,无须在心!"

"张医令医德如此高尚,可谓圣人!"刘表笑着,"我要向朝廷再次为你请功!"

"使君若一定要为仲景请功,"张仲景正色道,"就允在下一请。"

刘表爽快道:"尽管说来!"

"张将军因我和魏将军、邓参谋尽言使君仁爱信义,方才率众来归。"张仲景扫视诸人,"今赵忠、苏章文尚且在荆州逍遥,恐归顺将士心中不安!"

刘表脸色一虎,看向蔡瑁:"为何还不动手?"

"赵忠、苏章文毕竟是朝廷命官,须得陛下旨意,方可杀之。不过,已得何大将军回复,不日圣旨即到。"蔡瑁看张曼成一眼,"赵忠、苏章文已被荆州军团团围住,插翅难飞! 他们的人头由将军凯旋后去取,岂不快哉?!"

"亲刃仇敌乃人生快事!"张曼成起身拱手,"多谢蔡军师成全!"

"待张将军凯旋,就由你处置仇敌。"刘表一副同仇敌忾的样子,"此等祸国殃民之徒,早该除之。"

"多谢主公美意!"张曼成心知,必克赵慈,方能报仇,只好拱手告辞,"我等这就告辞! 明日兵发宜城。"

张仲景欲转身离去,被刘表劝住:"张医令且慢,朝中何大将军来信有一问:如何使女子奶汁旺盛?"

张仲景看了一眼刘表递过来的药方,淡笑道:"在宫中太医之药方上,再加一味大麦黄。"

见刘表有些不敢相信,张仲景保证:"使君放心,此方必能药到病除!"

"好!我这就安排快马将此药方送入宫中。"刘表拱手张仲景,"若有药效,必有封赏!"

张仲景、魏延随张曼成及众将校起身而去。

看着诸人远去的背影,蔡瑁笑了:"主公,此事你不怪我吧?"

"岂能怪你!"刘表嘉许,"德珪一箭双雕之计,妙!"

"虽圣旨传来,让我们杀赵忠、苏章文,但这张圣旨到底是大将军何进之意还是中常侍张让之意?"蔡瑁转着眼珠,"或者说是他们都在假传圣旨?"

"既有圣旨,倒不急着斩杀二贼。"蒯良淡定,"也好让张曼成尽力杀敌。"

"待宜城战事结束,再处置赵忠、苏章文不迟。"蒯越提醒,"只是那一千羽林军皆是虎贲之士,不好对付。"

蔡瑁献策:"到时候就交给张曼成,他属下皆是能征惯战之辈!"

"若此,这仗必是惨烈!"刘表看着蔡瑁,"到时,你还是要带三千人马跟着,免得出了差错!另外,务必保证张仲景安全,荆州不能没有他,琼儿也不能没有他!"

与此同时,赵忠、苏章文所在的荆州驿馆明堂内,也是烛火通明。

赵忠高坐,苏章文、袁林连同几个羽林军心腹校尉侧坐,宴饮正酣。由于驿馆外已被荆州军团团围住,他们竟然对荆州府发生的事情一无所知。

堂中,几个舞女正在起舞。几个校尉显然已经酒醉。

只有苏章文隐约感到不安,有一种独居山林、猛虎自背后无声逼近的感觉。他不由俯身对赵忠提醒道:"义父切不可酒醉!数日前,刘表似乎下了决心要招抚张曼成。这些日子蔡瑁也以身体有恙,未能前来向你请安!"

"那有什么?还不是黄巾贼畏惧我雷霆之威?"赵忠满不在乎,"张曼成若投诚刘表,也省了我羽林军征伐之苦!至于蔡瑁,那就是一个有奶便是娘之徒!"

"切不可轻视!"苏章文有些不安,"若张曼成率众归附刘表,我等便无留在荆州之理!"

赵忠略一琢磨,放下杯盏:"张曼成若来归附,必要将其斩杀,不留后患。

之后,将其部属纳入羽林军统辖,让刘表不敢妄举!"

"依此行事,事不宜迟!"苏章文起身,"义父,马上以圣上口谕,不,以诏书宣刘表!"

赵忠点头。其贴身内侍急忙拿出一卷空白诏书和笔墨。苏章文接过,文不加点,一挥而就,正要起身,就见一个身着夜行服的劲装道士从外面进来,对苏章文耳语。

苏章文陡然变色,先挥手斥去堂上舞女和几个酒醉校尉,如坐针毡,喘着粗气:"反了,反了!"

"扫兴! 反谁?"赵忠不满地看苏章文一眼,"究竟有何变故?"

"怕你不悦!"苏章文面色狰狞,"荆州有变!"

赵忠以锥子般的目光刺向黑衣道士:"柳九,在这里无须装神弄鬼,尽管道来!"

"我刚从蔡军师处探知,"柳九脱下面巾,有些结巴,"张曼成投诚了!"

"这不正合陛下旨意吗?"赵忠冷笑,又看苏章文,"值得你们大惊小怪?"

"值得!"苏章文起身,拱手赵忠,"义父,你可知道他投诚条件是什么? 杀你我,清君侧!"

晴天霹雳! 赵忠一把扫去桌上杯盏,指着自己鼻子:"什么? 杀我? 杀陛下之母?"

"江夏兵变,刘表担心张曼成与赵慈勾连,夹击荆州,就把你我给卖了!"苏章文似笑非笑,"平叛要花钱,要花很多钱! 混蛋陛下接到刘表奏折,翻脸不认其母! 竟听了大将军何进之言,拿咱俩当钱使!"

"这……怎么可能?"赵忠愣了一下,不由大笑,继而大哭,"陛下,我为你出生入死,你不能这样对待老臣啊!"片刻后,凝了凝神:"难道张君侯、蹇常侍就忍心如此?"

"义父,今朝中局势大变。何贵人再生一子后,更是备受宠爱。其兄何进在朝中一言九鼎,连张君侯都不敢争锋。"苏章文一副痛心疾首的样子,"现在,你我连同羽林军都已被荆州军精锐团团围住了。"

"不行,不能坐以待毙!"赵忠此时也逐渐冷静下来,"快,快想办法。"

羽林军郎将袁林战战兢兢起身,欲去,被苏章文喝住:"袁将军,你这是要去哪儿? 你带着一千羽林军随赵常侍来荆州督战,今赵常侍有难,你能跑得了吗?"

"既然是一条绳上的蚂蚱,"赵忠回过神来,"咱都坐下,仔细商议,天无绝人之路!"

"天无绝人之路!"苏章文冷冷地扫诸人一眼,"办法有一个,就是要花点儿钱!"

"唉,老夫也是命苦! 前半辈子挣钱盖了私宅,被皇甫嵩告发,让陛下给没收了。这刚在荆州弄了点儿钱,恐怕又要打水漂了。"赵忠不免有些肉疼,看着苏章文,"除了花钱,难道就没有其他法子吗?"

"也有,带着一千羽林军从荆州大军中冲出去!"苏章文面带讥嘲,"外面只有张允、邓芝所率三千荆州精卒!"

"那我们还不被荆州军劲弩射成刺猬?"袁林苦笑,拱手,"还请苏天师别说笑了。"

"保命要紧!"赵忠咬了咬牙,"快说钱咋花?"

"荆州军师蔡瑁屡败于张曼成,自然心中有气。"苏章文这才舒口气,"他素来爱财,佞邪秽政,爱恶败俗,可为所用。"

"蔡瑁贪财无度,可用!"袁林也来了精神,"只要蔡瑁统辖的荆州大军不出手,末将必能保将军逃回京师。"

苏章文阴沉着脸:"逃回京师,大将军何进能容得下我们? 还不是一样得死?"

赵忠想了想:"那就杀了张曼成,带着他的人头回京。"

"这就对了!"苏章文点头,"我等替朝廷平定了荆州黄巾余孽,立下大功,看他如何治我们罪?"

"好! 你二人这就随我悄悄地去蔡瑁府上打点。"赵忠一拍大腿,看着柳九,"也多亏蔡瑁笃信鬼神,信赖道长,让你能够在其府上走动。眼下,也只有这个心胸狭窄、贪财无德之小人能帮咱们!"

"哈哈哈——"苏章文忽然忍不住大笑,"荒谬! 荒谬至极!"

第二十七章　宜城阵前施义粥　仲景月夜劝巨寇

　　张仲景和张曼成率着两千义军向宜城开拔。换了崭新衣甲、明亮刀枪的军士因饱餐数日,稍得歇息,渐渐露出了生猛之气。大军宛如游龙,沿汉水岸堤疾行。途中,时见面带惊恐的逃荒百姓,扶老携幼,艰难奔逃,无声地向他们诉说着前面战事的激烈。

　　探马不断来报,江夏叛军的行踪也逐渐清晰。宜城背山临水,易守难攻。叛军前锋裹挟着途中截获的百姓,正主攻宜城临江的西门。张曼成下令军士穿过大洪山隘口,自临山的北门悄然入城。得荆州生力军增援,宜城守军士气大涨。为避官军锋芒,叛军只得后退数里扎营。

　　不幸的是,叛军主将程颂因箭伤使部将寻得隐于乡下的沈眭。沈眭虽怒斥叛军恶行,不愿为程颂治伤,但被叛军以女儿南嘉相要挟,他只好来到叛军大营,为程颂疗伤。

　　程颂早年曾随黄巾军神天使马元义布道。因门徒唐周告密,马元义于洛阳遭车裂之刑,程颂侥幸逃脱,遂应天公将军张角之呼,于云梦率领数千门徒起事。随着各地豪强并起,联合反扑,黄巾军大势已去。接连败北的程颂只好带着数百残兵,投奔江夏豪强赵慈活命。这次出兵宜城,只是要安葬原南阳郡太守秦颉棺椁。赵慈误杀故友秦颉后,心中总是内疚不安,夜夜噩梦。经人提点,认定是秦颉鬼魂缠绕。想起秦颉曾以宜城一处房屋可为墓穴之旧事,便令程颂引军五千,护送秦颉灵柩前去安葬,以慰游魂。不料,叛军一出，便遭顽拒。宜城守军虽是不多，但宜城族兵、家兵还有青壮汉子皆蜂拥城垣，固守不退，致使叛军无法入城，死伤千人，自己也负箭伤。程颂原本不存大战之心，只想安葬秦颉灵柩即可，谁知遭此重创，不由恼羞成怒，下令攻城，并让一路裹挟的百姓和大户冲在前面，形成肉阵。沈旺虽被程颂胁迫，却也不能见死不救，带着南嘉一边为受伤百姓和兵士包扎伤口，一边期待着官军到来。

张仲景、张曼成、魏延随宜城尉马泰登上城头。忽然，南嘉熟悉的身影像刀锋一般刺来，让张仲景目光生疼，不敢相信。再看到须发雪白的沈旺若神仙一般游走在两军交锋的锋线上，不时为或躺或卧的受伤将士和百姓诊脉，这才确信，沈旺和南嘉被叛军裹挟而来。

马泰看到城外叛军疲态，欲立头功，建言张曼成："将军，城外叛军士气已堕，疲乏不堪，已是强弩之末。末将愿引两千精兵出城迎敌，必能大获全胜！"

"叛军裹挟百姓，结为人阵。我军虽士气大振，生猛有力，然不可贸然出城决战。"张仲景不觉忧戚，"百姓何辜？遭此不幸！"

魏延在城头也看见了沈旺和南嘉，心中也知叛军已是强弩之末，却恐叛军狗急跳墙，伤了裹挟的无辜百姓，伤了沈旺和南嘉，伤了张仲景的心。正思忖间，就见叛军大纛竖起，擂起战鼓，一员年青粗壮的骁勇战将手提开山大斧，引着数百精锐纵马而出，仰头望着宜城城头，高声喝着："马泰老贼，你是我手下败将。听说你搬来荆州救兵，可否出城与我决战？"

"不知死活之蠢货！"马泰大怒，正要点兵出战，被张曼成以手止住，"且慢！由我来会此贼！"

"此贼就是程颂胞弟程观，颇负勇力，仗开山斧、流星锤，城中无猛士可敌！"马泰提醒，"将军切莫大意！"

"也是奇怪，既来攻城，又为何不带攻城器械？莫非以为宜城城墙是豆腐堆砌而成？"张曼成果然是身经百战的老将，"叛军精锐也不过人着半甲，刀枪不齐，远处后军竟持农具棍棒，若此乌合之众，一鼓可定。"

"说来好笑，此贼引兵远来宜城，竟说是奉将军赵慈之命，要安葬原南阳郡太守秦颉棺椁于宜城东街老屋,并无夺城之意。"马泰解释,"谁敢相信叛军如此胡言?这便与叛军数日厮杀。叛军眼见无法抵御大军,便四处裹挟百姓,结成肉阵抵挡,就是不退。"

"果是如此,可不战而胜!"张仲景建言张曼成,"叛军饥疲,可于城门外设大鼎数口,煮上热粥,以慢其军;再以魏将军手段,生擒敌酋以堕其志;而后,允秦颉太守灵柩入城而折其心。最后,我愿亲赴敌营,招抚程颂。"

"仲景所言极是!"张曼成转身走到城头高处,高声叫道,"程颂何在?"

"尔乃何人?竟敢大呼小叫俺家先锋大名!"程观提马上前,以斧指向张曼成,"有种出城,与我决战!"

"你回去转告程颂,就说神天使张曼成在此!"张曼成也不与程观废话,"念你军士多是寒苦百姓,今日,本城主先于城外设粥,让尔等饱食一顿,明日再行厮杀!"

叛军顿时交头接耳,人心浮动。被逼结阵的百姓也开始左顾右盼,队形渐乱。程观扭头扫一眼局势,莫名生出一股怒火:"既然怜悯百姓苦寒,何不开仓放粮、赈济百姓?"见城门打开,一队官军在魏延、张仲景带领下,带着粮食、木柴、大鼎来到离城门吊桥百步箭程之外,支鼎煮粥。程观进退不是,只得顾望身边将士道:"切莫上当!粥中有毒!"

沈晔和南嘉刚才已经看到站在城头的张仲景,也知道官军于阵前施粥一定是仲景之谋。想到这里,拨开结阵百姓,拱手程观:"老夫曾是荆州医令,愿和小女冒死为百姓试粥。"

"你不能死!你还要为受伤将士和我家先锋诊病疗伤呢!"程观虽长相粗鲁,却心细,"尔等退后,待我夺了这些粮草,好让大家放心享用。"言毕,催马叫阵,"尔等不愿将士送命,我亦不愿!可有人与我决战?"程观接连数日与官军交锋,鲜有对手,气焰正炙,手提开山大斧,在阵前耀武扬威,不觉已距离结阵百姓数十步。正在这时,就听一声顿喝:"无知小子,拿命来!"

魏延手提錾金大刀,催马即到,对着程观兜头便砍,程观举斧相迎,刀斧交加,电闪雷鸣。数个回合之后,魏延拖刀便走,程观只管催马追来,欲以流星锤暗算魏延。不料,魏延翻身而起,手中大刀如山压下,程观躲闪不及,横撞马下，手中大斧脱手而飞。见程观落马，几个叛军欲驱马来救，却被官军以劲弩射住，无法上前。

"我命休矣！"程观眼冒金星，以为已身首异处，肩膀一阵钻心疼痛。睁眼却发现，魏延只是以刀背将他劈于马下，饶了自己性命。魏延以刀尖抵住他咽喉："放了百姓，今日饶你性命！"

"大意了！"程观苦笑，"否则，你如何抵挡我的流星锤？"

"改日我再与你大战三百合！"魏延亦笑，收回刀尖，"如何？"

"好！"程观翻身坐起，对着属下吩咐，"放了百姓！"

百姓们听到声音，顾不上欢喜，朝着城门没命般地奔逃。沈晅略整衣袍，捋须凝神，带着南嘉缓步朝张仲景走来。张仲景急忙下马，叫了声："师父，南嘉，"上前扶着沈晅，眼圈发红，"无恙否？"

"若非有医术在身，早已死于非命！"沈晅苦笑摇头，"倒是让南嘉受惊了！"

"仲景哥，"南嘉叫了一声，已是泪落，"差点儿见不到你了！"

"以后，再也不让你离开我。"张仲景面带刚毅，"你和家翁上马回城，再细细说话。"

见沈晅和南嘉骑马入城，魏延这才放过程观："去拾起你的大斧，改日再战。"

程观徒步拾起大斧，见张仲景和属下军士丢下柴火、军粮和大鼎，由魏延压阵，缓缓退入城中。待城门升起吊桥后，他才愣过神来。被几个军士接回本阵后，程观心中更是一番异样滋味："为何今日之战，竟无杀意？难道这就是不战而屈人之兵？"

就着阵前大鼎，数日里忍饥挨饿的叛军生起大火，煮着热粥，总算热食饱腹。傍晚时分，程观收兵回营。不管如何，今日之战虽说自己因大意而败，肩膀脱臼，失去了上千充作肉盾的百姓，但毕竟手下兄弟无一折损。百姓还可再抓，又于阵上混得一顿饱饭，也算不亏。当他回营面见叛军先锋程颂时，说起神天使张曼成之名，程颂顿时呆住："神天使！他还活着？"前年冬，张曼成于昆阳关被朱儁所率的官军围困，不得已分兵数路，冒雪突围。

渠帅程颂带两千义军在张曼成掩护之下，奔袭云梦，逃出生天，却闻张曼成落入南阳郡太守秦颉所布罗网，被杀。"这世道真是荒谬不堪！"程颂苦笑，"当初，听闻神天使被秦颉所杀，秦颉又被赵慈所杀，赵慈又托我运送秦颉灵柩入宜城，神天使又于宜城复活！"忍不住哈哈大笑，笑着就溅出泪水："弟弟，你说，究竟是谁死谁活了？"

"反正，咱们都要活下去。"程观摸着脱臼而又红肿的肩部，心中也开始绞痛，龇牙咧嘴地说着，"当今乱世，侄儿幼而聪慧，岂可无父陪伴？"

"可是，活路在哪儿？"程颂忧思，"秦太守灵柩无法入城，又夺不了宜城，更回不了安陆大营。你我皆有伤在身，营中粮草几乎断绝，如何是好？"望着窗外月光，不由含泪，"而今，你我进退两难，空负了你我一身本领！"

正说话间，侍卫入内禀报，说是营外来了一位神医，要为将军治伤。程颂、程观互相看了一眼："这是怎么回事？难道沈畦如此好心？"虽心存疑惑，还是几乎异口同声，"还不快请进来！"

"算了，还是我亲自出迎！"程颂让侍卫点亮帐中火明，再备些酒食，刚走出大帐，就见一个清隽儒雅的中年方士走在前面，身后跟随着一个牵马的英武青年，踩着月光而来。

"我乃张仲景，受荆州沈医令所托，前来为将军疗伤。"张仲景拱了拱手，"你毕竟是他病人。"

"沈医令？老神仙？"程颂在帐门前屈身，"我还以为他一去不返呢！"听程颂口气对沈畦尊敬有加，想来沈畦和南嘉虽被叛军裹挟，也不会过于为难他们，张仲景这才有些安心，"你是他病人，病人还未痊愈，他就不会袖手不管。"张仲景走进大帐，"这不是派我前来为你继续疗伤了嘛！"

"张仲景？"程颂听张仲景名字似乎熟悉，猛然想起，"可是涅阳张神医？"瞪大眼睛，"早从兄弟们口中听说过神医，曾以桂枝汤和青龙汤控制住南阳、荆州大疫，救活无数百姓。"

"能救活的人都是不该死的人。"张仲景坐下，"要说大疫起源，还是战乱。再说今日，令弟与魏延阵前交锋，肩膀脱臼，我也特来为他诊治。"

程观正疼得无法起身，被张仲景上前按住肩膀，不经意间，"咔嚓"一声，已将其脱臼复位，片刻后，已是轮臂自如。程观不由咧嘴笑着："手到病除，果然是神医！"

"我恐将军在阵前食言于手下兄弟，特意为你疗伤！"张仲景淡笑，"今日，你败于魏延，必是心中不服。"

"你这么一说，我此刻心中也不再绞痛。"程观有些吃惊，"神医又医好了我心病。"

"心病是自己给的。"张仲景接过程观奉上的酒水，"你担心无法迎战魏延，无颜见于兄弟，所以才心中绞疼。"呷了一口酒，"只是，你们不觉得宜城之战有些憋屈？不知为谁而战，又不知如何取胜。就因赵慈误杀故人内疚，又因秦颉一句'此屋当冢'，就于宜城之下战死千人，何其荒唐！"

"谁说不是呢！"程观也觉得有些窝囊，"我家大将军若是真心想得宜城，就该拨出精兵万人，配置攻城器械，不出三日，我军必得宜城。"

"空负你兄弟二人一身本领。"张仲景为程颂箭伤敷药后，接话道，"而今，前路受阻，又无后路可退，数千兵丁孤悬于外，惜哉！"

"神医知我心病！"张仲景之言正中程颂心中痛处，"神天使张曼成为何在宜城？难道是为我而来？"

张仲景回答干脆："正是！"

程颂疑惑："他与朝廷势不两立，又为何投诚？"

"他想让兄弟们都活下去！"张仲景看着程颂，"义军都是苦寒百姓子弟，被官府逼得生不如死这才揭竿而起。"又看着程观，"弟兄们去生死搏杀也无非是为求活路，活出一条好路。"月光入帐，微风习习，"荆州牧刘使君爱民，愿意给百姓活路，所以，张将军接受招抚。老弱者发给农具、粮种和耕牛，就地屯田；精壮军士转为府兵，缉拿贼寇。"见二人有些心动，"今张将军为宜城令，与将军系故人，不忍以刀兵相加，这才托我前来疗伤。"

"张神医如此赤诚，我岂能不知好歹？"程颂拱手，"然赵慈在我走投无路之时，将我招入麾下，若寸功未立，何以回报？"

"放秦颉灵柩入城，安葬于宜城东屋如何？"张仲景淡笑，"将军麾下兵士就于宜城沙洋屯田如何？"抬首又看程观一眼，"再让程将军与魏延单独厮杀一场如何？"

"果然是神医！"程颂大笑，"为人治病，为世治病，为天治病。"

"大兄，我若再败于魏延，是天意让你我归于宜城。"程观性急，劝说程颂，"明日，你不妨为我观敌瞭阵！"

"不急，待你肩伤痊愈再战不迟。再说了，明日便是中元节，不妨让兵士们歇息一日，祭奠亡魂。"张仲景言语赤诚，"张将军亦知程将军营中粮草殆尽，专一拨付一百车粮草明日送到，可支应几日。待二位将军与兄弟们商量妥当，再行定夺。"

"这……如何是好？"程观感动不已，"如此这般，让我如何再向魏将军举斧？"

"咱听张神医的。"程颂轻叹一声，"我也累了，明日过节，放河灯，祭亡魂，歇战！"

"程将军，你的箭伤已无碍了，我以后可就不来了！"张仲景起身拱手，"趁着月色尚好，我这就回去。记着，在我眼中，没有敌人，只有生命。都好好活着！"

"都好好活着！"望着张仲景月下远去的背影，程颂不由想起数年来的血雨腥风，不觉潸然泪下。

第二十八章　仁义忠孝为万民　正心善念得赤金

如何体面而又不再以伤亡兵士和百姓为前提让程颂投诚,也确实让张曼成伤了脑筋。自己身为黄巾余孽,刚刚投诚刘表,又招抚同是黄巾余孽的程颂,不免有壮大实力之嫌。更因程颂叛军接连数日与宜城兵士交锋,各自死伤千人,已是结下死仇。今日,刚刚支应程颂叛军一些粮草,便被宜城尉马泰斥为资助叛军,图谋不轨,必要上奏刘表及朝廷。多亏张仲景反复解释,甚至以性命担保叛军来降,马泰方才开城放行。身为蔡瑁心腹,马泰不可能不向蔡瑁禀报此事,早晚必生祸端。看来,只能等到三日之后,由在荆州颇负名望的督军蒯良前来定夺。

是夜,月圆如镜,初桂洒金,微风习习,凉爽宜人。依着汉水的城楼上,张曼成设宴为沈眭父女压惊,作陪的也就张仲景、魏延、赵五伯、张温、李丰及其副将陈茂数人。

酒过三巡,南嘉已控制不住泪水。虽说被叛军裹挟数日,但每时每刻无不是担惊受怕、度日如年。若非程颂依赖沈眭为他疗伤,自己在叛军营中,无论如何也难得周全。想到这里,再看着张仲景关切的目光,南嘉含泪站起身来,为张曼成敬酒,说有一个请求:请求自己能代子诺照顾张温。话音刚落,已经懂事的张温就一下子紧紧抱住南嘉,看着张曼成:"祖翁,我想娘了!"

张仲景瞬时低下头去,泪水满眶。

张曼成却装作没有听见也没有看见,正侧身与沈旺低语。片刻后,沈旺捋须淡笑,张曼成这才笑着说话:"南嘉,我已与你阿翁商议,明日即是吉日。老夫身为宜城令,亲自为你和仲景主婚如何?"

"'南有嘉鱼,烝然汕汕!'"未待南嘉作答,张仲景连忙跪地施礼,"仲景全听阿翁安排,决不委屈南嘉。"说完话,才愣过神来,"婚姻大事,还是南嘉先言。"

诸人大笑。南嘉笑中含泪,扯着张温先行下了城楼……

所有的童话都这么说,从此,张仲景和沈南嘉过上了幸福生活。而事实上,一个医者仁心的人,一个负有天命的人,人生跌宕起伏的张仲景又如何能够给予爱人现实安稳?无非在他的人生中,多了一位甘于牺牲的伟大母性而已。

督军蒯良在张仲景、张曼成及诸人期盼中,带着荆州从事刘忘之、参谋杨翔及三千精兵和充足粮草总算来到宜城。被张曼成派去先行迎接蒯良的宜城尉马泰,显然已将张曼成来到宜城后的所作所为向蒯良作了禀报。故而,蒯良升帐时,面色一直阴沉。

"张将军,与江夏叛军之仗如此打法,本主簿可是前所未闻。"蒯良有智谋,也想到了,"是否怀有招抚之策?"

"禀督军,叛军裹挟百姓结成肉阵,若以常规攻守之法,百姓死伤在前,而叛军死伤于后。"张曼成倒也平静,"刘使君既然委任我为宜城令,就不得不先替宜城百姓着想。"

"有些道理!"蒯良略思,又问魏延,"然魏将军又为何放了叛军猛将?"

"那将悍勇,我以计谋胜他,他必定心有不服。"魏延拱手,"杀人无如诛心!"

"好一个杀人无如诛心!老夫要看魏将军明日一战,如何诛心?"蒯良大笑,又问张仲景,"听闻张医令求得一百车粮草前去支应叛军,又是何为?"

"为等督军!"张仲景看着面有惊诧的蒯良,款款起身拱手,"叛军大将程颂曾是张将军故人,若以张将军之名去招抚其部,恐有坐大之嫌。"蒯良心领神会，"叛匪粮草断绝，若无一百车粮草资助，便等不到督军来到宜城。"

马泰忍不住插话："让叛匪全部饿死，岂不更好？"

见蒯良并不介意马泰之言，张仲景回应："若叛匪粮草断绝，必趁我立足未稳而拼死攻城，胜负尚难意料。退万步而言，若叛匪真是全部饿死，岂不坏了主公仁爱名声？"

"所言极是！"蒯良重重点头，"张医令真乃仁者、智者！"又问，"张医令只身敌营为贼酋疗伤，又是为何？"

"以全沈医令医者之名，行招抚之策。"张仲景也不隐瞒，"贼酋裹挟沈医令为他疗伤，贼酋便也是沈医令之病人。贼酋伤势未愈，沈医令身为医者，便不可不医。对于大医者，只有病人，没有敌人。"起身拱手，"贼酋感沈医令如此大爱，甘愿招抚！"

"仲景，真乃圣人也！"蒯良不由得面露敬佩之色，站起身来，"为主公尽忠，为沈医令尽孝，为百姓尽仁，为我等尽义！言忠孝仁义易，行身体力行难！"拱手施礼，"仲景，请受本督军一拜！"

"督军抬爱！"张仲景连忙还礼，"明日便可招抚叛匪，以安宜城百姓。"

"南阳郡秦太守忠于朝廷，身殉大汉，理应厚葬！"蒯良最后轻叹，"只是，江夏赵慈又何苦来哉？"

招降台设置在汉水一处开阔的江滩上。出乎意料的是，江夏叛军先锋将程颂并未出现，而是由其弟程观和参谋郭非率领数千疲卒前来投诚。叛军十几个将校先抬着秦颉棺椁来到台下，而后，程观将程颂的一封书信交于沈晅，让蒯良有些不悦："贼酋不亲自前来投诚，是何居心？"

马泰斜眼扫过沈晅，对同为蔡瑁心腹的荆州参谋杨翔低语："莫非贼酋与这老家伙还有联络？我可是听说沈晅任了叛匪医官，又亲眼见他为叛匪疗治伤病。"

"也是老糊涂了！"杨翔点头，不阴不阳地笑着，"不过，沈医令现在可是张仲景之阿翁，只能看看再说。"

沈晅看完书信，倒笑了："蒯督军，程颂信中所言，他无颜见宜城令，又怕宜城尉记仇，又无勇气自戕，更不能回安陆叛军大营，"将书信递给蒯良，"你看看,他无路可走,一定要向老朽学医。"

"向你学医?"蒯良捋须笑着,"说明其人性未灭,"点了点头,"也好,让他在内疚忏悔中度日,也未必不是一种责罚!"又笑对张曼成、张仲景,"看来,此人不但被沈医令看好了箭伤,也治好了心伤。放下屠刀,立地成佛!"

"督军睿智!"张仲景拱手道,"程颂毕竟与宜城官兵结下太多仇怨,他不亲自前来,也是为了督军能够顺利招抚。"

"此言有理!"张曼成看着台阶下江夏叛军将校,对蒯良附身低言,"宜城官兵死于叛军刀箭之下者,不下千人。恩怨恐怕一时难消。只有将他们迁往别处屯田,日子久了,方能让恩怨化为流水。"想了想,"至于程颂愿意拜沈医令学医也好,度己度人!"

"屠夫学医? 笑话!"立于旁侧的宜城尉马泰忍不住嗤笑,"程颂不是怕我宜城将士记仇,而是怕死。实乃懦夫!"

刚才暗见杨翔与马泰一直面带阴笑低语,蒯良心中略有不祥之感:"杨参谋受蔡军师之托,可有话说?"

"这贼酋分明是怕死,所以不敢前来。"杨翔也不客气,"又让属下扛着满是晦气之棺椁进入宜城,其心当诛!"

杨翔话音刚落,秦颉棺椁前站立的参谋郭非大叫一声:"大丈夫可杀而不可辱! 程颂误我! 我做鬼也饶不了你们!"言毕,竟一头撞向棺椁,当场脑浆迸出,死于非命。

蒯良和诸人顿时脸色大变。

江夏叛军本欲投诚,此刻却人心浮动,目光紧盯着猛将程观。而程观一听备受爱戴的兄长被冠以懦夫之名,登时七窍生烟,转身对着身后准备投诚的数千兵士大喝:"儿郎们,给我提起刀枪!"

风云突变! 未待台下十几个将校转身,魏延带兵已截断他们退路。蒯良见状,大惊,只得高声安抚:"程将军,还有诸位江夏军将士,少安毋躁! 我主公刘使君爱民养士,诚心招抚,切莫因一时言语不合,而再起刀枪。"转身大喝,"来人,将参谋杨翔绑起,交程将军发落!"

"我何罪之有?"杨翔大声嚷着,"蒯良,老匹夫,莫非你与叛军勾结?"

"就冲此言,以诬陷长官之罪,当斩!"蒯良也不待杨翔辩解,手起剑落,杨翔血溅当场,死不瞑目。

台上台下,顿时静寂。唯有旌旗猎猎,汉水低回。

蒯良拄着淌血宝剑,无力坐在台上。说好的化干戈为玉帛的招抚,怎么生生弄成这般模样?又如何向主公交代?难道真的要血流成河,方可罢休?

张仲景面带悲悯之色,缓缓步下高台,以手拨开军士们的刀枪,来到程观和十几个被围的将校中间,一字一顿:"你们真的都不怕死吗?死的人还不够多吗?"转身又对着手持刀枪的魏延和军士,"你们以刀枪对着手无寸铁之人,哪怕他们是敌人,都是懦夫之举!"见魏延和军士们无力地垂下刀枪,张仲景不由感慨万端,"你们也都是父母所生所养,无论造反之人还是身在官军,无非都是为了在乱世中活命,无非是让自己和家人在乱世中有口饭吃。"轻叹一声,"今刘使君不念旧怨,特意派蒯主簿前来招抚,愿意让大家都活下去,你们又何必再生变故,去你死我活地厮杀?"仰天落泪,似乎在问叛乱的主使、腐败的朝廷、昏庸的皇帝,"上天啊,人都死绝了,哪里还有社稷?还要这宜城做什么?还要这汉水做什么?还要这江山做什么?"拭干眼泪,"杀吧,你们就在这里死战。我身为医者也救不了必死之人,更救不了不怜世人的天!"

言毕,不忍眼见杀戮的张仲景怀着莫大的悲悯和忧伤,歌着哀婉的歌谣"薤上露,何易晞,露晞明朝还落复,人死一去何时归",走出人群,走向悠悠汉水。汉水荡涤着他的灵魂,张仲景再次感受着一种悲天悯人的大孤独。当汉水波涛溅湿他的衣袂时,站在高台上的沈晔大呼:"仲景,你要活下去,他们也要活下去!"

在张仲景低低地吟唱着"薤上露,何易晞,露晞明朝还落复,人死一去何时归"的歌声中,有人开始低声加入合唱,慢慢地,更多兵士也开始唱起葬歌《薤露》,哀哀歌声与江涛共鸣,形成呜咽的风暴……

"张医令,我等愿意招抚!"一个江夏叛军的声音,两个叛军的声音,三个叛军的声音……上千声音从背后传来。张仲景投江的步伐略一迟疑,被身后骑马而来的魏延拦腰托起:"仲景,他们要活下去,你更不能死!"

看到江夏叛军一队队地低着头走过来，将手中兵器掷下，逐渐在招降台下堆积如山，蒯良起身，总算长吁一口气，饱含热泪："仲景又救了万千百姓。"

宜城战事平息。依着朝廷太守的规制，蒯良在安葬好秦颉灵柩后，代表荆州牧刘表，加封宜城尉马泰为偏将军，以安抚其心。张仲景不愿加赏，蒯良也不勉强，便加张仲景徒弟李丰和张曼成副将陈茂为屯田郎，跟随从事刘忘之，带着招抚的数千昔日叛军、今日百姓前去沙洋屯田。程观与魏延又尽力一战后，再败，便死活要为魏延牵马坠镫，甘为马前小卒。蒯良从大处着眼，也就让他留在魏延帐下，随魏延带两千精兵移守北山，与驻守大洪山隘口的两千荆州军互为表里，以抵江夏赵慈叛军袭扰。张仲景、沈旺暂留宜城，与张曼成一起安民，整修城垣。蒯良也借此北上洛阳，代刘表向朝廷奏事。走之前，张曼成亲自为蒯良送行，自然向蒯良问起仇人赵忠、苏章文之下场。蒯良也不隐瞒，告诉张曼成实情："招抚程颂部众，你立下大功，刘使君必然不会再对你有疑，也就会处置二贼。只是二贼被一千羽林军保护，急切不能下手。今代刘使君入朝，面见大将军即为此事。"张曼成也理解此事不能操之过急，那些"为国羽翼，如林之盛"的羽林军军士皆来自六郡三辅之地，战力远在荆州军之上，贸然行事，得不偿失。故而，只让蒯良回荆州后代禀刘表，他要亲手斩杀赵忠、苏章文，也好让那些屈死和战死的亡灵安息。

送走蒯良，张曼成听闻沈旺也要回乡，便匆匆赶到沈旺暂栖的宜城善春坊。暮秋的阳光和飒风刮打着院里的银杏树。树下，神仙一般的沈旺眯着眼睛正为懂事儿的张温讲着神仙鬼怪的故事，逗弄得张温瞠目结舌，惹得一旁闲坐的赵五伯忍不住发笑。屋内，张仲景一边记着药方，一边与正筛着小米黄酒、准备着饭食的南嘉闲话，偶尔隔窗看着院中树下的两个老者和一个孩童嬉笑，心中竟有今夕何夕之感。

张曼成来到院门口默立良久，总算被眼尖的张温看见，一把扯着他衣袂，来到树下："祖翁，我正听沈祖翁讲狐狸精怪的事儿呢！你也听听！"

"好，我也听。"张曼成笑着，示意沈旺把故事讲完。沈旺"哦"了一声，继续讲着："在北斗星下有一座岐棘山，山下涅水河里有一条正义、善良的金龙,为百姓行云布雨,滋润万物。一日,金龙被招入天宫,按玉旨前去洛阳惩罚一个祸国殃民的奸臣。当金龙携着雷霆,腾云驾雾来到洛阳时,没想到那奸臣的四周挤满了蝼蚁一样的小人——小人也是生灵! 金龙担心伤及无辜,却又害怕完不成玉旨,仓促中发出的雷霆竟击中一座破庙,殛死了破庙里一只九尾狐。那只狐狸魂魄不散,飘向天庭,上告玉帝。玉帝发怒了,将犯了错的金龙悬在天空下示众……金龙就在天空下,被一条看不见的锁链捆绑着,艰难地行走,它一路将心血凝成一缕一缕金丝,布满天空,那金丝只有太阳和月亮能看得见,只有像你这样的孩子能看得见。你看见了吗?”沈曛轻轻地握着张温的手,指向那一抹西天余晖。

“我看见了。感到金丝是温暖的阳光,就像阿母的笑容。”张温笑了,“后来呢?”

“金龙因未能惩治那个奸臣,未能为黎民百姓造福而心怀忧愤。它于天空中不停地发出龙吟,胜似天籁的龙吟只有上天和自然山川能够听到。”

“我听到了祖翁泪水的滴答声……”张温的眼圈有些红了,他看见张曼成泪水成河。

沈曛一动不动,继续为张温讲着故事:“那条金龙戴着枷锁已游历大半个天空,它已经苍老不堪,胸中的金丝也已吐尽了。上天已感受到金龙吐出的金丝是它留给人间最好的东西,就要赦免它的罪了……”最后,沈曛的一滴浊泪也无声地滴在张温头上,“要不了多久,金龙就会带着儿女回到岐棘山下的涅水里,去过上美丽而富足的日子……”

过了良久,张曼成一声轻叹:“涅水总在梦中,是该回去了!”

赵五伯也点头:“是呀,涅水在秋天的时候,水是蓝的,水中还有红尾的鲤鱼。那鲤鱼只活在涅水里。”

“真的? 我要去看看。”沈曛睁开眼,看着赵五伯,语气故意放松,“我说华佗那个老疯子为何一去不复返了呢,原来是被红尾鲤鱼勾了魂。过些日子,我就找他去。”

说话间,张仲景和南嘉已托着酒食屉子来到院中,布于银杏树下的石台上,招呼诸人落座。沈曛最长居中坐,张曼成、赵五伯作陪,张仲景、南嘉和张温也坐,共同举杯,为沈晊送行。

"程颂带着他八岁的儿子一直在等待老朽,也是个倔强人。"沈晊颇有感慨,"这次,我被裹挟着为他疗伤,老朽也不后悔。"

"是啊,治一人而治数千人,功德无量。"张曼成为沈晊举杯,"待我心愿已了,也随你学医,至少救自己!"

"岂不闻医者不自医?"沈晊看着张曼成,"你仇怨太大,不以生死何能消?"

"是啊,虽说惩恶方能扬善,然终不能彻底放下刻骨恩怨。"张曼成凝神,"刚才你讲与温儿的故事有趣! 这些年,我又何尝不是被镣铐锁着,悬在空中?"

"乾坤倒置!"张仲景心有戚戚,"早晚我要把它反正过来!"

"也不知道这个乱世啥时是个头儿?"赵五伯饮了一杯酒,"这数年里到处战乱,瘟疫横起,莫非真是天病?"

"天病无非人心之病!"张仲景思索,"若为官者清廉为民,恪尽职守;为民者勤劳果敢,任劳任怨,如此官民一心,也可胜天!"心中又隐隐有一丝豪气涌动,"况我历朝历代不乏炼石补天者、移山就土者、兴修水利者,更不乏为民请命者、以身许国者,更有慈悲为怀、普救众生者!"

"昔南华老君为普救众生,传《太平经》与天公将军,并嘱咐,要为天下百姓谋福,安享太平。若生歹念,必遭天谴。"张曼成想起旧事,"天公将军见天下贪官污吏横行,民不聊生,只好揭竿而起,打击豪强,却不料中道崩殂,黎民苦难更甚。"摇头,"如此说来,天公将军、地公将军、人公将军莫非生了歹念?"

"只是忘了自己的本分!"沈晊淡笑,"《太平经》为医人之术,天师身为良医,当救死扶伤,仁者爱人,岂可以暴制暴,造成杀孽?"望着张温,"就像老夫讲与温儿的故事一样,涅水金龙虽奉天意,去除奸佞,雷霆之下却也伤了一些无辜之人的生命,哪怕是自私自利的小人,或者是有灵的九尾狐。"

"上天公允,不因人之贵贱而舍昼夜长短,也不因物之不同而短阳光雨露。"张仲景若有所思,"只因人间杀戮不绝,尸骨遍野,以致瘴气遮天,瘟疫横行。而致杀戮者，无不是心存恶念，凌驾于众生者！"心中一道光闪现，"天道既藏星辰大海，亦藏万家灯火。人人平等，万物共生。而凌驾于众生者，背离天道，故遭天谴。"

"如此说来，天公将军也有罪孽！"张曼成轻叹一声，垂下花白的头颅，"昔黄巾军起事之际，天公将军为各地渠帅、神天使赐以赤金珠，以正心念。传闻此珠以上古息壤为基，聚人气，纳地灵，蕴生机，为辟邪至宝。"从胸前贴心处托出一块黄玉珏，"此乃赤金珠，今赠予仲景，以扶天地正气！"

"赤金珠？"张仲景双手接过这块沉甸甸的黄玉珏，心中忽然想起梦中曾与涅水龙君之语，"我已集得合成还魂九龙珠所需之物——蛟珠、青玉珠，还差两味天物，灵皋珠和赤金珠。想来机缘未到，而不得也！"似乎又听到敖灵龙君之语，"不是机缘，而是扶正人心，逐魑魅魍魉。正人心即可得赤金珠，逐恶魃可得灵皋珠。"张仲景不由仰望天空，已是星光灿烂的天空，暗自祷告："天地无心，我以真心正人心！天地无心，我以我心为天地立心。至人无我，我即众生！"郑重起身，敛衣肃容，对着张曼成纳头便拜，"仲景此身即使粉身碎骨，也定不负所托！"

"有劳仲景了！"张曼成忽然觉得一身轻松，似乎赤金珠在身时曾有千钧之重。"原来，那些立志要救民于水火之人，每走一步都是如此艰难沉重！"心中感慨不已，"我走过了，我失败了。现在，仲景接过了赤金珠，他一定会走下去！"张曼成不由频频举杯诸人，兀自大醉。

第二十九章　医者义士扬气节　天使恶魔化尘埃

　　张仲景随张曼成,带着兵士杂役忙碌数月,使残垣断壁的宜城已恢复昔日一些繁华。街道上人来人往,叫卖声不绝于耳;汉水上船帆相接,逆水或顺水而去。时逢元夕,一场大雪弥天而降。

　　片片雪瓣若带淡淡清香,悠然飘荡。流转追逐,若柳絮、芦荻、轻烟一般的雪花,纤尘不染,山水不惊,将天地织成偌大白网,茫茫不见远处;又像连绵不断的帷幕,自天垂落,泛出清光。

　　大雪无垠,江山苍茫。张仲景站在城楼上,望着大江落雪,心已随雪花飞向对岸远方的故乡,飞向北山、涅水、济世坊……雪花飞舞,轻如烟,润如玉,飘如云。近处田沟屋舍、林木丘壑皆着银装,琼枝玉叶,粉妆玉砌,皓然一色,远处大河落雪,对岸苍茫不见。他忽然想起少时随父出外赏雪,家翁曾言:雪乃雨水精魄。雪化之时,春天即至。他不由为之一振:适逢瑞雪,莫非吉兆? 正在冥思中,忽然,就见黛色苍穹之下,一队人马冒雪而来。

　　"邓芝? 邓伯苗?"张仲景急忙提袂跑下城楼,打开城门,迎着老友拱手施礼,"伯苗冒雪而来,十足雅趣!"

　　"非为雅趣而来! 张医令,快随我入衙署详谈。"邓芝马上回礼,"我有紧急军务与你和张将军相商。"

　　张曼成已得旗兵传报,早于衙署后堂布好汤食,筛好美酒宜城春。见邓芝、张仲景匆匆前来,三步并作两步将二人迎入后堂。再看邓芝表情凝重,知道有大事发生，便支开左右，三人把话。

"蒯主簿已回荆州，领到了朝廷旨意。"邓芝直奔主题，"当今陛下说是思念赵常侍，让其回京。又说，宫中时常闹鬼，让苏章文入宫捉鬼。"

"什么？如此说来，刘使君要食言了？"张曼成以掌击案，愤懑不已，"不是说，你与张允带着三千荆州精卒已将他们团团围住，插翅难飞吗？"

"陛下虽有旨意，然大将军何进却让蒯主簿带口信与刘使君，务必让赵忠、苏章文在返回京师途中殒命。"邓芝饮了一杯热酒，"听说陛下已病入膏肓，命不久矣，朝中内官与外戚势同水火。若此二人回到京师，势必会引起血雨腥风。"

张仲景表情平静："伯苗此次前来，可是刘使君之意？"

"蒯主簿之意。"邓芝看着张仲景，"前日荆州府衙也是争论不休。不知何故，军师蔡瑁忽然替二贼说话，劝刘表不能抗旨，要将二贼体面地送出荆州地界。而蒯主簿则力主听从何进之意，杀二贼而安将士之心，全刘使君诚信之名。"

"哈哈哈，刘使君一定是左右为难。"张曼成苦笑，"昔日刘使君恩威并重，招诱有方，又开经立学，爱民养士，使得万里肃清，群民悦服，从容自保。而今刘使君宠溺后妻，耽于美酒，好于坐谈，无四方之志，立意自守。故而，首鼠两端，难以决断。"敛起笑容，"而最终，他会默认蔡瑁之策，放二贼回京，再让二贼带着一千羽林军顺便与我交手。毕竟，死人才是真投诚！"

"蒯主簿深知刘使君为人性多疑忌，不善断，就替使君而断。"张仲景仔细琢磨，"况且，如将军所言，刘使君也正有鹬蚌相争渔翁得利之思！"

"也好！"张曼成倒不在乎，心中已有谋略，"二贼带羽林军回洛阳，必经宜城大洪山隘口。而此地由蔡瑁心腹、偏将军马泰带领两千荆州精兵把守。可让马将军放过二贼，断其退路，我引军于流苏谷设伏，诛杀二贼。"

"若不出意外，蔡瑁也必有口信给马泰，让他不仅要放二贼一条生路，说不定还会暗中相助二贼，趁机攻杀张将军。"邓芝忧心，"蒯主簿对我私言，蔡瑁已得赵忠许诺，回朝即奏陛下恩准，加其为荆州侯。赵忠扬言，要带着你的人头回朝叙功。"

"原来荆州侯如此便宜易得！"张曼成大笑，"无非一顶帽子，赵忠不戴了，就给蔡瑁戴。拿顶帽子换脑袋，值！不过这个买卖还得问我是否答应。至于要我人头，那可要问我的梨花大枪！"

"张将军莫非已有计策？"邓芝有些着急，"赵忠、苏章文此时已在赶回京师途中，三日后就可抵达宜城界。"

"我投诚将士有千人于此，皆是善战之士，足以斩杀二贼和羽林军。"张曼成筹划着，"只要把守大洪山隘口的荆州军不插手此事！"

"赵忠、苏章文率羽林军一定会借回京师之名，袭杀将军，荼毒百姓，以便多些人头，方可回朝叙功。否则，二贼有何颜面见陛下和朝官？"张仲景略一思索，不由皱眉，"他二人若再得两千荆州精兵为内应，着实堪忧。"

"借魏将军之力。"张曼成毕竟是久经沙场之将，虽蔑视敌手，却也不会过于托大，"只要魏将军能拖住马泰之军，便胜券在握！"

"我这就去魏将军大营。"张仲景起身，拱手邓芝，"还望伯苗与张将军仔细筹划，擒贼擒王，免得造成过多杀孽！"言毕，匆匆上马，赶赴魏延北山大营。

魏延和程观正在山中打猎，听闻张仲景来营，欢喜不已，急忙返回大营。张仲景面带焦灼、忧愁之色，将面临的战局告知魏延，最后无奈轻叹："若是马泰与二贼勾连，张将军危矣！"

未待魏延发话，程观却大笑起来："此有何难？等我带猎物回来！"转身提斧而去。魏延虽知程观有些莽撞，却也忠诚，想来无非去拖回刚才射杀的野猪，好为恩公张仲景烹烤下酒，也不在心，只与张仲景把话："昨日，荆州军已集结，偏将军马泰准备移营流苏谷。若使马泰荆州军与二贼羽林军无法勾连，只有一个办法：杀马泰！"

"马泰乃蔡瑁心腹爱将。此事重大，切不可莽撞。"张仲景愁眉，"尤其张将军乃投诚之人，杀马泰无异于重新造反！"

"马泰早有异心，欲杀张将军而得宜城令！"魏延看着远处，"眼下之计，我只有率先挑起与赵慈叛军战事，才能将马泰荆州军死死地拖在大洪山隘口。"

"赵慈叛军正欲雪宜城之耻,魏将军再主动出击,岂非火上浇油? 你属下军士于此只有两千,据地而守尚且艰难,何谈出击?"张仲景面带忧容,探身去看舆图,"流苏谷在何处?"

"离大洪山马泰大营三十里,距我北山大营四十里,与宜城却只有十里,为山涧谷地。出流苏谷不远,便是通往襄阳、洛阳之官道。"魏延指着流苏谷,"此谷两边山石林立,杂树横生,显然是用兵之地! 马泰要移营于此,是要提前设伏。"

"看来,此地就是你我协同张将军与二贼决战之地!"张仲景点了点舆图上的流苏谷,"流苏谐音'留苏',苏章文于此不利!"

忽然,大军营外喧哗异常,有刀枪交加之声。"莫非江夏叛军袭营?"魏延和张仲景大吃一惊。魏延连忙披挂整齐,提刀出帐,险些与旗兵撞个满怀。旗兵哆嗦着禀报:"不好了,程……程观反了!"

"哈哈哈,老子就反了!"说话间,程观骑马抢斧,一路向大帐杀来,"魏延,拿命来!"

"程观,你疯了!"魏延跨上黑骢马,迎着程观,以刀架住大斧,"到底为何?"

"老子已经砍下马泰头颅!"程观笑着,低声含泪,"该你取我首级了!"

"你,你好糊涂啊!"魏延收刀勒马,"你杀马泰就是造反,必为荆州兵追杀!"

"是啊,他们就在后面追着呢!"程观也不慌张,"你不杀我,连你也被视为造反! 谁都知道,我现在是你的马夫!"

"程将军舍我而为大我,请受张仲景一拜!"张仲景已经明白,程观为了报恩,决心杀身成仁。马泰已死,荆州军群龙无首,不敢擅自离开隘口,更不敢伏击荆州郎将、宜城令张曼成。借此,魏延也可趁机暂时统领荆州军,让二贼插翅难逃。他不禁落泪道:"你兄程颂带着小儿已随沈医令归隐山林,习医人之术度己。将军今日为宜城百姓免遭涂炭而死,必虽死而永生。"

"快些交出反贼,以正军法!"大营外,马泰副将郭云统领上千荆州军已经堵住魏延大军营门,"兄弟们,千万不能放过叛贼!"

"他们来了,魏将军动手吧!"程观笑着,"使出你全部本领,让我死得瞑目!"

"真义士,好兄弟!"扭头看张仲景,张仲景仰天长叹,转身骑马离去。魏延不由含泪,"事后,我每岁于你墓前,献上一樽好酒!"言毕,纵马提刀,就于大帐前与程观大战。程观也放开手脚,使出浑身本领,与魏延刀斧并举,马搭连环,只杀得天昏地暗,日月无光。荆州军哪见过如此厮杀,只看得目瞪口呆,心生寒战。上百个回合之后,魏延一声大喝,将程观斩落马下。至此,荆州大军方发出雷鸣般喝彩,"好刀法!"荆州军更是钦佩魏延之勇猛。

斩杀程观之后,魏延叫过郭云:"郭将军,马将军殉难,由你暂代其职行事。"

"多谢魏将军!"郭云拱手,"只是兹事体大,须得奏请主公,奏请蔡军师。"

"这是自然!我这就写下奏请,使快马禀报主公和蔡军师。"魏延安抚心有疑虑的郭云,"军情紧急,不得不尔!"

郭云疑惑:"军情紧急?"

"正是!"魏延为拖住大洪山荆州军,只好扯谎,"程观曾是江夏叛军先锋副将,假意投诚,今已被除。只是,其兄程颂又带五千人马正在杀来,望将军守好大洪山隘口,与我共同御敌。"

"这……"郭云显然已得马泰授意,"马将军生前对大军另有安排。"

"莫非移营流苏谷?"魏延淡笑,"他倒与我商议过,和羽林军合击张曼成叛军。"

"你知道?"郭云惊得一跳,"马将军可是说过,不让任何人走漏一点儿消息。"

"蔡军师早已授命我和马将军了。"魏延说起谎来,眼也不眨,"今马将军蒙难,只好由我带兵前去埋伏。"正色,"你带兵守好大洪山隘口,待我回转,一同抵御赵慈叛军。"

"既然是蔡军师安排,末将遵命!"郭云至此也不再怀疑魏延所言,"末将祝魏将军马到成功!"

"少不了尔等功劳！"魏延亲热地搂着郭云肩膀，"招呼弟兄们，既然到了北山大营，酒肉以待！"

见心目中的英雄如此高看自己，郭云和手下兵士感动不已："听魏将军的！"郭云带着大洪山荆州军，满心欢喜地随着魏延进入北山大营……

与此同时，蹚着暮色中的碎雪，两百马军在前，八百步军在后，在一顶青罗大帐的遮掩下，赵忠、苏章文、袁林全身披挂，骑马居中，正缓缓穿过大洪山隘口，前行。

见把守隘口的荆州军不但并未拦阻，还送上几车熟食和热酒，赵忠忍不住放声大笑："蔡瑁虽说品性不佳，倒也信义，收钱就办事！"

"他这是一箭双雕之计！"苏章文冷笑，"借此一举，一则与你和张君侯搭上生死交情，加封荆州侯；二则，借你我之手斩杀仇人——黄巾余孽张曼成！"

"张曼成也是你我仇人！"赵忠有些郁闷，"他怎么就忽然投诚刘表了？还被刘表封了个荆州郎将、宜城令。张曼成要得知你我离开荆州，一定会追杀而来。"

"张曼成已经得知！"苏章文眯眼思索，"蒯良老贼素与蔡瑁不合，一定会让张曼成追杀你我。"

"那如何是好？"赵忠脸色顿变，"羽林军虽勇，毕竟只有千人！"

"不要担心！张曼成在宜城孤木难支，其属下还不足千人，如何挡得住羽林军？"苏章文胜券在握，"况且，还有荆州偏将军马泰引精兵于流苏谷提前设伏，我还担心张曼成不来追赶呢！"

赵忠轻吁一口气，问道："离流苏谷还有多远？"赵忠这才放心，笑看山势，"此地悬崖峭壁，草木茂盛，还真适合埋伏！"

苏章文以手中马鞭指了指："前面就到了。"

"我们正好拿张曼成人头献功！"羽林军郎将袁林若有所思地附和，"待斩杀张曼成之后，再血洗宜城，多拿些百姓首级充功，如此，也不枉羽林军兄弟们辛苦一遭！"

"这是自然！还须抢些钱粮！"赵忠点头，"若不多带些钱粮回去，如何向陛下交代?"说到这里,笑了,"要说陛下才是见钱眼开之主!"

"蔡瑁暗许我等劫掠宜城,切不可再动沿途郡县。"苏章文提醒袁林,"免得弟兄们杀红了眼,抢疯了人,让赵将军回不了洛阳。"

"屁话! 我怎么能回不到洛阳?"赵忠听苏章文说出"让赵将军回不了洛阳"的话,以为大不吉利,"掌嘴!"

"啪啪啪——"苏章文连忙给自己三个嘴巴,"也怪我多嘴!"

"知道就好!"赵忠见苏章文嘴角渗血,也就不再追究,"苏天师,放心。张君侯在洛阳对你我可是翘首以盼,期待着与你我共谋大事呢!"

天渐渐黑下,雪花若有若无。前面开路的马军正要点起火把,被苏章文阻止,"且慢!"苏章文勒马,仔细看看两边山势,一边谨慎地派出骑哨向前探路,一边再安排弓箭手向天空射出突火箭,"义父,虽说蔡瑁安排心腹马泰带兵助我,还是小心为上!"

一个时辰后,见探骑未回,按与蔡瑁之约,射出的突火箭也不见响应,苏章文不免有些忐忑,扭头再问后军:"张曼成追兵可曾过了隘口?"

听后军禀报,后面并无追兵,苏章文冷汗直冒,再举首望山,顿觉满山怪石杂树皆为伏兵。他念叨一声"流苏谷",大叫:"不好!"

"何事惊慌?"赵忠扭头,"莫非有伏兵?"

"怕啥?"羽林军郎将袁林硬了硬脖子,"咱可是亲耳听到,蔡瑁要在此设下伏兵,与我等合击张曼成。"

"流苏,谐音留苏,于我不利!"苏章文惊恐地叫道,"快,冲出谷口!"

话音刚落,乱箭袭来。山顶瞬时点亮的无数火把将谷底照得一片通明。数不清的兵士一边射箭,一边高声喊着:"别让赵忠、苏章文这两个狗贼跑了!"

"蔡瑁误我!"赵忠大叫着,从身边宦官手中接过雁翎大刀,"随本将军冲出去!"

张曼成、张仲景骑马站在山头,目光紧紧盯着青罗帐下的赵忠和苏章文。身边劲卒张弓搭箭,箭雨追逐着四散奔逃的羽林军……

"莫要慌张!"青罗帐下的苏章文探头看一眼外面形势,对赵忠建言,"你与袁将军引马军先行突围,我带步军断后。"

"苏天师保重!"赵忠感激地看苏章文一眼,提刀催马冲出青罗帐,迎面一阵箭雨,挡在赵忠前面的羽林军纷纷坠马。青罗帐下,苏章文剥去天师道氅和插着白色羽毛的五色道冠,并让身边一位弟子穿戴上。看着弟子迷惑的表情,苏章文狠击弟子的马臀一掌:"徒儿,你快随赵将军突围!"苏章文顺手用火把上的烟灰抹脸,戴上羽林军头盔,携长枪,催马向前冲去。

"别让赵忠、苏章文跑了!"邓芝高喝,举枪催马,引军向山谷袭来……

不忍箭雨下羽林军的哀号震天,张仲景让山上兵士暂收弩箭,在山顶高声大呼:"宜城令奉大将军何进手谕,捉拿逆贼赵忠、苏章文,与羽林军无关!"

顿见一线生机的羽林军郎将袁林就着火光,似乎认出张仲景:"可有大将军手谕?"

"大将军手谕在此!"张仲景让身旁兵士就着火把展开一方锦绫,"羽林军为大将军节制。袁将军还不遵大将军手谕,捉拿二贼建功?"

"混账!尔等大胆!"赵忠见袁林扭头看自己的眼神有异,抢刀便将防备不及的袁林斩于马下,"若不听本将军号令者,就此下场!"

山风浩荡,雪花飞扬。张曼成骑马站在山顶,手按宝弓,恍惚眼前重现多年前自己随张松寒困于鹰愁涧的情形。也是雪夜,也是围堵山谷,也是弓箭射杀!只是今夜困于谷底的人换作了赵忠、苏章文和羽林军,真乃天道轮回,善恶有报。他想起张仲景曾说过:"天最公平,照在任何地方的阳光和月光,都是一样。只有人心病了,才去分辨多寡。"想到这里,不由看着张仲景。张仲景的目光即使面对仇人依然饱含着悲悯,他不忍造成杀孽,正在对山下用力呼唤:"羽林军乃陛下之武士,请放下刀枪,大将军保证羽林军弟兄们安全!宜城令也保证让你们平安返回洛阳!"

羽林军犹豫着,待一个小校开始放下长枪后,几乎所有的羽林军都放下弓弩刀剑,退潮一般纷纷贴着山壁而立,将垂死挣扎的赵忠和几个宦官晾晒在谷底。

"反了,羽林军反了!"赵忠有些惊慌,回看苏章文,"怎么办?"

　　"逃出生天！"雪光下，看不清苏章文的脸，"这地方与多年前的鹰愁涧多么相似，当年张曼成能逃出去，你我亦可！"

　　"有理！"赵忠挺身抢刀，对着堵在前面的邓芝冷笑，"尔乃乳臭未干之小儿，焉敢挡我刀锋？"催马上前，举刀便砍。邓芝乃名将之后，自幼得家传绝学，荡开亮银大枪，如蟒吐信，绕着赵忠上下翻飞，追风逐浪，雨打残荷。赵忠虽说武艺高强，刀法娴熟，但毕竟年岁不饶人，十几个回合之后，只有招架之力。再看着身边几个贴身宦官纷纷被杀，心气不宁，被邓芝得一破绽，一枪挑于马下。

　　苏章文着慌，一枪刺向前面身着天师服饰的弟子马臀，战马吃疼，嘶鸣狂奔。苏章文纵马在后，趁着赵忠与邓芝在前面厮杀之机，穿过人墙，死命逃窜。邓芝挥枪刺死赵忠，正要追赶，张曼成在山顶拉开弓箭，一箭射去，"苏章文"应弦中箭，倒头落马。

　　"哈哈哈——"张曼成仰天大笑，继而垂首低语，"张御史，你和昔年一起死去的老军们，看到了吗？"

　　张曼成打马下山，正遇伏鞍逃脱的苏章文。雪光之下，张曼成按枪勒马，挡住戴着头盔的苏章文，"苏章文已被本将军射杀，还不下马归降？"

　　苏章文见张曼成没有提防，忽然扬起手中短弩，对着张曼成射出利箭，而后，纵马而逃。

　　"恶毒贼子！"张曼成中箭，踉跄落马，邓芝大怒，打马直追苏章文……

　　张仲景赶下山来，紧紧揽着张曼成，见弩箭透心而过，已是无救，不由泪水长流，低声呼唤："阿翁——"

　　"仲景，无憾矣！"张曼成嘴角露出一丝笑意，"让我回涅阳北山，我听见子诺喊我'阿翁'的声音了，"喘了一口气，"我有多长时间没见她了……"直到死时，在张曼成心中，女儿依然是清秀阳光的样子；直到死时，他还是以为自己射杀的人就是那个带给自己一生噩梦的苏章文，而含笑闭目。

　　就这样，在荆州军打扫战场时，张仲景像怀揣婴儿一般地抱着张曼成。他不时望着山谷上的天空。他相信，月亮和星星透过一片片雪花看到了这里的一切，一定会像风一样，去告诉天空中的每一颗星星。记得儿时，家翁曾经说过,每个人生下来,天上就多一颗星,每一个人死去,就会陨落一颗星。当然,那些在人生旅途中走向深渊的人,无法找到属于自己的星,他们会化作一道戾气,被光掩埋……

初曦。谷底战场已被打扫干净。失去盔甲和武器的羽林军似乎恢复本色,一个个如同黔首黎民,等待着发落。邓芝带着几个骑兵回转之时,看着怀拥张曼成的张仲景,跪地:"夜色中岔路难辨,让苏章文逃了。"

"没有人能逃出天。"张仲景低着黑亮的眸子,似乎在对张曼成说话,"我有铜胎弓,却从未射出一箭;我有屠龙匕,却从未扬眉出鞘。天地有心鉴善恶,明月照江恨可消。"言毕,起身,将张曼成安置于马车上,罩以青罗帐,低唱着"薤上露,何易晞,露晞明朝还落复,人死一去何时归"的葬歌,缓缓赶往宜城。他要让儿子张温和赵五伯代表自己回乡,将张曼成归葬于涅阳北山中,有一天,自己也会回到那里……

身后,失去盔甲和武器的羽林军被邓芝挥手放走。一群兵士收集着谷底的杂木干草,生起大火,掩埋留在战场上的一切,如同为一个死不瞑目的人,合上眼睑。

第三十章　清明伤春忧国事　兄弟酌酒话战局

　　春天如约而至，荆州到处飞花。张仲景怀抱女儿站在澄澈的汉水边。他拿着女儿小手，教她分辨着洁白的梨花、浅粉的杏花、嫣红的桃花、鹅黄的迎春……张仲景难得在清明时节带着家人，与其说来到汉水听涛亭赏春，毋宁说是排遣心中若江水般的郁闷……

　　从宜城归来，张仲景心怀冰炭，数日闭门不出。他反对杀戮，天下却杀戮不绝；他厌倦倾轧，荆襄却风云诡谲。他盼望着的春天是百姓温饱、社稷安稳、天下无疾，而非空有繁花飞絮、汉水东流。尽管如此，随着义军归降、宜城之战平息、张曼成与赵忠之死，荆州似乎稍稍恢复一丝太平。这难得的岁月静好使他总有做梦的感觉，似乎血雨腥风、风云突变的日子被悠悠江水带走，即使偶尔想起在战乱、瘟疫中失去的亲人，也好似江水里打着的水旋儿。张仲景多么想遗忘，多么想让当下百姓都遗忘曾经的苦难而幸福地活着，但此时，对岸散落的坟墓前，香烟缭绕，哀伤不绝，让他不由得想起死去的子诺、父亲、师父、张曼成、黄公……忽然，江对岸传来女子歌声，竟是《青青河边草》：

　　　　青青河畔草，郁郁园中柳。

　　　　盈盈楼上女，皎皎当窗牖。

　　　　娥娥红粉妆，纤纤出素手。

　　　　昔为倡家女，今为荡子妇。

荡子行不归，空床难独守。

在这踏青、祭祀的清明时节，歌声中的意境和况味让张仲景唏嘘不已，"之子于归，归于何处？我归于何处？"这些日子，他一直踌躇不决：虽说自己恪守素心，素位而行，却总有风波陡起，让其备尝艰辛。尤其是张曼成之死，让他对刘表的敬意荡然无存，对荆州官吏充满不屑，对荆州未来深感忧虑。至于天下大势，更是势如山崩。随着灵帝身体一天不如一天，群雄并立，风云陡起：河北公孙瓒引三千号称"白马义从"的善射之士，悉骑白马，呼啸如风，高呼"义之所至，生死相随；苍天可鉴，白马为证"，与乌桓、鲜卑骑兵大战于塞上；西北北宫伯玉率万骑入寇三辅，与左中郎将皇甫嵩大军交锋于陇右；东北匈奴于扶罗可汗与黑山贼张燕战于山东兖州，东南陈温与袁术帐下猛将孙坚角逐于扬州……

"鹿已失，群雄逐！"张仲景遐思至此，感慨万端，"覆巢之下安有完卵。然百姓何其苦?！"望着悠悠江水，不由潸然泪下……

至于荆州，似乎山河依旧。去岁，刘表在献上赵忠人头和递上张曼成已死的奏折后，大将军何进欣悦，顺便拿出朝廷用于平叛的军资，献给爱钱而濒死的灵帝，灵帝也是高兴，就加封肃清匪乱、驱除瘟疫、立下大功的镇南将军刘表为成武侯。成武侯刘表心满意足，也没有忘记为他加官晋爵而立下功劳的诸人，遂加医令张仲景为左将军，赐宅邸一座；主簿蒯良为奋威将军，再增食邑三百户。魏延为平虏将军，统领五千军士驻防大洪山隘口，对垒江夏叛军。从事邓芝加右将军、宜城令，领三千军士分驻宜城和荆山，为魏延大军后应。只有蔡瑁未能如愿，荆州侯的大梦烟消云散。刘琮康复后，反复恳请，拜张仲景为师，学习医人之术、治世之道。刘表又极爱此子，动辄便邀张仲景入府宴饮，使张仲景不胜其烦。数次提出要返回涅阳济世坊，总被刘表好心劝阻。昨日，再于宴席之上，刘琮见师父张仲景因思念故园而黯然神伤，总算说动刘表松了口，却任张仲景为平叛督军，待平定江夏赵慈叛军之后，方允张仲景返乡探亲……

值清明时节，魏延因为一个诺言，带着几个兵士悄然来到安葬程观棺木的荆山竹林里，在程观墓前倾下一坛宜城老春。透过竹叶的沙沙声、露珠的滴答声,魏延心语程观:朝廷与江夏叛军的决战近在眼前,自己就要整军与南阳郡太守羊续的大军合围安陆。透过竹叶的沙沙声、露珠的滴答声,魏延又告诉程观有关其兄长程颂的踪迹,以慰亡灵……

宜城之战后,程颂带着儿子便随归隐的沈眭一起,在沈庄小院整理古代医书散简,顺便打理自南嘉去后而略显冷寂的花圃。去岁,得知张曼成战死于流苏谷,张温和赵五伯护送张曼成灵柩归乡,沈眭便让程颂收拾起小院里所有医书散简、诊病处方连同金石草药,载满三辆马车,也移家涅阳济世坊,代张仲景教育张温以及留在济世坊的徒弟。沈眭经常带着张温、程颂出行采药,找寻出没于岐棘山与桐山之间的华佗。一旦找到华佗,便是数日争吵。在他们的争吵中,张温和程颂也渐渐悟出了治病的医理和治世的道理,正如太史公所言:"治国如同治病,不可讳疾忌医,更不可弃良医而信庸医,致使轻恙变重症,自招乱亡!"可惜,乱世里容不下这些道理……

离开荆山,魏延打马荆州找寻张仲景,商议如何进军安陆,拔掉荆州最大的毒瘤——江夏叛军。一番打听,总算在汉水听涛亭遇见赏春的张仲景。魏延前来拜望,张仲景并不感到惊奇。作为即将出征平叛的先锋大将,魏延需要荆州医令和他一起出现在战场上,如此,可以让率先攻城的将士们多一分安心,增一分士气,甚至多一次活命机会。

见魏延焦灼不堪,张仲景只好让下人牵过马来,与魏延并辔而行。南嘉也带着女儿登上马车,返回宅邸。途中,街衢两边,店铺鳞次栉比,到处是小贩商贾,喊卖之声不绝于耳,热闹非凡。一想到即将发生大战,张仲景表情不由得由晴转阴,继而忧心忡忡:"江夏赵慈反叛,杀南阳太守秦颉,根子还在于朝廷腐败,赋税太重。若百姓尚有一丝活路,赵慈即使有非分之念,又如何能揭竿而起、应者云集?"

"赵慈素有家资,与朝廷达贵多有往来。窥得朝纲不振、陛下不明,又深信江湖术士谶语:'改天换地在今赵,龙起江夏当坐朝。'便趁黄巾之乱,购买军资,设立家兵,又收留江湖匪徒,意图起事。"魏延笑谈,"天下姓赵者众,赵慈却以为谶言正应自己,并以此将秦颉邀至江夏西陵,欲说服秦颉一同起事。秦颉不从,被赵慈家兵误杀。消息败露,赵慈不得不提前起兵,自封大将军,号兵十万,占据江夏。秦颉待人谦和,与民宽让。秦颉被杀,南阳诸将皆极愤慨。加之,素有爱民美名的羊续继任南阳太守,聚起民心,提振士气,誓为秦颉报仇雪恨,为社稷铲除毒瘤。"

"荆州牧为何要等到今日方才用兵?"张仲景愁眉道,"赵慈刚刚起事之时,兵不过数千,可一鼓而平。而今拥兵数万,占据安陆、云梦、应城之地,互为犄角,战事一开,必是伤亡无数,百姓何辜? 百姓何其苦!"

"江夏归荆州管辖。赵慈起事时,正值少公子刘琮病重,"魏延摇头道,"我等再三向主公进言,他却以为叛军是疥癣之疾,与刘琮大病相比,少公子事急。"

张仲景无奈:"如此,将疥癣之疾拖成一株毒瘤、一场瘟疫!"

"正是!"魏延点头,"故而,我要去拔这株毒瘤,就来找你张神医了。"

说话间,张仲景回到宅邸前,下人过来牵马坠镫。魏延初次登门,顿时被荆州医令的宅邸震惊:门第高大,宅园整洁,院中屋亭,错落有致,假山流水,花树药圃,几丛笼竹纳翠,一树玉兰吐蕊。时有鸟鸣婉转于庭院深处,更显得庭院雅静。他不由得艳羡赞叹:"使君送你如此府邸,果然气派不凡。"

"仲景岂是贪图富贵之人?"沈南嘉抱着女儿,笑着,"偌大宅院,一家人怎能住得完?"让老仆打开旁侧一座褐土围墙、白草覆顶的小院,"魏将军,快请进! 这才是家。"

一座朴素小院,土屋数间,若无院中的一簇簇花树招蜂引蝶,无异于寻常人家。

"大院已被仲景辟作医坊,有诊室、药房,还有病坊。"看着魏延吃惊的眼神,南嘉解释,"仲景就留下了这座小院为家。"

魏延细心看去,大院里果然有三三两两行走的病人,笑道:"这些病人好福气!"

"我是医者,治病救人是本分!"张仲景带魏延入客室坐下,见南嘉亲自为魏延续茶,淡笑,"你也好福气,此茶来自宜兴茶圃,由葛天师亲手炮制,润喉养津。"

"虽是好茶,毕竟味淡,有酒最好!"魏延也不客气,"酒是水中之火,可以激烈肝胆,顿生豪气!"

"我虽善饮,却知此风不可长。"张仲景举茶,"世上酒浆皆由五谷酿成,今百姓食不果腹,不敢狂饮。"南嘉却不顾张仲景如何说,已经摆好酒食。张仲景只好尴尬一笑,斟酒举杯:"破戒了,下不为例!"

"就算壮行!"魏延举杯与张仲景对酌,"张医令自来荆州后,解除瘟疫,弥平战乱,立下不世之功!"

"仲景就是一个医者! 他心中只有病人。在他面前,别再提弥平战乱之事儿,"沈南嘉低头烫酒,眼圈发红,"他一直觉得愧对张将军父女。更不愿再有战乱,让无辜百姓送命!"

"也是,我早该回去了!"张仲景想起涅阳北山张曼成坟上的野草也该长高了,自己却身陷此地,不能去为他和亲人们扫墓祭奠,"当初荆州疫病得到控制后,我就该回乡!"

"看这偌大宅邸,颇似金丝鸟笼,"魏延放眼窗外庭院,"怕是刘使君不会轻易让你走。"

"不轻易让我走?"张仲景心里明白,还是要问,"为何? 我还怕他不成?"

"是他怕你!"魏延呷酒,"你想想,若你振臂高呼,天下百姓无不响应,你便会是又一位神天使!"意味深长,"你再想想,若你无缘无故离开此地,张将军属下将士虽说投诚了荆州,也未必能在蔡瑁统领的荆州军中安生。"

"是啊,所以未能远游。张将军死后,我已想得明白!"张仲景无奈叹息,"刘使君不守信义,施出一箭双雕之计,使张将军蒙难,令人心寒。"

"结症还在于蔡瑁! 蔡瑁,小人也! 然其乃世代荆州大户,又是刘使君妻弟,刘使君掣肘于他,也是无奈!"魏延安慰,"相对于其他豪强,刘使君已算是仁义之主了。不过,张将军大仇得报,也算心事已了!"

"赵忠死有余辜,"张仲景遗憾,"而祸首苏章文却侥幸逃脱,不知消息。"

"没走远! 苏章文就是那个为赵慈留下谶语的江湖术士。"魏延看着张仲景,"苏章文自流苏谷逃脱之后,惶惶然若丧家之犬。其走投无路,只好投靠了赵慈,被赵慈封为天师和军师,扬言要攻取宜城,报仇雪耻。"

"忽律该死!"张仲景忍不住轻播木案,"不知魏将军如何取他性命?"

"眼下，南阳郡羊太守为帅，已率精军三千出义阳，自北攻打赵慈所在安陆。其先锋将黄忠箭法卓绝，有万夫不当之勇。"魏延以手蘸酒，在酒案上比画，"我为荆州军先锋，引精兵两千为前部，你为督军，和邓芝再引一千精兵押运粮草为后应，先行开拔；荆州军以蔡瑁为帅，张允为副将、刘忘之为参谋，引精兵五千殿后，待敌疲而击之。荆州军出大洪山走安陆，与羊太守大军南北夹击，誓平叛军。"

"黄忠？黄汉升？黄公之子？他怎么回到南阳了？"张仲景略有吃惊，"黄公在时，他任秦州郎将，跟随右将军朱儁讨伐羌人，屡立战功。"

"我虽随黄公学射半载，却与黄将军未曾晤面。"魏延多少有些遗憾，"只是听说他为黄公守孝在涅阳时，为时任镇贼中郎将朱儁和南阳郡太守秦颉器重。守孝期满后，秦颉数番相邀，汉升推辞不过，就任南阳都尉。"

黄公为儿子取名忠，字汉升，便有着报效国家、忠于朝廷、振兴汉室之意。在此信念灌输下，黄忠自幼习武，只为将来能上阵杀敌，光宗耀祖。然而，天子昏庸无能，朝廷内斗不止，军中更是黑暗。黄忠曾随朱儁征战蛮夷，屡立战功，且在征战时，练就一身骑射本领，却因性格耿直，一直未能封将。多年前，归隐的黄公抬棺入京为张松寒鸣冤身死，黄忠得到消息，便心灰意冷，毅然离开军伍，回乡为父守孝，过起平凡人的生活。黄巾之乱爆发，汉室江山飘摇。黄忠想起父亲曾经教诲，再应南阳郡太守秦颉相邀，只好任南阳都尉。未几，秦颉竟只身入江夏，被赵慈叛军所杀。黄忠既悲愤又无奈，本以为秦颉死后，自己再难有出头之日，不料又遇上爱民恤民的新任太守羊续。羊续激赏黄忠，让黄忠暗叹老天待其不薄。

"士为知己者死！"张仲景轻叹，"南阳兵士由良帅猛将统领，挟正义之师讨伐而来，师出有名，安陆虽说城固，必为所破。"想了想，"兵贵神速，当以蔡瑁大军未至之际，攻破安陆。"看来，张仲景对蔡瑁也心存芥蒂。

对魏延而言，多少次他都恨不得杀了蔡瑁。"蔡瑁量窄，欲先损南阳郡兵，再耗张将军投诚荆州之旧部，而后夺其功。"魏延微皱眉头，"蔡瑁有令，此战决不纳降！"见张仲景表情疑惑，魏延解释，"蔡瑁以为，纳降不能使人向善，讨伐叛军足以惩恶。若接受叛军投诚，就会使叛军有利进战、不利就降，纵敌长寇。"饮了一杯酒，喟叹，"刘使君以为，然。"

"不纳降，必死战！"想起即将发生的攻城恶战，张仲景不由感叹，"历来攻城之战俱是惨烈无比。"

魏延拱手道："仲景为神医，众将士期待你妙手回春！"加重语气，"拔叛军毒瘤，杀虺蛇忽律，非当世良医不可！"

"我为督军，你和伯苗当听我计谋！"张仲景深知攻城之战艰难，不忍将士过多死伤，心中已有谋划，"可先行与羊太守合兵一处，以羊太守为帅，你与黄将军轮番出战，挫敌锋芒。而后，伯苗带数十个武艺高强之军士潜入城中，里应外合，擒贼擒王，杀赵慈与苏章文，余者不问罪，由羊太守纳降。"

"甚好！"魏延颔首，"到那时，即使蔡瑁不满，也无法杀降了。"

"这乱世啥时候是个尽头？"南嘉见天色已晚，便过来收拾酒案，"女儿还没回过涅阳呢！"

"是该回去了！"张仲景何尝不思念涅阳？昨夜又梦见涅水龙君，说是它已沿涅水走了八百里，龙珠碎片就要收集齐了，它在等，它也不忍天病如此沉重，它要升腾于天，发出扭转乾坤之雷声。

"刘使君答应此战后，让你回乡探亲。"魏延也有些感伤，"即使搏命，我也要擒拿苏章文，让你安心。"

"为了回乡，此战不得不去。"张仲景感慨，"若朝廷和使君真正爱民，我倒愿意前去平叛，可惜……"

"我听说羊太守就是一个真正爱民之官！"沈南嘉淡笑，"去吧，你去了，就会少些杀戮，也能早日结束战乱，"又含泪道，"咱们也就可以趁此回乡，离开这伤心之地。"

"但愿如此！"张仲景遂连夜与魏延赶往大洪山荆州前军大营，以迅雷不及掩耳之势，兵发安陆。

第三十一章　仲景督师平叛贼　汉升神箭慑强敌

安陆城里,叛军主帅赵慈看着新来的天师苏章文在点将台上做完法事后,令亲兵去请他入府宴饮。见苏章文前来,赵慈亲迎白玉阶下,与他携手入席:"多亏天师前来祈禳,让缠绕本将军之怨气全消,得以神清气爽。"

赵慈误杀秦颉后,怕走漏风声,便迅速起兵夺取江夏治所西陵,再趁势攻占江夏郡各地县城。待官兵反应过来时,整个江夏郡便已在赵慈掌控之中。赵慈自称将军,坐镇安陆,以谶语"改天换地在今赵,龙起江夏当坐朝",蛊惑走投无路的饥寒百姓、黄巾余孽、游侠盗匪等,兵力迅速扩张至数万之众。赵慈虽得江夏,却夜夜噩梦,秦颉总在梦中斥责他:"故友信你,只身前来,辱我杀我,岂不愧疚?"赵慈夜不安寝,日则昏昏。爱妾曾听赵慈讲过秦颉"东屋宜冢"之旧事,便进言:"可厚葬秦颉,以消其怨。"赵慈遂派猛将程颂、程观兄弟引兵五千,抬着秦颉棺椁欲强入宜城,被荆州军所败。但不管如何,最终秦颉灵柩安葬于宜城东屋,也算了却心愿。加之,身为朝廷天师的苏章文前来投靠,施法祈禳,安慰其心,赵慈便噩梦渐醒,精神也恢复不少。

"天师劳苦功高!"赵慈举杯苏章文,"数日来,无秦颉扰梦,一扫萎靡之态。"

"天命所归耳!"苏章文信口雌黄,"今将军雄姿英发,当进取之时。"他之所以投奔赵慈,是想借江夏叛军为自己复仇之机,顺势统御叛军,也好进退:

"秦颉灵柩虽葬,仍须将军亲往祭奠,助其早日超度,方可安生。"

"宜城三面环水,一面临山,城墙高深,不宜步军施展。加之,荆州军魏延、张仲景、邓芝皆负勇略,不可轻觑。"赵慈有意自保,不愿冒险,"程颂、程观于我江夏军中素有悍勇之名,仍出师不利,一死一伤,兵士被降。"盯着苏章文,"天师,我意据守安陆,与云梦、应城互为犄角,兵来将挡,水来土掩,以安享太平为上。"

"将军有所不知,"苏章文饮酒一杯,语重心长,"程颂、程观所败,非战之故,乃粮草不济所致。今宜城张曼成已被我射死,邓芝乳臭未干,魏延一介莽夫,张仲景迂腐郎中,岂能抵挡将军之霹雳兵锋?"见赵慈有意听下去,苏章文继续鼓舌,"况宜城乃襄阳、江陵之咽喉,位置险要。逐鹿天下必取襄阳;若取襄阳,必取宜城。"遂慨然起身,"苏某不才,愿带五千精卒为前部,取宜城建功。"

"是该在秦颉墓前倾一樽清酒!"赵慈心动,眼前不由浮现出破宜城、入襄阳、过南阳、穿许昌、歇马黄河、进驻洛阳之幻象,面带笑意,"天师所言,莫非谶语正应在吾身?"

"天机不可泄!"苏章文故作神秘状,又似乎自揭谜底,"否则,我何苦来此?"

赵慈高兴,正要将调兵虎符授予苏章文,突然被府外响起的急促马蹄声打断。闻声望去,一个背插绿色"令"字靠旗的传令校尉在府门前滚鞍下马,上气不接下气地禀报:"报,大将……大将军,城……城外大批官军杀来,还请大将军定夺。"

"该死!"赵慈惊怒,"大批官军来袭,竟然现在方来禀报!要尔等何用?"正想举手示意杀了报信小校,被苏章文拦住,"大将军息怒!"苏章文踱步小校面前,"城外有多少人?从何方而来?"

"一支来自大洪山,旗号为'魏',约两千人;一支来自义阳,旗号为'羊',约三千人。两军相合,形成南北夹攻之势。"小校在苏章文阴沉的目光中,稍微平静,"官军盔甲整齐,刀枪鲜明,带着飞桥、云车、撞桩、箭楼等大批攻城器具。"

"五千人？夹攻之势？"赵慈笑了，继而仰天大笑，"视我安陆两万大军为瓦缶？视我安陆石垒城墙为破絮？"瞬间便想到羊续——羊续爱民而甚得民心，昔年任庐江郡太守，遇万余黄巾军攻打舒县，羊续数日就征募数万之众，男子皆发兵器守城，妇孺负责背水灭火。自引精兵千人夜袭黄巾军，斩首三千，生擒渠帅戴风。渠帅之下，其余叛军均免罪为民，并发放农具、粮种，就地屯田。赵慈叛乱，羊续加五军中郎将任南阳郡太守，初至南阳郡，便微服私访，对各县属吏了如指掌，令人惊讶。想到这里，赵慈敛容，眼神有些惊吓："他们真杀过来了？"

"正是！"小校回禀，"南阳郡太守羊续为帅，南阳都尉黄忠为先锋，已在城下叫战。"

"传令，城中诸军以四门为要，速上城墙，抵御来敌。违令者，斩！"赵慈醒过神来，看着传令校尉的背影，和苏章文一起带着五百亲兵走出将军府门，望着城楼狼烟和城外烟尘，略平心绪，唤过两个心腹小校，低语："带我将令出城，向云梦、应城传信，羊续大军来袭，速速支援，快去。"

"大将军果然运筹帷幄！"苏章文捻着山羊胡须阴笑，"请大将军再拨我两百劲健兵士为督军，登城督战。"

"天师如此肝胆，我岂能不允？"赵慈随即让一队亲兵听苏章文调遣，"我再让军士高设醮台，天师当为我借鬼神之力，以破敌军。"还觉得不放心，心一狠，又叫来一个亲信低语，"去叫几个处事机灵之人，在城中散播消息，言：敌军来袭，城破之时，安陆将被屠城。"亲信明其意，拱手而去。

将各种事情处理完毕，赵慈松了口气，当即不再犹豫，和苏章文往城楼而去。

安陆城位置显要，为鄂北咽喉，中原门户。北控武胜关、平靖关、九里关，乃中原进入江南之要道。桐柏、大别二山于此交会，群山环绕，山陡峰险，雄踞楚豫，三面环山，一面临水，易守难攻，历来为兵家用武之地。安陆山河形胜，东部丘陵起伏，南部平畴沃野，西部岩壑幽深，北部层岚秀出。按理说如此位置的城池应该繁盛，但在汉末，由于当地宗贼过盛，加之江夏叛军数月前攻占安陆，城防难免显得有些外强中干。匆忙登城的兵士见大军来袭,大都惊慌失措,狼狈不堪。

安陆城外,张仲景和魏延率领的荆州军与羊续大军合兵一处,五千官军列队在午后阳光之下,盔甲鲜明,刀枪耀目,旌旗猎猎,战马嘶鸣。羊续骑马立在高处,在"羊"字纛旗下,以手中马鞭指向安陆城楼,厉声道:"不忠不仁之徒赵慈,你世受皇恩,不思报效社稷,反而逆天而行,裹挟百姓,割据自立;不义不孝之徒赵慈,你诱骗故友,威逼杀之,使江夏父老寒心,天下之士唾骂! 今我奉旨,行正义之师,惩恶锄奸,拯救百姓! 还不速开城门,迎我大军入城?"高声再喝,"不然,大军入城,将尔等碎尸万段!"

"羊将军之言差矣!"见赵慈满脸通红,不知如何应答,苏章文只好壮胆探首,"当今陛下昏庸,内贵把持朝政,外戚跋扈至极,苦难,致使天下百姓民不聊生。大将军赵慈身负天命,愿拯救天下苍生,还天地之清明,何罪之有?"

"哟嗬,这不是朝廷苏天师吗? 十常侍赵忠之假子?"羊续耻笑道,"你背叛朝廷,辱骂罪父,投靠叛逆,有何面目在此以犬吠天?"言毕,其身边闪出一将,张弓搭箭,箭似流星,直插城楼。站在城垛处的苏章文一把拽过身前一个兵士,替自己挡住一箭。兵士哀号死去,苏章文连忙后退,厉声叫喊:"射箭! 射死他们!"城楼上赵慈的亲兵悲愤地看苏章文一眼,无人动作,让苏章文陡升寒意。

"果然,苏贼在此!"张仲景侧身,向羊续建言,"可派黄将军讨战,以堕敌士气!"魏延欲先出战,为张仲景止住,"黄将军风头正劲!"

"好箭法!"黄忠立马之处与安陆城楼距离不下三百步,还能一箭射死城楼上的赵慈亲兵,足见其臂力惊人。果然,在那兵士哀号中,守城将士皆是面有惧色,士气萎靡。再看黄忠已飞马出阵,举刀大吼:"城上叛军听着,我乃羊将军帐下先锋,南阳黄忠! 赵慈逆贼,还不快快出城受死!"黄忠剑眉圆睁,面色如铁,身强力壮,吼声如雷,"羊将军爱民恤民,天下共知。大军至此,首恶必惩,胁从必问,余者无罪。若有执赵慈出降者,赐千金,封将军。"此语一落,城楼之上军士眼前似乎一亮,有的甚至还在低声议论。

"黄忠休得妖言惑众! 自古天下为有德者居之。当今皇帝昏庸无能,开设西园卖官鬻爵,税赋沉重,民不聊生。我应谶语而生,愿为天下人谋生路!"赵慈转头扫一眼身边将士,担心被迷惑,急忙大喝提醒,"大家切勿相信! 应城、云梦大军正在前来,我等只需谨守城池,便可立下大功!"

"哈哈哈,我等挟雷霆之势而来,区区小城岂在话下?"黄忠大笑,"为不伤及无辜,何人敢匹马与我一战? 赵慈,敢与黄某一战否?"

"小儿安敢如此?"赵慈怒火中烧,望着城外耀武扬威的黄忠和官兵,从牙缝挤出几个字,"谁替本将军出城一战?"

黄忠箭术刚才已为将士所见。加之,羊续曾大破黄巾军,爱民恤民,惩治贪腐,名望甚高,故而,叛军纷纷踌躇,不敢轻举妄动。

"可恶! 战又不战,降又不降,是何道理?"黄忠见叛军畏惧不前,便以刀尖指着城楼上的赵慈怒喝,"赵慈,可敢出来与我大战三百回合?"

"何人代我出城一战?"赵慈脸色铁青,虽说固守安陆无虞,但若拒不出城迎战,必损士气,"何人代我出城一战,以探敌虚实?"

"愿为大将军一战!"身边偏将应声而出。此将虎背熊腰,横须恶目,曾是江湖大盗,手持丈长铁棍,颇有勇力。见有人出战,赵慈略松口气,命人擂鼓助威。

厚重的城门在鼓声中"吱呀——"打开,偏将一马当先,带着一千兵士来到城楼下的箭程边缘,嘴尖皮厚腹中空地大喝:"黄忠小儿,快来受死!"

"如此懦夫,也敢为将!"黄忠见那将于箭程内立马不前,不由讥笑,"杀鸡焉用宰牛刀!"遂按刀取弓,侧身搭箭,"看箭!"那将横棍侧身躲箭,却不料黄忠一记虚弹,未待那将正过身来,黄忠已是再次开弓,箭如流星。那将再躲已然不及,箭镞透心而过。黄忠身后将士欲趁势上前攻城,被城上箭雨射退。

"此人善射,未必有甚本领!"苏章文见赵慈脸色顿变,低声安抚,"可再派一员上将,与他近身相搏!"

"文将军听令!"赵慈扭身看着身后一员体格雄武、面目刚毅、身着重铠的战将,"你素有猛将之称,可取黄贼首级!"见文聘犹豫,"若胜,赦全族离去,再赏千金,加奋威将军!"

"喏!"文聘拱手,带着属下左右二将,一起催马出城。黄忠也不待文聘出言,左右开弓,先射杀文聘左右二将,在文聘略带惊恐的表情中,手舞春秋刀,已与文聘缠马大战。刀枪并举,金铁交鸣,烟尘四起,杀气腾空。黄忠暗叹文聘明珠暗投,如此枪法娴熟,却为叛贼,不忍杀之。文聘却以为黄忠仅是箭术高明,刀法平平,狠命攒起枪花,便要夺其性命。上百个回合之后,黄忠大喝:"如此不知好歹!"遂抡起长刀,点刺披挂,横扫竖劈。文聘大汗淋漓,疲于招架,只好拨转马头退去。黄忠顺势按刀举弓,本欲将文聘射杀,一转念,以箭射落文聘的盔缨,使文聘狼狈而逃。

黄忠望着城楼大笑:"若此酒囊饭袋,也敢造反?还敢自称大将军,岂不可笑?"

"气死我也!"赵慈心头气急,"拿我宣华斧来!"

"大将军,不可动怒!"苏章文倒是冷静,"敌兵势寡,我大军据守不出,凭以墙高壑深,足以自保。待援军到来,再厮杀不迟。"

"如此,何以振我士气?"赵慈喘着粗气,"我江夏数万大军岂因一人而怯?"

"何不放出'恶来'?"身边一员偏将上前,"典韦擅使大戟,有万夫不当之勇,足可以抵住黄忠。"

"一语惊醒梦中人!"赵慈轻叹,"我怎么没想到他?只是他怀恨于我,可否出战?"

"为何?"苏章文疑惑,"苏某也曾听说过此人。"

"典韦绰号'恶来',曾为秦颉侍卫,为报秦颉之仇只身而来江夏行刺,为我设计捉拿。"赵慈释疑,"本欲杀之,念其武艺高强,是个人才,就一直拘押于牢房。"

"将他带来,可容老夫劝说。"苏章文眼睛一转,"若能为大将军一战,杀了黄忠,尽可放他而去。"

片刻后,年青雄壮、势如猛虎的典韦被押上城楼,看见赵慈便一头撞来:"恶贼!"赵慈闪过,笑对典韦,"恶来还是如此莽撞!"

"典将军不必气恼!"苏章文上前,命军士解去典韦身上绳索,亲手端着一碗好酒,敬于典韦。典韦也不客气,一饮而尽,这才瞪眼发问:"尔乃何人?可是救我?"

"我乃朝廷天师,是救你,也是救大将军。"苏章文大度一笑,"你与大将军皆是当世英雄,奈何如此不合?"

典韦怒目相向:"此贼坑杀故友,绑我家母,岂能饶他?"原来,赵慈知典韦勇猛,便暗中派人绑架典韦的母亲至西陵,再至安陆。典韦至孝,只好放下大戟,保全母亲。

"我无心伤秦太守,却为张主簿误杀,内疚至极。我已杀张主簿为秦太守赔罪,又不惜五千军士入宜城,让秦太守魂归故里,再让苏天师设醮,为秦太守超度,也算对得起故友了。"赵慈看着典韦,表情倒也淡定,"至于请来令堂,实不忍杀你! 你年轻,又武艺高强,难道就不愿在这乱世之中一展抱负?"

"老夫已超度秦太守升天。"苏章文见典韦表情有些松动,"秦太守厚爱你,让老夫转告与你,当以一身本领许明主,建功立业。"

"以一身本领许明主,建功立业"之言,秦太守生前倒是说过。典韦不由问了一句:"天师欲何为?"

"杀了城下来将,"苏章文笑看赵慈,"然后,大将军礼送你和令堂离境。"

"此后,你我战场相见,也可分个高低。"赵慈接话,"不知典将军以为如何?"

典韦不言,走向城头,看着扬刀得意的黄忠,转过身来:"取我大戟!"

"咚咚咚——"一阵鼓响,典韦身着黑铠,手举大戟,催马出城,与黄忠也不答话,举大戟对着黄忠劈头盖脸一顿乱砸。黄忠见其来势凶猛,不敢大意,刀气如虹,势如波涛,与典韦刚好抵住。二人一番大战,势如雷霆闪电,惊心动魄。百十个回合之后,黄忠见来将有些面熟,又使大戟,不由想起恶来:"莫非典将军?"典韦吃了一惊,细看黄忠,恍惚记得在南阳郡中见过面,只是少有走动。见典韦大戟稍缓,黄忠又道:"我乃黄忠,黄汉升,随羊太守前来平赵慈之乱。"

"我败矣!"见黄忠一刀劈来,典韦故意不以全力抵御,刀中马腿,战马嘶鸣倒地,典韦顺势飞出,拖戟飞奔,逃回本阵。黄忠也有些吃惊,未在其背后施箭,任典韦回城。

"典韦欺我!"赵慈熟知武艺,看出典韦未尽全力,"必杀之!"

"能与黄忠大战百合,足可挽回颜面,切莫激他,以免为敌军所用。"苏章文安抚,"明日可拘他令堂登城,逼典韦死战!"

"天师睿智!"赵慈一笑,"明日再战!"遂鸣金收兵,关闭城门,据守不出。

黄忠带着兵卒于城下叫骂,见无成效,只得停下。羊续有心乘势攻城,被张仲景劝阻:"太守莫急。安陆城高壑深,只宜智取,不可强攻。"羊续望着安陆高大坚固的城墙,只得鸣金收兵。

第三十二章　妙手回春大丈夫　迷途知返真义士

　　羊续大军与张仲景大军合兵一处,就于城外漳水岸扎下大营。是夜,月明星稀,凉风习习。官军大营,火把映天。羊续于中军大帐升帐议事。

　　羊续高坐主位,下方左边坐着以张仲景、魏延为首的荆州将校,右边坐着以黄忠为首的南阳兵将。羊续扫视众人,开言道:"赵慈屯兵安陆、云梦、应城,紧密相连,成掎角之势。今攻安陆,二城叛军必来救应。兵贵神速,我军务必要在叛军援军抵达前奏功。我为攻方,兵力不足,须以智取。诸将可有破敌良策?"

　　"我两军合兵一处,正要以雷霆之势破城。"魏延急于借南阳军力在蔡瑁大军抵达之前攻克安陆,"黄将军连折叛军三阵,使其士气大堕,明日便可趁势于南门强攻。"

　　"魏将军不必性急。兵法云:攻坚当以不战而屈人之兵为最。今日黄将军虽说折敌三阵,但未损叛军根基。况攻城之战,向非易事。"张仲景显然思虑良久,"依我之见,先于南门外垒高台,以造攻城之势;而后暗集精兵,与已潜入城中之勇士里应外合,于北门突袭,直入赵慈大将军府,擒贼擒王。"遵张仲景之命,邓芝在大军进发安陆之际,已带五十名武艺出众的精兵,乔装进入安陆城中,并约以突火箭为号,行里应外合之策。

　　"若此,安陆可定。"羊续赞许地看张仲景一眼,又扫视诸将,"攻城实乃非不得已之举。明日继续叫阵,多损其将,再堕其士气。待叛军疲惫,方可攻城。"

"今日,我观黄将军与典韦之战,典韦未尽全力,必有其故。"张仲景推测,"此人曾为秦太守侍卫统领,素有忠孝之名,岂有投奔赵慈之理?"

"仲景所言极是!"黄忠点头,"我与他大战百合,其手段高强,并无破绽。待我认出他来,他便故意败回,想来必有苦衷。"

"由恶来典韦相助,必会加速破城。"羊续盘算着,"若能出其不意,擒下赵慈,便可避免太多杀孽!"

"我想办法今夜入城,劝说典韦、文聘投诚。"张仲景拱手道,"文聘是涅阳人,早年贫贱,曾为衣食行窃桐山,被我伯翁劝善后,幡然醒悟,苦学武艺,以期出人头地。南阳大疫时,我又为他诊病,也是我的病人。后因父母丧命于官军之手,随程颂入黄巾军造反。义军势尽,走投无路,投奔赵慈。今文聘负伤在身,我也好继续为他诊治,劝其投诚。"

"张神医如此厚爱病人,让羊某佩服。若天下人皆存此心,何来人病天病?"羊续拱手,"若此人率兵来降,就断去赵慈一臂。"

"安陆城四门紧闭,你如何入城?"魏延不由担心张仲景,"况苏章文与你仇怨难解,若走漏消息,凶多吉少。"

"魏将军放心!"张仲景淡笑,"我多年于深山采药,练就了上乘攀爬功夫,入城不难。至于如何脱身,那就由典韦、文聘送我!"

张仲景不成功便成仁之举让诸人感慨。黄忠起身拱手:"仲景,你我亲缘虽近,却相聚甚少。我愿拼死护你入城出城。"

"我只身一人反倒利落。"张仲景笑了笑,"我虽不会杀人功夫,攀爬行走之功却无人可及。汉升尽管放心。"

"明日便由我来打头阵讨敌!"魏延主动请缨,"今日黄将军大显神威,明日让诸位见我立功!"

诸人商议已定,各自行事。

与此同时,安陆大将军府内,赵慈、苏章文也在升帐议事。今日接连败阵,诸将心绪低落。赵慈紧盯着右将军文聘:"你与二将同出迎敌,为何二将战死,你却只被射掉盔缨,毫发未损?"赵慈蹀步,"你与叛贼程颂、程观曾是故交,莫非通敌?"

"程颂归隐江湖,程观战死沙场,岂可再玷污他们名声?"文聘有些羞怒,"明日,我再与黄忠生死一战,以雪前耻,以辨清白!"

"这就对了!"赵慈淡笑,"黄忠也非三头六臂,你可以回马枪将他刺死!"

"谈何容易!"典韦讥笑,"黄忠武艺绝伦,非我莫敌!"

赵慈闻言,转身怒喝:"恶来常以忠义立世,既答应于我杀贼,为何不拼死一战?"

"家母生死未卜,我岂能不顾身后?"典韦大戟在手,便视府中诸人无异于土鸡瓦犬,"况你乃出尔反尔之徒,我岂能信你?"

"典将军莫要莽撞!"苏章文见赵慈怒极,深恐坏了大事,"今夜,就送你与令堂团聚,明日奋力一战如何?"

"奋力一战之后,我可带家母离去?"典韦仰头盯着赵慈,将手中大戟猛地一磕,"否则,这对镔铁大戟将搅翻安陆城。"

"哈哈哈,笑话!"赵慈气急而笑,"难道你还会不吃不睡? 我以箭阵困你三天三夜,看你有何能耐?"见典韦怒色,转眼又大度挥手,"依你!"

两小校引典韦而去。望其背影,赵慈得意道:"如此,以两员猛将出战,足可抵住黄忠。"

苏章文露出一丝阴笑:"我闻羊续素有爱民恤民之名,明日可尽驱城中老弱妇孺登城,以百姓为盾,看他如何攻城?"

诸将听闻,顿时色变。赵慈却拍案叫好:"好计谋,定能以弱胜强!"再扫视诸将,"待应城、云梦大军赶来,我亲率诸将出城迎敌,如此内外夹攻,必大破羊续,再顺势取襄阳,破南阳,入洛阳,天下可定。"笑着举杯诸将,"到那时,尔等皆是有功之臣,高官厚禄、封妻荫子随你取舍!"

残月照着漳水,照着安陆城,却照不到城墙隐蔽处的张仲景。他一双星星般的眼睛看了看高墙上一片月光,身影便猿猴一般迅疾攀上城头,转瞬又消失在城内月色里……蹚着朦胧月色,躲开城中巡哨,张仲景悄然来到一处稍显破败的古庙里,与等候于此的邓芝见面。二人低头交谈片刻,一番乔装打扮后,又悄然来到一座阔达的宅邸门前,轻轻叩响门环。

"何人夜半来访?"宅邸中有人低喝,"我家将军尚在梦中!"

"我乃将军府通事,奉大将军急令,快些开门,容我面见文将军!"邓芝数日前潜入安陆城内,已从内应、将军府从事杨平处得到城中通行密符。邓芝谎称通事,从瞭窗递过通行符。守门军士就着灯下仔细查验后,又细看二人一眼,这才不情愿地打开门,让邓芝与张仲景进入大宅,又关上宅门。

"大将军有何急务? 莫非夜半袭营?"文聘说着话,披衣步入中堂,见邓芝与张仲景有些面生,吃了一惊,"二位何人? 可是找本将军?"

"我乃张仲景,早年在桐山与你相识,后在涅阳,也曾为你看过伤寒。"文聘顿时想起过往,犹记得张伯祖所言:"夫不可不自勉! 不善之人未必本恶,习以性成,遂至于此。梁上君子是矣!"再看张仲景,不由面有愧色:"莫非张神医?"放松手中剑柄,上下打量眼前清隽儒雅之人,"果然是神医! 你怎么冒死至此?"

"为将军疗伤,更为满城百姓活命。"张仲景面带悲悯,"我与伯苗从北城而来,见军士正挨家挨户驱逐老弱妇孺去城墙上御敌,这是何等蛇蝎心肠方能出此计谋?"

"若此视民命如草芥之赵慈,你为何还要效力于他?"邓芝接话,"张医令不忍将军既送性命又落骂名,故而,冒死来访。"

"昔年蒙张神医相救后,因父母无辜丧命,流落江夏,跟随程将军造反。义军势尽,走投无路,投奔赵慈。赵慈却又趁机裹挟我的族人,无奈,只好暂栖此身。"文聘让身边卫士为张仲景、邓芝布酒后,又一声轻叹,"明日,我就解脱了!"

"如何解脱?"张仲景看着文聘,"战死沙场?"

"正是! 不如此又如何保全族人?"文聘苦笑,"况昨日黄忠射我盔缨,不伤性命,使得大将军以为我有通敌之嫌。明日我必与黄忠死战,以证清白。"

"将军身负内伤,又如何发力?"张仲景说着,便为文聘把脉,"肩筋痉挛,气阻胸穴。"把脉毕,拿出乌木针盒,为文聘施灸,片刻,去针,文聘已是精神一振,轮臂自如:"果然神医! 明日又提得大枪!"

"仲景助你恢复内力,可与黄忠一战!"邓芝也不客气,"只不过,黄将军

　　"随我擒赵慈、苏章文,救下满城百姓!"邓芝也不隐瞒,"我与神医至此,便为此事。"

　　"若能从此洗心革面,重新做人,焉能不追随神医和将军?"文聘含泪,向张仲景跪地施礼,"神医两次救我性命,无以为报!"

箭术出众,刀法绝伦。昨日不忍杀你,是存英雄惜英雄之心,文将军可要在心!"

"英雄惜英雄?"文聘眼睛中闪出一点亮光,"我又如何配得起英雄二字?"

"随我擒赵慈、苏章文,救下满城百姓!"邓芝也不隐瞒,"我与神医至此,便为此事。"

"若能从此洗心革面,重新做人,焉能不追随神医和将军?"文聘含泪,向张仲景跪地施礼,"神医两次救我性命,无以为报!"

"快起!"张仲景扶起文聘,"将军是我病人,我就要负责到底。"看邓芝,"至于如何行事,你与文将军商议。"拱手文聘,"可派一亲兵,带我去看另一个病人——恶来!"

"另一个病人? 恶来?"文聘有些疑惑,"他正由我麾下精兵看护,以防其携母潜逃。"

张仲景也不多作解释:"快带我去看他。否则,危矣!"

文聘也不多问,连忙让两个亲兵带着张仲景骑马前去关押典韦母亲的一处旧宅。刚及院门,就听得宅院里传出炸雷般的吼声:"若我阿母有故,尔等皆死!"

张仲景让兵士让开,独自推开宅门:"典将军,我乃张仲景,前来为令堂诊病!"

"你是医师?"典韦拄着大戟,恶盯张仲景,"家母昏厥于床,要是死了,谁都不得活!"

张仲景以手拨开小山一般魁梧的典韦,进屋为典韦母亲把脉,原来是气血不畅,痰涌咽喉所致,若是少来片刻,凶多吉少。张仲景取出针盒,在肩井、委中、天迎、骑竹马穴位处施针。"令堂因郁怒而致咽喉痛肿。须宣肺泄热,疏肝解郁。"写下药方交与典韦,"以荆芥、防风、牛蒡子、连翘、黄芩、栀子、枳壳、青皮、柴胡、香附、瓜蒌仁、乌药等煎服。"

片刻后,张仲景拔出长针,典韦母亲一阵猛咳,吐出浓痰,悠悠睁开眼睛,见眼前站着一个陌生男子,呵斥:"尔等坏我儿子,还不快滚!"

典韦见母亲醒来，便像一块巨石般"咚——"地跪地："阿母，你总算醒来！"又对着张仲景叩首施礼，"多谢神医救命之恩！"

"神医？"典韦母亲慢慢醒过劲来，"莫非恶来请郎中救我？"

"你心怀慈悲，命不该绝！"张仲景淡笑，"你若有个好歹，谁还能管住恶来？"

"刚才错怪你了，老身赔你不是。"显然是一位通情达理的母亲，片刻，她又含泪轻叹，"只是你不该救我，我死了倒也清净！"

"你的病是气痛所致。"张仲景安慰，"吃些宣肺泄热、疏肝解郁之药也就好了。恶来素有忠勇之名，你也要宽心。"

"赵慈该死！坑杀了秦太守，逼得我儿冒死前来复仇。"典韦母亲不由落泪，"见我儿执意报仇，赵慈便派人把我裹挟，再逼我儿去作恶。"看着张仲景，"你说，我要是死了，我儿不就走向正路了吗？"

"阿母，你死了，我咋办？"典韦大哭，"我就放火烧了整个安陆城，谁也别想活。"

"你听听，我儿如此糊涂！"典韦母亲说出话来，心中渐渐舒郁，"昨日，他竟与羊太守兵士打架，说今天还要去杀了羊太守的大将，然后，带我回乡。"握着张仲景的手，"你是医者，医者仁心。谁不知道羊太守爱民恤民？他要讨伐之人，一定是坏人！我儿不帮羊太守也就罢了，怎么能帮着赵慈去攻打羊太守？"

"我正为此事而来。"张仲景扶起典韦，"赵慈将全城老弱妇孺赶上城头，以抗羊太守大军攻城。为少杀孽，我已说通文聘将军，寻机擒拿赵慈，救下百姓。还望典将军襄助。"

"我病已痊愈！"典韦母亲顿时来了精神，"我儿可随神医前去。"

典韦听从母亲之命，屏退下人，与张仲景商议行事……

天色初曦。张仲景将诸事安顿停当，这才于城墙一偏僻处悄然出城，面见羊续，筹划方略。

第三十三章　羊续智取安陆城　仲景领悟箭术境

　　安陆城中，数千老弱妇孺被兵士逼上城墙，临危皆惧，哀号彻天。羊续率大军于城下，见此愁眉："这如何是好？即使我突袭北门，也难免伤及无辜百姓！"再看城楼高处，赵慈竟然于城楼设醮，奏傩鼓，舞傩戏。苏章文头戴柳木面具，扮作傩神，玄衣朱裳，执戈扬盾，时以戈击四隅，意驱魑魅。羊续不由愤慨，"叛贼竟敢如此辱我！"

　　"羊太守息怒！"见羊续一把夺过军士手中鼓槌，正要亲擂战鼓，张仲景赶忙拦阻，"不可！大军攻城，必伤及无辜。可依计行事！"

　　旭日东升。阳光照着安陆城楼上舞动的影子，或长或短，虚实变幻，于烟雾中透着神秘。随着一阵又一阵的傩鼓声，城墙上的百姓不再哀号，城内军士的士气随着太阳升高而升高。赵慈不由得意，看着立于一侧的右将军文聘，目光阴沉："文将军，我将士士气已振，可否出城一战？"

　　"喏！"文聘提枪走下城楼，率领麾下一千精兵打开城门，催马而出。

　　羊续见叛军开城迎战，在四辕战车上，将手中宝刀向前压下："进！"

　　一千身着铠甲的马军在前，锋利矛刃在阳光下闪烁着逼人寒芒。铁甲发出阵阵摩擦之声，令人震慑。其后，两千步卒分持弓弩刀枪，排列有序，踏着整齐步伐，杀气腾腾地向前推进。士卒每进一步，便用手中兵刃拍打盾牌或铠甲，发出阵阵金属交鸣，惊天动地，气势惊人。整个安陆城外，一派肃杀之气。江夏叛军多为裹挟的普通百姓，刚才由傩戏给予的一点儿士气，瞬间又为官军雷霆般的气势所摧折,胆小的叛军不由打着哆嗦,脚步发软。

在城上箭程之外,羊续将令旗放下,大军止步。他凝视不远处扬枪跃马的文聘,低声喝问:"诸将,谁去应战?"

黄忠一扬手中春秋刀,刚想动身,却被魏延抢先:"羊太守,昨日黄将军折敌三阵,今日看魏某手段。"

"允,就让魏将军打出我军士气!"羊续微微一笑,手一扬,随着羊续"请"字落下,前方骑兵自动让开一条通道。魏延扬起錾金琉璃刀,策马冲出军阵,单刀匹马直奔文聘,文聘低喝一声:"来得好!"便与魏延战在一处。数个回合之后,魏延暗自吃惊:"此将昨日与黄忠一战,本领平平,为何今日若换个人似的,枪法如此了得!"文聘之所以勇力倍增,一则是昨夜张仲景为他治好内伤,二则他要全力让赵慈相信自己,方可使赵慈懈心,一击而中。赵慈在城楼上见文聘若似猛虎下山,竟亲擂战鼓。羊续也不示弱,令身边号手吹出昂扬号角。二人闻听,更是枪去如电,刀回若风,各显本领。两边将士都看呆了。二人棋逢对手,将遇良才,只杀得天昏地暗。

见魏延一时战文聘不下,羊续鸣金,叫回魏延。文聘勒马也不追赶,急得城楼上观战的赵慈再擂战鼓,口中大叫:"杀了魏延,长我士气!"

文聘头也不回,看着魏延归阵,直对着官军阵中叫着:"可让黄忠与我一战!"

"文聘休得张狂。且待我片刻!"黄忠提马,不慌不忙上前,手臂一动,长刀横在身前,双目犹如利剑,却紧紧盯着城楼之上,反手取下背后铜胎大弓,箭矢上弦,寒芒一闪,扬手便射,箭矢瞬间化作闪电,直奔站在女墙洞口边、擂鼓观战的赵慈而去。

"大将军小心。"赵慈的亲兵大惊,冲来一把推开赵慈。"噗——"一声闷响,赵慈只觉脸上一热,竟是滚烫鲜血,抬头一看,锋利箭矢已穿透亲兵,亲兵跌倒在地,没了动静。赵慈胆寒,众人皆在不自觉中向后退了一步。黄忠乃善射之人,眼力自然不差,见射向赵慈的一箭被人挡住,略微失望后,便再次怒骂出声:"赵慈,无胆鼠辈,可敢出来一战?"

面对黄忠怒骂,赵慈摁住擦伤的脸颊,不敢露头,只好躲在女墙后面,指着城外:"文聘为何不抵住黄忠?"

"文聘先纵敌脱逃,又为黄忠施障眼之法,已是与官军勾结。"苏章文已卸去柳木面具,来到赵慈旁侧,"大将军可速鸣金收兵,斩杀文聘,固守待援。"

"去绑了文聘族人!"赵慈顿时有些慌了手脚,"快,鸣金!"

"当当当——"城楼上传来金鸣。恰遇此时,数支突火箭在安陆城中"霍霍——"而起。

如此变化让文聘始料不及。心中各种念头闪电流转,本欲催马上前与黄忠交手,再慑赵慈之心,却听城楼上传来收兵的金声。

文聘拨马转身,带兵士回城,刚入城门,就见典韦手举镔铁大戟向城楼奔去,无人拦阻。文聘心中明了,将属下三百兵卒留在城门处,顺势接应羊续大军入城。

见城中突火箭起,羊续令旗一展:"攻城!"此刻攻城,恰是时机。既出乎赵慈预料,有奇兵之效,又形成内外夹攻之势。加之,官军士气高涨顶峰、叛军士气跌落谷底,城墙上又到处都是老弱妇孺,守城兵士无法施用弓弩,故而,羊续亲擂战鼓,高喝:"攻城!"

听到鼓声,一千精锐马军由黄忠率领,直取安陆城门。三千步卒由魏延率领,推着攻城的飞桥、战车、箭车,抬着云梯,刀振甲衣,紧随马军之后,朝四围城墙猛攻。

"放箭、放箭!"赵慈本以为羊续素有爱民之名,城墙上又站满安陆百姓,羊续不会强行攻城,不料羊续忽然发起攻击,顿时有种措手不及之感。叛军士卒见官军杀来,更是有些愣神,连用来守城的檑木、石灰、滚油也不知如何处置。城头百姓趁机四散逃脱,冲撞得兵卒无法开弓射箭。正在犹豫之间,羊续大军已气若长虹,纷纷登城,只对着身披甲衣的兵卒砍杀……

文聘带着亲兵刚要登上城楼,黄忠率领的马军已潮水般漫浸入城……

"挡住恶来!"已经慌神的赵慈手持宣华大斧,见典韦正冲自己而来,顿觉不妙,连忙指挥身边亲兵结成人墙,试图挡住典韦、文聘。典韦勇猛如虎,手持大戟,大吼如雷:"赵慈逆贼犯上作乱,祸乱天下,坑杀太守,危害黎民,以致天怒人怨！剿灭赵慈必当今日,随我杀——"

"杀——"身着叛军衣甲、早已潜伏城中的荆州哨探由邓芝率领,跟着典韦杀向赵慈。苏章文见状,暗叫"不好",趁着城楼兵士慌乱之机,连忙转身,从另一侧楼门仓皇逃走。

赵慈亲兵不断倒下,典韦已近在咫尺。此刻的赵慈反倒冷静异常,再看一眼远处已被魏延大军插上官军大旗的城墙,双目戾气闪烁。"典韦,本将军的人头可与你建功!"赵慈喝住,"只有一求!"

典韦执戟,盯着赵慈:"说来!"

"退去兵士,你我大战一场如何?"赵慈冷笑,"若我武艺尚入你眼,请以勇士之礼,葬我!"

典韦大笑:"有何不可?"

赵慈英雄一时,不愿为人所轻,手持大斧,使出浑身本领,与典韦于城楼之上,一番大战。二人各尽全力,城楼不堪重负,摇摇欲坠。上百个回合之后,城楼只剩下一柱残撑。赵慈率先住斧,拱手典韦:"恶来,本大将军武艺入你眼否?"

典韦一哂:"尚可一战!"

"哈哈哈,本大将军生于豪富之家,见天下风雨飘摇,若此城楼。我愿一柱顶天,稳定山河,"陡然大笑变色,"不料,误信江湖术士谶语,落此下场。"言毕,用尽全力,将手中大斧掷向城楼中柱,"咔嚓嚓——"城楼倾颓。待典韦、邓芝带着劲卒刚刚退出城楼,高大的城楼已轰然倒塌,扬起数丈烟尘。一时英雄,就此陨落。

"如此豪冢!"典韦大笑,"不负赵慈!"

邓芝踏着城楼废墟登顶,向叛军们高喝:"赵慈已毙,降者不杀!"

"当当当——"文聘执枪,猛击铁金,"收兵！收兵！"

江夏叛军见主将已死,又听城中鸣金收兵,纷纷扔掉手中兵刃,放弃抵抗,跪地投降。

随着一阵"嘎嘎"声响,在叛军和百姓惊骇的目光中,羊续和张仲景共乘四辕大车,在精骑护卫之下,缓缓入城……

　　城中百姓和当地豪族显然受叛军之苦已久,见素有美名的羊续太守引军入城,纷纷跪于道路两侧,欢呼放炮,拊掌加额。羊续看着眼含热泪的张仲景:"仲景,百姓苦矣!"

　　羊续、张仲景一面安排邓芝带着文聘、杨平安民,一面令黄忠、魏延、典韦等人派兵掌控城中四门,派士卒打扫战场,清理城池。待一切安排停当,羊续便再聚诸人,商议对付云梦、应城两地援军。按时辰计算,云梦与应城的叛军援军也要到了,二地合兵至少也有万人,由不得羊续不放在心上。虽然放在心上,羊续却不担忧,毕竟赵慈连同亲随扈从都已伏诛,官兵士气正旺,云梦、应城叛军绝非对手。不过,叛军也多是走投无路的百姓,被裹挟造反,无非想活着。既然如此,那就乘机将他们全部招降,屯田自给。

　　果如羊续判断,援军得知赵慈身死,数十个罪大恶极之徒被黄忠、魏延、文聘、典韦等猛将斩杀之后,纷纷投降。羊续也不过于追究那些放下刀枪的草民,遂编入户籍,交给左将军、安陆令黄忠,右将军、云梦令文聘,中将军、应城令杨平编户管理,就地发给农具、种子,开荒种田。至此,讨伐江夏之战落下帷幕。羊续又将数千叛军精锐收编打散,补充进官军,使大军扩为六千。为防叛军死灰复燃,羊续为黄忠、文聘、杨平各留下精兵千人,守护刚刚收复的三城,自己带着典韦和三千大军,返回南阳宛城。魏延、邓芝也带着荆州军返回,张仲景暂时留在安陆帮着黄忠安民。

　　江夏之战,荆州军收获也算颇丰。除了无数军马辎重之外,最令张仲景欣慰的是,赵慈曾多年经商,从各地笼络工匠,其中,有建造攻城器械的工匠、打造船只的木匠、锻造兵刃的铁匠与裁制甲衣的布匠等。张仲景让邓芝将这些匠人纳入户籍,从而带动宜城无数百姓以艺养身,繁荣市井。

　　一场大梦!当仓皇逃脱的苏章文回望烟尘渐熄的安陆城时,心中惆怅,无限酸楚。自从多年前因觊觎屠龙匕而被师父逐出济世坊、漂泊江湖以来,自己苦于心计,劳于体肤,仰人鼻息,惶惶不堪,到头来,眼见着到手的富贵荣华又成镜中月、水中花,不由得眼中含泪,心中泣血。"就这样算了吗?隐于草野,或者入山为道?"苏章文举首望天,天空阴暗,乌云奔涌,嘶哑的隐雷在云深处滚动，雷霆似乎被一团团迷雾包裹，无法酣畅淋漓地发声。"天病了！正气不彰，妖氛横行，能怪我吗？我不过是顺应天意而已！"忍不住大声自辩，"我不过是朝廷的一根鞭子，拿起鞭子之人是混账陛下、中常侍、大将军，还有荆州牧、羽林军。"一阵闷雷滚过，他的眼睛瞬时又充满怨恨，"身为天师，我不得不为陛下选秀，不得不追随中常侍去卖官鬻爵，不得不杀师父，还有张松寒、张伯祖、张曼成，又殃及了无数百姓。可如果他们不是执意地要为民请命，朝廷之鞭又怎么会抽打在他们身上？"嘴角不由得露出一丝讥笑，"黎民百姓算什么？蝼蚁？蜜蜂？他们被上天注定，一生辛劳，无非是为蚁王、蜂王而忙碌，要怨，该怨上天不公！"忽然，眼前出现一个熟悉身影，"我怎么又见到你了，张仲景！你一直在逼我，从涅阳，到南阳，再到荆州，即使在我走投无路而暂时栖身赵慈大营时，你也没有放过我！为什么？不错，是我杀了你几个亲人，可是，我义父赵忠，我几个徒儿，又何尝不是丧命于你亲人手中？别说什么正义与邪恶，生命对谁都只有一次，该死不该死，由上天来裁决，而不是你我！"一声长叹，"张仲景，我当下即使放下屠刀，你会让我成佛吗？"拨转马头，"天无绝人之路！我只好再去江东搬兵，誓与你不死不休！"

苏章文打马而去……

隐隐约约中，张仲景在漳水河畔看到对岸山中一个身影，那身影如此熟悉，分明是一条浑身伤痕的忽律，眨眼再看，又是化作人形的苏章文。苏章文一直勒马而立，对着天空说话，他的怨气、不甘、愤懑，被漳河的波涛载来。张仲景一直淡笑着，他不想和苏章文分辩什么，他原本是想为他疗伤，让他活下去，好好活下去，可是，苏章文拨马走了，带着屈辱和泪水走了，带着一团乌云走了！

张仲景轻叹一声，再转身入安陆城时，云开日出，阳光普照。被黄忠挽留的数日里，他一直在忙碌着。毕竟是一场大战，双方将士死伤也不在少数，张仲景一边为受伤将士诊治，一边安排军士安葬战死将士，清扫街道，整理城垣，避免在大战之后暴发疫情。当一切安排妥当后，张仲景便向黄忠告辞。

"世间无常,生死如电,行者自重。"黄忠为张仲景设宴饯行。这些天来,他们说了很多,在这个飘摇乱世中,一转身,就可能是永诀。

不忍就此别过,黄忠真诚地道:"我有箭术教你!"

"心中无敌,箭术何用?"张仲景淡笑,"我有宝雕弓,未射一箭;我有屠龙匕,从未出鞘。"

"眼前天下多病,不得不为。以箭术可以去顽疾,是谓惩恶。"黄忠举杯张仲景,"恶不治则病不除。仁有不达者,箭可达。如车两轮,不可缺一。譬如田中稻草人形,其持弓箭,本无守护作物之心,而鸟兽见之,径自逃散。"

"有此箭术,可止杀戮。"张仲景拱手,"汉升教我!"

"回归本心,箭法如是。"黄忠启发,"初习箭时,无招无势,心亦无所住,若见箭来,亦不分别,心无所住,随机而应。习箭日久,得种种知见,或持箭之法,或心之置所,临敌时,惊觉不自由。渐学渐参访,身形箭法皆回向初学无知见时。"见仲景听得仔细,黄忠更是耐心指点箭术精要,"譬如算数,自一至十,进位时,一十相邻。复观音乐,十二调性:一壹越,二断金,三平调,四胜绝,五下无,六双调,七凫钟,八黄钟,九鸾镜,十盘涉,十一神仙,十二上无。最低壹越,最高上无,初音终音,紧密相邻,故至高至低,至实至空,大智若愚,无华巧之饰。"

"不动妙智,本来一如,无心无念,动静自在。"张仲景顿悟箭法之要,"间不容发,石火之机。浮生若梦,为求心止。"顺手拈起身后宝雕弓,箭射夜空,"明日朝阳东方,便是紫花凋零。人空、我空、箭空!"

片刻,空中一盏祭奠亡灵的风灯悠悠飘落。

"求其放心而已。"张仲景大笑而去……

第三十四章　刘表卖弄中庸论　仲景救疫长沙任

当张仲景回到荆州时,早有从事刘忘之受刘表所托,在城门迎接。毕竟是同乡,刘忘之也不说平定江夏叛军的功绩,而是小心提醒:"刘使君正在府衙等你,参议军务。"继而摇头,"也不知蔡军师如何想,执意要再派属史前去接管安陆、云梦、应城。"

张仲景淡笑不应,马踏阳光,向府衙而来。

当他来到府衙时,夕阳正漫过庭院、窗棂,一地金色。在侍者引导下,张仲景来到正堂,高坐的刘表冲着张仲景微笑着点了点头,然后继续听蔡瑁的慷慨言辞。

"我大军正要进发,却不想一座城坚墙固的安陆城竟被羊续一鼓而定。若无内应,何来如此容易破城?"一身戎装的蔡瑁满脸怒容,扭身看见刚从安陆平叛归来的张仲景,"张医令为我荆州前部督军,可知实情?"

"羊太守素有爱民恤民之美名。"张仲景拱手刘表,又环视诸人,"安陆百姓受赵慈叛军之苦久矣。听羊续大军至,皆心向官军。相对于城高墙固而言,民心更是无坚不摧之刀斧。"

"民心算什么? 百姓无非是墙头草,"蔡瑁看着张仲景,"若无我大军攻城,百姓还不是簇拥赵慈、山呼'大将军'? 叛军还不是在安陆城里吃香喝辣、作威作福?"缓下口气,"仲景,本将军之意,文聘曾为叛军贼酋,不治其罪便罢,岂能被羊太守委以云梦令?"又看着刘表,"羊太守又置主公于何地?

置荆州于何地？"

"文聘因家族百人被叛军裹挟，不得不暂时栖身贼营。"张仲景表情平静，"当我大军前来，文聘打开城门，又与典韦一起擒杀赵慈，使我官军几乎兵不血刃，攻克安陆。之后，文聘再率本部兵马配合官军平定云梦、应城，功不可没。"

"若此卖主之辈，何堪为云梦令？"蔡瑁不屑，上前拱手刘表，"待我前去，将他拿入荆州，由主公定夺。"

"你非他敌手！"魏延淡笑，"文聘有万夫不当之勇，乃难得之将才。况羊太守以功行赏，文聘已为朝廷命官，岂能再行讨伐？"

"魏延，你竟敢小觑于我！"蔡瑁面色通红，指着魏延，"你不等我中军前至，便擅自与羊续合兵一处，是何道理？"

"兵贵神速！"魏延素与蔡瑁不和，也不多作解释，直接拱手刘表，"魏某与仲景、伯苗以三千荆州精兵，会合羊太守大军荡平赵慈叛军，安定荆襄，是功是过？"

"有功！"刘表终于表态，却看着蔡瑁一笑，"蔡军师这次筹划得当，原本是要立下不世之功，却被羊太守夺去，情有可原。"

"蔡军师也是立功心切。"蒯越笑着解围，"羊太守因此功勋，听说要被陛下加太尉之职。"

"陛下有此意！然官拜三公之人，都需往西园缴纳千万礼钱，由'左骓'（宦官）收取。"刘表似乎在说着一件有趣事儿，"左骓至南阳宣布诏令，羊太守让左骓坐在一张席子之上，拿出一件破袄给左骓看，并说，'臣能资助之物，唯此袄而已'。"

"看来，羊太守如此行事，太尉之职也就落空了。"蔡瑁见刘表不介意羊续越俎代庖，蒯越也为之解围，只好笑了笑，仍带着一些责怨，看着刘表，"若荆州军立此大功，这太尉之位便归主公所有。"

"我只愿固守荆襄之地，自保足矣！"刘表也不掩饰心满意足的表情，"再说了，此次平定江夏叛军，荆州军功劳也被羊太守奏于朝廷。陛下大悦，以六百里加急，颁下圣旨。"旁侧侍立的主簿蒯良将圣旨托与刘表，刘表站立，净手焚香，代宣圣旨："荆州左将军、医令张仲景接旨。"

张仲景略一吃惊，随即上前，跪地施礼："微臣接旨！"

刘表宣读："奉天承运，皇帝诏曰：朕闻荆州左将军、医令张仲景早举孝廉，仁德出众。医术高超，悬壶济世。又协助荆州牧、南阳郡太守平叛有功，特加荆州长沙郡太守，着即赴任。钦此！"

在诸人略有惊诧的目光中，张仲景趋步，接过圣旨："微臣张仲景谢恩！"

"江夏归荆州管辖，江夏平则荆州兴。"刘表笑着，"诸位文武，我已在后堂设宴，亲自为仲景太守饯行！"

荆州府后堂烛火辉煌，乐舞曼妙。下人早布好酒宴，瓜果罗陈。刘表于高处居中而坐。阶下，蔡瑁、蒯良、蒯越、刘琮、张允等与张仲景、魏延、邓芝、刘忘之、李丰等两列对坐。

刘表兴致极高，以仲雅酒樽与诸人对饮。为缓和蔡瑁和张仲景、魏延关系，他说起年轻时一件趣事："适才，德珪与仲景、文长之论，使我想起早年为太学生时，与老师王太守辩论。"

"那可是一件士林美谈。"蒯越接话，"主公当年不过十七岁少年，而王畅老师时任南阳太守。有鉴于南阳豪族生活奢华，挥霍无度，王太守遂领头行俭，希借此改变民风。然王太守过于节俭，衣不着缎，食无腥荤，豪族无法仿效。主公就劝谏王太守，"呷了一口酒，扫视诸人，"主公说，所谓过犹不及。无论是奢侈或节俭，都要合乎中庸之道，此乃蘧伯玉耻于独自成为君子之原因。府君不师承孔子之明训，而仰慕夷齐那些微不足道之操行，莫非想让自己显得分外高洁？"

"过犹不及则不是中允。中庸乃和谐之道，亦是立世立邦之本。"刘表笑着为诸人开释，"德珪立功心切，文长亦是如此，是乃过犹不及也！"

"主公以中庸之道治理荆襄，恩威并著，招诱有方，使得万里肃清、群民悦服。又开经立学，爱民养士，从容自保。据地数千里，带甲十余万，谷粮充足，称雄荆江。"蒯良附和，"仲景为太守，当效此法。"

"自然！"张仲景起身，拱手致意，"只是仲景从无理政经验，更无治国安邦之才,恐负重托!"

"所谓大医者,非医术高明所指,实医国之人也。"刘表已是酒至半酣,举杯张仲景,"我记得仲景用药,多以大剂量麻黄、石膏、大黄等作攻邪之法,附以甘草、大枣、薏米等保和之方,阴阳互调,以致中和。此法可用于理政。"

"道无术不行,术无道不远。仲景此去长沙,当以有为之思,行无为之治,养生惜精,修身养性,守神安民,以期长治久安。"荆州参谋王粲乃王畅之孙,少有才名,词章纵横。因长安乱,投奔刘表。其素仰张仲景的人品才学,也借机附言,"不药而治与候气来复皆有无为之意。仲景乃大医,可视长沙若人体,必致中和。"

"仲宣(王粲字)之言若春雨润物,使我受益匪浅!"张仲景拱手王粲,"还望时时教我!"

"若言教益,先生所教,受益众生。"刘琮起身,施礼张仲景,"先生不日将别,恳请再次教我。"

"正有一味药方,交给少公子。"张仲景淡笑,"天有四季,春夏秋冬,难免往来寒热,胸肋生痛,不欲饮食。可以柴胡为君药,以黄芩、人参、半夏、甘草、生姜、大枣配伍,而成柴胡汤方。此方清胆胃之火,补脾胃之气,扶正祛邪,强肾固本。"

"多谢先生不吝赐教!"刘琮再次施礼,"先生义节高风,可堪日月!"

闻听药方,蒯越正为肥胖困扰,遂向张仲景探询:"张医令可有去肥之方?"

"以枳实、白术泡水饮用即可。"张仲景淡然应答,"枳实宽胸下气,白术补脾健胃。二者升降相合,减肥补气。"

"可有疗治失眠多梦之方?"刘忘之曾是刘琦之西席,近日因立嗣之事,屡被蔡瑁冷嘲热讽,令其忧烦不堪。

"以酸枣仁、龙眼肉泡水饮用。"因有同乡之谊,张仲景略有关切,"此方可治心慌心悸、血虚气亏之症。"

"刘从事何来心慌心悸?"蔡瑁讥笑,"还不是心怀他念,魂不守舍所致?"

"军师此言差矣!"张仲景见刘忘之满面涨红,不敢强辩,便主动解围,

"世人皆有疾。病因多出,岂能妄自猜忌?"

"今日府衙议事,却成张医令坐堂问诊,实乃荒唐!"蔡瑁冷笑,"况人之寿长,在于鬼神所控。"

"信巫而不信医,骄怒不论于理,"张仲景不愿与笃信鬼神之术的蔡瑁多言,只好反讽,"军师自然无疾!"

"无疾就好!"刘表打个圆场,望着一身正气、清俊儒雅的张仲景,忽然心生激赏之情,更有不舍之意,"仲景可知朝廷为何厚赐与你?"

张仲景摇头:"不知!"

"药到病除之药方啊!"刘表大笑,"是你那张多加一味大麦黄之药方啊!"

原以为是朝廷因平叛之功而封赏,却不想因为一张催奶药方! 张仲景不由有些落寞:"这么说,宫中有喜?"

"当今陛下虽龙体康健,然少有子嗣。皆因宫中奶妈受奸人所惑,以毒奶鸩杀皇子。"刘表点头,"然天不绝大汉。颇受陛下宠爱的何贵人,又诞下一子。为皇子安全计,陛下下旨,由何贵人亲自养育。只是皇子壮硕,何贵人产奶不足。用你开出的药方后,奶汁如泉。故而,大将军奉圣意,加封你为长沙太守!"

"如此,贺喜陛下,贺喜使君!"张仲景再次拱手,表情沉静,"不过,仲景为人医病尚可,如何能医一郡? 恐不堪其任!"

"君用思精而韵不高,后将为良医。"蔡瑁压下火气,略带卖弄地插话,"仲景这么一说,我倒想起天下名士何顒曾对你之评。"

"不然。老子云:'治大国如烹小鲜。'这治政理事与中医道理相通。治国若烹鲜,更如治病,古人多以此互喻。"刘表看着张仲景,"况长沙起了瘟疫,来势凶猛。朝廷无人愿意前去担任太守,荆州诸文武也不愿以身犯险,所以,非仲景不可!"

"原来如此!"魏延略带不屑,"怪不得张允将军去了长沙归来后,便执意不往长沙,而去云梦!"

"我只是担心文聘是否忠于主公而已!"张允还嘴,"况云梦有大泽,适宜操练荆州水军。"

"哈哈哈,好!"魏延因平叛之功而未赏,正心中有气,"你可率兵三千去讨伐文聘!我想,以文聘之能,张将军未必能全身而退。"

"魏延!你三番五次小觑于我,是何道理?"张允大怒,顺手以酒樽掷向魏延,"可敢与我比剑?"张允剑术曾得高人指点,自以为无人能敌。

"也好,以助主公和诸人酒兴!"魏延一把接过掷来的酒樽,"请!"

蔡瑁以为张允剑术高明,正好借此教训一下桀骜不驯的魏延亦无不可,"点到为止,不可伤人!"

"二位将军,改日论剑如何?"张仲景深知魏延勇猛,张允岂是对手?若失手伤了张允,必留后患。况疫情如火,由不得在此浪费时间,遂拱手问张允,"敢问张将军,长沙为何也暴发了瘟疫?"

"长沙位南,地僻潮湿,多有瘴气。"张允见张仲景挡在面前,也不好拔剑,只好应话,"加之,武陵蛮人尚未开化,生食野味者众,致使肠病脑病流行,酿成大疫。"

"如此,仲景岂能推脱?"张仲景转身,向刘表拱手,"使君,疫情如火,不能耽搁。恕仲景无礼,允我连夜赴任长沙。"

"好!"毕竟长沙也是荆州属地,刘表正愁无人前去安民,"仲景如此爱民,我岂能不允?"

"我随医令学医,知瘟疫之祸甚烈。"刘琮起身,向刘表跪地施礼,"父君,主公,还望从府库再拨付草药、粮食一百车,百万钱交与张医令,控疫抗疫。"

"我儿有朝一日,必为仁德之主!"刘表笑着,"准了!"

张仲景也是心中一热:"使君如此爱民,必福及后人!"

见张仲景要走,魏延诸人皆有不舍。尤其是魏延,深知因平叛之事在军师蔡瑁、从事张允心中,不以为功,反以为过,留在此地,必遭构陷,不如随张仲景远走避祸,既可保全自己,也可在乱世中保全张仲景。想到这里,魏延起身向刘表施礼:"使君,末将愿带一千兵士护送钱粮,随张太守一起赴任长沙!"

蔡瑁和张允都巴不得魏延离开:"由文长护送粮草和张太守前去长沙,

我等放心。"

"好！加魏将军为前将军，长沙都尉，率精兵一千，与张太守共赴长沙。"刘表深知长沙乃兵家必争之地，不容有失，"仲景身为良医，再有猛将相佐，我等可共享太平。"

"多谢使君！"张仲景纳首施礼，"我闻长沙民风剽悍，文化不举。至此大灾大疫之时，恳请王粲祭酒、刘廙从事助我！"

"岂能不允？仲宣文若春华，恭嗣（刘廙字）善于理事，二人皆当世大才，必能左右王化，润泽鸿业。"刘表见王粲、刘廙俯首听命，不由表情舒展，"我再赠仲景一件宝物！"自桌案的锦绫包裹中，抽出三尺玉杖，上启九孔，"此乃雷音，乃上古遗器，坚不可摧。据说可奏天乐，引下雷霆，以驱瘟疫。然乐谱不存，无人会奏。"

"鸡肋之物，亦当珍惜！"蔡瑁插话，"此去长沙千里，可作防身之物！"

"自当珍惜！"张仲景接过雷音玉杖，不与焚琴煮鹤之徒蔡瑁多语，施礼刘表，"仲景此去，当以礼乐治长沙！"

"甚明我意！"刘表快慰，向诸人举杯，"来，大家共饮一杯，为张太守、魏将军诸人送行！"

若离笼之鸟，脱离荆州樊篱的张仲景在天色初曦时，便率领已是医令的徒弟李丰、从事刘廙、参谋王粲沿着官道，只带着十数个精壮兵卒卫护，快马前往长沙。南嘉收拾好书籍杂物，带着女儿乘马车随着魏延大军，押运粮食辎重，自后缓缓而行。

一入长沙境内，目光所及，田野庄稼稀疏，一派萧条。偶有村庄，也是破败不堪，时见无人掩埋的尸骸，刺痛目光……张仲景不由叹息："疠气流行，难免家家有僵尸之痛，室室有号泣之哀。"又想起自己经历过的数次瘟疫，"这些年，南阳、荆州接连暴发瘟疫，或阖门而殪，或覆族而丧。即使张家族人，因瘟疫去世者也十有六七。故而，此生立志，医人医天。"

"张太守，我闻疫者，鬼神所作。"刘廙乃西汉定王刘发之后，通天文历数之术，颇负治理之能。王莽新政时，其族人流落至南阳郡，繁衍生息。桓帝在位末年,为躲避瘟疫之祸,随兄长刘忘之而至荆州,被刘表辟为从事。他与张仲景交契,言语无隔:"巫者所言,大凡为疠气所染之人,多是荆室蓬户。那些高居庙堂、钟鼓馔玉之家,重貂累蓐之门,染者鲜见。"

"此乃阴阳失位,寒暑错时,是故生疫。所谓鬼神之说,无非乱力怪神,愚民误民。"张仲景释疑,"疫病流行是天灾,更是人祸。这些年,天下战乱不绝,血污横流,尸骸蔽野。再遇一岁之内,节气不和,寒暑乖候,或有暴风疾雨,雾露不散,则民多疾疫。病无长少,率皆相似,如有鬼厉之气,故云疫疠之病。"望着远处,不由轻叹,"至于多染疫者为民,是因战死兵士多为百姓子弟,用不洁之水、肮脏食物者,挤于集市谋生者,又多为缺衣少食之百姓,岂能上大夫? 加之,丧尸瘴、野畜瘴、青草瘴、黄芒瘴等瘴气也属疫疠病范围。人在呼吸间不经意吸进疠气就化为疫邪,盘结在体内膜原之中。伤寒之邪,从肌肤传入,就像浮云飘过,没有根基,下药即除。但疫邪藏在膜原,根深蒂固。"

刘廙面色沉重:"有形之寇尚可战之,无形之气如何阻挡?"

"到长沙后,你和李丰就带人去采买素布,洗净晒干后裁为布条,用艾草、雄黄熏蒸,让人人遮掩口鼻,隔离医坊也要以石虎划清区域。"张仲景加重语气,"岁时不和,温凉失节,人感乖戾之气而生病,则病气转相染易,此法务必推行到全城。如此,方能隔绝疠气相互传染,避免酿成大祸。"

一行人路过一座凋敝村庄时,随风吹来一阵阵恶臭之气。张仲景略皱眉头,自腰间取下葫芦,倒出几粒防治药丹,让诸人以温水服下后,这才下马观察:"瘟疫之病,非风非寒非暑非湿,乃天地间别有一种异气所感。虽然戾气无形可求,无象可见,甚至无声无味,邪从口鼻而入,有天受,有传染,但并非无计可施。只需弄清病源,仍可药物制服。"

突然,从一座倾颓屋舍里,一衣着褴褛的妇人跌撞而出,将怀里孩童轻轻放在路边细草上,在婴儿弱啼中,妇人一步三回头地洒泪独去。张仲景轻叹:"此妇人见我等衣着整齐,牵马过村,有意将患病小儿托付。"他快步走近婴儿,以手拭额,果然发烫。再看舌苔,白如积粉,舌质红绛。张仲景像捡起一滴泪珠般轻托起孩子,让李丰以热水为孩子冲泡一点儿流食,亲自小心喂送，婴儿已是不哭。待婴儿渐渐睡去，张仲景将婴儿交给李丰照顾，"此离长沙不远。此子乃我长沙之子，当厚养之。"转身看着王粲，"仲宣词章纵横，乃当世大家，可否为此子赐名？"

王粲，字仲宣，乃刘表老师、原南阳太守王温之孙，虽与刘表有旧，又素有文名，却因文弱矮小而怀才不遇。张仲景前岁初见王粲时，见其郁郁寡落，日久成疾，不忍其短寿，便为王粲诊病："君有病，四十当眉落，眉落半年而死。"令服五石汤可免。这次张仲景执意带他前来长沙，一则为其诊病，二则用其才华。

"张湘如何？"王粲应着，"长沙乃潇湘之地，屈子曾多有所歌。湘水贯穿长沙，滋育两岸风物。愿此子成人，有益苍生。"

"甚好！"张仲景点头，和诸人上马，再看一眼这处破败凋敝村庄和那座倾颓屋舍，惆怅不已，"仲宣，昔读你大作《登楼赋》，其自然浑成、从容柔曼之文风，使我聊暇日以消忧。深感文中思乡怀国之情、怀才不遇之忧、家国安宁之望、建功立业之心与我戚戚焉。今日得长沙之子，可否吟诗存记？"

王粲环视四野，遂于风中吟诵："西京乱无象，豺虎方遭患。复弃中国去，委身适荆蛮。亲戚对我悲，朋友相追攀。出门无所见，白骨蔽平原。路有饥妇人，抱子弃草间。顾闻号泣声，挥涕独不还。'未知身死处，何能两相完？'驱马弃之去，不忍听此言……"

"驱马弃之去，不忍听此言。"在王粲吟诵之中，长沙城像一叶巨大的扁舟漂浮在暮色里。张仲景收住泪水，勒马远眺，继而呼出一口浊气："入长沙！"

第三十五章　天人合一湘水梦　医者无我安众生

　　这是一座古老的城。远古洪荒之时,三苗先人聚为村落。黄帝曾"披山通道,南至于江,登熊、湘",并将长沙作为儿子少昊氏的封地,少昊氏"始于云阳,胙土长沙"。大禹治水曾至湘水,商周之时,三苗后裔在此生息繁衍。春秋时,长沙属楚而建城。楚国三闾大夫屈原被贬长沙,于斯地遍览山川形势,甚起宗国之情。行吟于湘水、潇水之间,留下《离骚》《九歌》《渔父》《天问》等诗篇。秦破楚都郢,屈原作《怀沙》,投汨罗江而死,史称"屈长沙"。秦统中国,长沙为郡。汉室开国,高祖封吴芮为长沙王,立长沙国,置湘县为都,筑城垣。贾谊被贬长沙王太傅,居濯锦坊三载,写《吊屈原赋》。王莽篡汉,长沙国废。光武中兴,复建长沙国,以控制洞庭之南。朝廷后以"不应经义",废国改郡,归入荆襄。悠悠湘江,巍巍麓山,见证着这座千年古城的变迁。

　　对古城而言,精华和痼疾都一样深厚。在医者张仲景眼里,长沙郡就是一个人,一个吃苦耐劳、敢打敢拼而又莽撞无礼的汉子,或是一个清秀美丽、妩媚多情而又水性杨花的女子。只是,若为人治病,可以手到病除;但要为一郡治病,那则是牵一发而动全身。大到制度完善、城垣修建、江河疏浚、郡兵治理,小到集市划分、垃圾清运、缉捕盗贼、百姓生活……现在整个长沙城貌似一潭死水,实则危机四伏。接连数日,张仲景带着李丰、王粲、刘廙和郡衙里的户曹掾、医曹掾、市掾、廷掾、兵曹掾、尉曹掾等属下,不舍昼夜地查看长沙疫情较重的各个里坊,深埋或火葬因疫病而死之人,然后,再以医坊收容疫病重症为主,临时征用兵营收治疫病轻症为辅,隔离传染源。他亲自开出药方,配制药草,以大鼎熬制药汤,由郎中们分配给不同病症的病人服用。旬日后,疫情暂得控制,然形势未必乐观。毕竟,郡衙库房里的药材已经耗尽,而疫病传染源的原体还尚未找到,尤其是一边看着染病百姓一个个死去,一边又见城中豪强囤积药材不愿施舍,令人愤慨。身为太守,他的指令在豪强眼中就是一张废纸,属下官吏也多是当地豪强豢养的打手。然而,大疫当前,无暇他顾。张仲景初次感到自己是如此无力和羸弱,是如此无能和无奈。自己穷尽全力,得到的却是那些来不及救助就死去的人们的咒骂与埋怨,那些被他强逼着捐出一点儿药材的豪强的威吓和恶状。孤独的张仲景多么希望魏延押运着药材和钱粮早一日到来,还有随行的南嘉母女早一日到来,否则,自己会和那些疫病沉重的百姓一样,撑不下去了。

月圆之夜,天阴无月。无法抑制愤怒和悲伤的张仲景携着雷音杖,独自来到麓山,盘坐在一块突兀的石崖上,看着无语北去的湘水,如同一行清泪。再看着长沙城中依稀的灯火渐次熄灭,感到整个长沙城似乎只有自己。夜半,隐约有一个孩子的哭声传来,应该是张湘的哭声,那个不期而遇的长沙之子。张湘的病已经痊愈,长沙城却依然在病中。如果,能让那清而且深的潇湘之水去洗净藏污纳垢的长沙古城,该有多好啊!

忽然,湘水里有一条白色大鱼"哗啦"一声跃出水面,继而落入水中,溅起一层层涟漪。涟漪不断荡去,似乎已经涌上麓山脚下,涌到自己脚下。轻轻的湘水波涛又似乎是一双温暖而潮湿的手,顺着自己的双脚向上抚摸。现在,它似乎已轻轻地抚摸着自己的头发和脸颊,令人恍然如梦……

"我听见了,你泪水之滴答声。"一个熟悉的声音,缥缈的声音,"医人病易,治城病难,为天地医病更难!"

"敖灵,怎么是你? 你不是在遥远之涅水吗?"张仲景有些激动,他伸出手,只握住一缕微凉的青岚,"你怎么来到了这里?"

"是我,敖灵龙君!"敖灵一声轻叹,引得麓山上松涛阵阵,竹林飒飒。"为了收集最后几块龙珠碎片,我沿着涅水而入汉水,入长江,转洞庭湖,在君山龙井之下,终于觅得最后一块龙珠碎片。那夜,我和你一样独坐,泪水和着一场梅雨,无休无止。"

"这么说,长沙自初夏进入雨季,出现了少有的怪异天气,有雨不大,只雨不雷,雾气沼沼,淫雨霏霏,与你有关!"张仲景看着湘水上的龙君,"雨水湿黏如丝,庄稼难得其利。不是下雨,而是下病! 先是农作物虫害加剧,之后便是人畜感染湿邪,诱发各种疾病。乡邻或泄泻或痢疾,整家整门染疫,甚至牛马也病于此类湿疾。"惆怅不已,"龙君啊,你的泪水使长沙百姓苦不堪言:无雨天旱,有雨人病。你让我这个太守怎么办?"

"我已经住泪了。"龙君似乎有一丝愧疚,"我知道你来到了长沙后,便出洞庭湖溯流而上,入湘水,至长沙。"声音颤抖,"我集齐了龙珠碎片,准备交给你。"翻身施礼,又是一阵波涛起伏,"等你合成龙珠,医我康健,我便可腾云驾雾、风驰电掣,我便可雷霆万钧,澄澈寰宇。"再次施礼,"到那时,我会重重地回报你! 你可以拥有财富、权势、美名,甚至天下美好的一切。"

"我只要一切美好的天下。"张仲景露出一丝向往,"没有杀戮,没有贫贱,没有疾病,天下大同,五谷丰登,万物共生。"

"你要得太多了!"龙君轻叹,"即使我痊愈,我所有能量和所能给予的,也许只有几天、几十天、最多百天的惠风和畅,云雨和谐,闪电驱邪,雷霆正音。"无奈叹息,"你也深知,天病无非是人心之病。总有混入人群中的兽类,祸国殃民。而这笔账又都算在所有人的头上。故而,天不予也!"又安慰张仲景,"虽说做人总有伤心事,但有伤心事却也美丽。"看着湘水悠悠,龙君想起一件趣事,"我在洞庭湖君山下,听到一个故事。尧之二女,舜之二妃,曰'湘夫人',舜帝南巡久未归,二妃追寻至君山;忽闻舜帝薨于九嶷山,娥皇、女英悲痛欲绝,抚竹恸哭,感天动地,泪化竹斑,双双殉情于湘水。"借着一缕水汽,龙君抚摸着张仲景手上的三尺雷音,"此笛又名雷音,乃千年斑竹化玉而成,是长笛亦是武器。远古时,曾引雷霆,助后羿于湘水射杀巴蛇。然乐谱不存已久,后人无人会奏。"龙君默了默,取过雷音,"舜帝于九嶷山惩除九条忽律,后人作《九峰吟》,我奏与你听。"龙君横笛,顿见笛身上的斑痕闪动起来,血泪横飞若漫天雪花、点点星光。龙君奏笛,曲调时而高亢悲壮、金戈齐鸣,时而婉转低回、哀怨如诉。刚见风起云涌、飞瀑跌水,又见苍林古木、鸟兽欢腾……跌宕起伏的曲子与竹笛深邃瑰丽的音色相得益彰,似乎将演奏者与倾听者都拖离时空……

"帝子降兮北渚,目眇眇兮愁予。袅袅兮秋风,洞庭波兮木叶下……"当此曲奏至湘妃殉情之时,张仲景似乎听到湘水呜咽,"一枝斑竹千滴泪。龙君讲了一个好故事。舜帝爱民,二妃忠贞,恰可书于青竹之上。"

"仲景今至湘水,也可留下故事书于青竹之上。"龙君收了雷音斑竹,幽幽一叹,"一座千疮百孔的古城需要你为之医病。但是,城里城外的忽律已化作人形。仲景仁爱,不知如何对忽律施以雷霆手段。若不能惩治忽律,便不得灵皋珠,就无法炼成龙珠,难以医天。"

"龙君是天。"张仲景想起早年于涅水曾对敖灵的允诺,"我已得赤金珠,尚有屠龙匕,唯无灵皋珠。"张仲景遥看湘水之上的龙君,"何以得之?"

"当挥屠龙匕斩忽律,开宝雕弓射天狼!"龙君再借湘水上一缕青岚,将雷音斑竹递还张仲景,"再以雷音遏制忽律吞吐之迷雾,发出天地正音。莫忘了,你我每年一度中秋相见。"龙君翻身入水,余音袅袅,"我就是天,你也是天,天人合一,则天下治……"

"挥屠龙匕斩忽律,开宝雕弓射天狼!"张仲景脑海里顿现空明,眼前雾散,湘水上已不见敖灵龙君的影子,"莫非又是梦中?"而手中握着的三尺雷音斑竹分明正流动着隐隐雷声……

"大梦谁先觉!"张仲景起身,望着东方,"龙君,待我医好长沙,便归隐涅水之畔,著活人书,炼补天珠!"此时,城中已有雄鸡啼鸣,长沙城也在微曦中渐渐醒来……

张仲景回到城中郡衙,稍事歇息,旗兵匆匆来报:"魏将军率兵押送粮草、辎重已抵城门,很快就要入城。"

"还不打开城门,迎魏将军入城?"望着旗哨应诺而去的背影,张仲景长吁一口气,"总算来了! 若再有三日不来,城中又不知多少百姓死去!"慨叹,"死亡不是一个数字,而是一次又一次重复死亡,让你一次又一次悲伤!"

张仲景走出大门，站在衙门前台阶上，见魏延带着几个精兵扈从打马而来，便遥向魏延拱手："魏将军，辛苦了！"

"末将来迟，事出有因，太守莫怪！"魏延快马至府门，连忙滚鞍下马，"容我入府禀报！"

"可有变故？"看着魏延满脸烟尘的样子，张仲景心中已知魏延大军在入长沙城前，必有战事，"将士、粮草损伤几何？"

"一群蟊贼而已。嫂夫人与侄女无恙！"魏延随张仲景进入乌梁朱门的长沙郡衙，过照壁、大门、仪门、大堂、二堂、宅门、三堂，直入坐落在三堂右侧的都尉宅邸。张仲景让魏延稍事歇息，进些酒食，两个时辰之后，再于大堂议事。

趁此时机，张仲景先安排李丰带着十几个郎中和一队兵士，将药材粮食送往安置染病百姓的医坊和水军军营，交代李丰务必按方施药，抢治百姓；而后，匆匆与南嘉和女儿一见，将张湘交与南嘉照顾，交代南嘉要视此子为亲生。见南嘉有些疑惑，张仲景简单说了此子来历。南嘉淡笑："放心，我会用心养护长沙之子。"

张仲景来到大堂坐定，由户曹掾、田曹掾、水曹掾、时曹掾、比曹掾、仓曹掾、金曹掾、计曹掾、塞曹掾、决曹掾、辞曹掾、督邮掾、漕曹掾、文学掾、医曹掾、市掾、廷掾等部门，就负责处理的郡内诉讼、租赋、祀典、政事、乡事、财务、文书、庶务等先行禀报。张仲景决断之后，各部门分别前去办差。歇息片刻，张仲景让从事刘廙请来魏延和副将霍峻，与参谋王粲及兵曹掾、尉曹掾、贼曹掾、塞曹掾、贼捕掾等人一起，就着烛火，仔细商议军务、政事。

魏延和副将霍峻已复风采，一身戎装，威风凛凛。待张仲景向诸人介绍已毕，魏延与诸人拱手见礼，而后向张仲景和诸人说起自荆州入长沙途中之事……

荆州牧刘表自张仲景赴任长沙后，即令军师蔡瑁操持，为前将军、长沙都尉魏延拨付兵士和辎重。蔡瑁素与魏延不和，再加上荆州水军都尉张允暗处煽风点火，拖至旬余，方才拨付魏延一千老弱兵士，辎重粮草也克扣一半。魏延无奈，却因刘表病中，无法禀报，只好求助于主簿蒯良。蒯良深知长沙之地重要，便带魏延见少主刘琮，陈述利害。刘琮念张仲景救命之恩，敦促蔡瑁补齐粮草辎重，并让心腹侍卫霍峻亲至府库，提钱百万，以长沙副将之身，随魏延率军往长沙进发。

大军行至长沙北涝塘河时，兵马粮草皆需搭船渡河。湘阴令征得沿河船只听用，兵士们大多顺利渡河，魏延亲自护着南嘉母女所在的马车登船，也抵达南岸。就在最后一批辎重即将登岸之时，忽然，几只小船升起锦帆，顺风而去，而船上之物恰是最为贵重的药材。魏延大怒，遂安排副将霍峻整军，带着南嘉母女所乘的马车，押着已经上岸的辎重粮草继续向长沙进发，自己亲率一百善射精骑，沿涝塘河堤岸直追水贼。

虽说小船顺风张帆，速度极快，但毕竟不及堤岸走马。魏延于岸上边走边命军士射箭，将小船上的锦帆射得破碎不堪，不得不靠岸。未待魏延军士上前，从为首大船上跳出一个头插鸟羽、身佩铃铛的壮实青年，衣着华丽，面相英武，手持双戟，立于船头，仰首大喝："我乃锦帆贼，可敢与我大战百合？"

魏延听说过此人，甘宁，字兴霸，崇尚奢华，又轻财好施，常年带着百十个颇有勇力的浪荡子弟，持弓弩，配刀枪，驾着以缯锦做成风帆的小船，在江上为非作歹，抢夺来往船只上的财物。令荆州水军都尉张允头疼不已，不止一次在议事中提起此人。

"大胆蟊贼！竟敢劫掠官军，还不束手就擒？"魏延骑马站在高处，以刀尖指着甘宁，"如若不然，便将尔等射成刺猬一般！"

"魏延，你好不识相！"甘宁扫一眼岸上骑马搭箭的兵士，"这数船药材价值万金，正是长沙大疫急需之物。"于船头从容上马，"你不担心我一把火将它烧掉？"

"世言锦帆贼有勇有谋，豪侠义气，怎能抢掠长沙大疫急需之物？"魏延担心甘宁放火，便道，"况且你并非郎中，何需药材？"

"我兄弟们染上疫病，无药可施。"甘宁倒也爽利，"原本亦有长沙富户出高价购买这批药材。"

"有药就能治好你属下兄弟？"魏延一面应答，一边思索着如何夺回药材，"还不如将这批药材让我带入长沙城，然后由张神医派人为你属下兄弟诊治,如何?"

"张神医?莫非张太守?"甘宁笑了,"有人还出钱让我杀了他呢!"

"为何?"魏延面色不悦,"我倒从未听说过,有人要杀神医。他不怕遭天谴吗?"

"张仲景若只为良医也就罢了,可他做了太守,还逼着大户捐出药材钱粮,救助那些染了疫病之民。"甘宁也不在乎,双手磕着缠着锦缎的铁戟,"再说了,我已收到订金,不能不讲信义。"

"看来你是顽固不化,只好取你性命!"魏延一声大喝,身后将士也以刀剑猛磕甲衣,气势逼人。若非担心甘宁放火,早就下令将这数十个蟊贼射死于江中,"可有话说?"

"且慢!"甘宁望一眼如堵墙般的岸上骑兵,不由心中暗忖,即使自己能杀出去,手下兄弟们可就要喂鱼虾了,"魏延,为不伤及兄弟们性命,你我大战百合如何?若你胜我,药材还你,再赠予锦缎十匹;若我胜你,放我船只而去;若胜负难分,则还你一半药材。如何?"

"依你!"魏延提马举刀,本欲以泰山压顶之势突袭甘宁,又觉不公,便下河岸,于一处开阔河滩等着甘宁。甘宁自船头催马一跃,踏上河岸,迎着魏延略一拱手:"将军高义,让我先机!"言毕,收起腰间短弩,便手分两戟,冲着魏延上下翻飞。魏延急忙挥刀如风,与甘宁战作一团。戟来刀往,若霹雳交加;马搭盘旋,如蛟龙戏水。二人越战越勇,诸人齐声喝彩。转瞬之间,二人已是大战百合,若此下去,不知何时才见分晓。魏延见天色已晚,便低喝一声:"如此本事,奈何做贼?"

"非有明主,知我是谁?"甘宁急切胜不得魏延,也就收戟拱手,"魏将军勇武,甘某佩服!依约,我归还一半药材。"

"那另一半呢?"魏延有些气恼,"长沙城急需这些药材,与万千百姓性命攸关。"

"这药材也与我兄弟们性命攸关。"甘宁也不示弱,"况有言在先——除非张神医亲自施救我属下兄弟!"

"痴人说梦!"魏延拨马回转,"堂堂长沙太守,岂能去救尔等伤天害理之贼？"

"也是！"甘宁倒不生气，挥手水上船队，"留下后面三船药材，撤！"几只小船顺水而去……

"也怪我托大，小觑了锦帆贼。"魏延说到这里，忍不住以拳擂案，"若我自高而下时，以泰山压顶之势奔袭于他，锦帆贼如何能敌？"

"锦帆贼感恩你让了先机，故而，未用短弩伤你。"副将霍峻显然熟知甘宁，"荆州水军将校数十人都曾伤在他弩箭之下。无奈，张允将军时与他暗通款曲，长沙大户豪强更是视其为虎牙利爪，勾连甚密，以便将锦帆贼所劫财物就于市上出售。"

"若不杀此贼，长沙难得安宁。"魏延愤恨，"说不定张太守也有危险。"

"非有明主，知我是谁？"张仲景玩味着甘宁的话，看着刘廙，"恭嗣，你怎么看？"

"圣人不以己之睿智而轻视凡人。"刘廙捋须，"我闻，甘兴霸敬重士人，开朗豪爽，有勇有谋，轻视钱财。由此可见，若能器重于他，说不定能为我所用。"

"此贼作恶多端，不惩不足以服人。"王粲起身拱手张仲景，"太守，当务之急，控疫治疫。至于内惩豪强，外剿匪贼，也待长沙疫情安稳之后。"

"如果堂堂长沙太守去救那些伤天害理之蠹贼，如何？"张仲景扫视诸人，"今魏将军带来药材尚不足控制整个长沙疫情。关键是，治疗疫病之君药，俱在甘宁手中。"不由得望着窗外阴云，忧心，"江湖之人懂药理者甚少，若是把良药浪费了，又误了长沙疫情防治，岂不造孽？"

"张太守，你真要为那些蠹贼诊病？"魏延瞪大眼睛，"我可是骂他们痴心妄想。"

"生命对于每一个人只有一次，并无贵贱之分。恶人自有律法制裁，好人自有朝廷褒奖。至于病人，不分善恶，皆应得医者诊治。"张仲景恢复淡定表情，"我虽为太守，更是医者，最终，我是我，芸芸众生中之张仲景。"见诸人沉默，张仲景起身，"我明日由魏将军、刘从事作陪，前去为锦帆贼诊病，讨要君药。"扫诸人一眼，"不知哪位知甘宁落脚之处？"

"我听荆州水军曾言,锦帆贼巢穴在城南茶陵苍山中。"霍峻禀告,"至于在山中何处石穴,却不甚清楚。"

"既是水贼,又有小舟行走如飞,必依山中溪流筑巢。"刘廙进言,"茶陵苍山有溪流,名曰锦渚,锦渚流经之茶园所产茶叶,驰名荆襄,锦帆贼也以经营此茶集得财富。寻得锦渚茶园主人,也就能找到锦帆贼。"

"有理!"张仲景点头,"我亦知锦渚茶,却未曾品味,此行也可尝鲜。"说话间,又将长沙印交与王粲,"我去苍山,多则数日。在此期间,就由仲宣代劳理政。"又看着李丰,"在我回来之前,病人用药不能断,剂量再加一成。"

安顿好诸事,已是夜深,张仲景这才回到府衙后堂。南嘉也刚哄睡张湘,见了张仲景,含泪淡笑,轻轻扑进他的怀里……

第三十六章　好山好水滋茶园　大爱无疆弥匪患

　　由长沙廷掾常宝引路，张仲景由魏延、刘廙作陪，皆着便服，骑马前往茶陵苍山。一路疾驰，数个时辰后，赶至苍山南麓。此处溪水飞流，云绕雾飞，山涧谷地，遍植茶树。"果然好山好水！"望着一望无垠的绿色，张仲景表情不再凝重，回首刘廙，"听闻此地因神农氏'崩葬于茶乡之尾'而得名。昔神农氏'日遇七十二毒，因茶而解'，茶之妙处，可见一斑。"

　　"山水赋灵气，此地生嘉木。"刘廙目之所及，茶树葱郁，翠色袭人，"茶之妙处，乃人在草木间！"

　　"华神医曾与我言，'茶叶苦，饮之使人益思、少卧、轻身、明目'。"张仲景顺手摘下一片茶树嫩芽，边嚼边道，"茶乃良药，茶茗久服，令人有力悦志。"

　　"所言极是！此地茶好，历代不衰，尚有缘由。"走在前面的常宝扭头，笑着附和，"皆因赤松子所遗甘霖。"见张仲景欲听下文，连忙述道，"赤松子乃神农氏之雨师，得闻神农氏崩葬于此，前来祭奠，泪落成泉。"指着一口古井，"前面就是赤松泉。此泉不仅润泽茶园，更是解疫神水。昔年长沙百姓染疫，皆饮赤松泉水去病。"

　　"有趣！"张仲景淡笑，"待我等返回之时，可取此泉。"

　　说话间，"锦渚"茶园主人已匆匆迎来，对着常宝施以大礼："常廷掾大驾光临，锦渚园满园生辉。"

　　"还不拜见张太守？"常宝显然与茶园主人相熟，一边殷勤地扶着张仲景下马，一边略有责怪，"张太守前来，锦渚园方才满园生辉。"

园主得知来者是长沙太守，激动不已，跪地施以大礼："贱民姓甘，名兴文，拜见张太守，拜见三位官长！"

"听口音，你不是本地人氏？"张仲景扶起甘兴文，"又因何能于此地开出偌大茶园？"

"太守明鉴！我原是蜀中人氏，家传制茶技艺。本司宫廷供奉，只因父辈误供陈茶，被流放于此。我自幼在此长大，虽得脱流籍，却恋此地山水，便在锦渚之畔开辟一片茶园，建起竹楼十数间，令祖传技艺在此生根发芽。"

"甘兴文？"想起霍峻说起锦帆贼经营"锦渚"茶而聚起财富，魏延心中不由"咯噔"一下，"莫非甘宁之兄？"正要发问，为张仲景目光止住，"昔周公伐纣，蜀人拥戴，将茶带入中原。果然，你这个蜀人不忘素业，打理出一片好茶园！"

"太守抬爱！"甘兴文受宠若惊，引着诸人来到园中客厅，随即命人沏上本年新茶，亲手奉至几位官员面前，"张太守，魏将军，刘从事，此茶名为'锦渚春'，乃用初春新芽，以我家祖传贡茶手艺精制，是我茶园中最上品。贱民又命茶工往锦渚水源处新汲了赤松泉水，三番泡煮，敬请品尝！"

甘兴文一开口，所流露的几分蜀地口音，也勾起了张仲景少时随张伯祖游历蜀地时的诸多回忆。再品手中香茗，果真有几分蜀地贡茶之气氲。轻啜一口，忽有一片葳蕤茂盛的茶林花海盛开于心田，扑面而来的暖风裹着甘甜芬芳，携着品茶人的身心在青山碧水之间飞舞、徜徉。若非长沙疫情急迫，真愿意将一点时间注入这一盏清茗中。

张仲景又饮数盏，歇过乏来，元神大振。然而，再看茶园中只有几间普通竹楼，心中不解："甘园主，你这'锦渚春'品味非凡，即便贡入宫中亦能独占鳌头，贾于京洛可值万钱，可为何你这里……"

甘兴文笑着："太守可是觉得贱民这里简陋，不似茶商巨贾？"

"正是。"张仲景点头，"张某自幼随家人行医，多见茶商获利丰厚。但园主之茶非但籍籍无名，且看似未有远销，不知何故？"

常宝插言："我也奇怪。前岁，我曾有意推荐锦渚茶作为贡品，园主却固辞不已,后因水灾而未及详察。今日到此,不妨说个清楚。"

甘兴文一面沏茶一面回答:"我家祖祖辈辈皆以制茶为生,焉能不知茶利丰厚?记得儿时,我家在蜀州堪称大户,每年进贡御茶,何等风光。然家翁一时失误,将隔年陈茶贡入宫中,宫中贵人雷霆震怒,将我一家抄家流放。从荣华富贵到家徒四壁,看遍了世态炎凉、人情冷暖。倒是来到苍山之后,此地蛮荒未开但山水相宜,乡风原始却人情浓厚,对我们这一家罪人如远来之客。"看着张仲景,"不知张太守是否能理解,这样强烈境遇反差对贱民内心产生了何等冲击!"

"当然理解!"张仲景心中震颤,脱口而出。早年家世突变的人情冷暖顿时涌上心头。

"儿时记忆,历历在目。多年来,小人不愿重归故土,亦不愿贩茶牟利,只愿在此打理这片小小天地。若无苍山乡邻无私相助,我哪能坐拥如此一片丰饶茶园?又因本地乡邻只能以打鱼狩猎为生,每逢捐课颇有为难,于是我收徒传授制茶技艺,聊以报答这片水土养育的善良百姓。"甘兴文微微一笑,复又轻轻一叹,"至于不愿以锦渚春入贡京城,只因千里贡茶靡费颇巨,徒增百姓负担,我所不欲也。"

张仲景闻言,沉默不语,只是品茶沉思。刘庼一面为甘兴文的茶而惋惜,一面又为他与众不同的人生选择而叹服。只有魏延无动于衷:"若非锦帆贼撑腰,焉能有此茶园?"心中盘算着如何通过甘兴文找到锦帆贼。在言语往来之际,张仲景凭栏观望,只见黄昏薄雾中,远方群山燃起点点火光,有些疑惑:"甘园主,何来火光?"

"噢,是舍弟带着一群儿郎在烧山驱瘟。"甘兴文抬头望了一眼远山,"他自幼骄纵,向往奢华。家中突遭变故后,性情大变,便离家远去,深山学艺,使得两杆铁戟,颇负勇力。我担心他走向邪路,便将茶叶交与他变卖。按说也该挣下了不少钱财,可他少年意气,总是带着一群头顶羽毛、腰佩铃铛之浪荡子,打猎射箭,四处游荡。"面带隐忧,"长沙大疫,他们还不曾收敛,结果多人染上疫病,还死了几个,让他痛哭不已。听巫医说,瘟神就在山中,他便带人去烧山驱赶。"

"那些染疫病人在哪儿?"张仲景从甘兴文的口中得知甘宁消息,却也无法高兴,他体会一个善良兄长对弟弟的深情,"我去为他们诊治,疫病耽搁不得!"

"这怎么使得?"甘兴文瞪大眼睛,"你是太守,咋能为这些贱民诊病?"

"我是太守,更是医者。为病人医病是我本分。"张仲景淡笑,"不能再死人了,况且,他们都还是年轻人!"

"就在我这茶园竹楼里养病。"甘兴文有些眼眶发红,"我来带路!"

见魏延迟疑,张仲景笑着催促:"既然如此,文长还不随我前往竹楼?"

到了竹楼下,甘兴文驻步拱手:"我去准备些酒食,也好代舍弟略表心意。"

"也好! 再让下人支起两口大鼎,将水烧开,以备施药。"张仲景也不推辞,安排常宝随着甘兴文去准备,自己和魏延、刘廙随茶园伙计进入竹楼。颇令张仲景惊讶的是,围着火,数十个病人绕坐,一个戴着面具的巫师正手敲蛇皮鼓,驱赶疫鬼。

"试问疫鬼从何处来?"见有人进来,巫师也就停了鼓声,透过面具看着诸人,"从山上来? 从水中来?"

"放肆!"魏延一声大吼,提起巫师像提小鸡一般掷出竹楼,"你们还不见过张太守?"

"张太守?"这些人顿时一个激灵,冷汗潸然而出,"莫非官府来捉拿我等?"

"我乃张仲景,听说你们得了疫病,前来为你们诊治。"张仲景淡笑,"巫医怪力乱神,只会耽误你们病情。"说着,便蹲下身子,为离自己最近的一个华服青年号脉,"你可是发热头昏,浑身乏力,伴有呕吐?"

"你是张神医?"一个汉子认出魏延,想起魏延说过"让太守为贱民看病,痴心妄想"的话,忽然就笑了,"太守为我等贱民看病,死了都值!"

"莫要胡言。"张仲景看着那汉子,"生命不分贵贱,都要好好活着。"

一句话,让这些风里来雨里去的汉子们眼眶发红。他们不怕战死,就怕病死,让瘟神疫鬼带走自己的性命,他们心有不甘!

未过一个时辰,张仲景已为诸人诊治完毕,写下药方,交给刘廙:"按照药方,先为每人煎服一剂青龙桂枝汤,待发汗之后,再加入白虎,每人一剂汤药;而后,再加入玉竹,亦是每人一剂汤药。"看着身边茶园的伙计,"自现在起,将衣服上标有红色的病人留在此楼,衣服标有黄色的病人迁去另一座竹楼。"

张仲景为诸人诊病后,留下一句"都好好活着,活着才有明天",便走出竹楼,正逢已经安排好酒食的甘兴文:"兴文,我已为那些病人开了药,一定要督促他们按时服药。另外,你再安排下人,多为他们备些鸡汤米粥,加些营养。"

甘兴文点头,他身后的两个儿子也颇知礼仪,向张仲景、魏延施礼,竟毫无拘泥之感,让张仲景颇感意外。便有意以诗文试了试他们,竟能对答如流。甘兴文也深为儿子感到自豪,一边请诸人落座,一边对张仲景夸着:"张太守,先父心中,不以贩茶赚钱为意,却常憾于无有诗书传家之风。至我成家立业以来,立誓令诸子女习读诗书,将来投奔明主,再不做空有家资之土财主。"

诸人落座,酒酹茶叙。忽然,对面山上响起鼓乐,间有呐喊之声。张仲景闻声望去,见山坡上人群攒拥,手持火把,载歌载舞。"这哪里是驱瘟? 分明是烧畲。"常宝为诸人指点,"此地习俗,燎火烧畲,伐木杂草,刀耕火种。先以鼓乐歌舞,以驱榛中虫兽;再以奠酒烧纸祭天,赐降'天火';最后以艾蒿火绳点燃柴草烧畲。在畲火尚有余烬时,山民便上山'点种',撒下五谷种子'过天火',如此,来年种下的五谷鸟雀不敢啄,虫豸不会淫,落雨沤不烂,日晒而不枯。地也显灵,不须施肥锄耕,就会苗齐秆壮,穗粗粒丰,地无杂草,果不生虫。"

刘廙点头:"令弟借驱瘟之事,又在为你开辟来年茶园。"

甘兴文拱手一笑:"万事之美在于人造,万事之恶亦由人生。"

见时机成熟,张仲景拱手甘兴文:"张某为长沙太守,甫任伊始,便遭长沙天灾人祸,疲于控疫防病,上有负于天恩,下无颜于父老。仲景今日来此,有一事相求,还望应允!"

甘兴文连忙还礼："太守有何吩咐,但请尽言!"

张仲景先谢过甘兴文,然后道："令弟甘宁,智勇双全。却因未逢明主而沦落江湖,并为长沙不良豪强所用,打家劫舍。昨日,竟劫去荆州送往长沙之药材,这让多少染疫百姓无药可用。"看着甘兴文瞪大的眼睛,"今日,我前来为他属下诊病,料数日后,便悉数痊愈。还望转告甘宁,速将药材归还,以救百姓。"

张仲景言语诚恳,甘兴文心感至诚,已是跪地施礼,泪水直流："太守莫急,我这就唤他回来。可按朝廷律令,该打该杀,我为其兄,愿为顶罪!"

"起来。切莫如此!"张仲景亲自扶起甘兴文,"兴霸乃肝胆忠义之士,早晚会遇到明主,大展雄才。万望转告于他,决不可以小恶而污大名,让明主弃之,更让天下人所不齿!"

归途中,常宝惶惶不安。身为长沙廷掾,主持乡事,亦早知锦帆贼与长沙豪强勾结,欺压官吏,霸占市场,只是瞒着甘兴文罢了。今日斗胆带张仲景前往锦渚茶园,打草惊蛇,也不知等待自己的命运是什么?而这一切都被刘廙看在眼里,私下说与张仲景和魏延,张仲景却一直不放心上,并安慰刘廙："甘宁必来!"

三日后的暗夜,长沙城南门悄然堆放着魏延大军丢失的药材,还有数十匹颜色璀璨的蜀锦。蜀锦之上,压着一把大戟。甘宁来了,又走了。数年后,他出现在三国舞台上,成为东吴孙权麾下的第一猛将,被誉为"江表之虎臣",官至西陵太守、折冲将军。后世将他封为神明,南宋时更加封"昭毅武惠遗爱灵显王",得以建庙享祭。

锦帆贼远去,对于长沙城豪强而言,就如猛虎被拔了虎牙、剪了利爪,不得不捐出防疫药材,并主动设粥,周济灾民。加之,张仲景跋山涉水,孜孜以求,已辨得引发疫情的病源,实为武陵蛮人猎吃蝙蝠、巴蛇、穿山甲所致。遂下令,不得滥食野外禽兽,更不得动辄烧山驱瘟。找到病源后,张仲景对症施药,很快便控制了长沙疫情。

第三十七章　以利万民开集市　遥知京讯生忧思

疫情过后,张仲景安排魏延带着军士和青壮百姓,清理河道,加固城垣。又接受刘廙建议,开集市,促流通,富百姓。只是,天不予便,去岁长沙淫雨不绝,引发太阴伤寒瘟疫。而今岁开春以来,潇湘一带便降雨稀少,到夏末时,长沙地面已经大变了模样,原本密如蛛网的水泽河流大多已近干涸。张仲景心忧如焚,但在天灾面前,人力焉有可为?他明知无用,甚至违心,却还是让刘廙、王粲领着郡县官吏跑遍了长沙郡内的山神、土地、龙王等诸神仙庙宇,虔诚祷告。不敢奢求灵验,只求百姓能看到官员奔波的汗水而不加苛责。也只有如此,张仲景方能要求百姓提水灌溉,让秋天的庄稼种下去,长起来。

空前的干旱给长沙百姓带来了无数苦难,更为百姓的生活造成极大不便。其中一个重大问题,便是原本置于涝塘河与湘水相交处的集市,必须搬迁了。

因旱灾之故,本地物产大幅减少,外地商贾带来的丰富商品,在一定程度上缓解了长沙物资匮乏之状。长沙之地又不似洛阳、南阳,每日均有商贾云集,而是每月只有初一、初八、十五、十八、二十八等五日有集市,因此,集市之于百姓,不可或缺。按往年惯例,集市设在湘水上几条河流交汇之处,商贾们乘船载货而来,聚集一处,拥楫舟为市。但除湘水之外,河流干枯,百姓对外地输入商品的需求更大了。张仲景亲自勘察长沙城内外,最终将集市选址在城西门外大路通达之处。此地道路四通八达,又在湘水之畔,可算是水陆通衢,又有龙王古庙,离自己居住的府衙后堂不远,每逢初一、十五便有许多百姓来此烧香朝拜,划作集市新址尤为合适。消息传出,商贾、百姓闻风而动,俱往新址而来。

待一切准备就绪,张仲景便与魏延、刘廙、王粲、霍峻等人相约,观看集市开市之盛况。

这日清晨,晨鸡未鸣时,张仲景在家中便被阵阵由远及近的喧闹声吵醒,料是集市将开,便速速穿戴,进了粥食,带着家人和两个下人,一起往龙王庙而来。魏延等人早已在此等候,见张仲景姗姗来迟,众人笑道:"张太守就住在龙王庙边,约我等观看开市,却没想到离得最近却赶了个晚集。"

张仲景面有愧色:"仲景着实不知长沙集市如此之早,令诸公久候,惭愧!"

"惭愧无用!"刘廙大笑,"今日盛况难逢,太守须得与民同乐才是!"

张仲景连连称是。待衙役鼓号三遍之后,张仲景由诸人相陪,走向龙王庙高台处,高声宣布:"今日开市,俱免赋税。公平交易,财源广进!"言毕,锣鼓齐鸣,法号声声。

听到"俱免赋税",集市上的百姓顿时欢腾起来。张仲景笑着,与众人倚在龙王庙的围栏边,观看集市喧腾之状。

沿着湘水河岸,道路两旁,数不清的商贾已经各占地盘,摆下了各自买卖。瞰之,集市虽然杂乱,却有分别,货卖器皿、牲畜、酒食、菜蔬、布帛之类者,分类而聚集,自成一隅,间有挑担叫卖者行走其间,更有卜筮、赌博之徒坐地生财。日上三竿时,集市中已是人山人海,摩肩接踵,而叫卖声、交易声与牲口叫唤声错杂相间,热闹非凡。

张仲景正看得高兴,忽然,听到集市一隅传来婉转悦耳的琴声。驻足细听,竟是早年于涅水之畔曾听过的琴曲《回车驾言迈》:

回车驾言迈,悠悠涉长道。四顾何茫茫,东风摇百草。

所欲无故物,焉得不速老。盛衰各有时,立身苦不早。

人生非金石,岂能长寿考。奄忽随物化,荣名以为宝。

歌声苍茫,琴声咽叹。张仲景闻听此歌,竟另有一番滋味在心头。他不由独自走下龙王庙,走向歌者。歌者是一憔悴老者,唱至最后,已是感慨唏嘘,哽咽不止。

张仲景本欲抚掌,见此境况只有轻叹一声,并屈身将碎钱放在老者面前:"老丈拨得好琴曲。有劳!"

"可是张太守?"那老者抬首,起身施礼,"老朽自京师辗转流落于此,总算见到一处王道乐土!"

"京师? 有多久没有京师消息? 怎么又知道我?"张仲景暗叹,遂问,"我且问你,因何来到此地? 又如何认识我?"

那老者感慨:"我名司马毫,字伯谦,曾为大予乐令。年前,因董卓入朝,乐谱选用不当,险些处死,多亏王司空讲情,被贬为庶民,流落江湖,出居民间艺坊,操琴为生。今春于南阳郡桐山得遇一采药老者,喜我琴曲,与我高山流水。言其有知音于荆州,托我带老猿所遗千年桐木,转付于他。"看着张仲景,"可他已贵为太守,老朽不敢去登府衙,只好以琴声相询于集市。"

"老猿? 可是形若猿猴,缩鼻高额,青躯白首,金目雪牙,颈伸数尺,力逾九象,搏击腾蹄疾奔,轻利倏忽于水帘洞中?"张仲景愈发惊奇,不由得想起早年和子诺避祸桐山,常去水帘洞附近采药的情景。那百米峭崖之上,一泓山泉自崖巅倾泻而下,活像一条水晶挂帘悬在空中,将峭崖上部的一座天然石窟遮掩在幕后,称为水帘洞。洞口瀑布倒挂,浪花飞溅。入洞口,溶岩荟萃,乳窟绝妙。有一次,他悬索入内,见自己曾经救过的老猿,生活在洞中。见到张仲景,老猿捶胸顿足,兴奋异常。只是人与猿无法交流,张仲景也是带着遗憾离去。离洞之时,他分明听到老猿一声太息。现在想来,老猿当时似有心事托付。

张仲景不由惊讶、激动:"千年桐木? 华佗神医?"

"如此说来,你便是张神医。我正是受华神医委托,来送千年桐木。"司马毫笑着,"我从桐山至荆州,再至长沙,一路打听,一路走来,地荒且远,总算不辱使命。"说着,将身后一节被麻布包裹的桐木托出,只见其色泽金黄,纹理如丝,"这是制琴最好之材。华佗让我转告太守,要以礼乐安民,礼乐亦可治病救人。"

"人生非金石，岂能长寿考。奄忽随物化，荣名以为宝。"张仲景默诵诗句，想起华佗，"对于医者，何谓荣名?"不由轻叹，"今为太守，琐事缠身，若与草木俱腐，可胜叹哉。"向司马毫屈身施礼，"长沙疫情已去，抑制豪强、加固城垣、开集市、免赋税我已逐个落实，只有兴学校、举礼乐尚且未能办理。还请文学祭酒、司马乐正助我。"

司马毫惊诧："文学祭酒? 乐正?"

张仲景扯起司马毫，"我要大兴郡学，舍你而谁?"看着千年桐木，"你还须为我制琴，助我开堂坐诊。"他一边说着，一边帮司马毫背起古琴，收起千年桐木，一起走向龙王庙，与魏延诸人相见，而后，一起观市。

由于司马毫的到来，诸人拨开流言蜚语，方知朝廷和京师真实近况。灵帝驾崩未几，立刘辩为帝，大将军何进与司隶校尉袁绍合谋，欲诛杀宦官，而太后不从。何进、袁绍遂私招董卓领兵进京讨伐张让。董卓未至，何进已被宦官谋杀。何进部将袁绍、吴匡等人攻杀宦官，中常侍张让、段珪等劫持皇帝出逃邙山，被董卓引兵救驾，尽杀宦官，张让自沉于黄河。董卓入洛阳，废杀汉少帝及何太后，拥立汉献帝刘协继位，自封太师。选用名士蔡邕等人，专断朝政，广布亲信，呼召尚书、御史、谒者三台。董卓自号"贵无上"，胆大妄为，性情残暴，使得豪强反对，士人愤慨。袁绍借机出逃冀州，依四世三公之家世名望，自封车骑将军，号召关东州郡、各地豪强，成立盟军，讨伐无道……只有江南各州郡远离京师，暂享一丝太平。不过，覆巢之下无完卵，也许，要不了多久，京师波澜便延宕而至荆州、而至长沙。到那时，如何进退，尚须未雨绸缪!

闻听天下动荡、社稷飘摇，诸人不免惆怅不堪，各自在心中谋划。

此时，张仲景不愿与诸人杂议，躲在一隅，静思时局。当夕阳漫过湘水堤岸和龙王庙高台，他方收回思绪。起身再看龙王庙下熙熙攘攘的集市，竟然陡生似曾相识之感，不由得愕然感慨。

是也! 昔日朝堂之上外戚与内贵纷争，亦有如是场景而更过之。满朝文武各怀私利甚于商贾之私货，党同伐异倍于商贾之结社，相互攻讦频于市集之争执,尔虞我诈甚于市集之诋欺。而龙蛇混合、香臭同堂之复杂,更远非市集可比。市集中有人虚言揽客,而朝中官吏之言语愈加天花乱坠;市集中人人争先恐后,只怕奇货为他人所得,朝中官吏哪个不是追名逐利,唯恐显要之位旁落他人? 唯一大不相同之处,便在于商贾直言求利,而朝中官员皆口称圣贤,相互谀颂,但内心贪婪成性,唯利是图。相比之下,商贾虽然粗俗,却淳朴实在;官员锦衣玉食,却是虚伪龌龊。

张仲景看着眼前的集市,思绪已飘出万里之遥,不觉间日已西斜,集市渐渐散去,留下随地可见的堆堆垃圾。乌鸦和野狗终于等到了这一顿大餐,乐此不疲地翻找着它们的美味。张仲景心中暗自嗤笑。他想起昔日的某些同僚,那些人只会随着权贵摇尾乞怜,无望入据要津,只能等人赏赐些残羹剩饭,却还兴奋异常,往往做感恩戴德之状,与眼下这些在腐肉烂叶中拼命啃食的乌鸦和野狗有何分别?

"圣人谬矣!"张仲景不由自主地感叹,"圣人谬矣!"

众人诧异:"圣人谬在何处?"

张仲景面露讥诮,道:"《周礼》有云,士以上不入于市,以为市集乃纷乱下流之所在,传至本朝亦有此风俗。今日在此观市,市集之乱,尚不及庙堂之万一,令朝士入市,何有惧焉? 倒是不宜令商贾入于朝,确是英明之策。倘使商贾入朝熏染,必定奸猾更甚,则害民益深。"望着远处湘水苍茫,张仲景又似自言自语,"礼仪崩塌,则纲纪不存。重整礼仪,方可再兴社稷。天下之大,亦是一地一地相互联结,由长沙而至荆州、荆州而至洛阳而已。我为长沙太守,便自长沙做起!"众人皆以为然。

趁着这日最后的霞光,趁着天下风波未及长沙,张仲景下决心大兴郡学,举礼乐,并以初一、十五两日,自己开衙为百姓讲学、奏乐、治病。

第三十八章 赓续礼乐议音论 冀兴天道问龙君

长沙郡衙三面环山,草木葱郁,门前湘水长流,其建制落落大方、古朴雅致。张仲景以为此处正是读书之所,就拿出自己全部积蓄,在长沙贤达赞助之下,数月时间,将郡衙左侧附院的衙神观、魁星阁、藏书阁连同两侧仪房辟为郡学,单独开门,重新布局。

数月过后,一座宏伟而不失飘逸、庄严而不失亲和的郡学就在府衙左侧的天鹅湖畔扩建完成。张仲景与文学祭酒司马毫、升任主簿的刘廙、从事王粲等众官吏一起,察看郡学内外。只见一道整齐的青砖高墙,外拂垂柳;崭新的红色门楼,横匾鎏金,上书"长沙郡学",字体庄肃敦厚,古朴苍劲。进入郡学内,迎面一座白石照壁,题着"礼仪整肃,恭敬中和"八个大字,与门楼横额题字皆出自文章大家王粲之手。转过照壁,迎面是先圣殿,殿内,孔子及其四大弟子神态可掬,一副诲人不倦、与人为善的模样。其后的道统祠内,周公、尧帝、大禹举止端凝,昭示着"修身齐家治国平天下"的"入世"情结。中间院中,九曲回廊,曲径通幽,点缀着山石流水,雅致亭阁。尤其一株高大的桂花树,格外醒目。张仲景说起来历,原来是屈原谪居长沙时,于濯锦坊亲手植下的金桂树。听说郡里兴办郡学,濯锦坊乡邻们便捐出此树,移植于此。

张仲景见此不胜感慨道:"屈子博闻强志,明于治乱,娴于辞令,年轻时就成为楚国左徒,因改革内政,彰明法度而遭排斥,被逐长沙,最后,辗转于汨罗江边,于此度过人生中最后九年时光。《离骚》《九歌》《九章》《天问》多于此写成。屈子于五月怀抱石头投入汨罗江,以示众人皆醉我独醒、不与世人同流合污之志。"张仲景有些激动,"今郡学有屈子亲手栽种的金桂树,也是要让屈子精神永照后人。"

走过树干粗壮、枝叶繁茂的金桂树,是宽敞的讲堂,窗明几净,中间供奉孔圣人像,下摆桌椅条凳、教具等文物,其造型、色泽、装帧,无不透出儒学神韵。最后是藏书阁,陈列着张仲景多年收集以及长沙贤达捐赠的各种典籍。书阁两侧,各有十余间白墙青瓦的学舍,后院栽植花木,设有沙场,显然是学子练武强身之所。

正值夕阳西下,郡学里一处荷塘,荷叶贴水,荷花摇曳,波光潋滟。张仲景望着眼前美景,不由感叹:"如此一方秀丽风景,更需春风化雨,文化滋润,以光大先贤之学。"

"太守怀有此心,崇文重教,实乃长沙百姓之福。"司马毫多少有些担忧,"太守有心,然郡学未必就兴。"司马毫不愿逢迎,直入正题,"今朝政混乱,民生凋敝,致使官学废弛,礼义衰亡。自太学生闹事之后,朝中重臣对国子监、郡学讽议朝政、不尊儒规多有微词,禁毁之言,老夫亦曾听闻。"

张仲景略带惊讶:"国子监和郡学承载文化育人之功,焉能毁禁?"

"张太守爱民勤政,醉心医术,又远离京师,对朝廷政事不便多问,也就知之不多。今朝政已崩,董卓手持权柄,对国计民生漠然视之,致使朝纲不振,结党营私成风,纳贿之门如市。朝臣们报君之心已灰,因循唯诺,无所作为,以求自保。清流之士自然不甘沉沦,多借国子监、郡学讲学之机,携枪夹棒,讽谏时政。于郡学而言,实则成也讲学,败也讲学。"

刘廙见张仲景脸色渐变,插话道:"司马祭酒对郡学所见可谓入木三分!然郡学关乎长沙学子及后人之福祉,切不可废。朝政之事,还是不议为佳。"

司马毫回味刘廙提醒,也就转换口气:"我对太守不可不以实言相告。"

"司马祭酒所言,我心中自明。"张仲景点头,"不过,建郡学与长沙百姓福祉密切相关,还望祭酒一心办学为好。"仰天轻叹,"朝廷愈是纲纪不振,愈需礼仪兴邦;天下愈是动荡不安,愈需安国定邦之才。无官学,何来士子弘道,又何来人间大道?"

"实乃圣人之思!"司马毫略思片刻,放下蹙眉,略带感慨,"我对太守热心兴学之念心存敬仰。我深知郡学对士子人生之重要,对朝政未来之影响。身为祭酒,我以'事即是学,学即是事,无事外之学'为原则,不议时政,不谈朝廷、郡邑得失,勤劳恭谨,以身先之,愿能培育几个清明公正之才!"

"司马祭酒之心堪比日月!"张仲景感慨,"以悲天悯人之情怀,有教无类,以德为先,必将为社稷培育出栋梁之材!"

"我已年逾花甲,时日不多。太守如此相托,决不相负。"司马毫拱手,"只是郡学初建,学子众多,必须名师指点。这聘请高德大士之事,就有劳太守了!"

王粲当仁不让:"太守若信得过我,由我教诗书启蒙。"

接下来,刘廙认领天文数术,魏延教授排兵布阵,霍峻教授刀枪骑射,精通乐律与乐器制作的司马毫,自然教授礼仪乐理。张仲景也不甘落后,主动认领医学品德。有如此良师,长沙郡学顿时声名鹊起。

每逢郡学开学之日,张仲景总是放下郡衙事务,为学子讲授美德。一要孝道:人之孝心,如法之轨,孝道善行,家道正也;二要读书:尊敬师长,遵守礼仪,谦逊忍让,宽厚仁和;三要爱人:尊老爱幼,体恤鳏寡,谦恭廉明,为人信服;四要珍惜:崇敬文化,顺应天理,广种资粮,普利群荫……张仲景的思想就这样通过长沙郡学的学子传给了百姓。

司马毫以千年古桐木精心制作了两张琴,张仲景分别取名为"古猿"和"万年"。这年秋天,长沙郡难得一次丰收。张仲景也稍微歇下心来,于中秋之夜,于屈子金桂树下,手抚司马毫亲手制作的万年琴,与司马毫辩析《黄帝内经》中提出的"五音疗疾"理论。

"古人将乐和礼并重。《左传》言,乐像药物一样有味道,常听妙音,可使人百病不生、延年益寿。"司马毫就着月色呷酒,"《吕氏春秋·适音》中亦载,故乐之务,在于和心,和心在于行适。"

张仲景点头:"礼者,天下之中经;乐者,天下之中和;礼乐者,先王所以养人之神,正人气而归正性。"

　　司马亳以千年古桐木精心制作了两张琴,张仲景分别取名"古猿"和"万年"。这年秋天,长沙郡难得一次丰收。张仲景也稍微歇下心来,于中秋之夜,于屈子金桂树下,手抚司马亳亲手制作的万年琴,与司马亳辩析《黄帝内经》中提出的"五音疗疾"理论。

司马毫淡笑:"百病生于气,止于音。音乐高低强弱、迟速收放、人心之七情鼓动、脏腑气机之升降转枢、经络气血之输布流注,皆'气'表达。音乐可以感染调理情绪,进而影响身体。在聆听中让曲调、情志、脏气共鸣互动,以动荡血脉、通畅精神和心脉。"

"如此说来,用乐如用药。"张仲景望月遐思,"音乐可舒体悦心,流通气血,宣导经络,与药物治疗一样,对人体有调治之用。音乐亦有升降浮沉、寒热温凉,具有中草药的各种特性。音乐亦需炮制,同样乐曲可以使用不同配器、节奏、力度、和声等等,彼此配伍,如同中药处方中有君臣佐使。"

"用音乐治疗,也有正治、反治。早在上古,《礼记·乐记》提出'反情''比类'音乐调治身心之法。譬如,以如泣如诉乐曲带走悲伤、以快节奏音乐发泄兴奋情绪。

"妙音入耳,五脏调和。《灵枢·忧恚无言》曰:'喉咙者,气之所以上下者也。会厌者,音声之户也。口唇者,音声之扇也。舌者,音声之机也。'而喉咙、口腔又通过经络与五脏紧密联系,人体只有五脏气血充盈,运行通畅,才能正常发出声音。"张仲景忽然想起无法发出天地正音的敖灵龙君,他似乎已经窥得医治龙君的法子,"五脏精气充足、气机调畅是发出各种声音之先决,即'五脏外发五音'。由于五脏形态结构不同,所藏精气有别,参与发声作用不同,所以五音又分别与五脏相应,即五音内应五脏。

"《黄帝内经》言,'肝属木,在音为徵,在志为怒;心属火,在音为徵,在志为喜;脾属土,在音为宫,在志为思;肺属金,在音为商,在志为忧;肾属水,在音为羽,在志为恐'。角、徵、宫、商、羽五音称之为'天五行'。"司马毫伸出五指比画,"五音特点分别为:金声响而强,木声长而高,水声沉而低,火声高而尖,土声浊而重。每种声音都象征着五脏特性。夫天地合德,万物贵生,寒暑代往,五行以成,故章为五色,发为五音;音声之作,其犹臭味在于天地之间,其善与不善,虽遭浊乱,其体自若而不变也。"

张仲景心中愈发澄澈:"如此说来,角音能够治疗肝火旺灼、肝阴亏虚、头昏目眩等症;徵音能够治疗嬉笑无常、失眠多梦、心悸不安等症;宫音能够治疗纳差腹胀、体倦乏力、欲歌善唱等症;商音能够治疗哭泣悲恸、气促咳嗽、胸闷不舒等症；羽音能够治疗呻吟、腰酸腿软、耳鸣头昏等症。"

"正是！"司马毫拿出一片麻纸，交与张仲景，只见上面写着：

"角为春音，属木，主生。五行之木，在于东方，五音为角，五脏为肝。音乐旋律舒展流畅，节奏活泼，所表达意境：春风和煦，阳气布扬，泉水流淌，大地复苏，草木萌芽，蛰虫苏醒，生机展发。其风格舒展、悠扬、深远，因此可以入肝胆之经。可用于防治肝气郁结、胁胀胸闷、食欲不振、性欲低下、月经不调、心情郁闷、精神不快、烦躁易怒等病症。

"徵为夏音，属火，主长。五行之火，在于南方，五音为徵，五脏为心。旋律热情、向上、红火、欢快。所表达意境：夏季炎热，阳气旺盛，江河滔滔，鸟兽活泼，草木繁盛，蒸蒸日上。其风格热烈、活泼、欢畅，可入心经，并疏导小肠经，使人血压平稳，心神和谐。可用于防治心脾两虚、内脏下垂、神疲力衰、神思恍惚、胸闷气短、情绪低落、形寒肢冷等病症。

"商为秋音，属金，主收。五行之金，在于西方，五音为商，五脏为肺。旋律忧伤委婉，但不抑郁；柔肠百转，但不消沉。所表达意境：秋风萧瑟，天气凉，霜天万里，草木黄，果实成熟，牛羊壮。音乐风格高亢有力、悲壮雄伟，因此可以入肺，调和肺气宣发和肃降。具有养阴保肺、补肾利肝、泻脾胃虚火之功效。可用于治疗肺气虚衰、气血耗散、自汗盗汗、咳嗽气喘、心烦易怒、头晕目眩、悲伤不能自控等病症。

"羽为冬音，属水，主藏。五行之水，在于北方，五音为羽，五脏为肾。旋律流畅如水，明显下行，音色以冷色调为主。所表达意境：冬季寒冷而不戕害，北风凛冽而不肃杀，万物封藏而不压抑。江河封冻，虫兽冬眠，种子滞育，休眠待机，蓄积能量，静待春来。其风格清纯、柔润，有行云流水之感，可疏导肾经，具有养阴、保肾藏精、补肝利心、泻肺火之功效。可用于治疗虚火上炎、心烦意躁、头痛失眠、夜寐多梦、腰酸腿软、性欲低下、阳痿早泄、肾不藏精、小便不利等病症。"

张仲景如获至宝，对着司马毫屈身施礼："有此谱，可医天！"

中秋之夜，与龙君如约湘水。张仲景背负万年琴，手拄雷音斑竹杖，登上麓山石崖,面对湘水,心中一曲《涅水谣》如泣如诉,道不尽心中对故园之思、对天下之忧……

在张仲景如梦如幻的冥思中,月光下,湘水上,不知何时,河面缭绕翻腾着一缕清雾。清雾中若有若无的叹息,分明是龙君在聆听。待张仲景琴住,龙君低语:"今岁,长沙城因集市新开,对百姓减免赋税,龙王庙香火复盛。我得人间香火之气,病体缓解,故而,降下几场及时雨,使秋天庄稼丰收。"

"龙君得人间香火之气而病缓,百姓得天上酥雨而丰收,此乃天人合一,和谐共生。"张仲景望着湘水上的龙君,"只是,这好景长否?"

"好景不长。"龙君轻叹,"代天牧民之朝廷已经分崩离析,各地豪强并起,妖孽横行,苍天震怒,大地安哉?"

"是了,我一介凡人,又能如何?"张仲景手击雷音斑竹杖,高声,"可我不甘心!"

"不甘心?"龙君幽然晃动着清雾,"可有疑惑?"

"我有九问,请教龙君!"张仲景望着静默湘水、袅袅清雾,高声发问,"问天何寿? 问地何极? 人生几何? 生何欢? 死何苦? 情为何物? 轮回安在? 宿命安有? 苍生何辜?"

"天地同寿,地垠无极,人生旦夕须臾。生,欲满而欢;死,含恨而苦;情,一晌贪欢!"龙君激动作答,"轮回于六道,宿命于因果;迷而不觉,染而不净,苍生恨世怎无辜?"

湘水波涛顿起,清雾飞扬,麓山松风飒飒,竹林起伏。片刻,万籁静寂。张仲景望月,潸然泪下。

"仲景忧心齐天,方有九问。"龙君遥望石崖上的张仲景,声如闷雷,"君有九问,我有一问。"按下雷音,"仲景何不仗手中雷音杖、腰间屠龙匕、背上宝雕弓、胸中万年琴,拥雄兵十万,一荡人间尘埃?"

"兵者,国之大事,死生之地,存亡之道,不可不察也。"张仲景低着头,"我为医者,治病救人,岂可有杀心?"

"人无非尘世蝼蚁,即使不杀,百年亦死。"龙君劝着,"何须怜悯?"

"在我眼中,龙君性命与人性命一样贵重。生灵万物的生命又比我的生命贵重！"张仲景举头望月，心中一阵疼痛，"人即使死，也应如夏花秋叶，自然而亡。"又看龙君，微微叹息，"你走吧，龙君，没想到天也如此无视于人。你走吧，龙君，我答应为你医病，但我从此不信天！"

"那你信谁？"龙君有些歉疚，"天乃无上崇高。"

张仲景霍然起身："我信自己，我要以医术拯救苍生。我还信那些忠义豪杰，他们抛头颅，洒热血，只为天下百姓不再生活在动乱中！"

"我信仲景！"龙君感慨，"可所谓忠义豪杰未曾见！"

"历代都有！"张仲景淡笑，"今朝就有南阳郡太守羊续，忠义爱民。"

"他已经死了。"龙君并无表情，"人之生命非如金石。"

"他活着，在百姓心中活着，永远地活着。"张仲景似乎自语，"我的生命亦非金石，时不待我。等我找到忠义之士将长沙百姓托付后，便归隐山野，著书立说，为生生不息的人们留下活法。"

"我信仲景！"龙君点头，再说一遍，"待你炼好龙珠，我答应给你一个厚报。"

"天地虽无情，天地却公平。天地公平对待万物，不因万物不同，而给予阳光雨露不同。"张仲景淡笑，"就像龙君降雨，不可能只让雨滴落在仲景一人之身。至于厚报，我也不会贪心，等我认真想想，再靠龙君。"

"我信仲景！"龙君轻舒一口长气，随清雾而匿迹。

起风了。麓山上石崖下，云雾升腾。张仲景睁开眼睛，只听得湘水波涛声声，哪里有龙君影子？

分明又是一梦！

第三十九章　太守开堂坐义诊　使君病危起杀心

　　立冬后,长沙城又是多日雾锁,间或一阵阵黏丝丝的小雨,阴冷。即使如此,街道上还是行人不绝,看气色多是栖栖惶惶的外地逃难人。从他们的闲言碎语中,长沙百姓得知,自长江以北,战乱正在持续扩大,甚至,比邻长沙的江东也有数次大战。袁术占据寿春,横征暴敛,奢靡无度,使得江东百姓纷纷逃亡。听闻长沙开设粥棚,无数流民纷纷前来投奔长沙。由于熬粥需要太多人手,廷掾常宝便建议撤去粥棚,为流民发放干粮。张仲景认为,流民长期无食,容易被粗硬的干粮划伤食道,宜用平补气力之黄芪、平补津血之大枣与稻米熬粥,使流民脾胃渐和、恢复力气,待开春之后,便可施屯田之法,为流民提供土地,发放种子、农具和耕牛,以解流民之困。

　　有一段日子没有接到朝廷邸报了,甚至来自荆州的消息也不多。张仲景隐约知道,三根支撑朝政的支柱——外戚、宦官、士族——自董卓入洛阳又迁都长安时俱被摧毁,旧政已亡,新政未立。各地豪强逐鹿天下,沧海横流、龙争虎斗,长沙不过是乱世中的一叶浮萍。忧心的张仲景无力回天,他所能做的,就是在保境安民的同时,为越来越多的病人诊治。毕竟,三年前的瘟疫在人祸推动下,卷土重来了。

　　按照规制,张仲景身为太守,无法走街串巷去为百姓医病。他只好让长沙医令李丰带着公人,将郡衙临街的揽事厅改为临时诊房,又沿街搭起几间屋舍,由李丰带着几个郎中熬制药汤。每逢初一和十五的日子,张仲景便放下所有公务,来此开堂坐诊。闻讯而来的染病百姓,往往排起长队。根据长沙热气、湿气所引起的病因,张仲景反复推演,得出药方:用白虎汤治脑病,以乌梅汤去克制肠病。城中百姓喝过汤药后,基本上三日至七日内也就病愈。加之,张仲景在以前防疫控疫中总结出了经验,也使这次来势凶猛的疫情很快得到控制。然后,张仲景又带人走上街头,安抚人心,不让百姓们谈瘟疫而色变。为了控制外来输入病人,又让李丰带着属下和药材,去乡下和山中为百姓医病……

临近年关,张仲景于府衙后堂翻着医书,一边思索,一边写着被验证过的药方。沈南嘉端着杯盏,悄悄来到张仲景身后,柔声劝着:"夫君,你除了公务,这些天一直在著书,也该稍事歇息。"

"政事要理,百姓之病更要医治!"张仲景驻笔,淡笑道,"这数百个药方都已验证,我记下来,将来汇编成书,传给更多郎中和百姓,乃至后世,也好造福人们。"

"我听说当今世道越来越不安稳了,真想早点儿回到乡下去。"南嘉轻叹,"这样,你就可以安心著书立说了。"

"我何尝不想如此?"张仲景望着窗外,"我已写了辞呈,旬日前,让刘主簿回到荆州,呈于刘使君。但眼下,咱们还必须守在长沙,毕竟守土有责!"

正说着话,有下人进来禀报:"刘主簿回来了,正在大堂等候太守。"

"一定是有紧急事务。"张仲景稍整衣袍,便向大堂走去,并吩咐下人,"速去请魏将军、霍将军、王从事、司马祭酒一起议事。"

见张仲景进入大堂,刘廙竟俯身于地,放声大哭:"太守,我兄长被刘使君以诽毁之罪,赐死了!"

"恭嗣,快快请起!"张仲景扶起刘廙,"到底怎么回事?"

"前些日子,刘使君病重。大公子刘琦从夏口赶回荆州,想面见使君。蔡瑁、张允恐怕他与刘使君相见,触动父子之情,担心刘使君因病重会立刘琦为世子,便劝阻大公子,不让相见。"刘廙平复情绪,继续说着,"蔡军师对大公子言:'汝父委派你镇守夏口,责任重大。如今你擅离职守,汝父见你一定生气,增重病势,不是孝顺之道。'大公子只好流泪离去。大公子离开之时,刚好得遇家兄好友文学祭酒马玉。说起伤心事,大公子泪流不止。马玉就以父子人伦之说,向刘使君进言。却不料刘使君震怒,将马玉赐死。"刘廙忍不住拭泪,"我兄长性子耿直,听到好友被赐死,便以政见不合为由,向刘使君递上辞呈,弃官归乡。我得到消息,就连忙劝告家兄:'从前赵简子杀犊淮、铎鸣,孔子物伤其类,回车而返。如今你既然不能仿效柳下惠同声相应,就该学范蠡迁移到偏远之地。'我兄不听我劝告,也被刘使君赐死。"拱手张仲景,"故而,我未能将太守辞呈递与刘使君。"

"刘使君是担心身后事啊!"张仲景劝慰刘廙,"他欲将荆州托付给少公子,又担心令兄与大公子联手,在他百年后与少公子争夺荆州,若如此,必起内乱。"

魏延、霍峻、王粲和司马毫等人很快来到了郡衙大堂。见刘廙尚有泪痕,得知事情原委,不免心有戚戚焉。刘廙见过诸人,并将在荆州得到的朝廷消息相告:"董卓乱政,被司徒王允和吕布合谋刺杀后,其属下李傕、郭汜等人率兵攻入长安,杀死王允,吕布兵败逃亡。由于李傕与郭汜内部不和,发生内斗,分别挟持新帝与大臣,使长安陷入一片战乱。今岁,新帝离开长安,开始东归已成废墟之旧都洛阳,随后又被曹操迎奉至许都。曹操以汉帝之名,征讨李傕、郭汜,其二人很快被自己部将杀死,关中乃平。中郎将张济原是董卓部将,也被曹操大军进逼。因军中缺粮,张济攻打南阳郡穰城,中流矢而死。他死后,其侄'北地枪王'张绣又与刘使君联合,屯于宛城,对抗曹操。"诸人听闻,皆感慨不已。

"到处战乱,百姓何苦?"张仲景忧心,"不知刘使君下一步如何行事?荆州不可再起战事。"

"刘使君病重,今荆州事皆由蔡瑁做主!"刘廙摇头,"蔡瑁乃佞邪秽政,爱恶败俗之人,荆州凶多吉少。"

"刘使君病重,为何不请张太守为他诊治?"司马毫疑惑,"莫非蔡瑁存有非分之想?"

"蔡瑁笃信鬼神巫术,让巫医柳九为刘使君施以符咒印斗之法,刘使君性命已在旦夕之间。"刘廙接话,"我等亦须未雨绸缪。"

"覆巢之下安有完卵?"魏延起身,"固守长沙,当有远谋。"

"太守,当今之计,对外,首先研究长沙周围险阻,选择要害之地据而守之。"刘廙献策,"对内,太守要潜心谋划安邦治国之大计。鼓励农桑,厉行节约,集聚士气,储备军力。"拱手张仲景,"如此,不过五年,便可兵发江陵、襄阳、南阳,而后挟荆襄之地逐鹿天下。"

"不得胡言!"张仲景喝住刘廙,不让他再说下去,"我为医者,治病救人,岂可有杀心?"

"然荆州危在旦夕,长沙岂可独存?"王粲进言,"另有江东孙坚对长沙虎视眈眈,攻打长沙在即。"

"无惧也!"张仲景霍然起身,"长沙城墙坚固,粮草充足,又有民心可用。孙坚若是豺狼虎豹,我以宝雕弓迎他! 他若是忠义豪杰,愿意抛头颅,洒热血,只为百姓不再生活在动乱中,我愿意将长沙百姓托付。"张仲景又似自语,"而后,我便归隐山野,著书立说,为生生不息的人们留下活法。"

诸人正在议事,有小校紧急来报:"紧急军务! 江东孙坚引军来袭,已于长沙东门外十里扎营!"

"孙坚如此神速!"魏延起身,"有多少兵马?"

"马步军共有两万!"小校面有惧色,"个个衣甲整齐。"

"关闭城门!"张仲景淡定道,"让百姓们暂勿外出。"看着小校应诺而去的背影,张仲景起身,"诸位就请随我一起登城!"

城垛处旌旗猎猎。兵士们手持武器,严阵以待。张仲景带着魏延等人立在城楼前。

城外,黄尘滚滚,战旗猎猎,近两万大军遮天蔽日,正在奔来。大军前方,四千铁骑浩浩荡荡,群马奔腾。骑兵后方,刀戟林立,锦蠹涌动,随着士卒行走铁甲发出一阵阵交鸣,为四周平添一股肃杀之气。大军之中,一杆大纛随风飘扬,大纛之上,"破虏将军孙"五字威风凛凛,其中"破虏将军"四字略小,"孙"字稍大,绣有金边,看上去煞是威严。大军最后方,士卒稍多,押运着数百辆大车,显然是粮草辎重。

"孙坚骁勇过人,诡计多端,此次前来,恐怕志在必得!"刘廙有些愤慨,"我长沙城坚墙固,粮草充足,可固守死战,以待外援。"

"我等固守长沙,待安陆黄将军援军到来,内外夹攻,可破孙贼!"魏延献策,"而后,再据长沙、零陵、南郡诸地,与荆州争锋,顺势而为!"

"我乃大汉长沙太守,焉能存此不忠之心?"张仲景喝住魏延,又看向远处,表情微微有些忧虑,"长沙郡虽物阜民丰,民心可用,然大疫刚过,兵士乏力,若战事一开,必又生灵涂炭。"

"张太守宅心仁厚,可孙坚有虎狼之心!"魏延拱手,"魏某不才,愿率全城将士,誓与长沙城共存亡。"

"百姓何辜?"张仲景看着帅字旗下依稀可辨的孙坚,"我闻孙文台乃孙武之后,容貌不凡,性情阔达,勇挚刚毅。昔率义兵入讨董卓,赤心肝胆,声冠华夏。"

"正是。"司马毫曾与孙坚相识,"董卓之乱时,孙坚带兵进入已是废墟之洛阳,无限惆怅,潸然泪下。他带属下清扫汉室宗庙,用太牢之礼祭祀。而后,又修复汉室陵墓。"压低声音,"听说,孙坚于偶然之际得到大汉之传国玉玺。"

"是吗?"张仲景看着司马毫,"他如何得到?"

"孙坚当时驻军洛阳城南,附近甄官井上,早晨有五彩云气浮动,众军惊怪,无人敢去汲水。孙坚亲自下至井内,打捞出传国玉玺。玺方圆四寸,上纽绞五龙,缺一角,文字是'受命于天,既寿永昌'。"见张仲景面带诧异,司马毫继续说道,"听宫人言,那是中常侍张让等内官作乱、劫持天子出奔时,左右分散,掌玺内官将玉玺投入井中。"

"埽除宗庙,修塞园陵,保完汉玺,忠勤王室,孙坚为大汉立下了天大功勋。"忽然,张仲景腰间青铜屠龙匕铮然而鸣。张仲景不由暗自吃惊,"莫非孙文台真有天命?"

在张仲景沉思中,刘廙和一个参谋上前,摊开守城舆图,让张仲景、魏延等人察看。魏延指着地图道:"孙坚志在必得! 我意,率精兵三千,趁其立脚未稳,先打落其士气,而后,固守长沙!"

第四十章　仁者高风润草木　恶虺悔泪育灵珠

　　见长沙城就在眼前,孙坚让后部安营扎寨,自己亲率数百精骑来到长沙城下。

　　苏章文骑马紧随孙坚之后:"孙将军,长沙太守张仲景乃一江湖郎中,如何知道攻伐战事?此乃天赐长沙与将军!"苏章文离开安陆后,入九江柴桑,与道徒合演一场鞭打妖邪、驱除蛇精之双簧戏,火焚寿春城外一座荒芜破庙驱鬼,迷惑百姓,惊动孙坚。见孙坚时,苏章文以幻化之术让满院燕雀翩翩起舞,令人惊讶不已。私下,苏章文又以孙坚得汉宝玉玺之说,怂恿孙坚逐鹿天下:"大军攻城时,我再设醮台,为将军向天借力。"

　　孙坚看着远方的长沙城楼:"张仲景素有爱民美名,民心可是守城利器呀!"

　　"民心岂能抵挡将军问鼎天下?"苏章文在马后溜须,"天意属将军,长沙城高墙亦无非沙堆耳!"

　　"民心可为我逐鹿天下所用!"孙坚淡笑,"若能招抚张仲景,东吴可得良医!"

　　"张仲景必不肯招抚。"苏章文脸色微变,只好再次诬陷张仲景,"他以数次大疫将百姓玩弄于指掌之间,祸心不小。"

　　"可是实情?"孙坚将信将疑,"我只听说,南阳、荆州、长沙之瘟疫皆得张仲景妙手施治。"

"张仲景医者仁心,颇受百姓爱戴。"先锋将甘宁附言,"东吴需要良医,天下需要良医。"甘宁自归还所劫药草之后,便离开长沙,投奔孙坚,"昔曾医治我属下儿郎,手到病除。"

"然则,你当初何不投奔张仲景?"苏章文发问,"莫非另有隐情?"

"张仲景志不在天下,而在活黎民!"甘宁回答,"若用昔日锦帆贼,则失长沙民心!"

"主公志在天下,而天下也属意主公。当今乱世,正须跃马驰骋者!"苏章文欲抑先扬,"不过,张仲景若仅仅是能够治病驱疫,其手无缚鸡之力,又无广散资财,何来万民拥戴?"苏章文继续诬陷张仲景,以激起孙坚杀心,"他就是一个施蛊者,以蛊制人,盗取声名!"

"该死!"孙坚提了提手中的古锭宝刀,"蛊惑人心者,惑乱天下者,该杀!"

张仲景目力超越凡人,见远处一匹枣骝马上,手提古锭刀的孙坚英武凛凛,头顶赤帻帻,身着雁翎甲,正目光炯炯地看着城楼,便高声招呼:"来者可是孙文台将军?你不在江东守护山河,为何引大军至此?"

孙坚催马来到城楼下,望着张仲景:"孙某前来,愿替张太守代守长沙!"

"长沙物阜民丰,百姓安居乐业,又何须将军代劳?况你我皆是朝廷命官,各有守土安民之责,岂可越俎代庖?"张仲景淡定回应,"若是路过长沙,张某倒愿意请孙将军入城酌酒,以慰风尘。"

"这……"孙坚见张仲景正气洋溢,言语又不失礼节,一时语塞,看着苏章文,低声道,"叫本将军如何回答?"

苏章文只好提马上前:"张机,你乃罪臣张松寒之子,又为黄巾叛贼张曼成之婿,以医术蛊惑人心,诈取长沙太守之位。今孙将军替天行事,还不开城投降?"

"又是这条忽律!"张仲景睥睨一眼苏章文,"原来是宦官妖孽赵忠之假子——苏章文。尔与内官勾结,欺压良善,以巫术愚弄陛下,以毒药鸩死皇子,以矫旨诛杀忠臣,乃十恶不赦之徒!"张仲景本无杀心,见到苏章文便不由得心中火起,"我乃朝廷册命之长沙太守,守土有责,岂容尔等胡作非为?"

"听闻张太守乃施蛊者,以蛊毒玩弄百姓于指掌!"孙坚以刀指着张仲景,"我平生最恨藏奸之人!"

"仲景为人,日月可鉴!"张仲景也不气恼,"浊者自浊,清者自清。若将军以此理由强夺长沙,恐怕为天下人所不齿!"

"今天下失序,乃天下英雄逐鹿之时。无须口舌,只需刀枪说话!"孙坚举起手中古锭刀,"你手无缚鸡之力,在我刀下走不了一个回合。快些派几个不畏死之徒,替你喂我宝刀。"孙坚在程普、甘宁等数员战将卫护下,带着近百精骑,突出大军阵前,在城下摆开阵势。

魏延大怒,向张仲景请战:"太守,孙坚狂妄自大,岂敢如此小觑长沙?待我出城会他!"

"狂妄自大者必贱视百姓!"张仲景腰间的屠龙匕再次震鸣,似乎提醒张仲景是该剑出鞘、箭上弓了。"既然以为张某手无缚鸡之力,让你看我神射!"自背后取出宝雕弓,搭上白羽箭,弓开如满月,箭去若闪电,携着霹雳万钧之势,一箭正中孙坚背后大纛,大纛应声而折,轰然落地。

"如此神射!"未待孙坚从惊讶中缓过神来,魏延手提大刀,霍峻高举长枪,带着千名劲卒,打开城门,呼啸而出。

张仲景站在城楼,亲擂战鼓,为兵士助威。

见魏延来势凶猛,程普执矛、甘宁仗戟,双战魏延。霍峻不甘示弱,引着郡兵就于城下与孙坚所带的精骑交战。鼓声震动,叱喝阵阵。鲜花芳草被踏碎,黑色泥浆溅满士卒铠甲……

毕竟千里奔袭,孙坚此战只为试探长沙虚实,见长沙军并非自己想象中的不堪一击,也就不再恋战,鸣金收兵。魏延战程普、甘宁二人不下,也只好任由孙坚带兵暂时离去。

残阳如血,飒风如刀。戾气冲天,尸横遍野。厮杀声已经停息,城外,死一般的静寂。站在城楼上的张仲景不由举首望天,潸然泪下……

"主公为何收兵?"收兵途中,程普问孙坚,"魏延虽是猛将,在我与兴霸夹击之下,已处下风。"

"今日之战,只是试探长沙虚实。"孙坚淡笑,"况我千里奔袭,大军未出,不便久战。"又扭头扫视苏章文,"天师,可知射断我背后大纛之箭,出自何人之手?"

"恕我人老眼拙,可是魏延?"苏章文眼珠一转,"那一箭也许是运气。"

"明日攻城,还有劳天师施法,鼓我士气!"孙坚心里明白,知道苏章文在故意遮掩,"不过,要小心那射箭之人。"

"那箭分明是那手无缚鸡之力的张仲景射出,"甘宁为人直爽,"张仲景分明动了杀心,后来又收了杀心。"

"正是!那支霹雳万钧之箭,若是出其不意攻其不备,向我射来,实难避开。"孙坚淡笑,"不过,他射杀了我狂妄自大之心,也射穿了一个谎言!"

"主公如此清明,实在让人敬佩!"程普点头,"明日攻城,不可大意!"

"若不是取荆州必取长沙,我宁愿让张仲景永为长沙太守。"孙坚扭头又看了一眼暮色中的长沙城,"可惜,此人忠义仁爱,心中只有大汉,心中只有朝廷。"

张仲景带着诸人走下城楼,心事重重。虽然,与孙坚精骑交锋不足一个时辰,长沙郡兵却伤亡数百,在孙坚精骑之下,以步兵为主的长沙郡兵显然处于下风。虽说长沙城固,但孙坚大军准备充分,拥有撞城木、大幔、云梯,还有高达数丈的箭楼,加之,孙坚所部多年来讨伐四方,军士多是九死一生的惯战之士,绝非以当地青壮百姓为主的郡兵可比。关键是,张仲景想不通:"为什么一定要以成千上万的百姓生命为代价,死守长沙?"他安置诸人去歇息,只留下魏延、司马毫、刘廙与他夜间守城。

"没想到主公箭术如此精妙。"司马毫由衷赞叹,"你何来如此手段?"

"我早年遭遇家中不幸,立志复仇,便随武学高士习武强身。这些年,又演练华佗神医之五禽戏,早已打通任督二脉。数年前,我与神射手黄忠论箭,又得箭法之要。"张仲景淡笑,"箭术,不过是唯手熟耳、心手合一之小技。"

"弓鸣似霹雳,箭去若流星。"刘廙疑惑,"主公如此神射,为何不直接射杀孙坚?"

"孙坚不是该死之人。我只是射杀了他狂妄自大之心,戳穿了苏章文之弥天谎言!"张仲景看着城下孙坚大营,"再说,长沙是否可守? 意义何在?"

"长沙只有郡兵六千,孙坚拥有精骑五千,步军上万,军力悬殊。"魏延分析,"虽说长沙民心可用,动员上万青壮百姓守城不难,但也会是死伤惨重。"

"守城意义何在?"司马毫轻叹,"太守之问,问得好! 今朝廷已徒有虚名,连陛下亦成傀儡。各地豪强并举,逐鹿天下,荆州亦将不保。而太守又不愿图谋天下,长沙城早晚要归于他人。"

"不错,但只能归于有德爱民之人。"张仲景表情凝重,"孙坚素有美名,忠勇刚烈,若我让贤于他,有何不可?"

"不可!"刘廙慨然起身,"今日仓促一战,我郡兵虽死伤数百人,皆因长沙久无战事,兵无常操所致。若我固守城池,再传信江夏救援,待援军一到,内外夹攻,必破孙坚大军。"

"破了孙坚大军又如何?"张仲景苦笑,"接下来,还要迎接袁术、曹操等大军来攻长沙,如何是好? 即使长沙城中百姓积极参与守城,也会死伤无数,就如今日。"张仲景望着城楼下血迹未干的残酷战场,摇头落泪,"百姓都死绝了,还要这空城、这天下何用?"感伤,"不能再打了,再打又会瘟疫四起。"

"恩公,你如此体恤百姓,民心可用!"魏延流泪,"长沙太守之位决不能落入他人之手。"

"魏将军,我不是贪图富贵之人,更不是贪图官爵之人,"张仲景高声,"我一生抱负是为人医病、为天补缺。"

"可是,忽律不死,长沙百姓必遭毒手!"魏延再劝,"况且,长沙郡兵的鲜血就这样白流了?"

"忽律必死,兵士的鲜血也不能白流!"张仲景举首望月,"今夜,我与孙坚单独相会!"

月光照着长沙城头,莽莽苍苍。城楼之上,张仲景以万年琴弹着《九问》,琴声悠扬,随月华流淌,没有哀婉,只有诘问。

正在大帐议事的孙坚听着琴声,感慨连连:"张仲景真乃仁者,他以高妙琴声召我作答。"

"主公可有答案?"程普侧身,"大军至此,已是箭在弦上,不得不发。"

"攻城之战,向来惨烈。"孙坚想了想,"若长沙坚守数日,夏口刘琦、安陆黄忠大军必至。到那时,鹿死谁手,尚未可知。"笑看诸人,"看来,我要去长沙城下作答。"

"主公,他箭术高妙,你独自前去,必是凶险。"程普劝阻,"我愿替主公前去。"

"他可以射杀我。"孙坚表情坚毅,"然若我不去,长沙非我所有。"

城下,月光如霜,大地皎洁。孙坚一骑,独自徘徊。城头,琴声时而激越若山溪奔流,充满诘问;时而忧伤若竹风细雨,不尽悲悯……

"世间无常,生死如电。草露易落,行者自重。"张仲景止琴,"城下可是孙将军?"

"正是,多谢张太守手下留情。"孙坚望着仪表高迈、孤拔不群的张仲景,宛若松下清风吹来,不由缓缓拱手,"张太守好雅兴,好琴曲。"

张仲景发问:"你可听懂琴曲?"

"月华为媒,闻琴声而知雅意。"孙坚回应,"松柏之志,犹存我心! 故我以遁世为非义,故屡退而不去!"

"我以仁心为己任,虽道远而弥坚!"张仲景声音低沉而坚定,"恩者仁也,理者义也,节者礼也,权者知也,仁义礼知,人道俱矣。"

"道德仁义,非礼不成。仁是施恩及物,义是裁断合宜。"孙坚仰首望月,"若坚不施仁义,愿血溅屠龙匕下。"

"你听见了我腰间屠龙匕之震鸣?"张仲景略带惊讶,继而轻叹,"我不为屠龙,而为医天。"望着城下苍茫,再盯着月光里的孙坚,忍不住悲悯和感伤,"我昼查人事,夜观天象,大树将倾,非一绳可以维系。"

"孙某不才,仍愿作一绳!"孙坚感慨,"不惜身死!"

"人非金石,总有一死。以死拯众生,可谓永生。"张仲景默了默,"你将来要死于乱箭之下,但非我箭!"

"多谢张太守提醒。"孙坚心中一个激灵,"愿以身死,换来江东百姓安宁。"

"孙将军此心可照日月。"张仲景在心底认可孙坚是忠义之士,"孙将军若不攻城,不伤及黎民百姓,我可双手奉送长沙城。"

"只要不发生战事,长沙就会太平,百姓就不会流离失所。"孙坚略有激动,"我将厚葬战死之长沙郡兵,并抚恤其家人。长沙属吏皆司原职,以安民心!"

"如此甚好!"张仲景淡笑,"孙将军知道何为民心?"

"天地正道即是民心!"孙坚沉默片刻,仰望站在城楼上仙人一般的张仲景,"张太守需要我做什么?"

张仲景表情凝重:"人间不需要恶魅忽律。"

孙坚却有些迟疑:"苏忽律走投无路而投奔于我,并为我大军引路至此,虽恶贯满盈,然不可死于我手。"

"也是,"张仲景点头,"那就让他死于自己之手!"

孙坚点了点头:"明日午时,郊外西河,你可狩猎。"

就着月光,张仲景猛拨琴弦,昂扬的声音在月辉中荡漾……

翌日,天阴无雨,飒风浩荡。长沙城外西河,河岸上搭着丈高醮台,醮台边生着熊熊篝火。

苏章文带领几个徒弟和一队军士正在河岸上设醮。他身着彩衣,头戴羽冠,仗剑步诀,念念有词。

忽然,雷霆过处,传来密集马蹄声。苏章文于醮台上望去,看见张仲景、魏延带着一队精骑杀来。

"终于来了!早该来了!"苏章文却冷冷一笑,对着几个徒弟和军士们挥挥手,"你们逃命去吧!"

几个徒弟跪地:"师父,你呢?"

"我已无路可走!"苏章文望着眼前篝火,火苗在眼中燃烧,"朝廷不仁,孙坚不义,而我不仁不义,该死!"

张仲景、魏延已在苏章文面前勒马。魏延提刀上前："苏忽律，今日必死，可有话说？"

苏章文不理魏延，拱手张仲景："仲景医术高明，已是超凡入圣，然救不了苏某！"看着面有悲悯的张仲景，"苏某乱世求生，只求能为帝王师，以展胸中抱负，却运命多舛，不自觉病入膏肓，已无医可治。今日，只好一死百病消！"

魏延盯着苏章文："天作孽，犹可活；人作孽，天地灭！"

苏章文望天片刻："天恶，我本以恶促天崩！以屠龙匕杀龙医天，惜天不佑我！"拱手张仲景，"仲景，屠龙匕送你，替我杀龙医天！"解下腰间的清风剑递与张仲景，他至死都认为自己得到了屠龙匕。苏章文重复着"替我杀龙医天！"而后，大笑着，走进熊熊篝火中……

张仲景盘腿而坐。透过熊熊大火，分明看见一枚卵大的灵皋珠在火光中泛着蓝莹莹的光芒。原来，灵皋珠就是恶虺忽律的一滴泪！

战事平息，阳光也透云而出，光芒蓬松，昭示着长沙城新的生机。长沙城门依次打开。孙坚并未让大军入城，只是带着身边几员大将和两百精骑，在司马毫和李丰引导之下，走过数条依然繁华的街道，来到郡衙。

静悄悄的郡衙大堂已被打扫一新。孙坚抬头看见大堂梁柱上挂着一个红色布包，让随从取下布包打开，一枚鲜红的长沙太守大印赫然在目。条案上留着一封短信："医者医病，难以医国。天下乱象，积弊已久，非一剂药方、一味猛药就可痊愈。将军忠勇，当以社稷黎民为重，治理天下乱象，以期家国早日安宁。"

"仲景让贤高风，真乃圣人也！"孙坚笑容逐渐收敛，"传令下去，大军入城，不得骚扰百姓。有违令者，斩！郡学、集市一如往常，官吏、职员一如往常！"加重语气，"厚恤战死的长沙郡兵，赈济城中的孤寡老弱！"目光投向衙门外，湘水泛波，麓山青青，又自言自语，"仲景医我心疾，真乃良医也！"

第四十一章　行者自重归山林　其命维新教后进

朝阳升起,照着潇湘大地。赤艳的霞光映红了波涛滚滚的湘水,江边草木含霜凝露。于长沙城外驿站,张仲景骑马,南嘉带着女儿坐着家仆驾驭的马车,等待与离开长沙的刘廙、王粲、霍峻话别。回望已成一片苍茫的长沙城,张仲景感到一丝寒意,不禁裹了裹衣服。再极目而望,顿感天地之间一股苍茫之气恣意纵横,与胸中那股郁结之气像是产生了强烈共鸣,猛然上蹿,化作一声怒吼喷涌而出:

"哈哈哈!"

张仲景大笑,着实吓坏了车上的南嘉。

南嘉担心地问:"夫君,您因何发笑?"

张仲景见南嘉满脸担忧,更觉可乐。好容易笑足了,方答:"且放宽心!方才我见湘水沙渚上飞鸟慵懒而起,但我们已经身在远游之途。这让我不禁想起那些荆襄官人,此时可能也刚刚听到晨鸡打鸣吧?那些昏睡之人哪里能看到这天地之间生机勃勃之元气?你深吸一口这令人神清气爽之气,有没有觉得耳聪目明,更能洞察这世间真谛?你看这川泽形势,如此神奇奥妙,赏玩其中,必定令人感到筋骨轻盈!待我炼成龙珠,医好龙君,以一场暴风雨涤荡尘世,这天地必是一番崭新气象。正所谓:万里烟云开瘴户,一天风雨护神炉。走吧,回到故乡涅水边,回到济世坊,虽然偏远,却正是我欣然向往之所在!"

"你呀,就会和龙君说梦。不过,也总算活得有些通透了。"南嘉见张仲景并无异样,便也放下心来,"你是因为放下了,所以有些轻松。这样,你也可以专心和家翁一起验证药方,著书立说,造福后人。"

"人活着,一半时间用来做梦。"张仲景笑了笑,又略有歉疚,"人非金石,家翁恐怕早就等急了。他上次来信还责怪我,担心再不整理古医书,人生时间就不多了。"

"只是离开长沙,有些舍不得湘儿!"南嘉有些感伤,"他毕竟还是孩子!"

张仲景意味深长地应答:"湘儿是长沙之子,由司马祭酒和李丰亲自教诲,必能成为栋梁之材!"

"留下湘儿,是你对长沙之恋,更是对长沙之期盼!"南嘉转瞬又含笑意,"是该回去了!我想念家翁和儿子张温。数年不见,也不知温儿现在如何?"

"温儿去岁已由恭嗣荐于水镜先生为徒。水镜先生为人清高拔俗,学识广博,有知人论世、鉴别人才之能。有他为师,你尽可放心。"张仲景想起儿子,心中宽慰,"恭嗣回荆州时,在玉溪山水镜先生道场,见过温儿。恭嗣言,温儿已是翩翩男儿,文武兼备,医术濡染。学业之余,常与南阳诸葛亮、襄阳庞统、向朗等几位俊才交往。"言及此处,张仲景想起一件旧事,"数年前,我曾在荆州为诸葛玄诊病,见其侄诸葛亮虽是年幼,却至孝至诚,颇懂礼数,使我印象深刻。也许,再过数年,天下大任便落在他们肩上。"

张仲景所言,竟在数年后得到印证。在张仲景归隐岭南采药著书期间,曹操"挟天子以令诸侯",迅速平定吕布、袁绍等北方割据集团后,率军二十万,号称八十万大军,挥师南下。刘表病死,继任荆州牧刘琮为蔡瑁、张允所惑,不战而投降曹操。曹军气势如虹,沿长江继续进军。时孙坚已死于仇敌乱箭之下,其子孙权继任东吴基业,孙权命周瑜、程普"为左右督,各领万人",共计三万精锐水军,联合屯驻樊口刘备大军一起溯长江西进,与曹军相遇赤壁。曹军远道而来,水土不服,军营之中,瘟疫横行。然曹操却因小节而杀神医华佗,致使军中无良医控疫,战力陡降,士气低迷。初一交战,曹军败退,暂驻军于江北乌林地带,与孙刘联军隔江对峙。周瑜采用刘备军师诸葛亮所献火攻之计,命其部将黄盖率战船十艘,上装柴草,灌以膏油,假称投降,向北岸而进。至离曹营二里之处时,各船一齐点火,然后借助风势,直向曹军水寨大营冲去,舟船被烧,曹军大败。曹操见大势已去,只好下令将剩余舟船全部予以烧毁,匆忙败退。此战中,曹军将士因饥疫而死者大半。孙刘联军因有李丰、张温以张仲景所授桂枝汤和青龙汤法,控制军中瘟疫蔓延,保存将士战力,成为取胜关键。赤壁之战,孙权、刘备联军在强敌进逼关头,结盟抗战,扬水战之长、控疫之能,巧用火攻,终以弱胜强,为三国鼎立奠定基础。此乃后话。

"一代人有一代人之使命!"南嘉也略有感慨,"像温儿和诸葛亮这代人,生于乱世,饱经磨难,自然能够体会百姓之艰,也会砥砺心智,勇担天下大任。"看着张仲景已经花白的须发,"至于你嘛,还是早些脱身乱世纷争,隐于山林,著书立说,遗福后人。"

"此言有理! 要说,我该感谢孙文台,他若不来长沙,我岂能脱身?"张仲景淡笑点头,"当我腰间屠龙匕震鸣之时,我就知道他也是负有天命之人。"

"这样就好。"南嘉点头,"只不过长沙城再易新主,百姓是否接受?"

"放心,司马毫熟通礼乐,李丰精通医术,若礼乐不废,瘟疫不侵,再由孙文台武备加持,长沙会暂享安宁。"张仲景表情有些迟疑,"可惜,当今天下大势若山崩地裂,洪水滔滔,非一人之力可抵。"

"暂时?"南嘉看着张仲景,"难道长沙还会有战事?"

"自古至今,天下战事从未停止,未来还有。"张仲景有些伤感,"除非有一天,有一个强大无敌之明主莅世,政治清明,而天也刚好给予风调雨顺,百姓方能长久地安居乐业。"

正说着,刘廙和王粲、霍峻骑马赶到,见张仲景连忙下马施礼:"太守,我等匆匆安排好后事,却知你连夜已离长沙。若非司马祭酒转告,这就无法再见太守了。"张仲景随即下马,就于路边说话。

"不是太守了,叫我仲景,或者张医师。"张仲景将须淡笑,"长沙可安否?"

"孙文台入长沙后,实行萧规曹随之法,让程普代行长沙太守之职,立张湘为长沙之子,属吏各司其职,长沙遂复安宁。"

"这就好!"张仲景轻叹,"留湘儿于长沙,是想为长沙百姓留下希望!"

"孙文台甚知仲景之心,立张湘为长沙之子,以聚民心。"刘廙回答,"由此可见,孙文台之志是在天下。"

张仲景略有疑惑:"孙将军有此远志,你三位又为何出走?"

"今朝政不存,天下分崩。孙文台虽有远志,然非雄主。"刘廙拱手,"今刘使君新丧,少公子刘琮继任荆州牧,孙坚必趁机再夺荆襄。我与仲宣皆是荆襄旧臣,霍将军又是荆州少公子近臣,我等虽说与蔡瑁、张允不合,但也不能随孙坚而讨伐旧主。"

霍峻拱手:"刘使君新丧,我须回到少公子身边。"

"代我问候少公子!"张仲景点头,"让他潜心医术,将我所赠柴胡汤法发扬光大,既可为民造福,又可远避灾祸。"刘表病逝之后,荆州群吏共同推举刘琮继承荆州牧之位。当曹操"挟天子以令诸侯"、大军压境之时,仁者刘琮不愿百姓苦难,以"逆顺有大体,强弱有定势"之由臣服,被封青州刺史,得以善终。此乃后话。

"我与曹丞相世子丕有旧交,又得其书信相邀。"王粲接话,"曹丞相文功武治,可谓当世雄主。"

刘廙附言:"曹丞相雄才大略,礼贤下士,颇有建立新朝之气象。故而,我欲和仲宣前去投奔。"

"天下大势非一人可以独撑。"张仲景略有忧心,"孙文台于东吴广得人心,其五子皆有所能,尤其是孙权更是人中龙凤。加之,世间尚有其他豪杰,曹丞相恐怕也一时难以荡平天下。"

刘廙是智慧之人:"如此说来,天下再分,鼎立则稳?"

"天下再分,鼎立则稳!"张仲景想了想,点头,"我朝自桓灵二帝起,外戚、宦官相继干政,纲纪废弛,天下沸腾,两次党锢之祸压制士林清流,黄巾之乱动摇国本,平叛战争造成更加危险的州牧割据,导致当下群雄逐鹿之局面。"仰头望着逐渐升高的太阳,"不过,我归隐山野,著书立说,也就没有出世之烦忧。"

"太守心怀广阔,是为了遗福后人。我等愚笨,只能活在当下。"刘廙和王粲、霍峻一同再次施礼，"今日一别，不知何日得见，望太守教诲。"

"我有话，君听否？"张仲景先看着王粲，"仲宣，我多年前为你开出药方，从你气色来看，一直未曾服药。若不听我言，你在四旬时会眉毛脱落，落至一半，便会身死。"见王粲点头，张仲景伸出五指，"此方由丹砂、慈石、雄黄、白矾、曾青等五石合成，其药性燥热剧烈，服后要及时行散发汗。此药虽说能使你全身发热，神明开朗，体力增强，然病愈之后，切莫再服，以免因慢性中毒而丧命。此乃过犹不及也！"

三人表情恭顺，扶着张仲景坐在路边一块石头上。张仲景微微一笑，只好指点迷津："为政者，要行宽猛之道。此道非但为治国之术，亦为养生之法。去岁，正值夏日，我不堪饮食，腹中火热。司马祭酒为我寻来名医。那名医果有手段，须臾之间探明病因，予我药一丸，并嘱我曰：药中含毒，用之不可过量，一旦病症消退，即应停药。我服药数日，果然药到病除。然而，有客谓我道，你亦是名医，虽说医者不自医，但郎中往往挟术自重，遗病求财。既然药丸效力明显，不如多服几日，必可祛除病根。我遂用其言，不料果然药毒发作，病情危急，幸得名医闻讯赶来，再施和缓之剂，我方才康复。"张仲景笑着敛容，"由此可见，宽猛迭用，乃施政之道，小大迭用，乃用人之道。宽仁之政，需委之以仁爱之人，方可感化万民；猛烈之政，需行之以刚直之人，乃有禁止之效。唯有任人以其长，尽其无敌于天下之力，国方可治之。"三人点头。

"谨记教诲！"三人躬身施礼，"还望太守多多保重！"

"世间无常，生死如电；草露易落，行者自重。"张仲景起身上马，望着三人不舍的表情，又饱含深意嘱托，"《诗经》云：'周虽旧邦，其命维新。是故君子无所不用其极。'唯其艰难，更显勇毅。亡国不过是易姓换代，周而复始；亡天下则是仁义堵塞，人人相残。国之兴亡，自有君臣肉食者谋之；天下兴亡，方才是匹夫有责。愿诸君以天下苍生为念，推陈出新，再创新业！"

张仲景打马，带着马车向着朝阳升起的方向，沿着悠悠远道，缓缓而去。

远处，魏延提刀，单人独骑，孤独得像一只蜜蜂。看着张仲景逐渐消失的背影，遽然拨转马头，朝另一条道路奔去……

第四十二章 身心化作补天珠 精魂铸就活人书

东汉分崩离析，历史进入三国。

张仲景从此隐于山野民间……

他带着已经成人的女儿和几个徒弟四处游医，曾去岭南辨百草、探新药，又去洛河黄河交汇之处，体味阴阳太极；登嵩山观天，领悟辨证诊治；入沧海泛舟，实践天人合一……在歇息时，便由南嘉或女儿研墨，精心整理沈畦留下的数百个药方和自己验证过的药方，奋笔疾书，开始漫长的著书立说：

"感往昔之沦丧，伤横夭之莫救，乃勤求古训，博采众方，撰用《素问》《九卷》《八十一难》《阴阳大论》《胎胪药录》，并平脉辨证，为《伤寒杂病论》，合十六卷。虽未能尽愈诸病，庶可以见病知源，若能寻余所集，思过半矣。"

书案周边，尽是张仲景手稿。《伤寒杂病论》书名赫然醒目。此书集秦汉以来医药理论之大成，发展并确立了中医辨证论治的基本法则。书中，张仲景把疾病发生、发展过程中所出现的各种症状，根据病邪入侵经络、脏腑的深浅程度，患者体质强弱，正气盛衰，以及病势的进退缓急和有无宿疾等加以综合分析，寻找发病规律，以便确定治疗原则。他创造性地把外感热性病所有症状，归纳为六个症候群和八个辨证纲领，以六经（太阳、少阳、阳明、太阴、少阴、厥阴）来分析归纳疾病在发展过程中的演变和转归,以八纲(阴阳、表里、寒热、虚实)来辨别疾病的属性、病位、邪正消长和病态表现。就体例而言,《伤寒杂病论》以六经统病证,周详而实用。除介绍各经病证典型特点外,还叙及非典型症情。例如发热、恶寒、头项强痛、脉浮,属表证,为太阳病。但同是太阳病,又分有汗无汗、脉缓脉急之别。其中有汗、脉浮缓者属太阳病中风的桂枝汤证;无汗、脉浮紧者,属太阳病伤寒的麻黄汤证;无汗、脉紧而增烦燥者,又属大青龙汤证。除辨证论治原性之外,张仲景还提出了辨证的灵活性,如"舍脉从证"和"舍证从脉"诊断方法。如果出现脉、证不符之状,就应该根据病情实际,认真分析,摒除假象或次要矛盾,以抓住症情本质,或舍脉从证,或舍证从脉。对于治则和方药,书中提出的治则以整体观念为指导,调整阴阳,扶正驱邪,并在此基础上创立了一系列卓有成效的方剂。书中对汤剂煎法、服法交代颇细。同时,《伤寒杂病论》对针刺、灸烙、温熨、药摩、吹耳等治疗方法也有许多阐述。随着时间推移,这部专著的科学价值越来越显露出来,成为后世从医者人人必读的重要医籍。张仲景也因对医学的杰出贡献被后人称为"医圣"。该书流传海外,亦颇受国外医学界推崇。此乃后话。

其余著作,尚有《辨伤寒》十卷、《评病药方》一卷、《疗妇人方》二卷、《五藏论》一卷、《口齿论》一卷。当张仲景终于修缮完成所有医书后,不由自语:"当下和未来,无论是风云一时之豪杰,还是命若蝼蚁之百姓,疾病不曾怜惜过任何人。一将成名万骨枯,医术积累也是以无数生命为代价。"不由得潸然泪下,"生逢乱世,惯看离别,我却只能尽力让这世间少一些生离死别……"起身放眼山外,晴天白云,辽阔无边……

又是中秋之夜,大地皎洁,皓月当空,空灵澄澈;凉风习习,高情远致。张仲景似乎听见有个声音在不断召唤他,让他再去涅水之畔的望亭。

"让我做最后一次梦吧!"张仲景固执地推辞南嘉和女儿的劝阻,也拒绝回乡探亲的蜀汉医令张温的陪同,独自身背药篓,药篓里放着半篓药材和几经煅烧而成的云鼎丹炉。当他蹒跚着来到涅水望亭时,涅水扬波,芦荡飘雪,似与故人来。瞬时,涅水金龙潭上清雾岚岚,卷起层云,如幻如梦……

"你总算了却了人间医事。"是敖灵龙君的声音,"当我在天上透过云缝看着你不断地写着医书,真担心自己等不到你为我炼制龙珠的那一天。"声音有些兴奋,"不过,你实乃天才,旬日就写就《伤寒杂病论》巨著。你这'活人书'广传天下,遗福后人,才是大道大德。"

"龙君,天上一天,地下一年。故我非天才!"张仲景看着金龙潭的蹀躞云朵,"孔子曰:生而知之者上,学则亚之,多闻博识,知之次也。余宿尚方术,请事斯语。"

"桓、灵二帝以来,礼崩乐坏,人因欲望而杀生,而摧毁万物,使得天下失序,数次大疫袭扰人间。往往一人得病,传染一家。轻者十生八九,重者十存一二,合境之内,大率如斯。故而,夺去生命无数。"龙君的声音没有温度,"瘟疫起自人祸,乱世苍生各有宿命。于天何干?"

"龙君此言差矣!"张仲景轻声辩驳,"瘟疫不同于六淫外邪,与五运六气变化相关,乃天行时疫,故有金疫、木疫、水疫、火疫、土疫等'五疫'及'五疠'之说。"默了默,"龙君此言,有推诿天责之嫌。"

"忽律乃人心病变而成蛇形,故我病乃人心所病而致。"龙君微叹,"人病,天亦可病,此为天病,病在雨,只见淫雨,不闻天雷。龙司云雨,龙病不能发雷掣电,雷者,天地之正声,诛邪除恶,雷电不发,导致人间灾疫丛生。"声音渐高,"待龙珠炼成,我病痊愈,自当依天律,法行雷电,而施祥云润雨。至于人间,再有瘟疫,与我无干。"

"天上由你,地下由我,各尽其责!"张仲景应着,"人间瘟疫诊治之法无过于宜补、宜散、宜降。施药以重用石虎为主,桂枝汤、青龙汤为辅。"伸出手臂,"让我再为你把脉,以便掌握炼制龙珠之药物配比和炼制温度。毕竟,龙珠乃坎火离水混成、阴阳交合之奇宝,内蕴天地之正气,马虎不得!"

涅水上悠悠荡来一缕青岚。张仲景以指相弹,说与龙君:"你内伤有些恢复,虽寸脉芤,关脉弦紧,但尺脉尚和缓平正。只是大损肝胆之气和心经,依然沉重。"收回手指,"龙君是为天地正道,为佑护我辈乡邻,除妖受伤,我理应诊治。放心,我这就为你炼制龙珠。"仰首望月,"待我炼制半个时辰之时,你再将龙珠碎片注入云鼎丹炉之中。"

张仲景就于涅水望亭里,以千年桐木碎片为火,升起云泥鼎炉。他将药

　　"让我做最后一次梦吧！"张仲景固执地推辞南嘉和女儿的劝阻，也拒绝
回乡探亲的蜀汉医令张温的陪同，独自身背药篓，药篓里放着半篓药材和几
经煅烧而成的云鼎丹炉。当他蹒跚着来到涅水望亭时，涅水扬波，芦荡飘
雪，似与故人来。瞬时，涅水金龙潭上清雾岚岚，卷起层云，如幻如梦……

篓里的蛟珠、玉珠、赤金珠和灵皋珠用水清洗干净,放入鼎炉,加水熬制。千年桐木的碎片火势炽热,半个时辰后,已是鼎沸。就在此时,一道细细闪电从天而下,直入鼎炉,并于汤水之上,浮起金晶。张仲景表情凝重,目光润湿,拔出腰间的青铜屠龙匕:"屠龙匕,你终于出鞘——不为屠龙,而为医龙!"他全神贯注,奋力将屠龙匕直插鼎炉之中。片刻,炉中汤水瞬间干枯,一声爆裂,鼎炉破碎。青烟之中,一粒拳大的金灿灿、亮晶晶、香茵茵的龙珠已经炼成。

涅水金龙潭上,那朵青云顿时如礼花绽放,云丝飘飘,似有乐声:"仲景圣人,我何以回报?"

"龙多宝,天下知。"张仲景望着彩云大笑,"放心,饶不了你。诊金数目我已刻在龙珠上,你须照数付我。"

敖灵龙君驾云望亭,以一缕云丝卷起龙珠,细看上面,查找张仲景诊金清单,却见上面刻了十个小字:"遇涝减三尺,逢旱加五寸。"龙君哈哈一笑,将龙珠吞入腹内,奋雷掣电,腾空而起。

"龙君之病何时痊愈?"张仲景举首望天,"天下百姓等不起!"

云中龙吟:"年半。"

"且慢! 我再传你五禽戏,助你化珠。"张仲景脱去外袍,于涅水边演练着五禽戏,"此术由神医华佗所创,一曰虎,二曰鹿,三曰熊,四曰猿,五曰鸟。亦以除疾,兼利蹄足,以当导引。龙君当学。"待收起如鸟翼的双臂,张仲景拱手于天,"龙君,天下百姓盼你早日康健!"

"多则年半,少则一年!"云中再发龙吟,"仲景放心,我不负汝。由汉至唐,瞬息而已!"

"由汉至唐,瞬息而已!"张仲景重复一句,忽然有些感伤,"天上一天,地下一年。也不知将来会有何样天下?"张仲景潸然泪下,"人非金石,我等不到那个时候了!"

"你已入圣,何来生死?"不觉间,金龙潭上已复平静,只有涅水悠悠,载着月华东去……

做完最后一梦,张仲景回到涅阳城中济世坊,在南嘉和儿女们的泪水和

呼唤中,溘然长逝。殡日,万家戴孝,白衣十里。当夜,天上雷车辚辚,云旗
萧萧,坟头一道白光向天冲去……

程韬光

2020 年 1 月 20 日—2020 年 4 月 6 日初稿

2020 年 9 月二稿

2021 年 8 月三稿

2021 年 10 月终稿

跋语

——程韬光《医圣张仲景》读札　耿占春

　　一种来自祛魅的文化现代性,一开始就设定了一种巫与医的背离,也预设了医治身体与救赎心灵成为了一体两面的问题。既能与鬼神交通又采取技术性治疗的"巫医",成为历史遗存和远古神话。"治未病""刮骨疗毒",这是来自"秦越人"的一种代际间的医术传承。在程韬光笔下,恰如张机在成长为张仲景之前所领悟的,"拘于鬼神者,不可与言至德"。当张机告别巫医传统走向与礼乐并行不悖的医道之际,他也不再忧虑自己的生计而是为苍生社稷而忧患时,他的那颗仁心就放射出人性温暖的光。在一个世俗利益高度固化的社会里,在东汉末年的社会动荡中,张机根本没有追求权力和仕途的野心,也不曾畏惧那种权威和毁灭性力量,而是在他置身其中的社会,医者张机艰难地走上了一个仁慈神灵的位格,通过程韬光合理的历史想象,立志"达则为良相,退则为名医"。在时代的疾患中,最终这位医圣不仅医治身体的疾病,也医天、医世和医人。他似乎不再仅仅是一个医者,而是被文学的历史想象"复魅"的通天人之际的圣贤。

　　对诗学、社会历史和医学之间关系的认知,使用价值论的语言或文学语言来写出有价值的文化作品,是程韬光书写张仲景传记小说的一个内在驱动力。十几年以来,程韬光已出版了大部头的《太白醉剑》《诗圣杜甫》《刘禹锡传》等,亦在初步完成了《长安居易》和乐圣朱载堉等史传小说之后,恰逢其时地完成了这部《医圣张仲景》。从程韬光的书写对象来看,他对中国传统文化中的圣贤人格现象深感入迷,他在诗圣、乐圣和医圣的传记经验上体会颇深,用心至为真诚。这些人物在性格与时代方面的差异甚大,但他们亦有某种根本的相通之处,那就是对人类苦难与不幸的感同身受,而且在诗学、音乐和医道上,创造了某种与人类苦难携手并行的文化典范。

在这些作品中,寥寥数语就把主人公的情感和思想融入到周围的事物和场景之中,对程韬光来说,写作就是具象化某些特殊场景的过程,读者已经习惯了他的声音、风格和用语。从诗圣、乐圣到医圣传记的书写,亦是循着"诗心""乐心"触及到医者"仁心"的心灵轨迹。程颐曾感叹古之人为学易,"有弦歌以养其耳,舞干羽以养其气血,有礼仪以养其心",作为今之学者的程韬光而言,书写张仲景传记小说是一种从"药理"入手,对"只有义理以养其心"的尴尬局面的匡正,用诗学和医学来养其心,这是一种语言上的"舍脉从证"或"舍证从脉"。通过医圣的史传叙述,程韬光提出的疑虑不再是"人有病天知否",而是"天有病人知否"。

而医圣张仲景,深切意识到天人之际出现了疾患,天人合一的状态或人与自然关系的和谐遭到了毁坏。在程韬光笔下的医圣张仲景看来,正如杀人如麻的战乱带来了横尸河道导致的水流污染,成为疫病的传染源一样,在瘟神——恶行——腐败——贪婪——奸诈——谗言——匪乱——……之间有一种因果关系式的连续性;就像在无辜者蒙冤、忠良者受害与无能宦官集团得势之间有着必然的关系,社会秩序的紊乱与疫患之间有着不容忽视的关联,这正是传记小说中所描绘的"人病关天天亦病"的恶性循环。

故而程韬光笔下的医圣在行医之际便要深究天人之际,探究医理与天理之间的一致性。在张仲景这里,能够医术救人尚且不够,尚须有医道补天。但正如这部小说中的张机所说,"我虽有医天病之志,也须先从医人、炼心入手"。

为医圣张仲景立传最深切的写作动机,显然有着程韬光对社会和现实问题的关切,新冠病毒肆虐的当下世界,促使作家的思考从历史和医药典籍里寻找济世良方。程韬光"将自己的人生际遇与古人对接,去寻找精神的共鸣"的写作初衷,不仅仅是一种医学上的对患病肌体的医治,也上升到了哲

学、社会学和历史层面对"社会肌体"健康的持久关注,颇为契合从"认识你
自己"的古训到身心层面"关注自我"的当代思想转向,亦体现出作家对医药
与社会、医学史和自然史的思考,以及对天人之际及其内在关联的睿智洞
察。可以说,程韬光《医圣张仲景》这部史传小说,写出了一部社会史与心态
史相融合的"心灵史诗",并在人与社会、人与自然的紧张关系中投射出仁者
性格和民族精神。

　　与程韬光的其他作品相比,《医圣张仲景》这部长篇小说,再一次体现了
他利用"批评意识"、"移情"或"共情"能力进入历史人物内心世界的能力,
使早已消失在历史长河中的人物形象在文学话语的层面上得以复活;再一
次凸显了他对历史人物进行"文学化"叙事的魅力。《医圣张仲景》在充分的
史料基础上加以虚构,尊重历史事实,又依靠想象和虚构来彰显一种"艺术
真实"。因此,《医圣张仲景》既是关于张仲景的文学传记,又是一部灌注了
作者审美意识形态的史传小说。基于历史也基于现实,基于想象也基于事
实,并且把这种想象力和人物形象的理解一起赋予了读者。对于史传小说
而言,最容易出现两个问题,一个是缺乏"艺术真实",另一个是缺乏诗意性。
两个问题叠加到一起,就形成了历史人物的"文学化"程度不够,使作品失去
了感染力,也无法调动读者的感受力,成为历史与虚构的大杂烩。因此,优
秀的历史小说家必须要解决"文学化"程度不充分的问题,将历史充分文学
化,关系到史传小说的文本能否立得住、能否经得起时间和读者的检验。优
秀的史传小说家,能够将历史充分"文学化",将审美意识形态灌注到叙事文
本中去,尽力去向着"无韵之离骚"的美学标准无限地趋近。

　　使文学完全统摄历史,或者在历史的脉络里呈现历史人物的生命体验、
风骨和品格,在一个历史人物跌宕起伏的命运中呈现历史的真实与艺术的
真实。进入历史人物的内心和意识,或者说用一己之力和一己之灵魂复活
再现一个人的命运,进入他的需求并与其进行精神上的"象征交换",亦恰如
发生在天人之际的象征交换,"人病,天亦可病,天病表在云雨,根在人心。
风不调雨不顺,则人间万物不盛。人心纷乱,正道不畅,即使风调雨顺,也会
成为人间地狱。龙司云雨,龙病表在雷电,根在天病。雷者,天地正声,诛邪

除恶;雷电不发,导致人间灾疫丛生……",某种意义上而言,这种史传小说,就是一种"死亡的引渡"和与死亡进行一种可逆性的抗争。作者的内心感受和世界观,体现出传记小说中医圣张仲景的思考与内心感受,终至合二为一,从而使历史事件在文学的框架和虚构的氛围里荡漾开来。作者就像一个"天真的和感伤的小说家",这种"天真的"和"感伤的"观念萦绕着一种独特的氛围,作者和读者在这两种心态之间不断徘徊,他在叙事虚构中确立一种"自传式的虚构写作",在疫情蔓延的时期,与读者分享有关疾病与身体感知的生活体验,这些感知的瞬间涵盖在张仲景"不为仕,愿为医"的初心中,也呈现在程韬光所描绘的医圣的生活场景中。

由于历史时代之间的巨大差异,程韬光的史传小说倾向于追求一种百科全书式的文学风格,他的书中不仅涉及大量的传统医学知识,涉及物性与人的喜怒哀乐之情以及植物的药性与人的阴阳表里虚实寒热之体相生相克的专门知识,也大量涉及地方掌故、民俗民风和历史事件。要而言之,一切停留在书面上的文献都被叙事与虚构有效地文学化了。如同程韬光往常的史传小说一样,《医圣张仲景》也采用了"章回体"形式,使用的依然是"浅近文言",一些四字句和某些诗意性的描述,使作品显得凝练,而"章回体"形式,则使全书显得古风浓郁。

优秀的史传小说,无异于阐述文学虚构叙事的伦理意义。这就是程韬光多年来潜心致力于书写古代诗人和先贤传记小说的用心之所在:无论怎样的善恶二元论或人们有着怎样的遭际与苦难,他们最珍惜的是言与道的力量,最信奉的是圣言与天理昭彰的逻辑,当张仲景拨出腰间的青铜屠龙匕,并说出"遇涝减三尺,逢旱加五寸"的"诊金清单",一个"仁者不忧,勇者不惧"的医圣形象,就跃然纸上。

当我们阅读《医圣张仲景》的时候,我们知道,这是一个圣人,他说出的言语有慰藉的力量,他开出的药方有医治的疗效。而在这位医圣身上所洋溢着的伦理力量,才是真正的济世救人的良方。正如程韬光笔下的张仲景所说,"华佗让我转告太守,要以礼乐安民,礼乐亦可治病救人",对于伤寒瘟疫,张仲景或许有药到病除的良方,而面对战乱,面对腐败,面对混乱无序的世界,医圣意识到,礼乐亦是济世良方。要言之,程韬光所着力之处,不唯张仲景的高明医术,而是其沉潜的医道。在程韬光看来,医术有时代的变迁更迭,而医道则将与世长存。

当疫情已去,小说临近结束之际,程韬光描述道:

神医华佗托一老乐师给医圣送来千年桐木,身为长沙太守的医圣心领神会,他对一起抗疫的同道说道:

"长沙疫情已去,抑制豪强、加固城垣、开集市、免赋税我已逐个落实,只有兴学校、举礼乐尚且未能办理。还请文学祭酒、司马乐正助我。"

司马毫惊诧:"文学祭酒? 乐正?"

张仲景扯起司马毫,"我要大兴郡学,舍你而谁?"看着千年桐木,"你还须为我制琴,助我开堂坐诊。"他一边说着,一边帮司马毫背起古琴,收起千年桐木,一起走向龙王庙……

后记　今月曾经照古人

　　去岁冬月,人生迎来重大转折。我离开工作和生活三十年的郑州,回到武汉母校任教。尚未安顿停当,便遭遇了千年不遇的新冠病毒肆虐武汉,美丽的江城顿时停摆。受疫情影响,我和全国人民一样,短暂地蜗居家中。停下昔日繁忙的脚步,略带忧伤地回忆过去和展望春天。网络上到处都是关于疫情的消息,似乎在不断催促我去了解疫情,去想办法对付伴随人类从过去到未来的病症。此时,我萌发了创作《医圣张仲景》的念头。这个念头一出现,就像一道闪电照亮心田。是的,我的乡人张仲景曾在东汉末年的乱世中舍弃功名,艰难地走向制服伤寒瘟神的坎坷之路,医人医天,著述《伤寒杂病论》,写就"活人书"。

　　"在黑褐色的忧伤飘落而下时,往事应该像大理石一样的确凿!"想到这里,我放下手机,翻身起床,站在窗前,恰遇大雪纷纷。我眺望故乡方向,眺望被雪花填平的沟壑和时空,眺望我与张仲景穿越时空曾共同生活过的涅水、白河、严陵河、岐棘山、桐柏山……那里沉淀着太多的故事,需要去钩沉和讲述。在困顿于新冠病毒和大雪的日子里,我迫切地想讲给你们听。

　　那就从我儿时的记忆开始吧……

　　我人生的元记忆来自一场洪水。那年,豫西的大雷雨已经持续七天了。闪电的鞭子劈开墨云,不息的雷霆捶打天空。在"天塌了"的惊骇声中,雨水已经灌满沟壑洼地。扛着铁锹和锄头试图拯救庄稼的父亲和村民,眼看着严陵河水漫过堤岸,漫过庄稼的叶子和花朵,漫过母亲和孩子的惊呼,在无奈叹息中,一步一步地退回村庄……我家的老宅位于村庄最高处,洪水在院子的门槛外徘徊。一家人不安地站在屋檐下看天,却惊扰了屋檐下避雨的马蜂。马蜂毫不留情地将疼痛烙在我的额头,彻底唤醒我的记忆,至今想来还有隐痛。在我痛彻心扉的哭声中,祖母挑出蜂针,又用青蒿擦了几下患处,竟神奇地止住疼痛。祖母向天拱了拱手:"多谢张圣人!"

　　当夜,担心严陵河上游水库决口,父亲带着祖母和其他几个兄弟和妹妹去了地势较高的太子冈,我与固执的母亲一起看家。"有妈在,家就在。"母亲说这话的时候,刚好一声响雷滚过,"别怕,大水淹不到咱家。百年老宅经过不少风雨,倒不了!"母亲搂紧我,"今夜,院里要来猫、狗、老鼠、蛇还有黄鼠狼。你别怕,张圣人说,人不惹它们,它们就不会进屋里。"母亲又拿出窝窝头和杂粮,均匀地放在楼门外的高处,"这些畜生也会感恩。"她指着那条大蛇还有树枝上的几条小蛇,压低声音,"说不定,它们是涅水龙王派来看水情的。"又对大蛇大声说,"给龙王捎个信儿,记着张圣人的话,遇涝减三尺。"母亲带着我回到屋里,也不关门,让我跪下。她找来五谷杂粮堆了满满一碗放在条案上,然后上三根香,让我磕头。我问为啥,母亲说:"咱要拜龙王,拜张圣人!"在我幼小心中,还不知道如何去敬鬼神,但母亲让我去做,我也只能按她说的去祷告。

　　那夜,我依偎着母亲一直坐在屋檐下,看外面忙碌的动物们奔来奔去,也听着楼门外的洪水一浪一浪地涌来。到了后半夜,雨渐渐转小,那条大蛇也没了踪影……夏夜很快就过去了,黎明,冷不丁地听到几声鸟鸣,母亲摇晃着站起身来:"龙王听了张圣人的话,这天要晴了!"她拉着我走到院外,楼门外的水正在退去,留下的水痕就像一块巨大的湿布。放在楼门外的那些窝窝头和杂粮已经没有任何遗留,到处都是花瓣一样或大或小的爪印。天晴了,太阳升起来,照着水汽弥漫的村庄。氤氲的阳光透过枣树枝丫,在我家院墙上绘着万花筒般的图案……大水正在退向河沟,成群的鱼翻动着水花。忽然,一条大鱼跃出水面,母亲笑了:"张圣人,你看连这鱼都开心!"感叹间,远远看见父亲高举着一包救灾的馒头,蹚着齐腰的水,乘风破浪般地过来。

看见父亲，我却累了，头一歪，就依着母亲的肩头深深入睡……

　　这是我人生的元记忆。四十年过去，那场洪水仍时常出现在我的梦里，清晰如昨，耳边经常回荡着"张圣人"这个称呼。尤其是在我故乡，每当乡民们遇到疾病和小灾小难时，口里总念着"张圣人"。随着年龄增长，我终于知道原来人们口中的"张圣人"就是张仲景。更令我吃惊的是，张仲景于东汉末年出生于我的邻村张庄。在东汉末年乱世，他舍弃功名，历经万千磨难，控制住发生在南阳、荆州、长沙等地的七次伤寒瘟疫，写就《伤寒杂病论》、《辨伤寒》十卷、《评病药方》一卷、《疗妇人方》二卷、《五藏论》一卷、《口齿论》等，被后人称为"活人书"，拯救无数百姓性命，被奉为"医圣"。我为和圣人曾穿越时空生活在同一片土地上感到自豪的同时，我更想做点什么，尤其是在新冠病毒肆虐人类时，在我们呼唤医圣，需要医圣时。

　　恰在此时，我与同乡诗友梅老邪、医师朱剑南聊起旧事，他们说起民间玄幻的传说：南阳盆地之所以自古以来风调雨顺，很少饿死人，是因为张仲景曾以龙珠救治过涅水金龙，诊金是要求行云布雨的龙君"遇涝减三尺，逢旱加五寸"。这是多么有趣的故事。是机缘更是巧合，猛然点燃了我创作《医圣张仲景》的热情。因疫情而封村封路的硬核措施，也保证了我创作所需要的大块时间。时不我待，我开始夜以继日地投入忘我的创作中。

　　在创作中，我认真阅读《伤寒杂病论》和关于张仲景的前人著作，努力以翔实的历史资料为基础，源于史料又不拘泥于史料，注重药理而不沉湎于中医，以"大文化、大思想、大传承"为要质，究其一生，将医圣回归人间。《医圣张仲景》以风起云涌的东汉末年为时代背景，以新力量和旧结构间的冲突为文化背景，以他的医人医天及控疫抗疫为线索，全面揭示张仲景孤独浪漫、彷徨流离、传奇悲烈、辉煌奋斗的人生。在写法上追求情景交融、波澜跌宕，气韵上追求大气磅礴、荡气回肠，努力地让广大读者在享受阅读快感中，传递中医文化。最终目的在于推进新生活，促发新文化，振奋民族精神，构建和谐之音。

　　出乎我意料的是，创作的热情很快转化为潜入古书堆里的考证，一些自认为正确的描述总不时为历史所推翻。我努力将自己的人生际遇与古人对接,去寻找精神的共鸣。多少个辗转反侧的夜晚,我与梦中的张仲景讨论药方,品味他的人生。如果说,张仲景在用医术拯救那个时代,用时代来书写自己的人生,那么,作为今人的我是在用生命来书写他的人生。相信读者在阅读我的文字时,能体会到其中的辛劳和孤寂,能体会到一个努力去捣毁时间隔膜欲与张仲景精神同在的身影,亦能体会到一个不甘平庸地度过短暂人生的灵魂之呐喊!我穷尽一切美,一切智慧,一切坚定,一切眼泪,从狂傲中,从不羁中,从叛逆中,从唯美中,从激情中,化身为风,为水,为自然,为音籁,为无形……却无法超越知识的贫乏和文采的不足。

在创作和修改的过程中,我不止一次想放下手中的笔,就像释下怀中的一条忧伤河流。在张仲景伟大人格的召唤下,我竟得到了中医大家全小林院士、唐祖宣大师的鼓励,得到著名文化学者栾永玉、胡德才、王立群、耿占春教授的肯定。李佩甫、周大新、李洱、何弘、罗晓静、黄健雄、尹邦满等文章大家在百忙之中,对拙作给予指导。更为感动的是耿占春、胡德才教授逐页逐句批阅拙作,提出中肯的意见,并倾情作序。可以说,我是幸运的,在文学之路上曾得到许多大家的鼎力支持。他们诲人不倦的文人美德和对文化、对文字的敬畏精神,使我铭心不忘,并必将激励来者。好友崔鹤、朱剑南、亦水、葛阳、吴剑卫、陈子君、景童新、刘恩儒、王保军、邓俊峰、万洪志等以多年对张仲景精神的理解和思考,与我进行激情碰撞;河南文艺出版社总编马达及游读会创始人赵春善先生提出许多宝贵的意见,使拙作增色;同人、朋友及家人的关心和爱更是我源源不断的创作动力。由此,我深深认识到,一部有价值的文化作品诞生,绝非个人努力可以完成。

也许是巧合,当我终于对着曙光暂时停笔时,4月8日,被新冠疫情封城的武汉解封了!我不由得潸然泪下:从创作开始的那天起,整整七十六天,恰巧是武汉封城与解封的时间!当书完成初稿后,南阳市委宣传部、河南文艺出版社及时组织专家审读,并提出中肯的修改意见。修改之中,又恰遇南京、郑州疫情复起,让我更觉此书意义重大。

专家们认为,阅读张仲景,每个有灵魂的人或许都会发现:我们比任何时候都更需要精神的支撑,更需要坚韧和奋斗,更需要以中医理论和文化去滋养心灵。作为中华民族文化的重要象征,张仲景及其中医理论和精神的光芒将照耀我们,唤醒我们对祖国、亲人、朋友,对自然山川的深情厚谊,唤醒我们对中华民族文化的重新思考。专家们认为,我们正经历着变革时代所带给大众心灵的骚乱不宁时期,充满着兼有毁灭和更新作用的雷雨。我们迫切需要继承和发扬中华民族的优秀传统文化,并从中汲取营养,为新时代文化与道德体系的建立和完善提供支撑。

而对我个人而言,我是以生命在书写民族圣贤的人生,更是对初心的坚守。初心纯洁、热烈、美好,她是人生起点的希冀与梦想,事业开端的承诺与信念,迷途困挫中的责任与担当,铅华尽染时的恪守与坚持。她在向真向善向美的追寻中,在升迁进退的守候里。在创作过程中,我在张仲景的著作中,在无数个药方所包含的幽微意境中,终于发现了囿于有限的可笑,更发现了自己的孤独。我知道这种孤独已经无法摆脱,更不能摆脱,如果我想更靠近天地,靠近这孤独的源头,靠近这最大的孤独,我就应该珍惜这最高远的境界。孤独的沉思是与天地交流的唯一的语言,也是安慰自己心灵的最好良药。当一个人把自己放入宇宙时,孤独感由此而生,一个人由此把自己从人群中剥离,成为独具一格的真正个人,从而去获得特殊的生命体验。这些生命体验慢慢地累积起来,构成人类共同的宇宙意识。宇宙意识使我对一些浮名和荣誉保持着足够的警惕:因为与自己笔下的传主永远隔着云霓。只有期冀未来,托体泰山。"高而可登,雄而可亲。松石为骨,清泉为心。呼吸宇宙,吐纳风云。海天之怀,华夏之魂!"

百年歌自苦,唯愿几人赏。

感恩亲友和读者一直给予我的支持帮助和批评鼓励。祝愿中华民族在历经沧桑中,重新焕发出龙马精神,雄猛精进,励精图治,屹立东方!

程韬光

2021 年 8 月 18 日